NA MENTE DO ASSASSINO

EMMA
KAVANAGH

TRADUÇÃO
UBK Publishing House

ubook ubk
Publishing House

Publicado mediante acordo com The Darley Anderson Literary, TV and Film Agency.
Edição original do livro, *To catch a killer*, publicada por The Orion Publishing Group Ltd.

COPIDESQUE Fernanda Simões
REVISÃO Lígia Alves
DIAGRAMAÇÃO Know-how Desenvolvimento Editorial
PROJETO GRÁFICO Bruno Santos
CAPA Kseniya Ivashkevich/Shuuterstock

Dados Internacionais de Catalogação na Publicação (CIP)
(Câmara Brasileira do Livro, SP, Brasil)

Kavanagh, Emma
Na mente do assassino / Emma Kavanagh ; tradução UBK Publishing House. -- Rio de Janeiro : Ubook Editora, 2020.

Título original: To catch a killer
ISBN 978-65-87549-89-7

1. Ficção policial e de mistério (Literatura inglesa) I. Título.

20-42802 CDD-823.0872

Ubook Editora S.A
Av. das Américas, 500, Bloco 12, Salas 303/304,
Barra da Tijuca, Rio de Janeiro/RJ.
Cep.: 22.640-100
Tel.: (21) 3570-8150

Para Camilla.

PRÓLOGO

Quando penso naquele dia, quando penso nela, é de suas mãos que mais me lembro. Os dedos longos e elegantes, as unhas impecavelmente feitas, lixadas com um cuidado que, até hoje, me deixa perplexa. O esmalte rosa-claro perfeitamente aplicado, o sangue acumulado entre os dedos, macabro e fúnebre, em uma espécie de deslumbramento sem esforço. Lembro-me da maneira como os dedos dela se agarravam aos meus, aquelas unhas perfeitas arranhando a palma da minha mão como se eu representasse sua última chance, como se, ao se agarrar a mim, ela pudesse se agarrar a uma vida que rapidamente desaparecia. Talvez isso fosse verdade. Talvez fosse exatamente isso o que eu fosse para ela.

Penso muito nisso, sabe? Penso sobre o que mais eu poderia ter feito.

Será que, se eu tivesse percebido o que estava acontecendo e entendido o que viria depois, as coisas poderiam ter sido diferentes?

Era muito sangue. Sua garganta havia sido cortada, e a ferida imitava um sorriso doentio. O sangue que escorria formava uma cascata abundante. Sem contar os vários ferimentos que perfuravam sua barriga e seus braços.

Aquele dia havia começado como qualquer outro. Mas não são todos assim? O momento antes de o seu mundo mudar é igual a qualquer outro, tornando-se notável apenas nas consequências posteriores. Estava frio, um tipo de frio típico de abril, sem a menor sugestão de calor à espreita no horizonte. O sol ainda não tinha saído, como se estivesse ponderando se valia aparecer naquele dia. Eu conhecia bem aquela sensação. Não havia dormido. Na verdade, tinha dormido, mas acordei tantas vezes, que na hora de levantar, me sentia como se tivesse passado a noite em claro.

Entrei no ritmo, meus tênis de corrida encontrando o asfalto. O vento soprava, e uma fumaça de cigarro bateu no meu rosto, irritando meus olhos e fazendo minha garganta se contorcer; e meu olhar encontrou o do fumante, um jovem de vinte e poucos anos talvez, com os braços magros e salientes por baixo de uma camiseta fina, encostado na fachada de um albergue. Nossos olhos se encontraram; o olhar dele de aprovação sobre mim. Para ser justa, eu estava meu melhor ângulo. Pisquei para ele, provocando, agradecendo silenciosamente por sua ignorância em relação ao que estava escondido.

Isso não é importante. Ou melhor, é, porque explica tudo. Uma insônia desenfreada e um passo resolutamente apressado, impulsionado mais rapidamente pelos olhares incógnitos. Foi isso, foi por isso que eu estava lá noventa segundos depois daquela ligação. Por isso que fui eu, e não outra pessoa. É disso que estamos falando hoje.

Tinha começado a trabalhar cedo, ressignificando minha insônia como uma forma de entusiasmo pela vida e pelo dia seguinte; tinha decidido não pegar a linha Norte, dizendo a mim mesma que a caminhada seria melhor para mim, mesmo com o frio que fazia, que as ruas ainda vazias me reanimariam para que, uma vez chegando à delegacia, tivesse energia para passar mais um dia sendo a sargento Alice Parr. Londres pela manhã pode fazer isso com você. A cidade tem esse poder.

O silêncio antes da tempestade.

Só que aquele silêncio era muito alto. O som dos meus passos, a batida dos meus pés no asfalto, o barulho persistente do trânsito, afundando-me, invadindo-me. E assim liguei o rádio comunicador para sentir seu peso, ouvir a vida pulsando através dele, sargento Parr apresentando-se para o serviço.

Lembro-me do momento em que a chamada chegou pelo rádio — esfaqueamento relatado no parque Brunswick Square Gardens, logo após a Hunter Street. Levei um tempo para traduzir as palavras, para me orientar. Estava na Woburn Place. A dois minutos de distância. Comecei a correr.

Lembro-me de virar à esquerda, meu casaco batendo inutilmente, o vento soprando no meu rosto, e — envergonho-me ao recordar disso agora — sentindo aquela onda de adrenalina, efervescendo pelo meu corpo como se uma parte distante e profundamente pouco profissional de mim quisesse rir.

Mas eu não ri. Já trabalho nisso há um tempo.

Dei a volta na esquina da praça Brunswick, vendo à frente uma mulher idosa. Ela parecia estar dançando. Claro, isso não fazia muito sentido, mas a primeira coisa que me veio à cabeça era que se tratava de uma figura negra, sua silhueta fazendo piruetas perto de uma grade de ferro forjado do parque e um golden retriever sendo puxado pela coleira como um parceiro relutante.

Então ela me viu, parou com a pirueta e começou a acenar. Mas não do tipo "Oi, tudo bem?", e sim "Me ajude, estou me afogando!"

— Você é da polícia? — Ela baixou a coleira, agarrou minhas mãos. O cão exalou um tremendo suspiro e se sentou sobre o traseiro, aparentemente grato pelo fato de a agitação ter parado.

— Sim. Onde...

— No campo. Por ali. O homem da ambulância está tentando salvá-la. Ah, mas tem tanto sangue...

Afastei as mãos dela e segui em direção à fileira de árvores.

— Fique aí — gritei de volta por cima do ombro. — Eu já volto.

Apertei o botão do rádio. "Sargento Alice Parr na cena do crime no Brunswick Square Gardens. Paramédico no local. Vou precisar de apoio para um cordão de isolamento."

Devem ter respondido, mas não me lembro do que disseram.

Lembro me das raízes das árvores, de correr por elas, desejando não tropeçar. Lembro-me das sombras no chão molhado, da sensação repentina de que era crepúsculo, e não o amanhecer. Lembro-me das batidas do meu coração, da minha mente focada para que toda aquela porcaria estranha fosse esquecida. Então, logo abaixo da sombra de uma árvore espalhada, um sapato de salto baixo, cujo couro azul pálido estava respingado de sangue escuro. E, logo depois disso, o outro pé.

Depois, uma meia-calça. Uma poça de sangue. Um paramédico trabalhando num ritmo alucinante.

Pensei que ela estivesse morta. Não sei se era o sangue ou se era o simples fato de eu estar lá — francamente, quando eu chegava ao local, a maioria das minhas vítimas estava morta. Às vezes me pergunto: o que teria acontecido se isso fosse verdade? Se eu tivesse encontrado uma vítima morta em vez de uma pessoa lutando pela vida, o caso teria um significado menor para mim? Será que teria trabalhado tanto até agora?

Gostaria de dizer que tanto faz, mas tenho a desconfortável suspeita de que estaria mentindo.

O paramédico virou-se para olhar para mim, em um relance, suficientemente rápido para identificar que eu era uma policial. "Me ajude", disse ele logo em seguida.

Foi então que percebi que a garganta da mulher tinha sido cortada. Que o tronco dela, o meio da barriga, tinha sido esfaqueado, várias e várias vezes. Processei o movimento de seu corpo, o balançar, o retorcer, a maneira como os olhos se reviravam, selvagens de terror. Aqueles dedos perfeitos, arranhando as mãos do paramédico e tentando pegar as gazes com a qual ele procurava estancar a ferida em sua garganta. As manchas de espuma vermelha no canto de sua boca enquanto ela lutava para respirar.

Ai meu Deus.

Me joelhei ao lado da cabeça dela e puxei suas mãos para junto do meu corpo, para que parasse de lutar, para que o paramédico pudesse tentar salvar sua vida. "Vai ficar tudo bem. Vai ficar tudo bem." O olhar estatelado, os dedos batendo na palma da minha mão enquanto ela se agarrava em mim. Outro arranhão na minha pele. Anel de diamante. Ela é casada. Sua boca se abriu, uma onda de ar.

— Meu nome é Alice — falei, com a voz absurdamente calma. — Como você se chama? — Nada além de ar, bolhas e sangue.

— Ela não consegue falar — murmurou o paramédico. — O desgraçado quase arrancou a cabeça. Onde está a droga daquela ambulância?

Soltei uma das mãos, murmurando para o rádio. "Garganta da vítima cortada. Precisamos de uma ambulância agora."

"Entendido. Ambulância a dois minutos."

Então, ela se contorceu novamente, derrubando a compressa de gaze de sua garganta, o sangue jorrando para fora, o calor dele no meu casaco, seu cabelo loiro espalhado.

— Merda. Segure ela!

Prendi suas mãos novamente, amaldiçoando a mim mesma.

— Ei, ei, calma. Colabore com a gente agora. Está tudo bem. A ambulância está chegando, e este homem simpático...

— Christian — sussurrou ele. — Ela precisa ficar quieta. Precisamos conter a hemorragia.

— Sim, certo. Christian. Nós dois vamos cuidar de você. Agora, preciso que você fique parada, tá bom?

Ela se acalmou, o olhar fixo no meu, olhos arregalados como se pudesse de alguma forma telegrafar seus pensamentos. Olhei para seu rosto, para os olhos verde-musgo, manchas de avelã saindo em espiral das pupilas dilatadas. Algo se retorcia no meu estômago. "Você vai ficar bem", murmurei. Eu estava ciente, mesmo naquela época, de que as minhas palavras saíam como uma oração.

Ouvi o som de passos correndo pela grama aparada atrás de nós, e rezei por uma equipe de resgate. Em vez disso, era nosso mais novo detetive, parecendo mais uma criança de terno.

— Harry! — disparei as palavras. — Isole a cena.

O detetive recém-chegado parou por um momento, o que me pareceu uma hora, olhando fixamente para mim, para ela e para o sangue.

— Harry, agora!

Depois outra leva de passos, um flash, uma mancha de cabelo escuro. A detetive Poppy Stone parou e esquadrinhou a cena, seu olhar fixo no meu, uma careta. Cara de quem não estava gostando do que via.

— Harry, afaste a multidão — Poppy bradou, de uma forma que orgulharia toda a East End.

Confesso ter achado que "multidão" era uma forma bastante hiperbólica de descrever uma velha jamaicana e seu cachorro. Mas, quando olhei para além deles, através dos portões abertos do parque, percebi que muita gente tinha se reunido, todos assistindo ao evento sem nenhum pudor, mais gente do que você pensaria ser possível durante as primeiras horas da manhã.

Poppy se aproximou, pisando com cuidado para não atrapalhar as evidências da cena do crime. Inclinando-se, murmurou:

— A ambulância está estacionando.

O paramédico mudou de posição e se agachou virado para a rua, como se a promessa de apoio fosse mais do que pudesse imaginar, e não acreditasse até ver com os próprios olhos. "Graças a Deus." Dois outros paramédicos se apressaram até o local.

— Precisamos da maca, pessoal! — disse Christian. — Desculpe, Alice, precisamos de mais espaço.

— Sim, claro, eu...

A vítima — não, a mulher — tinha começado a se apegar mais a mim, suas unhas manchadas ameaçando perfurar a pele ressecada da palma da minha mão. Olhei para ela, provavelmente para dizer algo insano e resolutamente inútil, mas seu olhar travou, a boca se movendo, o sangue borbulhando por baixo da compressa na garganta enquanto seus músculos tensos se esforçavam.

— Não — disse —, está tudo bem. Você precisa ficar parada.

Mas sua boca ainda estava se movendo e seus dedos começaram a arranhar meu pulso, me puxando para mais perto. Olhei por cima do ombro e vi os paramédicos correndo pelo caminho, a maca de resgate entre eles. Inclinei-me rapidamente sobre o corpo deitado, de modo que minha bochecha acabou encostando na dela. Agora, misturado ao odor metálico do sangue, podia sentir o perfume (seria jasmim?). O cheiro ficou agarrado em mim por dias, e ainda posso senti-lo quando penso naquele momento.

Ela exalou, e uma onda de calor passou pelo meu rosto. Havia alguma forma, uma palavra oculta em sua respiração? Talvez eu quisesse tanto que ela falasse que ouvi um significado no que era apenas ar.

— Desculpe — disse a paramédica que havia chegado ao local. — Nós realmente precisamos de espaço. Você pode se afastar?

Então, é claro, eu saí dali, certo? Porque estava atrapalhando e porque eles estavam tentando salvar a vida dela e porque eu não era louca de atrapalhar.

Porém, os dedos da mulher ainda prendiam o meu pulso e agora lágrimas escorriam pelo rosto dela, escorregando no sangue que saía da ferida aberta em seu pescoço. Então, pela última vez, sua expiração acariciou minha bochecha. E eu pude discernir uma palavra.

Às vezes parece que há momentos, segmentos da vida, nos quais tudo se sustenta, alterando, além do que podemos reconhecer, o que vem depois. E, ali, a pressão na minha face, a sensação da respiração da mulher na minha pele, quando olho para trás, quando penso onde tudo começou, é naquele momento que penso.

Antes que eu pudesse me dar conta, estava sendo afastada fisicamente, as mãos dela se soltando das minhas, os olhos dela se fechando, as lágrimas rolando rápido, como se ela finalmente tivesse descoberto o que todos nós já sabíamos. Seu tempo estava acabando.

Dei um passo para trás, apertando as palmas das mãos, erguendo-as, sentindo-as estranhamente vazias.

— Você está bem? — murmurou Poppy. — Está pálida. — Ela me olhou de cima a baixo, para o sangue que tinha ensopado meu casaco, minha calça, minhas mãos manchadas das marcas dos dedos da vítima. — Para dizer a verdade, você está péssima.

Assenti, sem confiar totalmente em mim para falar. Eu os vejo quando eles estão mortos. Quando essa parte já acabou. Eu vi a mulher sendo carregada na maca. A morte é mais gentil do que isso.

— Conseguiu um nome? — perguntou Poppy.

Neguei com a cabeça.

— Não — murmurei. — Ainda não. — Minha mente se antecipava à procura dos seus pertences, do cartão de crédito ou da carteira de motorista que inevitavelmente se esconderia dentro da bolsa. — Mas vamos conseguir.

Não tinha ideia de quão pouco eu sabia.

Poppy assentiu devagar.

— Uma vítima desconhecida, então.

Um sopro de vento passou por mim, esfriando meu sangue e deixando minhas roupas úmidas, e eu tremi, me forçando a desviar o olhar dos paramédicos, a mulher quase perdida entre eles. Olhei de novo para os sapatos dela, mais perto das árvores, o sangue espirrado neles. Aquele foi o local do ataque. Foi lá que o mundo dela saiu completamente do seu controle, foi lá que um golpe a empurrou para trás, jogando seus sapatos longe e levando-a para o fundo, através das árvores, para todo aquele verde.

Olhei de volta para o chão, a grama manchada onde eu a vi, tentando me lembrar da sua posição. De que modo o corpo estava? Teria caído lá no momento do ataque? Será que tinha rastejado até ali? O paramédico a havia movido quando começou o resgate?

— Por que aqui? — perguntei a Poppy, mantendo a voz baixa. — Nós estamos perto da rua. Qualquer um poderia estar passando. Quase não tem como se esconder.

Poppy franziu os lábios.

— Talvez tenha sido espontâneo. Viu a mulher andando e aproveitou a oportunidade.

Ela ia continuar, havia mais a dizer, mas uma onda de movimento a deteve. A remoção apressada da nossa desconhecida para a ambulância tinha se tornado uma enorme gama de atividades, de compressões torácicas e respirações, de vozes elevadas a um tom urgente. Eu me aproximei e olhei para as mãos da mulher, dependuradas ao lado do corpo.

— Aguente firme — murmurei, inutilmente.

Os dois novos paramédicos, que não tinham nome, estavam com ela, com mais mãos do que parecia possível entre eles. Um jato de sangue. Um grito:

— Parem!

Uma pausa que pareceu durar para sempre. Então, de um deles, escutou-se:

— Ok, ela está respirando, vamos lá.

Soltei um suspiro que não sabia que estava segurando e senti minhas mãos começarem a tremer. Só que isso não podia ser verdade, não é? Porque eu sou uma profissional e é isso que eu faço.

Christian, também revestido pelo sangue que me cobria, separou-se do restante do grupo e correu em minha direção com passadas longas.

— Eles vão levá-la. — O olhar dele encontrou o meu, sombrio. — Ela está mal.

— Vou mandar alguém com eles — disse. — Para conseguir um depoimento.

Ele parou, olhou de volta para o corpo quase sem vida da vítima, para os outros paramédicos em uma constante e determinada movimentação, depois de volta para mim, parecendo simpático agora.

— Você pode tentar — disse ele, suavemente. — Nunca se sabe, né?

Eu me virei para observá-lo enquanto ele corria de volta em direção a nossa desconhecida, a luz do sol fazendo suas roupas cheias de sangue brilharem, e me lembrei do peso do rosto dela contra o meu, o movimento de seus lábios e aquela única palavra murmurada.

Wolf.

Primeira Parte

CAPÍTULO 1

As portas da ambulância estavam escancaradas, esperando. Mas não por nós. Pela nossa desconhecida. Se você olhasse para ela, e somente para ela, pensaria que o mundo havia parado, que estava prendendo a respiração enquanto a mulher se agarrava às últimas chamas da vida. Ela — quem quer que fosse — tinha fechado os olhos, embora isso sugerisse algum tipo de ação, como se fosse uma decisão deliberada, e não o vazio forçado de um sistema que começava seu lento processo de desligamento. Eu a observava, procurando um movimento de seu peito em meio aos empurrões da maca, aos paramédicos que se inclinavam sobre ela, às palavras curtas e rápidas. Aquilo tinha acontecido mesmo? Tinha sido uma respiração, o ar lutando com seus pulmões em colapso? Ou tinha sido só uma ilusão, meu cérebro traduzindo a quietude em vida? Pensei na palavra que ela havia sussurrado. Wolf.

Os paramédicos diminuíram o ritmo, pararam, em uma profunda respiração coletiva, depois içaram a maca e a mulher sobre ela até a ambulância que estava à espera. Uma explosão sonora quebrou o silêncio, uma risada fora de hora, e eu revirei os olhos, espumando de irritação. O albergue, os quartos em uma espécie de república, estava dormindo. Mas a agitação deve tê-lo despertado, janela após janela, cada uma delas exibindo rostos agora. Uma garota com mechas violeta pendia de uma janela do terceiro andar, de costas para nós, o celular erguido enquanto ela inclinava a cabeça para obter o ângulo certo da selfie da morte.

Soltei um grunhido.

— Devo ir com ela? — Não tinha notado Harry grudado ao meu cotovelo, e sua repentina voz fez meu coração acelerar. — Na ambulância?

Olhei de volta para os estudantes pendurados nas janelas, depois me virei para ele, forçando-me a sair do lugar.

— Claro. — Pensei no que Christian tinha dito. — Acho que você não vai conseguir muita coisa a esta altura, mas vá com eles só por precaução — autorizei. — Garanta que eles irão guardar as roupas dela corretamente, sim?

— Claro, sargento.

Eu o vi seguir em direção à ambulância, abrindo caminho, desaparecendo no meio do tumulto, enquanto uma porta se fechava. Um rápido turbilhão de sirenes e então o veículo se deslocou, seu trajeto facilitado pelo cordão policial, afastando a multidão ao redor. A distância, vi a porta de um carro da imprensa, com sua antena parabólica alienígena naquela rua tranquila. Um cinegrafista abriu caminho até o cordão de isolamento, com a lente da câmera primeiramente focada na ambulância. Depois que esta partiu com o toque da sirene, a lente virou para repousar sobre os portões abertos do parque e sobre mim.

Dei as costas para tudo isso, andando por aquele verde suave, para onde Poppy estava, fazendo uma careta, ao lado do mapa do parque.

— Que bela maneira de começar o dia, hein? — Poppy balançou a cabeça.

Com 35 anos e jeito de 17, Poppy Stone batia nos meus ombros, uma silhueta de adolescente, com suas feições de elfa, o cabelo escuro bem curtinho — tudo para aparentemente fazê-la parecer menor, e menos perigosa do que realmente era. Conheço Poppy desde sempre, desde que me juntei à Polícia Metropolitana de Londres, o que equivale à mesma coisa. Seu filho de quatro anos, Charlie, é meu afilhado. E isso cria um tipo especial de vínculo, passando da vida civil para a vida policial. É um aviso de que a força policial pode ser abrangente, especialmente no início, expondo você a um lado da vida que está escondido do resto do mundo. Você pode se afogar nele se não tomar cuidado. Poppy e eu já estávamos flutuando nesse caminho fazia dez anos.

— Sim.

Olhei além dela, para a grama manchada sob a velha árvore, os marcadores de provas orgulhosamente dispostos em seus lugares. O sangue da vítima havia encharcado minha camisa, a umidade me fazendo ter calafrios, e eu senti um arrepio ao olhar para a árvore embaixo da qual ela havia caído, seus galhos farfalhando na brisa baixa que varria a praça do parque. Girei nos calcanhares de volta para a rua. A menina de cabelo violeta estava agora pendurada na janela, conversando animadamente com um garoto musculoso no quarto ao lado. Reprimi a vontade de gritar com eles.

— Já estamos no Facebook, né? — perguntei, em silêncio.

Poppy bufou.

— Bem-vinda ao mundo, linda.

— Merda. — Puxei o cabelo para trás, roçando os dedos juntos, com a nítida percepção de que eles ainda estavam grudentos de sangue. Suspirei. — Tá bom, então... estamos no centro de Londres. Então tem que haver... — Eu me aproximei mais da rua, examinando o prédio em frente, o rosto formigando pela sensação de estar sendo observada. Notei uma esfera branca acoplada no pórtico do prédio. — Ali. Câmera de segurança.

Poppy apertou os olhos.

— Parece que está virada para os portões do parque. — O olhar dela percorreu o lugar, passando pelos espectadores que tagarelavam. — Tem uma na outra esquina também. Espero que isso nos dê uma boa cobertura.

Eu me virei, em silêncio por um momento.

— Vamos combinar que ele escolheu um lugar de merda para tentar cometer um assassinato. As câmeras, as janelas, em plena luz do dia. Ele provavelmente teria tido mais sorte na estação Paddington. Pelo menos as testemunhas estariam correndo para pegar o metrô. — Eu me virei para olhar o caminho por onde a ambulância havia saído. — Por quê? Por que diabos você iria perseguir alguém aqui? A esta hora do dia?

A garota de cabelo cor de violeta estava rindo novamente. Eu me perguntei rapidamente se poderia prendê-la por algum motivo. Perturbação da ordem pública. Ser desagradável na cena de um crime.

— Bem — disse Poppy —, correndo o risco de você me achar insensível...

— Você? Imagine!

Ela bufou.

— Correndo o risco de você me achar insensível... mesmo que ela morra, este caso não deve demorar muito para ser resolvido.

Olhei de volta para ela.

— Como você é fofa.

Ela tremeu.

— Já tentei ser, mas não curti.

O sol surgiu de repente, parecendo ter dado lugar ao inevitável, comprometendo-se plenamente com o dia que viria. Virei o rosto para a brisa, sentindo-a vasculhar a pele crua da minha cicatriz e desejando uma xícara de café.

Apertei o cotovelo de Poppy em uma despedida silenciosa e voltei em direção ao centro do parque, o asfalto dando lugar à grama pantanosa. A cena do assassinato permanecia como eu tinha deixado, apenas sem o corpo da vítima para marcar a passagem do tempo. As cenas de crime são como pinturas. Você precisa olhar para elas, quer dizer, precisa realmente olhar para elas para entrar na mente do seu criador.

Uma piscina de sangue brilhando à luz do sol.

Um único pé de sapato, tombado de lado.

Senti que podia ouvi-la respirar, um som agudo, o medo, ouvi seu pequeno gemido de surpresa quando a faca entrou pela primeira vez, vi seus olhos verde-musgo se arregalarem. Será que ela sabia? Claro que ela percebeu que estava com problemas e entendeu que aquele dia não sairia como planejado. Mas será que ela previa a profundidade disso tudo? Ela sentiu a faca entrar, sair e entrar de novo? Eu me vi fazendo uma breve e hipócrita oração para que tudo tivesse acontecido muito rápido, para que seu cérebro simplesmente não tivesse conseguido acompanhar golpe depois de golpe.

Avancei pela trilha do sangue até o sapato abandonado. Pude vê-la tropeçando, o cabelo loiro esvoaçando, os braços esticados, como se isso fosse magicamente capaz de protegê-la dos ataques, o sapato azul pálido saindo de seus pés.

O solo era irregular ali, a terra amolecida empurrada para cima em duas longas trincheiras que se distanciavam da rua.

Ela continuou lutando. Ela continuou tentando fugir, apoiando-se nas mãos e nos cotovelos, não para se afastar de seu atacante, mas fazê-lo encará-la. Se você vai me matar, vai ter que olhar para mim enquanto faz isso. Um metro. Dois. Depois o golpe final. Foi esse que atravessou a garganta dela? Eu me abaixei ao lado da poça de sangue, mantendo distância e prestando atenção aos lugares onde colocava os pés. Ao redor, lá no meio da lama seca, se você olhasse bem de perto, poderia ver manchas de sangue. Gotas de vermelho salpicadas.

— Você está bem, Al?

Eu me assustei, a voz do inspetor de polícia invadindo meu devaneio.

— Meu Deus, chefe! — Fiquei de pé, sentindo um rangido nos joelhos. — Você deveria ser um ninja.

Ele sorriu, com as mãos nos quadris. O inspetor Noah Solway estava sempre sorrindo. Você nunca parecia encontrá-lo em momentos de infelicidade. Perguntei a ele sobre isso uma vez, em uma conversa amena: "Então, qual é o segredo da felicidade?" Ele ficou calado, sério, e falou de um jeito tranquilo: "Encontre alguém que você ame e com queira passar o resto da vida, tenha um monte de filhos" — ele tinha três, com o quarto a caminho —, "e descubra uma coisa que te faça sentir inteira." — Provavelmente você não vai se surpreender ao saber que Noah era conhecido como Dalai Lama.

— A perícia está vindo para cá. — Ele apontou na direção do portão, e uma figura fantasmagórica vestida de branco estava caminhando em nossa direção. — Alguma identificação da vítima?

— Não. Ainda não. Harry foi com ela para o hospital, mas... — parecia que as palavras ficaram presas ali. Limpei a garganta. — Não estou muito otimista — terminei.

— Você acha que foi assalto?

Dei de ombros.

— Não encontramos bolsa. Nada de carteira, celular, pelo menos nada que tenhamos visto. É possível que o agressor tenha levado essas coisas. Mas ela estava usando uma aliança de casamento bem cara. Parece um grande desperdício. — Olhei para a grama pisoteada, para o sangue. — Chefe, ela me disse uma coisa. Ou pelo menos eu acho que disse. Antes de ser colocada na ambulância, ela falou... Acho que disse "Wolf".

Ele franziu a testa.

— Wolf? Como o animal, lobo?

— Não sei. Talvez. — Assenti.

Noah apertou os lábios, fazendo uma leve pressão com eles.

— Vou colocar alguém para investigar isso. — Ele hesitou, olhando para trás, em direção à multidão. — Nós temos testemunhas? Alguém viu o ataque?

— Uma senhora que estava passeando com o cachorro. Foi ela quem chamou a polícia. — Olhei novamente para a aglomeração. — Na verdade, seria bom eu ir falar com ela, pegar uma declaração rápida e liberar a mulher.

O inspetor hesitou de novo, me olhando de cima a baixo.

— Você... ah... você precisa limpar... se limpar primeiro.

Olhei para baixo, para a lama nas minhas pernas e o sangue na camisa e nas mãos.

— Ué, por quê? Eu já cheguei assim. Chamo este estilo de "urbano chique". — Dei um sorriso. — Vou sim, chefe. Me deixe só entrar em contato com a testemunha primeiro, ok?

Noah fez um sinal com a cabeça, com ar de dúvida.

— Só... fique contra o vento, tá?

A rua em volta do parque tinha outra cara agora. A ambulância havia partido, a vítima inconveniente retirada do local, e toda a cena tinha assumido um clima de carnaval, de risos e conversas efusivas. Alguém, em algum lugar dentro da república, estava cozinhando linguiça; um cheiro arrepiante que se juntava ao de sangue que permanecia em mim. Examinei a multidão. Você está aqui? Você ficou por aqui, para ver os efeitos das suas facadas? Um rapazinho magro, com o rosto marcado pela acne. Um homem de meia-idade, robusto e carrancudo, meneando a cabeça em um movimento contínuo. Uma mulher com a mão sobre a boca e os olhos arregalados de medo, ou de falso medo. Difícil dizer. Foi você? Ou você? Vocês? Três, quatro, cinco celulares erguidos, todos me observando. Os rostos de seus donos presos em uma determinação sombria, como se incorporassem os jornalistas de antigamente e este fosse o caso Watergate deles.

Eu poderia apontar os jornalistas de verdade pela expressão cheia de determinação; contei dois, três, um cinegrafista, um fotógrafo contornando os limites do lugar, tentando encontrar o melhor ângulo.

Enquanto me movia em direção ao cordão de isolamento, uma mão surgiu de dentro da multidão, uma loira baixinha segurando firme um microfone.

— Detetive, quem é a vítima?

Afastei o microfone e respondi por sobre o ombro:

— Ainda estamos no processo de identificação.

No processo. Uma maneira muito mais agradável de dizer "Não temos nenhuma droga de pista."

A jamaicana havia ido para debaixo da sombra do prédio e estava andando em um pequeno círculo em direção à borda do asfalto, fazendo uma curva acentuada à direita no meio-fio, e repetindo tudo de novo. O golden retriever então se sentou com o dorso apoiado na parede, observando com seus olhos chorosos. De vez em quando ele suspirava.

— Com licença, foi a senhora que ligou para a emergência?

A mulher parou no meio do circuito que havia criado, apertou a coleira com mais força e se virou para me analisar, fazendo uma careta.

— Você é aquela policial que chegou aqui primeiro? — Ela caminhou até mim, parou tão perto que os dedos dos pés pressionaram contra os meus, cheirava a caramelo queimado, o sol da manhã brilhando em sua pele, tremeluzindo enquanto ela jogava o peso do corpo para o lado esquerdo e depois de volta para o direito. — Foi terrível. Terrível. Pensar que você pode sair pela porta de casa e algum monstro... bem, eu simplesmente não consigo pensar nisso. — Ela meneou a cabeça pesadamente, o olhar finalmente descansando sobre mim, e então o momento, o movimento inevitável de seus olhos vidrados na cicatriz irregular que lacerava o lado esquerdo do meu rosto, que o cabelo sem brilho não era suficiente para esconder. Sua boca se abriu, as palavras se aproximando com a inevitabilidade de um trem a vapor sobre os trilhos. — Nossa, querida, o que aconteceu com você? Meu Deus...

Nunca havia uma resposta satisfatória; mesmo depois de tudo o que eu aprendera, não existiam palavras que eu pudesse oferecer que parecessem adequadas para explicar minha aparência. O golden retriever afundou ainda mais, o estômago pesado contra o chão áspero, o olhar de pidão. Ele me olhou de relance. "Ela é sempre assim. Você se acostuma."

— Um acidente — disse. — Para eu aprender que não devo brincar com fósforos. — Dei uma risada rápida, carregada de falsidade. Merda. Eu realmente precisava inventar uma desculpa melhor.

Ela estendeu a mão magra, agarrando-se bem ao meu braço.

— Vou me lembrar de você nas minhas orações, ouviu?

Apertei a mão dela por reflexo, como se seu toque tivesse machucado minha pele.

— Então — falei, com uma voz impressionantemente equilibrada. — Desculpe, a senhora se chama...

— Clarke. Edwina Clarke. Você sabe quem é ela? Aquela mulher que foi esfaqueada? Pobre anjo. Eu também quero rezar por ela.

— Eu... não, ainda não. Ainda estamos trabalhando nisso. Então, pode me dizer o que viu, sra. Clarke?

Ela deu de ombros, o casaco de lã vermelha se movendo com a brisa.

— Eu estava passeando com o Billy. Ele está meio fora de forma agora, mas nós temos que continuar, não é, Bill? Não adianta ficar sentado esperando pela morte.

Billy deslocou seu peso de um lado para o outro e peidou, fazendo um ruído. Ele fez uma cara engraçada, como se parecesse envergonhado.

— Nós estávamos indo para o Brunswick Square Gardens, como sempre fazemos. Eu vi alguma coisa no chão e pensei, bem, você entende, eu não sabia o que era, mas então o negócio se mexeu e... Posso dizer que pensei que cairia morta ali mesmo. Um homem, ele estava deitado em cima dessa garota, e eu pensei, bem — ela bateu no meu braço novamente, com os olhos arregalados —, você pode imaginar o que eu pensei. E então, como se tivesse levado um choque, ele saiu correndo. E depois... depois. Eu vi. Todo aquele sangue. A pobre garota.

Meu coração começou a bater mais rápido. Embora, para ser sincera, isso pudesse ter ocorrido pelo cheiro dos puns de Billy, que chegaram até mim pela brisa.

— Para que lado? Quando ele correu, para que lado ele foi?

A mulher parou por um momento, girou sobre os calcanhares, franziu a testa e, depois, fez um gesto em direção ao parque.

— Por ali. Lá em cima, como quem vai para aquela faculdade de... hum... farmacêuticos.

— De Farmácia.

— Isso mesmo. Eu vi que ele correu para lá. Embora eu tenha perdido o homem de vista bem rápido.

"Norte." Anotei.

— Como ele era?

— Ah, claro, eu não o vi de perto, não, mas era bem grandão. — E fez um gesto com as mãos imitando sua largura. — Sabe, tinha barriga. Ele usava um daqueles chapéus idiotas que os rapazes usam, sabe, um de lã...

— Um gorro?

— Não sei, querida, mas, se você diz isso, não vou negar. E o cabelo dele era comprido. Dava para ver o cabelo saindo do chapéu. — Ela assentiu. — Eu devia ter feito alguma coisa. Devia ter mandado o Billy pegar ele.

Billy olhou tristemente para ela, com uma expressão pouco convencida.

Olhei de Billy para a sra. Clarke, lutando para desfazer a imagem improvável.

— Ok, hum, a vítima — disse —, você falou com ela? Ela disse alguma coisa para você?

— Não, querida — disse a mulher, de modo triunfante, descansando a mão de dedos grossos no meu antebraço. — Fiquei bem atenta. Eu assisto ao *CSI*. Sei tudo sobre DNA e tal, e contaminação de provas. Não, o Billy e eu, depois que nós vimos o que estava acontecendo aqui, ficamos bem longe. Para preservar a cena — acrescentou, prestativa. — Liguei para a emergência e falei com uma mulher. Ela era muito mal-educada e ficava me pedindo calma. Calma! Como se não houvesse um corpo morto deitado a menos de três metros de mim. Calma... Claro, mas o corpo não estava morto no fim das contas... — Ela meneou a cabeça. — Pobre anjo. — Ela me olhou com tristeza e não ficou claro se o anjo em questão era a vítima ou eu. — Sabe, a pior coisa — ela abaixou a voz, aproximando-se de mim novamente, Billy saindo do caminho com um grunhido de sofrimento longo — é que, em algum lugar por aí, há uma mãe vivendo seu dia normalmente sem ter ideia de que a filha foi morta em um parque. Horrível. Simplesmente horrível.

Eu me vi recuando, talvez pelo cheiro terrível que exalava de Billy, talvez pela súbita intimidade que me fora imposta. Balançando a cabeça para o que eu esperava ter sido uma abordagem profissional. Porque aquela era a verdade eterna, a de que a morte nunca é simplesmente a morte. Ela tem muitos dedos, fios que saem da vítima, envolvendo-se em incontáveis outras vidas. E essas vidas, onde estão? Um marido no trabalho? Crianças na creche? Todos se seguindo por um mundo despedaçado, protegidos pela abençoada ignorância. Em minutos, ou em horas, alguém — muito possivelmente eu — apareceria e destruiria tudo isso.

Agradeci, disse a ela que alguém entraria em contato e depois me virei, enquanto sentia seu olhar insistente sobre minha cicatriz.

Ela o interrompeu. Parecia que Edwina Clarke, com ou sem inteligência, tinha salvado a vida de nossa ilustre desconhecida. Por mais momentânea que tivesse sido essa salvação. Entrei pelos portões de ferro forjado e pensei na ferida aberta que lhe havia rasgado a garganta, nas perfurações, uma depois da outra, que lhe haviam coberto o torso, e um pensamento me atingiu. Ele, quem quer que fosse, tinha a intenção de matá-la, mas havia falhado, em grande parte graças a Edwina Clarke e ao flatulento Billy.

— Fico feliz em ver que estou na moda.

As palavras pareciam vir de muito longe, e então olhei para Christian, o paramédico, seu uniforme ainda parecendo engordurado com o mesmo sangue que me cobria, tentando encaixar o movimento de seus lábios com o som distante da fala.

— Ah, sim. — Olhei para o que sobrara da minha roupa. — Bem, você tem que estar disposto a inovar, é o que eu sempre digo. E você também acertou no perfume — continuei. — Pessoalmente, acho que isso é o mais importante.

Christian permaneceu com Poppy, de costas para as cores difusas do canteiro de flores.

— Sabe — ele comentou, suavemente —, há alguns dias tenho me perguntado o que diabos continuo fazendo com os meus filhos em Londres. A família da minha esposa é do País de Gales. Às vezes acho que é o que nós devemos fazer. Deixar tudo para trás e ir embora para lá. Você não vê esse tipo de coisa no País de Gales.

Assenti, pensando que, na verdade, há, sim, tentativas de assassinato no País de Gales.

— Quantos anos eles têm? — perguntou Poppy, daquele jeito esquisito de quem odeia conversa fiada, a caneta posicionada sobre o bloco de anotações aberto.

— Quatro e quase dois. — Ele não olhava diretamente para nós; seu olhar se concentrava além, na fita que isolava a cena do crime, na poça de sangue. Ele era atraente, esbelto, cabelo escuro bem cortado e volumoso. — Tem dias... Tipo hoje... Não sei, isso realmente me faz repensar, sabe? Sobre o tipo de vida que eu quero dar a eles...

— É verdade — murmurou Poppy. — Então, desculpe, você falou que estava terminando o turno?

— Hein?! — Christian voltou sua atenção para ela, movendo a cabeça lentamente. — Não, já tinha terminado. Eu sou de Brent. Treino aqui perto, no centro de artes marciais em Tavistock Place. Eu tinha estacionado...

— Onde? — perguntei.

Ele olhou em volta, orientando-se.

— Ah, eu estava ali no Instituto dos Cegos. Já estava de saída quando ouvi a chamada pelo rádio. Percebi que não estava longe. Então, peguei minhas coisas e corri para cá. Cheguei ao parque...

— Por qual lado? — interrompi. — Por qual lado você entrou?

Ele apontou para a nossa esquerda, em direção à Faculdade de Farmácia.

— Lá de cima. Eu desci e avistei a vítima caída no chão. — Ele balançou a cabeça. — Que horror. Ela estava consciente, como você viu, lutando. Nenhum sinal do agressor.

— E você não viu ninguém entrando? A testemunha disse que ele saiu pelo portão norte.

Ele fez que não com a cabeça.

— Desculpe, não. — Ele suspirou, me dirigindo um olhar suave. — Só preciso realmente te avisar... ela não está bem. Lesões como aquelas... — O olhar dele desmoronou. — Eu não teria muitas esperanças.

Você não pode se dar ao luxo de se envolver muito nessas coisas. Não pode se deixar levar, mergulhar na tragédia de tudo isso. Porque o trabalho é tragédia, o trabalho é dor, e, se você deixá-la entrar, se você se permitir senti-la, então se afogará nela.

— Você tirou a mulher do lugar para atendê-la? — perguntei, com a voz firme.

Christian novamente fez que não com a cabeça.

— Ela estava deitada de costas. Colocava as mãos na garganta, do mesmo jeito que fazia quando você chegou. Acho que não entendeu completamente o que aconteceu. Ela ficou o tempo todo praticamente do jeito que eu a encontrei. — Ele dobrou os braços, as luvas de plástico fazendo barulho. — Honestamente, não compensa pensar muito nessa merda. Senão você nem sai da cama de manhã.

Concordei plenamente.

Ele me analisou.

— Foi bom para ela você ter chegado aqui naquele momento.

— Eu... — balbuciei — não fiz nada, na verdade.

— Não — disse ele, suavemente —, mas você foi um conforto para ela. E, em um momento como aquele, isso importa muito.

Assenti, demorando mais do que deveria para organizar minhas palavras.

— Vou falar com o meu chefe e depois ver se consigo tomar um bom banho quente — expliquei, gesticulando e apontando para baixo, para minhas roupas.

O paramédico sorriu.

— Sim, acho que esse estilo já deu.

Mas eu já tinha parado de prestar atenção, começando a mover os pés pela grama molhada de orvalho, os lampejos de flashes brilhantes passando rápido na minha visão periférica. O agressor tinha corrido para o norte, subindo pelo Brunswick Square Gardens em direção às cercas-vivas, o portão de ferro forjado. Ele tinha se deslocado rápido o suficiente e já ido embora quando Christian chegou. Mentalmente, eu me desloquei para o norte, seguindo seu caminho, contornei a poça de sangue, o perito do laboratório trabalhando em sua roupa impermeável, seu olhar preso na grama, nas marcas deixadas pela mulher naquele espaço.

Se fosse eu, se eu tivesse acabado de assassinar alguém em plena luz do dia e tivesse sido interrompida, me esconderia entre as árvores, diminuindo minhas chances de ser vista, dando a mim mesma um tempo para pensar, planejar o que viria a seguir.

O asfalto duro contra as solas das minhas botas, sua forma dando lugar a um solo macio e encharcado de chuva. Trepadeiras criando poças de sombra e frio.

E, entre a relva e as valas, uma forma, que poderia ser facilmente ignorada se você não estivesse procurando por ela.

Parte de uma pegada.

— Chefe! — gritei.

Eu me abaixei ao lado dela. Estava limpa, a parte frontal de um sapato representada na terra, a vaga sugestão de um padrão de pisada. Estava dentro de um pequeno aglomerado de arbustos, escondida da rua. Eu me concentrei, tentando focar. Então algo me desorientou... demorou um tempo para eu perceber o que tinha visto, para encontrá-lo novamente, mas lá, a um metro da impressão, um pedaço de grama em desacordo com o restante.

— Isso é sangue? — Noah respirava com suavidade, apesar de ter se apressado para chegar. Ele ficou de joelhos ao meu lado, inclinando-se na direção das sombras.

— Parece que sim.

Eu estava vagamente ciente do sinal do rádio, da voz do inspetor, calma e imponente, mas não estava prestando atenção. Realmente eu não estava. Ele estivera ali. Depois de tê-la esfaqueado, depois de ter interrompido o ato e corrido, ele estivera ali. Por que ele passara por ali? Teria ele escorregado, caído, de modo que a única coisa que poderia ajudá-lo foi uma mão cheia de sangue apoiada no chão?

Fiquei de pé, vigiando meu entorno. As quadras de tênis além do alambrado. A Faculdade de Farmácia de tijolos vermelhos espiando do portão oposto ao parque.

Então o som do meu nome, sombrio e distante. Eu me virei, tentando me concentrar nele. O inspetor tinha se movimentado, afastando-se de mim, seguindo o caminho. Estava inclinado, a cintura dobrada no corpo comprido como um daqueles pássaros antiquados.

— O que foi, chefe?

— A lixeira — ele disse, brevemente. Ergueu o rosto, não para mim, mas para outro detetive que se aproximava. — Joe, pode verificar isso?

O solícito Joe acenou com a cabeça e estendeu uma cobertura de plástico sobre a grama.

Acontece isso às vezes ao longo de uma carreira, quando você vê as coisas como se já tivesse visto antes. Talvez seja a experiência, uma década como policial idealizando um modelo para a maneira como essas coisas parecem inevitavelmente acontecer. O detetive se inclinou sobre a lixeira, o movimento liberando um cheiro adocicado de comida apodrecida. Ele hesitou, analisando por um momento a escuridão no interior. Então, a coisa foi se desenrolando, como já havia acontecido na minha cabeça, uma embalagem vazia de salgadinho, uma página do *The Times*.

A bolsa da vítima.

Suspirei, a adrenalina subindo com a conclusão que se aproximava. Quebra-cabeça resolvido. Fim do jogo.

— Chefe? — a voz do detetive ficou baixa, com um tom escocês que continha um aviso.

— O quê?

Ele se virou para nos encarar, as mãos enluvadas segurando a bolsa e abrindo-a bem.

— Está vazia.

CAPÍTULO 2

— "She loves you, yeah, yeah, yeah..."

Uma jovem, com o cabelo puxado para trás em mil tranças minúsculas, sentada em um banco nos fundos da plataforma da linha Piccadilly, cantava baixinho, para si mesma. Olhei de lado para ela, perguntando-me se sabia que eu podia ouvi-la, se estava fazendo aquilo pensando que sua voz estivesse sendo abafada, perdida no murmúrio das vozes, no barulho do metrô que chegava. Ela olhou de volta para mim, sorriu e começou a cantar mais alto.

Já haviam se passado três horas. E até agora nossa vítima não tinha nome. Suspirei, puxando a bainha da blusa-reserva que mantinha pendurada no meu armário, e observei aqueles que estavam diante de mim, pessoas comuns, em seus dias comuns.

Desviei o olhar, reprimida pela alegria implacável da mulher que cantava, olhando para a placa acima de sua cabeça. Próximo trem, cinco minutos.

A plataforma estava abafada, sem ar, considerando o amplo espaço aberto da praça Brunswick. Mesmo assim, tinha se tornado sufocante, com sua fila de testemunhas, uma atrás da outra. Visualizei a vítima cruzando a rua pelo Brunswick Centre. Eu a vi passando pelo portão do parque. Eu a vi. Eu a vi. Parecia que toda a cidade de Londres a tinha visto, e mesmo assim ninguém sabia quem era. E quanto a ele? Quem? Como aconteceu? Como é possível que tantas pessoas a tivessem visto passar e ainda assim nenhuma tenha percebido seu agressor? O melhor que tínhamos conseguido foi um morador de rua, fedendo a álcool e a falta de banho — sim, eu vi alguém andando atrás dela. Um cara. Mas não lembro como ele era.

Câmeras de segurança. Essa era a resposta. Uma testemunha que não seria surpreendida pela própria vítima. E assim eu vasculhei os corredores da república de estudantes. Já que eles tinham câmeras, a resposta para a nossa pergunta estava bem ali. Ah, você quer falar com o responsável pelas câmeras. Não. Não sei o nome dele. Não. Não tenho ideia de como entrar em contato com ele. Mas eu vi aquela mulher. Aquela que foi esfaqueada.

O administrador do Brunswick Centre foi mais fácil de encontrar, embora não tenha sido tão útil. Estou a caminho de Chertsey, mas a M3 está parada. Vou demorar um pouco.

Xinguei em alto e bom som e me voltei para Noah.

— Mas que absurdo isso. Poppy e eu vamos até a sala de controle de monitoramento de Westminster enquanto esperamos.

E então, para confirmar que que a vida pode ser bem filha da mãe, um cano estourado na High Holborn, espalhando água pela rua, o trânsito parado, o mundo conspirando, o caos completo. Que ótimo. Vou pegar o maldito metrô, então.

Cinco minutos. Quão longe você conseguiria chegar em cinco minutos? Isso já aconteceu com você? A injeção de adrenalina começando a diminuir e a realidade tomando conta em uma consciência impressionante do que você já fez? Você está tremendo? Está com medo? Ou é outra coisa? Está respirando com dificuldade, pensando no que deve fazer agora, para onde deve correr?

Poppy inclinou-se, olhando para a escuridão do túnel como se assim pudesse apressar o metrô.

— Você acha que ela o conhecia? — perguntou. — O cara que a esfaqueou?

Neguei com a cabeça, uma palavra girando, em um ciclo interminável.

— Não sei. — Peguei o celular, abrindo meu e-mail mais uma vez, rolando pela lista: A Alcateia de Londres; era a forma como tinha começado a pensar. Quem diria que havia tantos? Estudei os nomes, pensando se já estava com a resposta na mão. Como se fosse simples: uma palavra sussurrada, um assassino escondido no meio de um bando de lobos e caso encerrado.

— Os caras estão checando os nomes — disse Poppy, lendo minha mente. — Vamos torcer para que apareça alguma coisa.

A plataforma começou a estremecer, e o vento a assobiar. A mulher que cantava se levantou, pendurou uma bolsa de pano em seu ombro magro e se virou, descendo mais abaixo na plataforma, mais profundamente na multidão, até desaparecer de vista.

Será que a vítima tinha entendido como as coisas aconteceriam? Quando ela contou a si mesma a história de sua morte naquela madrugada, quando o sono pareceu ter se escondido atrás de um muro de fantasias obscuras, será que isso envolvia seus entes queridos cercados por uma sensação infalível de injustiça no mundo? Sendo tragada por algum fio invisível e ainda assim inviolável? Ou será que ela entendia o mundo bem o suficiente para saber que poderia desaparecer ou estar lutando pela própria vida e ainda assim ninguém sentiria sua falta?

Mas então pensei: quantos de nós somos realmente quem pensamos ser?

O trem saiu da escuridão do túnel, diminuindo a velocidade, e a multidão à minha frente avançou para se posicionar diante das portas abertas. Suspirei, com uma fraca consciência de que Poppy estava próxima do meu cotovelo direito, e entrei naquele nó de pessoas, todos os cotovelos e articulações, um cheiro pesado de suor. Poppy se aproximou de mim, abaixando-se sob um braço estendido. Um homem de meia-idade com um cavanhaque, as sobrancelhas tingidas, mudou de lugar, analisando Poppy.

— Onde está essa gente? — murmurei. — A família. Por que eles não entraram em contato? Está aparecendo toda hora na TV.

Tinham mostrado o caso no noticiário da hora do almoço. A polícia precisa da sua ajuda. E os telefones começaram a tocar logo em seguida. Eu a vi. Eu a vi. Até que, no final, parecia que o mundo inteiro tinha visto a mulher, e poderia de alguma forma reivindicar algum tipo de conhecimento sobre ela, mesmo que fosse apenas um aceno passageiro. Mas não elas. Não são as pessoas que mais amavam ela.

O homem de meia-idade desviou o olhar para mim, os olhos fixos, o início de um sorriso e, depois, o olhar chegou à minha cicatriz. Ele desviou o olhar.

Poppy deu de ombros.

— Faz o quê, três horas? Para uma família, isso não é nada. É uma manhã de trabalho. Provavelmente eles ainda não têm ideia de que ela está desaparecida.

A teoria do gato de Schrödinger, a caixa ainda fechada. Viva ou morta?

— Além disso — disse ela —, mesmo que eles tenham assistido aos noticiários, Londres é enorme. Provavelmente estão pensando que isso não pode ter a ver com eles.

A atenção do homem tinha se voltado para Poppy, como um cão que estuda um brinquedo antes de mordê-lo. Ela o encarou, franzindo um pouco a testa.

— Você está bem? — perguntou, a cabeça inclinada, fingindo timidez.

— Sim. — Uma confusão de emoções, e rosto dele acabou mudando para um sorriso.

— Ótimo. Me faz um favor, então? Desencosta.

Eu me virei para esconder um sorriso.

A viagem demorou longos e inúteis minutos, nos quais parecia que o tempo se esticava e se alongava, fazendo meus dedos tremerem. Mesmo assim, contrariando todas as expectativas, acabou, o metrô dando lugar às ruas varridas pelo vento. E, depois, à sala de controle das câmeras de segurança de Westminster. Parecia uma obra de arte moderna que ganhou vida — um estudo da Londres do século XXI, as telas enfileiradas, revelando fragmentos frenéticos do coração da cidade.

A mulher magrinha responsável pelo centro de controle ergueu o olhar e nos deu um sorriso forçado.

— Tudo bem? Meu nome é Steph... — Ela estendeu a mão mole, apertando a minha frouxamente antes de soltá-la como se estivesse queimando. — Você está procurando a praça Brunswick, né? — Ela se mexeu na cadeira, movendo um cursor entre as galáxias de pontos vermelhos. — Pode se sentar. Não vai demorar muito.

Deslizei em uma cadeira, o olhar fixo nas telas diante de mim, em uma espécie de voyeurismo de alguma forma estranhamente viciante. "Isso é melhor do que a novela *EastEnders*."

Steph fez uma careta que decidi interpretar como um sorriso.

Engoli em seco.

— Sim, nós estamos investigando uma tentativa de assassinato. Aconteceu hoje às 7h45 da manhã. Algumas testemunhas disseram ter visto a vítima se aproximando pela Hunter Street.

A mulher franziu o rosto.

— Hum, deixe-me... Tá bom...

A tela mudou, uma rua vazia, um prédio de apartamentos de tijolos vermelhos contra o horizonte. Um gato branco como pó ousando atravessar a rua em uma explosão, fazendo meus batimentos cardíacos dispararem. Então, uma figura se moveu pela tela, caminhando em nossa direção, uma silhueta esbelta, usando gola de pele, um casaco cinza macio.

É a nossa desconhecida.

— Conseguimos — murmurei.

Poppy estendeu silenciosamente um punho para bater contra o meu, nossos olhos fixos na tela enquanto a vítima se aproximava. Ela andava rapidamente, com uma postura altiva, a bolsa bem apertada debaixo do braço, e eu me inclinei enquanto ela virava a esquina para a praça Brunswick, meu olhar colado à mulher que avançava, sem nenhuma ideia do que estava por vir.

De onde veio o ataque? Das casas, ainda fechadas? De um carro estacionado? Do movimentado complexo Brunswick Centre?

Depois veio outro movimento no topo da tela, e todas as dúvidas acabaram. Uma figura escura entrando quadro, grande e rápida.

— Espere. Pare aí. — Eu me inclinei e senti os dedos tremendo. — É ele. Tem que ser ele.

Ele tinha congelado no meio do caminho, com uma estrutura grosseira, um casaco cinza opaco retesado sobre a barriga saliente, a gola levantada cobrindo tudo menos o boné de beisebol marrom que escondia seu rosto. Eu o analisei.

— Deus, o olhar dele... parece ter vida própria, né?

Ele tinha planejado? As cores apagadas, as roupas discretas? Ou era sempre assim, o mais comum dos homens?

— Não me admira que nenhuma das testemunhas tenha reparado nele — murmurou Poppy. — Mal consigo notá-lo, e estou olhando diretamente na sua direção.

— O que é aquilo ali? — gesticulei para a tela, um pedaço de luz sob o monótono boné de beisebol.

Poppy ficou de pé, olhando.

— É... parece cabelo. É como se ele tivesse escondido o cabelo embaixo da gola.

— Parece que é loiro. Concorda? — Poppy assentiu.

— Você pode deixar rolar? — pedi a Steph. — Vamos lá, seu idiota. Olhe para cima.

A imagem voltou à vida e eu o encarei, desejando que mudasse de atitude, permitindo que entrássemos na sombra de seu boné. Ele andou rápido, com passos longos e largos, a cabeça balançando, olhando para os dois lados.

— Ele está conferindo — murmurei. — Está conferindo se estão sozinhos.

Então, enquanto a vítima se aproximava da entrada do parque, uma súbita explosão passou da caminhada à corrida, indo para cima dela, um leopardo se aproximando de uma gazela, o espaço entre eles desaparecendo num piscar de olhos. Ela deve ter escutado. Começou a se virar, mas já era tarde demais, porque uma mão tapou sua boca e a outra a empurrou, para longe da rua e das janelas que pudessem observá-los, em direção aos portões abertos do parque.

Minha respiração ficou presa na garganta e eu pude sentir o cheiro de jasmim do perfume dela, a pressão de seus dedos na palma da minha mão.

Ela lutou. Lutou muito. E ver aquilo me deu uma espécie de satisfação. Ela se contorceu e se rasgou, e sua boca se abria como se quisesse gritar, só que ele era muito rápido e tapava a boca dela com uma mão do tamanho de um tijolo, que se espalhava pelo rosto da vítima, empurrando-a para trás.

Num piscar de olhos, eles sumiram, desapareceram pelos portões, escondidos por uma parede de vegetação.

— Puta merda! — disse Poppy.

Eu olhava para a rua agora vazia. Sim. Minha boca abriu e fechou novamente. Respire.

— Há outra câmera, ao norte. — Steph parecia entediada, com sua voz monótona e ininterrupta. Ela não tinha assistido àquilo? Será que não tinha visto? Olhei para ela, seus lábios contraídos e sua boca se mexendo como se estivesse mastigando alguma coisa. — Pode ter pegado alguma coisa...

A imagem mudou, uma faixa de verde, uma explosão de cor no centro, as flores em seu frescor vívido.

Então, do fundo da tela, uma agitação.

— Espere — Poppy exclamou. — O que é isso?

Analisei por longos momentos sem conseguir entender o que estava vendo. Então observei alguma coisa.

— É ela. É a nossa desconhecida.

Na verdade, era o topo da cabeça dela, distante e pequeno, uma camada de seu cabelo loiro espalhado sobre a grama sombreada. Outro movimento, e a vítima mudou de lugar, com as costas voltadas para cima. Inclinei-me ainda mais para perto, imaginando que podia ver seu rosto, que em meio aos pixels soltos haveria um rito de terror. Desejando que o agressor desse um passo à frente, que se aproximasse da câmera. Depois, um flash, algo que manchou o cabelo loiro dela de preto.

— Ele acabou de cortar a garganta dela — Poppy murmurou.

A técnica soltou um ruído baixo, quase um gemido, mas, quando desviei o olhar para ela, sua expressão era impassível.

Olhei de volta para a tela, os segundos que pareceram minutos. A desconhecida estava deitada na grama, o sangue jorrando de sua garganta. Tive a impressão de que seus lábios se mexiam, uma invocação constante, como se ela estivesse rezando um terço. Mas talvez fosse somente eu, preenchendo na imaginação o que o alcance da câmera não permitia. Inclinei-me para a frente, os cotovelos sobre os joelhos, os dedos dobrados e tão apertados que doíam, e assisti à mulher perder o controle de sua vida. Depois, outro movimento, uma forma que a ocultava da vista. O paramédico debruçado sobre ela.

Eu me reclinei na cadeira.

— Por que não vimos o agressor saindo? A sra. Clarke, a testemunha, disse que ele correu para o norte.

Poppy, que estudava a tela, esticou o dedo e traçou suas bordas.

— Ele estava perto da cerca e conseguiu ficar fora do alcance da câmera.

Grunhi uma resposta, observando o monitor. Espere. Espere. Então outra movimentação. Eu. Observei a mim mesma em cima dela, mais inútil do que me lembrava de ter sido. Pousei as mãos no colo e me senti estranhamente vazia. Olhei para elas esperando ver sangue.

— Conseguimos — disse Poppy, em silêncio. — Temos o ataque nos vídeos das câmeras de segurança. Vamos divulgar isso na mídia. O imbecil escolheu a vítima errada no lugar errado.

Continuei ali por um momento, atormentada por um pensamento. Tinha visto algo. O que foi aquilo?

— Desculpe — disse —, pode voltar um pouco? Para o close na vítima um pouco antes do ataque?

— Claro.

A tela mudou, e lá estava ela novamente, vívida.

Inclinei-me para mais perto. O que foi aquilo? O que eu tinha visto?

— Veja!

— O quê? — perguntou Poppy.

— A bolsa dela. Consegue ver o formato? Parece cheia. Viu? Parece que tem alguma coisa saindo pela abertura.

— Parece um envelope. Ou... não sei, uma pasta, talvez?

Analisei a imagem, mordendo o lábio.

— Ele levou. Tentou matá-la e roubar seja lá o que fosse. — Olhei para Poppy. — Então, agora a pergunta é: ele a atacou e roubou alguma coisa para nos despistar? Ou...

— Ou o ataque foi motivado pelo que estava naquele envelope?

CAPÍTULO 3

"A polícia divulgou imagens de câmeras de segurança mostrando um ataque brutal que ocorreu no Brunswick Square Gardens, em Holborn, hoje de manhã. Uma mulher está ferida e corre risco de morte. Os policiais pedem a ajuda da população para identificar tanto a vítima quanto o seu agressor..."

Desacelerei os passos, parei e me permiti um momento de calma antes de olhar para a televisão no quarto vazio do hospital. Lá estava ela novamente, a vítima, andando orgulhosa como fizera pouco tempo antes. Lá estava ele novamente. Quem quer que fosse. Mais uma vez, eu o assisti avançar sobre ela, um ataque repentino que teve início mesmo antes de começar.

Passei os dedos pela minha cicatriz.

Eu odiava aquele cheiro que parecia percorrer as paredes dos hospitais, o antisséptico que embrenhava a pele, um medo indefinido. Uma enfermeira passou pelo quarto e olhou para mim, para minha cicatriz, e deu um sorriso momentâneo. Olhei de volta, com esforço, depois voltei à televisão, para a imagem da vítima, de como ela era.

Para a imagem dele.

Vou te pegar, seu filho da puta.

Eu me virei de novo, voltando-me para o corredor do Hospital St. Thomas, ouvindo passos que ecoavam contra o piso de linóleo. Estava tranquilo, o horário de visita ainda não tinha começado. Era só cama ao lado de cama, pacientes deitados de pijama, seus rostos em uma sinfonia de resignação. Senti uma pontada nos ombros, virei o rosto para a frente, concentrada, sem olhar para os lados.

Pensei na nossa desconhecida, naquela gravação. O que ele havia roubado dela? Tinha valido a pena ela morrer por isso? E, se tivesse levado mesmo, para onde diabos havia fugido? Passamos uma hora, um pouco mais talvez, checando as ruas ao redor, contando com a premissa de que não seria difícil encontrar um homem encharcado de sangue, e mesmo assim não achamos. Parecia que ele tinha simplesmente desaparecido no ar.

— Será que conseguiu pular a cerca e entrou no Coram's Fields? — eu tinha ponderado com Poppy mais cedo, na viagem de volta no metrô; eu para ir até a estação pegar o carro e dirigir até o hospital, ela para se juntar à Equipe de Ação Externa, a fim de ajudar nas buscas. — Os portões estavam abertos. Se ele tivesse passado aquela cerca, poderia ter esperado até que a rua estivesse lotada e escapado no meio da multidão.

Ela franziu a sobrancelha.

— É uma cerca bem alta... Vamos falar sobre isso com o Noah, fazer uma busca por lá. — Ela deu de ombros. — Talvez ele saiba voar.

E ficamos nisso. O poder de voar contra o poder da invisibilidade. Páreo duro.

Fiz uma vistoria rápida no quarto 313. Vazio, com todas as características que se poderia esperar de um quarto de hospital.

Harry estava sentado em uma poltrona sob a janela, movendo o polegar rapidamente pelo telefone.

— E aí? — chamei. — Alguma novidade?

Ele ergueu o olhar, com um rápido rubor nas bochechas, e permaneceu sentado de forma desajeitada, como quem estava naquela posição havia muito tempo. Apontou para o chão.

— A enfermeira acabou de sair. A vítima está voltando da cirurgia agora.

Senti uma espécie de entusiasmo.

— Ela está... então ela ainda está viva.

Ele fez uma careta.

— Por enquanto. A enfermeira disse que foi difícil. Que ela parou de respirar algumas vezes. — Ele colocou os braços acima da cabeça, estirando-os de um modo que ameaçava rasgar as costuras da camisa, puxando o tecido para que ficasse esticado sobre os músculos.

Reprimi um suspiro.

— E você, já tem alguma coisa? — perguntou, abaixando os braços e estralando o pescoço. — Eu vi a notícia. A família já entrou em contato?

— Não.

Encostei-me ao parapeito da janela.

— Os telefones estão tocando sem parar. Mas ninguém sabe o nome dela. São só pessoas que a viram por aí. Temos algumas áreas para investigar, um monte de ligações que disseram que ela sempre circula por Hampstead, por outros lugares.

Harry esfregou o pescoço e grunhiu.

— Pensei que fosse sempre o marido que fizesse esse tipo de coisa.

Fiz uma careta para ele, mas, em vez de vê-lo, eu via a vítima, caminhando rapidamente, com propósito, um olhar obstinado, para onde quer que estivesse indo. Ela não olhou para trás, não o tinha visto até que já era tarde demais. Então, era impossível dizer, se ela o conhecia ou não. Ele poderia ser um completo desconhecido que cruzou com um alvo provável. Ou o homem que havia prometido passar a vida inteira ao seu lado.

Pensei no olhar dela, fixo no meu. "Wolf."

No fim, Harry estava certo. Muito provavelmente você será prejudicado por alguém que ama. Mas daquele jeito, naquele lugar? Quando um marido mata a esposa, faz isso no banheiro ou na cozinha, em um lugar que conhece como a palma da mão, onde cada movimento dele é uma espécie de segredo a ser compartilhado entre ele, ela e as paredes. Por que no Brunswick Square Gardens, em um lugar aberto, onde qualquer um podia passar? Não fazia sentido.

O som agudo das rodas de uma maca me trouxe de volta e eu senti o coração bater em compasso com ele. O maqueiro estava colocando a cama no quarto, nos empurrando para o lado com um movimento rápido. Dizer que ela estava dormindo seria uma mentira e suavizaria sua experiência de quase morte. Posso dizer apenas que seus olhos estavam fechados, que um tubo havia sido inserido em seu pescoço, sob a ferida de sua garganta, que seu peito subia e descia mecanicamente, seus dedos repousando apáticos sobre os lençóis brancos. Ainda havia sangue no cabelo dela.

O maqueiro posicionou a cama, olhou rapidamente para nós e, então, de cabeça baixa, concentrou-se no que fazia, os passos coordenados interrompidos quando deu meia-volta e encontrou a enfermeira na porta.

— Harry? Eu trouxe as coisas que você pediu. — Ela parecia emocionada, mais jovem do que parecia viável, com olhos azuis vivos e grandes de modo que parecia que pássaros azuis a seguiam aonde quer que fosse.

Olhei para Harry, e o vi ficar vermelho de vergonha a partir da base do pescoço.

— Esta é a minha sargento — disse ele, com a voz pouco natural e rouca. — Alice.

Olhei para ele e, depois, para a fina aliança de casamento que usava, e virei-me para a enfermeira.

— Sargento Alice Parr. Como foi a cirurgia?

— Ela sobreviveu — disse a enfermeira —, então vamos considerar isso uma vitória. Está sedada agora... vai demorar um pouco até que ela saia disso, se é que vai conseguir. Aliás, o meu nome é Gwen.

Acenei com a cabeça.

— Você disse "se é que vai conseguir"?

Gwen suspirou, com uma expressão pesarosa.

— Receio que tenha havido muitos danos. Os cirurgiões fizeram o melhor que puderam, mas, honestamente, não sabemos o quanto o fluxo de oxigênio para o cérebro foi afetado e como isso vai impactar na sobrevivência dela.

Uma preocupação que eu ainda não havia levado em consideração.

— Você quer dizer dano cerebral?

A enfermeira me olhou de relance, e os pássaros azuis desapareceram momentaneamente. Ela inclinou a cabeça para um lado.

— É melhor você falar com o médico — recomendou ela, com suavidade. — Simplesmente não dá para afirmar nada neste momento. — Ela olhou para Harry e depois para mim. — Olhe, nós vamos saber mais quando tentarmos tirá-la da sedação. Se ela acordar, vamos conseguir avaliar o quanto foi afetada.

— E se ela não acordar? — perguntei, com a sensação de que já sabia a resposta.

Ela suspirou profundamente.

— Então nós vamos saber também. Se ela entrar em coma... Olhe, não vamos ficar pensando nisso agora. Vamos torcer, não precisamos nos preocupar com isso neste momento. — Ela sorriu, o que pareceu exigir algum esforço. — Estou com todos os pertences dela aqui. Estão ensacados. — Ela afastou da parede a mesa de rodinhas e colocou os sacos transparentes sobre o tampo. — A roupa dela. — E apontando para o próximo saco. — E o que estava nos bolsos.

Um pequeno conjunto de chaves brilhou sob o invólucro. Eu as peguei e virei no ar. Chaves de casa. Sem marcas, nada que indique a localização desse lugar. E, depois, algo mais. Meu olhar se fixou em uma mancha de cor brilhante através do plástico, e eu peguei o saco, pesando-o nas mãos.

Debaixo do brilho do plástico, uma pequena boneca de pano me olhava tristemente.

— Sim, isso estava no bolso dela — disse Gwen.

Esticada, a boneca tinha o comprimento da minha mão, a trança áspera de seu cabelo de lã quase chegando à ponta dos meus dedos. Ela tinha olhos bordados, um avental florido, um sorriso largo. Senti o corpo dela, sua finura entre meus dedos, e pensei em Poppy e Charlie, e em maldita zebra dele chamada Zee. Eu a tinha comprado na loja do hospital, sem saber o que se dá de presente para uma criança com apenas um dia de vida. Zee enfeitava o berço, desafiando a vigilância contínua à política de visitantes, seu berço, sua cama. Zee tinha viajado para Chipre e Creta, e havia sido deixada na linha norte três vezes, segundo o que eu sabia, e tinha, ao longo dos anos, desenvolvido um cheiro indestrutível de vômito. Zee também estava mais magra, como se a própria gordura lhe tivesse sido arrancada pelo amor incessante de uma criança.

— Alguém amava esta mocinha aqui — falei em silêncio.

A enfermeira olhou para a vítima, depois se aproximou e, baixando a voz, disse:

— Tem mais uma. — Ela apontou para dentro do saco, embaixo da primeira. Uma ponta de tecido amarelo que terminava em uma forma arredondada, a cabeça de um cachorro com uma boca sorridente, uma língua pendente.

— Ela tem filhos — concluí. Eu conseguia sentir nossa desconhecida na minha visão periférica, sentia sua inércia, e não me fazia bem estar ali daquele jeito, apertando os brinquedos de seus filhos, como se fossem bugigangas, e não o coração e a alma do mundo para aqueles que a chamavam de mamãe. — Merda.

— Verdade — concordou Gwen. — É uma merda.

Coloquei o saco de volta cuidadosamente, analisando seu contorno, respirando fundo.

— Nada de telefone? Carteira? Alguma coisa com um nome?

— Nada, desculpe. — Ela afastou os sacos e pegou uma pequena sacola plástica transparente. — Mas tinha isto.

— O que é?

Ela me entregou a sacola e eu espiei, torcendo para que o objeto me trouxesse a luz de que precisava.

— Isso é uma atadura?

— Sim. Um pedaço de atadura. Estava dentro da manga dela.

Virei a sacola, analisando aquele pano creme, com a borda escura de sangue.

— Pode ter caído lá? Ou foi colocado enquanto ela estava sendo atendida?

Ela deu de ombros.

— Não sei. Pode ser. Mas olha, há mais... — Ela se inclinou sobre mim, ajustando o plástico à luz. E lá, gravado no sangue escuro dentro da embalagem de plástico transparente, havia uma forma. Uma impressão digital.

CAPÍTULO 4

Sentada à minha mesa, deixei o olhar acompanhar o trajeto da vítima pela Hunter Street, depois deitada na grama encharcada de orvalho, seu rosto focalizado no momento do seu quase assassinato. Depois, voltei-me para as outras fotos, a cena do crime encharcada de sangue, os brinquedos das crianças, a atadura embalada no plástico que ninguém conseguia explicar. Ou talvez não precisasse de explicação. Talvez não fosse nada, uma pista falsa. E a trilha sonora de tudo isso, dando voltas na minha cabeça, a palavra "Wolf".

Um sentimento começou a tomar conta de mim, de que talvez estivesse me enganando. Quem sabe eu tivesse procurado uma palavra e encontrado, minha mente dando sentido ao que era apenas espaço vazio. A Equipe de Ação Externa não havia encontrado nada. Eles procuraram naquela listagem de nomes, A Alcateia de Londres, e conseguiram muito pouco, nada além de mau humor e pés cansados. Passei os olhos rapidamente pelo computador, para a borda azul da tela do Facebook, o fluxo constante de Wolfs. Tantas caras olhando para mim, sem nada para conectá-las a um pedaço de grama manchado de sangue em Holborn.

Suspirei, dei uma boa mordida em uma barra de chocolate, o aperto no meu estômago me lembrando de que eram quase cinco e meia da tarde e eu só tinha comido um saco de batata frita e uma maçã o dia todo. Eu me afastei dos Wolfs da tela, desviando-me dos horrores do dia, observando a janela e o céu de retalhos. Minha mesa era muito boa. Tinha uma vista interessante, e ficava perto do aquecedor, o que era útil no inverno. O vento havia se acalmado agora, deixando para trás os restos de um dia suave de primavera, do tipo que deixa as pessoas olhando duvidosamente para o céu, desesperadamente agarradas aos seus guarda-chuvas não utilizados, incapazes de acreditar em sua sorte.

Meu estômago se contorceu quando o doce caiu no vazio, a densidade do chocolate enrolando minha língua. Eu deveria me alimentar direito. Deveria dormir direito. Deveria, deveria.

— Você precisa se alimentar direito.

Demorei um momento para perceber que a voz não vinha de dentro de mim. Levantei o rosto e vi o inspetor me observando, com a cabeça inclinada, todo paternal e preocupado.

Gemi, com a boca cheia de chocolate:

— Minha calça jeans concorda.

Noah se aproximou, inclinando-se para a tela do meu computador onde os rostos se empilhavam.

— Alguma coisa sobre Wolf?

Fiz que não com a cabeça.

— Talvez seja um apelido — sugeri, pensando que talvez, na verdade, não fosse nada.

Noah se debruçou sobre mim e pegou a foto dos brinquedos.

— Isso é muito triste.

Concordei, concentrada no meu chocolate. Aquele era um mundo à parte para mim. Dizem que essa coisa de se tornar mãe ou pai muda você. Que cada caso se torna mais pessoal, que o envolvimento de crianças pode transformar qualquer coisa em tortura. Mas o que torna um caso pessoal é diferente para cada um de nós. Analisei a fotografia da vítima, uma anterior, na qual sua vida ainda era como deveria ser. Essa foi a parte que mais despertou meu interesse, essa incógnita, a de que em questão de segundos tudo estaria revirado e ela estaria lutando para viver, e mesmo assim ela continuou, sem saber que estava à beira de um precipício.

A porta se abriu, como se tivesse sido golpeada pelo vento de um furacão, e Poppy entrou como sempre fazia, parecendo liderar um exército. Ela soltou um suspiro profundo, afundando na cadeira ao meu lado.

— Tá bom, só vou dizer uma coisa: não encontrar outro lobo fara de mim uma campista feliz. — Ela se virou para o inspetor. — Chefe, o último, um tal sr. Reginald Wolf, de 63 anos, avisou que vai procurar um advogado para tratar de assédio policial. Ele também disse que a culpa era dos imigrantes.

— O quê? — perguntou Noah.

Poppy deu de ombros.

— Sei lá, chefe. Isso é tudo, eu acho.

Meneei a cabeça, e meu celular começou a tocar em algum lugar embaixo das fotos espalhadas. Segui o som dele, deslizando a mão por baixo dos objetos escorregadios até encontrá-lo.

— Sargento Parr, Investigação Criminal.

— Olá... você é a Alice, né?

Hesitei.

— Sim. E você?

— Oi, meu nome é Jake. Sou do Green Java da Emerald Street.

Paralisei, o cérebro raciocinando de modo mais lento do que deveria. Emerald Street. Levantei-me da cadeira, inclinando a cabeça para olhar para a rua abaixo, podendo distinguir a bandeira cor de esmeralda do café Green Java balançando ao vento.

— Ah, oi — falei sem rodeios. — Como eu posso te ajudar?

— Então, tipo, eu vi as notícias. Sobre aquela senhora que foi esfaqueada? O negócio é o seguinte: tenho certeza de que a conheço.

Meu batimento cardíaco disparou.

— É mesmo? De onde?

— Daqui. Ela entrou aqui... Acho que na sexta?!

Assenti devagar.

— Jake, estou indo até aí. Não vá a lugar nenhum. — Desliguei o telefone, levantando-me rapidamente e puxando meu casaco da cadeira. — Pops, surgiu pista no Green Java. O cara acha que ela já esteve lá.

O inspetor inclinou-se, espiando pela janela para a Emerald Street lá embaixo.

— Bem... isso... vai ser... útil?

Poppy e eu ficamos paradas ali fora por um tempo, vendo a porta do café abrir e fechar, abrir e fechar, o cheiro de café e canela vindo em nossa direção. Senti o estômago roncar, apesar da barra de chocolate.

De alguma forma, na minha cabeça, eu não conseguia colocá-la naquela cena, entre as pessoas comuns da Emerald Street, no café Java Green — era mais uma extensão da estação Holborn do que de fato uma cafeteria, embora servisse estimulantes legais e bolos bem recheados.

Eu conhecia aquele lugar. Conhecia o som que o sino da porta fazia quando as pessoas entravam. Sabia qual tábua do assoalho rangia e em qual ponto do balcão o vapor chegava em maior volume. Sabia a que horas os melhores lanches saíam e qual atendente colocava mais chantili no café. Tê-la ali, no meu espaço... seria como sentir um toque no seu cotovelo, virar e ver que a Jennifer Lawrence está pedindo para eu passar o açúcar.

— Você acha que é uma pista furada?

Olhei para Poppy, o sentimento repentino e desconcertante do mundo refletindo meus pensamentos de volta.

— Talvez. Mas pelo menos é uma boa desculpa para comprar um lanche.

Respirei fundo, aquele cheiro de jasmim voltando, e entrei no fluxo dos pedestres, o zumbido das pessoas durante o dia, correndo em direção ao metrô. Mantive os olhos na porta. Uma mulher desajeitada entrou bem na minha frente sem perceber. Eu me desviei para trás de um Mercedes estacionado e pensei em mostrar o dedo do meio para ela.

O sino tocou. Já havia estado ali muitas vezes e tinha a impressão de que apenas o toque daquele sino já trazia o sabor do café à boca. Pavlov teria ficado orgulhoso.* Estava tudo tranquilo, duas pessoas esperando na fila, olhando diretamente para os sanduíches coloridos em cima de um papel claro enquanto tentavam não parecer impacientes, como se tudo o que quisessem fazer no mundo fosse ficar ali, olhando para aqueles malditos lanches. Entrei atrás delas, meu estômago reclamando, um horrível lembrete do café da manhã que havia esquecido de tomar, e fiquei olhando para as mesas de madeira, duas garotas do departamento financeiro, bem próximas, estavam envolvidas em uma animada conversa. Um detetive sentado no fundo, apenas com o topo da cabeça visível

* Ivan Pavlov foi um médico russo que, no início do século XX, fez uma experiência com cães para demonstrar sua teoria sobre reflexos condicionados. Sempre que alimentava os cachorros, Pavlov tocava um sino. Com o tempo, os animais passaram a salivar toda vez que ouviam o som do sino, mesmo que não houvesse comida por perto. O objetivo do experimento era provar que qualquer tipo de estímulo pode provocar uma resposta específica se for associado a algo significativo [N. E.].

acima atrás de uma revista, *Triathlon Weekly*. Uma jovem mãe, com os olhos vermelhos e lacrimejantes, o cabelo puxado em um coque alto. Ela estava tomando um café com tanto chantili que quase escondia seu rosto. Com o outro braço, ela segurava um bebê — tão pequeno que parecia ter acabado de nascer —, que segurava a frente da camisa da mãe com sua mãozinha, como se quisesse impedi-la de fugir. A mulher ergueu o rosto, e, devendo ter me sentido observá-la, me deu um olhar sem expressão, parecendo estar à beira das lágrimas. Senti que estava ficando vermelha de vergonha, dei a ela um sorriso tímido e depois olhei de volta para os sanduíches. Talvez o restante da fila tivesse alguma coisa a ver com isso.

O atendente do café parecia ser um cara do tipo exigente, que não podia ser tão jovem quanto parecia, pois parecia ter uns doze anos. Ele me viu, e seu rosto pareceu muito aliviado.

— Oi, Alice! Quer conversar quando eu terminar aqui?

Fazia muito tempo que ele parara de reparar na minha cicatriz; a novidade tinha passado. Nos meses depois do incêndio, essa falta de interesse por si só havia se tornado suficiente para ganhar minha amizade eterna.

— Oi, Jake! — Eu sabia o nome dele pelo crachá. E ele conhecia o meu porque sempre escrevia no meu copo. Uma senhora intimidade. — Claro...

Eu o segui até o final do balcão, o assobio da máquina de café fazendo meu estômago se contorcer. Mostrei a foto tirada das imagens das câmeras de segurança.

— Então, foi essa a mulher que você viu?

Ele se debruçou sobre a foto, analisando-a.

— É ela — ele respondeu, triunfante. — Eu sabia. Não acreditei! Eu vi no noticiário quando comecei o meu turno. Quer dizer, a gente sempre vê essas coisas acontecendo, mas nunca pensa que vai ser com uma pessoa conhecida. Parece que esse tipo de coisa só deveria acontecer em filmes. — Ele assentiu. — Sim, então, eu a conheço. Na verdade, ela veio aqui... na semana passada? Sexta-feira? Sexta-feira. Tenho certeza de que foi na sexta. Ela estava... — Ele me olhou de relance, ficando envergonhado —... com tudo em cima. — Ele olhou para o lado, as bochechas ficando cada vez mais ruborizadas. — Você sabe o que estou tentando dizer.

Pensei nos grandes olhos dela, em suas maçãs do rosto delineadas, nos lábios carnudos. Tudo em cima. Ela era linda. Mas então alguém cortou sua garganta. A máquina de café começou a fazer barulho e eu olhei para ela, desejando agora que o garoto me fizesse um maldito café primeiro.

— Ela vem bastante aqui?

Ele fez que não com a cabeça.

— Aquele dia foi a primeira vez que a vi. Com certeza eu lembraria. Acho que ela não era inglesa...

— Como assim? Por quê?

— Ela tinha um sotaque. Na verdade ela não falou muito, mas lembro de pensar que ela deve ser, não sei, canadense, talvez? Americana? Ou da Nova Zelândia?

Juro por Deus que ouvi Poppy revirar os olhos.

— Tá bom, ela tinha sotaque. Isso já é... alguma coisa.

— Ela te falou algum nome? — perguntei, gesticulando para um latte caramelo que ele havia deslizado pelo balcão ao meu lado, com o nome Jessica rabiscado.

Jake fez uma careta.

— Tipo... Sabe, tenho certeza que sim, mas nós atendemos muita gente. Desculpe.

Poppy interveio:

— Vocês têm câmeras de segurança?

— Sinto muito — disse ele novamente. — Até tínhamos algumas do lado de fora, mas uns garotos as quebraram umas semanas atrás. O meu chefe ainda está esperando que vocês os prendam.

Lutei contra a vontade de suspirar.

— Mas tinha alguma coisa — Jake olhou novamente para a foto. — Eu lembro quando ela entrou.

— A que horas isso aconteceu?

— Não sei, acho que por volta das oito. Da manhã, quero dizer. Ela pediu... alguma coisa... não era comida. Uma bebida. Lembro de ter passado o pedido para Laura... — Ele acenou para uma Laura imaginária. — Olhei para ela para pegar o dinheiro, sabe, e ela estava de um jeito... Quero dizer, parecia ter visto um fantasma.

— Como assim? — Meu coração começou a bater mais rápido.

— Bem, ela parecia meio congelada. Não estava olhando para mim, mas para janela. Tive que tentar chamar a atenção dela algumas vezes. Daí ela simplesmente falou apenas que tinha mudado de ideia. E meio que recuou. Honestamente, pensei que ela fosse começar a chorar.

Poppy se inclinou, e seu casaco começou a raspar contra a embalagem daquelas drogas de sanduíches.

— E o que ela fez? — perguntou Poppy.

Jake deu de ombros.

— Não sei. Foi estranho, mas tinha um monte de gente esperando na fila. Não vi para onde ela foi depois disso. Acho que foi embora.

— Uma câmera ajudaria nisso — Poppy murmurou.

Olhei de Jake para a janela, vendo o desfile interminável de pessoas passando em frente. E para ele novamente.

— Tem certeza que não sabe o que ela viu?

Jake meneou a cabeça.

— Não faço ideia. Só sei que a deixou muito assustada.

CAPÍTULO 5

— Ok, já está tarde, então vamos começar logo com isso. — O inspetor se postou à frente na sala de reuniões. Seu cabelo estava em pé, e uma mancha de café escurecia a manga esquerda de sua camisa antes branca. — Está bem? Primeiro, obrigado pelo trabalho duro de hoje. Alice, você mergulhou até o pescoço nisso. Literalmente. — Um breve e possivelmente simpático sorriso. — Estamos sendo muito pressionados com esse caso. Tem um bando de jornalistas acampados do lado de fora. Se eles te pegarem na saída, peça para falarem com a assessoria de imprensa. Precisamos gerenciar com cuidado as informações que vão ser divulgadas publicamente; então, respondam apenas com um educado "nada a declarar" e depois sigam em frente. Entenderam?

Eram cerca de dez horas da noite, tão tarde que uma escuridão se mostrava lá fora, ainda que, mesmo assim, me parecesse estar no meio do dia. Eu não estava cansada. Estava... muito ligada, acho. Mudei de posição na cadeira, querendo me mexer, querendo voltar ao trabalho. A adrenalina é uma coisa maravilhosa.

— Então, a nossa vítima. Ainda não sabemos o nome nela, por enquanto continuaremos chamando de nossa desconhecida. O hospital relatou que o estado continua crítico. Eles ainda não tentaram reduzir a sedação, mas me disseram que vão fazer isso muito em breve — ele olhou para o relógio — e vão nos avisar sobre como ela vai reagir.

Ele clicou no mouse, e a tela atrás dele começou a ganhar vida.

— Agora, não sabemos quem ela é, mas, graças aos nossos amigos do departamento de transporte público — alguém bufou de um ponto da sala —, sabemos de onde ela veio.

Outro toque no mouse, outra imagem, nossa desconhecida no metrô. Inclinei-me para o lado para conseguir ver entre as cabeças que me bloqueavam. Ela se sentou ao lado da porta. Usava aquele mesmo casaco, o colarinho de pele roçando seu rosto.

— Essa imagem é de hoje? — perguntei.

Noah assentiu com a cabeça. Essa gravação foi feita às 7h25 de hoje. Ela mostra a nossa vítima dentro de um metrô da linha norte em direção a King's Cross.

Ela parecia perdida em seus pensamentos, com a boca cerrada como se tivesse tomado uma decisão, prestes a mudar de rumo. O cabelo loiro sobre os ombros, o olhar preso a uma distância curta. *Para onde você está indo?* Pensei. *Em que está pensando?* E então a bolsa. Estava no colo dela, igual à última vez que a vi. Só que sem o sangue. Ela a abraçava como uma mãe que segura seu bebê, puxando-a para perto do corpo, mantendo-a segura. E ali, claramente visível saindo pela abertura, uma forma grande, quadrada e marrom.

Eu me levantei de repente e senti todos se virando para me observar. Fui em direção à tela, onde a vítima estava sentada.

— Aqui — disse, traçando o quadrado com os dedos. — Vejam, é uma pasta. Ou um envelope. Ou algo muito parecido. Ela estava com isso nas imagens das câmeras de segurança que flagraram o ataque. Só que, quando encontramos a bolsa, esse objeto tinha desaparecido — informei ao restante da sala.

O inspetor apertou os lábios.

— Certo. Vamos considerar isso. — Ele me olhou enfaticamente e me lembrei de repente do peso de muitos olhares sobre mim. Comecei a sentir o rosto esquentar. — Desculpe. Vou... me sentar. — Uma risada breve.

— E o agressor? — disse Poppy, que estava sentada ao meu lado. — Algum sinal dele?

— Nenhum sinal dele no metrô. Os caras conseguiram localizá-lo deixando o banheiro da estação. Espere aí... — ele se atrapalhou com o mouse, e a imagem mudou, dessa vez para a entrada da estação King's Cross. As pessoas inundaram a tela, movendo-se para todos os lados. Um grupo de adolescentes muito perto das catracas, debruçado sobre um mapa, forçando a multidão a se dividir. Analisei as pessoas, procurando um formato que parecesse familiar. Daí, finalmente houve um movimento à esquerda da tela, familiar quanto ao tamanho. Ele saiu dos banheiros com os ombros curvados e uma mochila grande nas costas. Caminhou de maneira obstinada até as portas e, então, como se sua intenção tivesse sido aquela desde o início, fez uma curva acentuada, passando pelo contorno da entrada do metrô, até desaparecer entre uma banca de jornal e uma pilastra.

— O que ele estava carregando naquela mochila? — murmurei para Poppy. Ela meneou a cabeça, sem desviar o olhar da tela.

Assistimos silenciosamente à cena. Ele estava esperando, isso estava muito claro. Por ela? Ou por outra pessoa? Quais eram as regras particulares dessa brincadeira de esconde-esconde? Nós o assistimos. Ou, pelo menos, observamos a pilastra onde acreditávamos que estivesse, durante tempo suficiente para que as pessoas começassem a se mexer, murmurando e reprimindo bocejos.

Uma ponta de ansiedade se formou no meu estômago. Será que ele tinha escapado? Perdemos o cara no momento de pico do dia?

Depois, a nossa vítima passou pelas catracas, com a bolsa enfiada embaixo do braço. Ela caminhou em direção à saída, confiante e sem nunca pensar para onde aquilo a poderia levar. E então pareceu que a própria pilastra se moveu, emergindo uma forma por trás dela, na mesma sintonia de sua vítima. Perto o suficiente para que ela não pudesse fugir. Longe o suficiente para que ele não fosse notado.

— Ele estava esperando por ela — falei, suavemente.

— Com certeza, parece que sim — concordou Poppy, calmamente.

Pensei no café da Emerald Street. Da brisa que vinha em nossa direção, o barulho do trânsito.

— Talvez ela estivesse sendo seguida — comentei com Poppy enquanto estávamos diante da janela do Java Green, sentindo frio nas pernas, um dia tipicamente londrino, mudando mais uma vez. Ela havia visto algo pela janela. O que era? O que a tinha assustado?

— O que quer que ela tenha visto, estaria ali. — Olhei para o outro lado da rua. — Ali. — O sol fazia o vidro brilhar. A imagem das mesas se cruzou com meu reflexo, como em uma pintura de Dalí. Então, olhei de novo e já não era mais o meu reflexo, mas o da vítima, olhando para mim.

— O que você viu? Do que você estava com medo?

A sala de reuniões começou a ficar desconfortavelmente quente, muitas pessoas enfiadas em um espaço muito pequeno. Saí do meu lugar, vendo o inspetor se curvar para a frente, mexendo no notebook, murmurando baixinho. Cheguei mais perto de Poppy, apontando para a imagem, agora congelada naquele homem gorducho, com seu longo cabelo loiro saindo do chapéu.

— Você acha que era ele na cafeteria? Você acha que ela o viu lá fora e que foi isso que a assustou tanto? — Poppy olhou para mim.

— Pode ser. Mas isso significa...

— Isso significa que essa história não começou hoje — concluí, em silêncio.

A cafeteria não pode ter sido o lugar onde ele a viu pela primeira vez, onde tudo começou; se fosse assim, a vítima não teria nada a temer. O medo é aprendido. Um cervo que nunca viu um caçador não tem motivo para temer uma arma. Já a nossa vítima estava assustada.

— Chefe — chamou Poppy —, qual foi o ponto de origem da viagem dela?

— A estação de metrô Hampstead — disse Matt, um pouco à frente.

Eu me virei para ele.

— E como ela pagou a passagem?

Ele bufou, torcendo-se para me encarar.

— Aparentemente, a nossa ilustre desconhecida é a única pessoa em Londres que anda de transporte público sem usar um cartão pré-pago. Ela comprou a passagem. Um bilhete de verdade. Na bilheteria da estação. — Ele me deu um olhar inexpressivo. — E ela pagou em dinheiro.

Poppy gemeu.

— Estou começando a pensar que ela está fazendo isso de propósito.

O inspetor deu uma olhada no notebook.

— A boa notícia é que Hampstead, sendo seu ponto de partida, casa com todos os relatos sobre ela ter sido vista naquela área. Aposto que ela mora lá.

Pensei na cafeteria de novo, nas quase lágrimas e no cheiro de canela.

— Chefe, nossa testemunha do café disse que se lembra de ela ter um sotaque... — Pensei nos bichinhos enfiados no bolso dela. — Nós estamos nos perguntando por que a família não entrou em contato depois que o caso passou no noticiário. E se eles não tiverem visto? E se eles não estiverem aqui?

— Como assim?

— Bom, talvez ela realmente não more aqui. Talvez esteja de férias ou só fazendo uma visita. Isso explicaria o fato de ela ter sido vista por várias pessoas e, ainda assim, não ser reconhecida. Explicaria o fato de ela ser a única pessoa em Londres que compra a passagem de metrô em dinheiro.

A sala ficou em silêncio, vinte pessoas digerindo o que eu tinha acabado de dizer.

— Acho que nós devemos checar os hotéis — acrescentei. — Airbnb, esse tipo de coisa.

Noah tinha cruzado os braços e assentiu devagar.

— Muito bom. Boa ideia. — Ele pensou por um momento. — Sabe, sempre que viajamos, a gente reserva Airbnb...

— Isso é porque você tem quarenta filhos, chefe — disse Poppy.

— Não — ele suspirou —, eu não tenho. Parece que isso é tudo. Al, está feliz por assumir a liderança dessa investigação?

— Muito, chefe.

— Maravilha. Gente... quem quer que seja esse cara, ele é perigoso. A nossa vítima sobreviveu por sorte. Ele a atacou de repente, em plena luz do dia. Temos que encontrar esse cara antes que ele faça mais alguma coisa. Agora, amanhã...

— Estou te dizendo — Poppy se aproximou de mim e disse em voz baixa —, é o marido!

Revirei os olhos.

— Você é muito cética.

— Engraçado, foi exatamente o que o advogado que tratou do meu divórcio disse.

Eu ri tanto que comecei a tossir — depois acenei com a mão.

— Chefe? Soube alguma coisa sobre aquele curativo que eu enviei?

Noah franziu a sobrancelha.

— Al, você é nova no cargo? Embora eu aprecie seu entusiasmo, fui informado de que o laboratório vai atender você com a máxima urgência, mas só se eu conseguir que você pare de assediá-los.

— O que eu posso fazer? Estou motivada.

Noah suspirou.

— Bem, certamente essa é uma das palavras que nós podemos usar. Então, gente: vão para casa. Vejo vocês dispostos e contentes amanhã cedo. Às oito, por favor.

Muitos suspiros soaram aliviados, e, depois, ouvia-se o barulho de cadeiras sendo arrastadas pelo chão. Eu me sentei novamente. A tela tinha voltado agora para a imagem da vítima no metrô, com seu olhar distante e a bolsa apoiado no joelho. Para onde ela estava indo? O que estava carregando?

— Ei, você vem? — perguntou Poppy.

Demorei um pouco para responder.

— Não — disse —, ainda não. Vou ver algumas coisas aqui primeiro.

— Al...

— Pops.

Ela revirou os olhos.

— Está bem. Só não trabalhe até muito tarde, tá? — Ela se debruçou e beijou minha cabeça.

Dei um sorriso.

— Está bem, mamãe. Dê um beijo no Charlie.

Não me lembro de quanto tempo trabalhei, pesquisando hotéis, pousadas, qualquer lugar onde um turista pudesse ficar. Fiquei tanto tempo no computador que minhas costas começaram a doer. Deve ter sido por volta da meia-noite. Lembro de ter bebido Red Bull, minha segunda lata do dia, ficando com a língua grossa por causa do seu gosto adocicado. Mas sei que, no momento em que me levantei, meus olhos começaram a ficar pesados e as palavras na tela passaram a dançar na minha frente.

Caminhei até a janela, observando a noite londrina, com suas inúmeras luzes, sua eterna vigília. Parei por um momento, com um pensamento fora do meu alcance. O que tinha acontecido? Encostei a testa no vidro, observando a Emerald Street, silencioso agora, apenas as luzes interrompendo a escuridão. Algo tinha acontecido naquela rua. Algo chamou a atenção da vítima, assustando-a o suficiente para fazê-la fugir, abandonando seus planos iniciais. Então, logo me veio outro pensamento. A cafeteria ficava perto da delegacia. Não exatamente perto, mas não muito distante. E aqui, em Holborn, nos orgulhamos do nosso sistema de monitoramento.

Peguei meu bloco de anotações e subi as escadas até a sala de controle das câmeras. Pequena e vazia. Ocorreu-me brevemente, e de modo bastante preocupante, que eu podia dormir ali. Um lado positivo disso seria que não precisaria me deslocar. Olhei para as câmeras, procurando a que cobria a Emerald Street.

— Ok — murmurei — onde você está?

Sexta-feira, oito da manhã, as pessoas enchendo as calçadas como em uma maré alta. Curvei-me, com os olhos cansados e me esforçando para ver algo mais do que fantasmas. Onde você está? Então, um pedestre fez uma curva acentuada à esquerda e, no vão que ele deixou, moveu-se a pequena figura da vítima.

Minha respiração ficou presa.

Ela caminhou exatamente como havia feito mais cedo. Confiante, como se soubesse exatamente para onde ia. E ali, enfiada debaixo do braço, estava a bolsa com aquela grande pasta saindo de dentro dela.

Ela estava trabalhando por ali em algum lugar? Talvez algo temporário, o que explicaria a ausência de amigos e colegas, ou, pelo menos, amigos ou colegas que se importassem o suficiente para atender o telefone. Ou... talvez não estivesse morando em Hampstead. Havia os albergues que recebiam intercambistas. Ficavam bem ali, perto da praça Brunswick. Mas ela parecia ter passado da idade de ser uma estudante. Ou era indelicado dizer isso? Quero dizer, pensar isso.

Eu a vi caminhar, já antecipando o percurso que faria, esperando que ela entrasse na fila que começava a se formar do lado de fora da cafeteria.

Mas, em vez disso, ela fez uma pausa, olhou para os dois lados e depois saiu em direção à rua.

— Aonde diabos você está indo?

Ela atravessou, desaparecendo na Richbell Place. Sentei-me por um momento, observando o fluxo de pedestres que ela deixava para trás, algo como uma premonição em movimento.

Mudei de câmera, pegando a da esquina da Richbell Place com a Lamb. Lá estava ela, marchando em direção ao agressor. Humm...

provavelmente era só minha imaginação, mas me pareceu que ela estava se mexendo mais devagar agora, olhando para os lados, observando. Incerteza onde antes havia confiança.

Então, ela ficou longe do alcance da câmera.

Eu sabia para onde ela ia.

Troquei de câmera de novo, dessa vez acionando a que cobria a recepção e a porta principal da delegacia. A recepção estava lotada, algo bem incomum naquela hora do dia. Um grupo de pessoas estava no balcão, uma família ao que parecia, um homem na frente, gesticulando loucamente enquanto falava, uma adolescente atrás, abraçada a uma mulher mais velha. A garota chorava, as bochechas manchadas de rímel. Por alguns momentos eles chamaram minha atenção, a angústia em seus rostos me atraindo por mais tempo do que deveria para que percebesse o que eu estava vendo.

Ali, encostada à porta, com a bolsa azul metalizada cobrindo seu corpo como um escudo, nossa vítima estava parada.

Sentei-me subitamente, a visão clareando em um surto de adrenalina.

— Puta que pariu.

Ela estivera aqui. Na sexta-feira da semana passada ela viera até aqui, para essa delegacia.

Olhei para a imagem e, agitada, apertei a pausa. A imagem tremeu e parou, o rosto da nossa desconhecida congelado em uma expressão capturada de medo. E, então, nas mãos dela, meio escondido atrás da bolsa, estava o contorno escuro de um envelope, tamanho A4, com as bordas pressionadas pelo que continha.

Mudei de lugar para pegar meu celular. Haveria um relatório em algum lugar. Em algum lugar no sistema estaria o motivo de ela ter vindo. E, com ele, o nome.

Porém, enquanto minha mão se movia, um movimento da imagem me interrompeu. O homem na recepção, com o rosto contorcido, aparentemente ouvindo algo que não queria ouvir, bateu com as mãos no balcão, e a garota afundou no casaco da mãe. Problemas a caminho.

E a vítima se virou e fugiu pela porta da delegacia.

Merda.

Voltei a cena, assisti novamente. O impacto, mão contra o balcão. Depois a fuga da vítima. Despercebida, muito rápida, como um antílope que sente a presença de um leão. Ela desapareceu pela porta, ainda apertando bem o envelope.

Observei o saguão, cheio apesar da ausência dela: os braços do homem agitados, a mulher mais velha inutilmente chegando perto dele. E, além deles, pelo vidro cintilante da janela, o contorno distante da vítima, cobrindo a cabeça com as mãos. Ela estava chorando?

Por que ela tinha vindo até aqui? O envelope. Tinha que ter alguma coisa a ver com o seu conteúdo. Mesmo assim, a forma como ela se comportava, toda retraída, o modo súbito como se assustou... Sua decisão de vir até ali não deve ter sido fácil.

Chequei o horário, fiz um cálculo mental rápido. Ela tinha deixado a delegacia e ido direto para o Green Java, cheia de medo, agora a coragem diminuindo. E lá tinha visto outra coisa. Algo que a fez fugir novamente.

E pensei nessa manhã, nas gravações da vítima andando em direção à praça Brunswick e o inevitável ataque. O envelope saindo da bolsa. Naquele momento, eu sabia para onde ela estava indo essa manhã, para onde se dirigia quando quase foi assassinada.

Ela estava vindo para cá.

CAPÍTULO 6

Dormi pouco naquela noite, num estado de semivigília, cada despertar pontuado por um sentimento de erro e pela consciência de uma forma que pairava sobre mim, a silhueta de um homem com uma faca nas mãos. Meus sonhos tinham um ritmo frenético: procurando, procurando, sem saber exatamente o quê. Desisti, um pouco depois das cinco, vesti a roupa de ginástica e parti pelas ruas vazias, descendo pela Primrose Hill, uma rua à esquerda da entrada do Zoológico de Londres, com seus leões e girafas estáticos me encarando, me assombrando naquela luz da manhã. Esforcei-me, cada vez mais, até que minhas coxas começaram a queimar e as panturrilhas a doer, o verde imenso do parque Regent's à minha direita, depois uma curva à esquerda, mergulhando nas ruas quase despertas. Corria em direção a alguma coisa, mesmo que parecesse mais estar fugindo dela. Depois, passei pelas as árvores imponentes da praça Brunswick à frente, e, então, estava lá de novo, segurando suas mãos enquanto ela sangrava, o cheiro forte de jasmim, meus passos combinando com o ritmo do meu batimento cardíaco.

Voltei para casa me sentindo um pouco melhor.

Digo "casa" como algum tipo de reflexo linguístico, mas, na verdade, esse lugar não era minha casa. De modo muito generoso, poderia acrescentar um "ainda". Não era "ainda" a minha casa. Mas no fundo seria razoável supor que o aluguel abusivo em Camden, com suas paredes de chita e o cheiro insuportável de urina de gato que subia do apartamento de baixo, dificilmente encheria meu coração de amor. Inofensivo o suficiente, como o cara que substitui o homem que partiu seu coração, aquele apartamento nunca me arrebataria, seduzindo-me a voltar para ele. Para casa. Não era o caso ainda.

Tomei um banho. Fiz minha maquiagem com cuidado, tentando esconder as cicatrizes com corretivo, sentindo a esponja ranger com o movimento. Passei um pouco ao redor dos olhos, pressionando com força nas olheiras, ressaltadas pelas bochechas magras. Respirei fundo, pensando no restante do dia e no crime que precisava resolver, e, ao fazê-lo, consegui esquecer o rosto que me encarava de volta no espelho.

Dei uma volta pelo apartamento, checando os cômodos, desligando tomadas, verificando algum ferro ligado ou velas acesas, mesmo sem ter nenhuma.

Fiquei ali por um tempo, no meio daquele cheiro horrível de gato, e comecei a sentir um cheiro de fumaça, um peso, como se tivesse sido soterrada por uma montanha.

O celular fez um sinal, tirando-me do meu devaneio, um e-mail que chegava, e eu fechei os olhos, fazendo uma breve oração de agradecimento.

A dádiva de ser a sargento Alice Parr. Isso me permitia esquecer de precisar ser a Alice.

Peguei o celular e olhei meus e-mails com anúncios de férias que nunca aproveitaria e de roupas que nunca compraria. No topo da minha caixa de entrada, vi um e-mail — Airbnb Hampstead. Franzi a testa, e o abri rapidamente.

Sargento Parr,

Em resposta ao e-mail de ontem, estou escrevendo para informá-la de que tenho certeza de que a mulher cuja foto você me mandou é uma das minhas inquilinas atuais.

Olhei para a tela, com o coração acelerado, e corri para olhar o número de telefone que estava embaixo: A. Bean.

Nós a encontramos.

Comemorei mentalmente a pequena vitória e liguei para o inspetor. Acho que a encontrei. Vou para Hampstead. Tem que ter mais alguma coisa lá. Deve haver condolências a serem dadas, procedimentos a seguir. Mas o que se destacou para mim foi o fato de que logo conseguiria saber o nome dela. Logo poderia encontrar sua família.

— Ei — perguntei —, teve notícias do hospital? Ela está acordada?

— Ainda não falei com eles. Tentei, mas ninguém atende. Eu te aviso.

— Se ela estiver... — disse — Se estiver acordada... você se importa se eu fizer isso? Se eu tomar o depoimento dela, quero dizer...

O silêncio tomou uma forma tão grande que consegui ler nele tudo o que estava por dizer.

— É claro, Al. Eu não pensaria em enviar mais ninguém.

Esperei impaciente no meio-fio, saltando na ponta dos pés, observando o trânsito. Finalmente, depois de alguns minutos que pareceram horas, Harry estacionou diante de mim. Abri a porta rapidamente, entrando.

— Desculpe — ele murmurou. — O trânsito está uma merda.

Uma olhada rápida. Ele estava com o cabelo arrepiado, por acidente, e não por uma tendência de moda, e sua camisa, geralmente impecável, parecia enrugada.

— Você está bem?

— Sim — ele respondeu de pronto. — Problemas em casa.

Assenti com a cabeça e mantive a boca fechada. Seu bebê tinha apenas três meses de vida. Seu casamento era seis meses mais velho que isso. E Harry tinha conseguido deter a capacidade de localizar qualquer mulher atraente num raio de um quilômetro.

Como Poppy tinha dito, eu dou um ano.

Enfrentamos o trânsito da manhã, entrando no estreito estacionamento um pouco depois das nove.

— Legal — comentei. — Aposto que esses lugares são baratos.

Harry grunhiu, dando um gole em sua garrafa térmica.

O estacionamento estava silencioso. Já era tarde o suficiente para que os residentes que trabalhavam já tivessem saído. Inclinei-me para a frente no banco do passageiro, espiando o edifício com seus lindos vitrôs. Tijolo vermelho, falso georgiano, as portas guardadas por imponentes pilares, forradas com canteiros de flores coloridas. Eu me peguei endireitando a blusa.

— A que horas ele disse? — perguntou Harry.

Nove. Dei uma olhada no relógio. Nove e quinze.

— Ele está atrasado. Mas, quer saber? — falei. — Nós também estamos. — Olhei para as nuvens escuras. Tinha começado a chover, um falso começo de primavera repentinamente voltando para o inverno rigoroso.

— Ele está atrasado — repetiu Harry.

Olhei para ele. Estava no departamento de Investigação Criminal havia oito semanas. Sua atitude tinha mudado de cachorrinho feliz para cansado e depois para ai-meu-Deus-o-que-eu-fiz em apenas dois meses. Provavelmente eu deveria ter dito algo para inspirá-lo, guiá-lo, como uma supervisora faria.

— Sim — concordei.

O que posso dizer? Estava desatenta. Não estava no meu melhor momento professoral.

Eu me mexi, estalando os dedos. Vamos lá. Um atalho entre as árvores, cortando a grama baixa. Será que a vítima fez esse caminho? Parecia que agora eu via o rosto dela em todos os lugares. Nas ruas lotadas de Holborn, na linha da Piccadilly. Nas bancas de jornal da esquina do meu caminho, ela me olhando depois de ler naquelas revistas sensacionalistas — "O mistério do anjo caído". Devo ter hesitado, senti o cheiro de jasmim misturado ao do jornal áspero e ao de um chocolate vagabundo.

— Terrível, né? — O dono da banca balançou a cabeça até seus dreadlocks fazerem um barulho como se o local tivesse uma invasão de grilos. — Quando são bandidos drogados que são esfaqueados, bem, você acha natural, né? Eles se expõem a isso. Eles sabem do perigo. Mas uma garota linda como essa. Horrível. Simplesmente horrível. Os jornais estão dizendo que ela tinha dinheiro, né? Eu penso assim: se uma pessoa dessa, com o mundo a seus pés, não pode se proteger, quem pode, né?

— Você acha que é ele? — Harry apontou para um Porsche preto e brilhante que passou por nós na East Heath Road, dobrou a esquina com força e entrou no estacionamento cantando pneu. Ele estacionou em uma vaga perto de nós, parando o carro e fazendo barulho com os freios.

Puxei a maçaneta da porta, indo em direção ao dia cinzento, sentindo a garoa na pele, ditando a sinfonia que estava por vir. Ajeitei-me, fechando a porta do carro atrás de mim, vendo o motorista do Porsche desembarcar com suas pernas compridas. Ele era jovem e magro, com o cabelo loiro e desalinhado. Bateu a porta como se não estivesse dirigindo um carro de cinquenta mil pratas.

— Polícia, né? — Ele simplesmente soltou as palavras, o olhar rapidamente sobre Harry e, depois, voltando-se sobre mim. Avaliando-nos. Então ele olhou para minha cicatriz, levantando uma sobrancelha.

Meneei a cabeça devagar, analisando sua silhueta, seu jeito de andar. Pensando agora nas filmagens da câmera de segurança, do caçador e da presa. Porém, aquele homem era mais magro, tinha o cabelo mais curto do que o visto nas filmagens.

— Sargento Parr — falei —, e este é o detetive Regan.

Ele fungou e cobriu a cabeça com o capuz.

— Que tempo de merda.

— Então, você se chama...

Ele franziu a sobrancelha, perecendo confuso com a pergunta.

— Ah, sim, Anthony. Anthony Bean. — Ele disse, triunfante. Como se isso tivesse algum valor para mim.

— Ah, caramba — disse Harry, em voz alta —, você jogava no Arsenal. Cara, você era brilhante. Eu vi você jogar contra o Liverpool. Aquele gol, cara, puta merda.

Fiquei olhando para os dois, tentando encontrar naquele jovem qualquer sinal de familiaridade antes de dar como causa perdida. Tinha sido criada no rúgbi, um esporte de verdade, como dizia meu pai.

— Beleza.

— Então, onde você está jogando agora, amigo? Sério, aquele gol... — Harry saltitava, com o rosto iluminado como uma criança ao ganhar um presente de Natal.

Já sentia meus olhos pesarem, esforçando-me para não os revirar.

— Tudo bem — murmurei —, segura a onda. — Voltei minha atenção para aquele menino-homem à minha frente. — Sr. Bean, você acredita ter conhecido a vítima do esfaqueamento?

Ele deu de ombros, cruzou os braços sobre o peito e estremeceu intencionalmente. Olhou de novo para minha cicatriz.

— Sim, como eu disse, é a mulher que aluga o meu apartamento.

— Certo...

— Então, tipo, quero dizer, sou a favor de ajudar a polícia e tudo mais, mas tenho muito o que fazer. — Na voz dele havia um ar de frieza, e seus pés estavam posicionados como se estivessem prontos para correr. — Agora eu tenho o meu próprio negócio — ele acrescentou —, produzo bebidas proteicas. — Olhou para as nuvens e a chuva que se intensificava como se nossas palavras se misturassem ao asfalto. — Não quero fazer graça, mas você está ficando molhada. Nós vamos ou não até o apartamento?

Fechei o zíper do meu casaco.

— Claro.

Andei um passo para trás. Observando seu andar lento, a maneira como balançava os braços, tentando encaixar a silhueta dele na do agressor. É você? Chequei meu bastão no bolso, segurando-o, só por precaução.

Ele abriu a porta da frente com a chave, entrou e nos convidou a entrar em seguida. Harry ainda estava inquieto, olhando para mim e para Anthony Bean, fazendo mil caretas. Olhei para ele sem expressão, afrouxando o pouco o aperto do bastão no bolso. Em uma fração de segundos, sua expressão mudou. E seus ombros pareciam muito tensos.

Ficamos em um círculo apertado, um andar, dois, Anthony Bean subiu as escadas até o terceiro andar, sem parar para ver se o estávamos seguindo. Ele tirou o capuz da cabeça e deslizou a chave para dentro da fechadura.

Chamei a atenção de Harry com um rápido movimento de cabeça. Tenha cuidado. Anthony fechou a porta da frente bem atrás de mim, o clique da fechadura travou, um barulho ensurdecedor.

Um corredor estreito, portas duplas envidraçadas abriam para uma iluminada sala de estar, com bastante luz mesmo nesse dia tão feio. Anthony se jogou no sofá com as pernas abertas, de modo que suas botas empurravam o tapete. Assisti à cena enquanto Harry se posicionava na poltrona ao seu lado.

— Belo apartamento, cara — ele já foi dizendo. — Legal!

Anthony deu de ombros.

— Quebra o galho. É um investimento, sabe? Não moro aqui. Ah, é melhor você se sentar, sim?

Eu recuei um pouco, olhando para Harry enquanto acariciava a poltrona de couro, ainda soltando um "legal". Tinha a sensação de que ele ia precisar de um pouco de descanso depois disso. Ou, possivelmente, de um banho frio.

Passei por eles para olhar pela janela da sacada em direção à vista do parque. Nossa desconhecida teria ficado ali, contemplando a mesma vista?

— Então — disse —, quero agradecer por ter nos chamado, sr. Bean.

— Anthony.

— Anthony. Como você pode imaginar, é muito importante que a vítima seja identificada nesse caso.

— Sim, bem, vai ser difícil descobrir quem a matou se você não sabe quem ela é, eu diria.

Fiz uma pausa.

— Sim, sim... — depois de sua conclusão totalmente fora do padrão. — Nós precisamos ter certeza de que a vítima era de fato sua inquilina. Você tem algo que possamos verificar? Fotografias, ou um documento de quando fez o contrato de aluguel?

Anthony me encarou com um olhar duro.

— Você está brincando, né?

— Eu...

Ele soltou um suspiro pesado.

— Brincadeira, né? — Remexeu-se para tirar um iPhone do bolso e moveu os dedos pela tela. — Aqui.

Peguei o telefone da mão dele, e vi um e-mail na tela. Levei um instante para me concentrar e entender o que estava vendo. Anexada ao texto estava uma fotografia de passaporte. Uma mulher olhando para a lente da câmera, o cabelo arrumado em um coque baixo, usando batom vermelho escuro. Ela olhava diretamente para mim, e eu senti o peso de seu olhar exatamente como no dia em que segurou minha mão enquanto perdia o controle da vida.

A vítima.

Nós a encontramos.

Olhei fixamente para os olhos que me analisavam, aqueles lábios cheios e levemente retraídos, e percebi que comecei a tremer.

Empurrei a tela para cima.

Abaixo da fotografia, um número de passaporte e, logo depois dele, um nome.

Holly Vale.

— O nome dela... — disse — é Holly.

Harry se levantou, olhando por cima do meu ombro, esquecendo todos os pensamentos sobre seu herói do futebol, de volta à emoção da perseguição.

— Nós conseguimos — ele murmurou.

Eu não podia desviar o olhar. Era essa a prova de que a vida da vítima — Holly Vale — era maior que um sono vazio em um quarto de hospital solitário. Que ela tivera uma vida, que viajara e fizera todas as coisas que o resto do mundo faz. Suspirei lentamente.

Lutei para me concentrar e olhei para as palavras "país de origem". Três letras. EUA.

Jake estava certo. Na verdade, mais ou menos certo. Era americana. E era por isso que ninguém estava procurando por ela. Por isso que nenhuma família tinha batido à nossa porta, nenhum marido desesperado para encontrá-la. Ela não era daqui. Ela se perdera muito longe de casa.

Mordi os lábios. Nós podemos continuar agora. Agora que a encontramos, agora que sabíamos quem ela era, podíamos pegar quem tentou matá-la.

A chuva tinha começado a bater contra a janela, martelando o vidro. Voltei-me para o mundo exterior e a natureza sombria da área arborizada. Um pombo pousou no parapeito e olhou para mim, a cabeça inclinada para o lado.

Senti o nó nos meus ombros começar a se desfazer.

— O que você pode me dizer sobre ela? — perguntei, sem olhar para Anthony, atraída pelo olhar fotográfico da desconhecida. — Há quanto tempo ela estava aqui?

— Três semanas. E ia ficar mais três.

— E por acaso ela mencionou o que estava fazendo aqui? Férias? Trabalho?

Ele fez que não com a cabeça, e olhou de novo para o celular.

— Não. Não mencionou isso.

— Você sabe de que parte dos Estados Unidos ela era? De que estado?

Ele parecia irritado.

— Olha, como eu falei para o outro cara, só vi essa moça uma vez, quando ela chegou. Eu faço isso com todas as pessoas que alugam o apartamento: mostro tudo para ter certeza de que elas sabem como tudo funciona. Depois eu as deixo à vontade para não ter ninguém me avaliando com "ah, ele era insistente, aparecia toda hora". Eu a conheci, achei bonita, depois não vi mais.

Algo parecia errado, uma peça do quebra-cabeça colocada no lugar errado, o ar na sala ficou denso.

— O outro cara...

— Olha — Anthony se inclinou para a frente, os antebraços apoiados nos joelhos, o rosto duro. — Como eu disse, fico feliz em ajudar. Essa ideia de comunidade me anima. — Havia uma frieza em sua voz. — Eu faço doações para três instituições, tipo, dinheiro mesmo. Mas isso está ficando um pouco demais agora. Aquele outro detetive disse que vocês não precisariam de mais nada de mim.

— Esse outro detetive — modulei a voz com cuidado —, quando você o viu?

Ele me olhou fixamente.

— Era... Não sei... Acordei hoje para treinar e vi o e-mail, aquele da Airbnb, perguntando se alguém tinha alugado uma casa para essa mulher, né. Então eu respondi que sim, que era eu, e... o problema estava na minha cabeça então, sabe? Então pensei, vou dar uma passada lá de manhã, porque, para ser honesto, eu estava achando que tinha cometido um erro, sabe, eu me animei. Só que esse detetive já estava me esperando quando eu cheguei aqui, parecia que ele estava tentando tocar a campainha.

— Você o deixou entrar?

— Claro.

Há momentos em que o tempo parece congelar ao seu redor, solidificando-se para que você sinta que ficará preso lá para sempre.

Tirei do bolso meu bloco de anotações, consciente do pequeno tremor nos meus dedos.

— A que horas foi isso?

— Talvez 6h30, 6h45.

— Ele disse o nome?

O jogador de futebol franziu a sobrancelha.

— Detetive Grey. Mas o que está acontecendo?

— Você pode descrevê-lo para mim?

Ele me encarou. Sua pele estava esticada, a testa marcada por cicatrizes de espinhas, os olhos azuis com pontos de cor de avelã.

— Por quê? — saiu como um resmungo. — Por que você está me pedindo para descrever um de vocês? — Ele se inclinou ainda mais para perto, o cheiro de carvalho se sobrepondo à menor sugestão de que estivesse suando forte. — Ele não era da polícia, né?

Eu o analisei.

— Não — disse. — Não, ele não era.

Ele se inclinou para trás, e começou a esfregar as mãos no rosto, mudando de um superstar a um garotinho em um segundo.

— Porra.

Fui na direção dele, afundando na extremidade oposta do sofá, tentando uma aproximação calma.

— Anthony, é extremamente importante que você me descreva o homem que você viu.

— Ah, gordo, sim. Barrigudo. Loiro. Usava óculos, acho...

O homem da gravação da câmera de segurança. A mão que segurava a faca.

— Ele tocou em alguma coisa?

Pareceu que minhas palavras demoraram muito tempo para chegar até ele.

— O quê? Sim... bem, não. Quero dizer, ele colocou luvas. De plástico, sabe? Para preservar a cena, ele disse.

— Ele levou alguma coisa com ele? — Meu estômago se retorcia, uma pontada de dor.

Anthony assentiu.

— Um monte de coisas. Eu não perguntei. Quero dizer, assuntos da polícia, né? Ele ficou aqui por um tempo, talvez trinta, quarenta minutos. Conseguiu o que queria, disse muito obrigado e foi embora. Eu tinha acabado de voltar para casa quando você ligou.

— Você viu um carro? A placa? Algo assim?

O jogador balançou a cabeça.

— Ele virou a esquina. Não sei. Acho que ele tinha um carro, mas não vi.

— Vou ligar para a delegacia— murmurou Harry. — Pedir para procurarem por carros suspeitos na região.

Havia um objetivo ali, uma força motriz que ultrapassava a questão da morte. Ele queria algo dela. Pensei na bolsa vazia, no envelope que faltava. Como se ele tivesse ido atrás dela, pensando que estaria com algo que ele queria, e se decepcionado. Tendo que pensar de novo, inventar um novo plano. O que ele estava procurando?

— Você sabe... se Holly tinha alguma coisa, alguma papelada que ela pudesse ter levado, documentos com o endereço desse apartamento?

— Há um cartão de visita. Tenho uma pilha deles no corredor, com o endereço do apartamento, CEP, telefone. As pessoas que ficam aqui podem levá-los com elas; assim, se precisarem pedir tipo um Uber ou algo assim, têm as informações corretas. — Ele deu de ombros. — Não sei se ela pegou um, mas...

Mas poderia estar na bolsa dela, o que poderia tê-lo levado direto para o apartamento.

— Você acha que é ele? O cara que a esfaqueou? — Ele tinha se curvado, apertando o telefone com os dedos brancos.

Aquilo não tinha sido planejado. Foi espontâneo, com certeza.

Olhei para Harry e, depois, para Bean.

— É muito cedo para dizer, mas é sempre melhor pecar por excesso. Nós vamos fazer uma busca para ver se conseguimos descobrir o que ele levou. Talvez isso ajude a entender melhor quem ele é e por que Holly foi atacada. Quero dizer, ter alguma coisa em mente...

O sol havia rompido, e as nuvens de chuva sofreram um breve interlúdio, espalhando um brilho por toda aquela sala sem graça. Então, da porta da frente, veio um som.

Há momentos em que parece que vivemos eventos anteriores, que estamos presos em algum tipo de ciclo, para que nossos cérebros reajam antes do que deveriam, uma espécie de déjà-vu ao contrário.

Era o encontro metálico da chave na fechadura.

— Quem diabos é isso? — perguntou Anthony.

Corri antes de ele terminar a frase, para fora da sala de estar, pelo corredor de madeira, estalando o chão com meus saltos baixos. Agarrei a porta, rápido, mas não o suficiente, porque agora quem tinha estado lá havia fugido, descendo rápido pelas escadas.

— Pare! Polícia!

Corri como quando era criança, sem nada a perder. Senti uma rajada de vento subindo as escadas enquanto a porta do saguão se abria, um baque enquanto ela atingiu a parede do outro lado. Um andar para percorrer. Corri mais rápido, escorregando no terceiro degrau e deslizando pelos últimos, endireitando-me a tempo.

A porta ficou escancarada, e a pequena brecha nas nuvens se transformou em uma chuva que começou a entrar pela porta. Mergulhei na parte externa.

A chuva tomava o estacionamento. Girei, procurando. Por passos. Por uma silhueta. Por qualquer coisa.

Voltei para a calçada. Olhando para os dois lados.

Mas quem quer que tivesse estado lá já havia ido embora.

CAPÍTULO 7

Formávamos um exército à procura de um fantasma, um pelotão em amarelo luminoso marchando pelo estacionamento, espalhando-se pelos prédios ao redor, por aquela vegetação raquítica, caçando uma agulha em um palheiro gigante.

Ele tinha escapado de mim.

Uma viatura identificada estava inclinada sobre a entrada do estacionamento, com as luzes azuis que pareciam embaçadas pela chuva que caía. Logo depois, várias figuras, com seus guarda-chuvas dobrados pelo vento que começara a apertar e os casacos de chuva batendo como tantas outras capas. Quando você chama a cavalaria, deve esperar que ela atraia uma audiência consigo. Os repórteres tinham vindo de todos os lados para aquele evento, em direção à morte da vítima perfeita, da mulher comum. Escutei alguém dizer que aquela era uma alegoria dos nossos tempos: alguém que parece ter tudo pode, no entanto, ser degolado numa bela manhã de primavera, deixando-nos a percepção de que na verdade nunca existimos.

— Sargento Parr, isso tem a ver com o caso da desconhecida da praça Brunswick? Você encontrou alguma coisa?

A voz da mulher havia sido tomada pelo vento, distorcida saindo fina e irregular. Ela era baixa — embora pequena talvez fosse a melhor palavra a usar —, com cara de criança e cabelo loiro escuro, as ondas balançando tanto com o vento que lhe cobriam o rosto.

— Nós vamos emitir um comunicado mais tarde — informei à repórter, colocando-me confiante, pouco me importando se estava mentindo ou não.

Eles não se importavam. Eram corvos rodeando uma carcaça.

Eu tentava verificar o tamanho do terreno onde ficava o edifício, mas minha visão estava embaçada pela chuva torrencial. Ajoelhei-me em poças para espiar embaixo dos carros estacionados. Andei até minha roupa ficar completamente encharcada, embora seu tecido fosse bastante resistente à água. Tinha escalado o portão de ferro forjado para o jardim de trás, perfeitamente bem-cuidado. Senti o coração afundar enquanto observava ao redor. Um gramado bem aparado, uma profusão de cores nos canteiros de flores protegidos com zelo. E então, na parte de trás, um portão que levava para o parque. Merda.

Então, pedi ajuda.

— Nada? — perguntei.

— Perguntei de casa em casa. Nada — Poppy meneava a cabeça.

Soltei um rosnado baixo de frustração.

— Aonde diabos ele pode ter ido? Eu estava alguns segundos atrás dele. Como é possível que ele simplesmente tenha desaparecido?

Poppy apertou os olhos por causa da chuva.

— O jardim dá para o parque.

— Mas como diabos... Quero dizer, não sou tão lenta assim.

Comecei a andar, afundando em uma poça, e fiz uma varredura no estacionamento, as luzes azuis refletindo na água. Afastei-me da porta da frente do prédio, devagar, dando passos ensopados em direção aos poucos carros que restavam.

— Esse seu cara é um fantasma — disse Poppy —, isto é — ela emendou —, se ele for o seu cara. Não sabemos se a pessoa que veio até a porta foi a mesma que esfaqueou a mulher.

— Foi — declarei calmamente —, eu sei que foi.

— Tudo bem, longe de mim questionar isso. Alguém está verificando o prédio?

— Acabaram de subir. — Inclinei a cabeça para trás, para que a chuva entrasse por debaixo do meu capuz, escorregando pela minha clavícula, e olhei para a parede de pedras brilhantes e as janelas dos apartamentos iluminados, vazios e inflexíveis. — E nós olhamos todos os apartamentos?

Poppy acenou com a cabeça.

— Sim, todos aqueles com alguém em casa. Tudo está em pleno andamento. Muitos lugares vazios. Mas deixamos números de contato.

Eu observava as janelas, perguntando-me se alguém me espiava atrás delas.

— Sério, quem diabos é esse cara? Quero dizer, veja, o cara ataca uma mulher com uma faca, corta a garganta dela... Eu meio que entendo esse tipo de cara. Quero dizer, pessoas profundamente desagradáveis e seriamente fodidas, estou acostumada a lidar com elas. Mas esse cara... Quem comete um ataque como esse, depois vai até o apartamento da mesma mulher e limpa as evidências. E ainda volta para buscar mais. Que porcaria é essa? — Olhei para cima, virando o rosto em direção à chuva.

— Buscar mais o quê? — perguntou Poppy.

— O quê?

— Você disse que ele voltou para buscar mais. Mas ele não entrou, né? Então, o que quer que ele tenha voltado para buscar ainda está no apartamento.

Olhei para ela, começando a mover as peças do quebra-cabeça na minha mente.

— Sabe de uma coisa? Você está certa.

— Isso acontece sempre — disse Poppy, otimista.

— Sargento Parr!

Olhei para a multidão de repórteres, todos com guarda-chuvas e rostos encapuzados, e consegui ver a mulher pequena, acenando loucamente em minha direção.

— Merda — murmurei. — Vou ter que passar por esse corredor polonês.

— Pode ir — ofereceu Poppy, de maneira sombria. — Eu lido com isso.

— Pops...

— O quê? Vou ser legal. Quero dizer, vou mentir, obviamente, mas também vou ser bem-educada.

Sorri.

— Boa sorte.

— Eles é que vão precisar de sorte.

— De quem você acha que eu estava falando? — Bati no seu braço, virei-me e segui em frente. Passei por eles sem olhar para os lados. Afinal de contas, tinha um trabalho a fazer.

A chuva começou a piorar muito, passando a quicar contra as calçadas, com tanta força que minha calça ficou colada à perna. Difícil andar com autoridade quando cada passo seu faz um barulho de raspão contra o chão.

— Alice.

Droga. Minha cabeça me traiu e girou por conta própria, meu corpo muito bem treinado ao ouvir o som do próprio nome. Basicamente, sou um cão pastor.

A pequena mulher loira havia se separado da multidão e, embora estivesse meio enterrada sob um guarda-chuva enorme, começou a ficar com o rosto manchado pelo rímel, que lhe deixou dois aros escuros sob os olhos.

— Oi, Alice. Meu nome é Naomi. Naomi Flood. Só queria me apresentar e dizer... Olha, isso pode parecer um pouco estranho, mas eu considero você uma verdadeira inspiração. — Ela se aproximou mais, a ponta do seu guarda-chuva acabou encostando na minha cabeça. — Eu estava lá naquela noite. O incêndio na sua casa, sabe? Eu dei a notícia sobre aquilo. Não imaginava que alguém pudesse sair vivo daquela coisa. Só queria dizer que o que você passou... acabaria com a maioria das pessoas. Acho incrível o fato de você ter seguido em frente. Você é uma verdadeira heroína.

Abri a boca, mas não consegui emitir nenhuma palavra. Olhei para ela e seus simpáticos olhos castanhos, e me senti dando um passo para trás.

— Então, essa coisa da vítima desconhecida... — Sua voz tinha mudado agora, passando para um padrão bem construído. — Isso é sobre ela? — Ela acenou em direção ao prédio. — Acho que agora você sabe quem ela é, né?

Fiz uma careta. Tentei pensar em uma resposta rápida, mas tudo o que vinha era uma lembrança de fumaça ácida do fundo da garganta, o crepitar distante das chamas.

— Nós... vamos soltar um comunicado mais tarde. — Eu me virei, andando rapidamente para longe dela. Subi as escadas devagar, meus passos ecoando como da última vez, quando estava atrás do homem desaparecido. Parei no corredor e vesti um macacão da perícia.

A porta do apartamento estava escancarada, e um dos investigadores da equipe havia começado a trabalhar na maçaneta. Ele se afastou e fez um sinal para retribuir meu agradecimento.

Desacelerei e me concentrei na minha respiração, no inspirar e expirar. Disse a mim mesma que Holly tinha estado ali. Antes de estar deitada em um parque vazio, em uma piscina cheia de sangue, ela havia caminhado por esse mesmo corredor e entrado nessa cozinha.

Eu me virei lentamente.

Ele viera até ali por alguma razão. Passei os dedos pela bancada de nogueira. Ele tinha tirado algo dela depois de lhe cortar a garganta. Tinha roubado aquele envelope e tudo o que continha dentro dele.

A torneira pingou na pia de cerâmica. Ela tinha algo pelo que valia a pena matar. E, mesmo assim, de algum modo, isso ainda não tinha sido suficiente. Olhei ao redor. O que ele tinha roubado? E, mais importante, o que ele havia perdido?

Passei as mãos já usando luvas pelos armários abertos. Mas a cozinha não tinha nada de diferente. Pratos, copos e tigelas. Apenas as coisas que a mantêm funcionando. Nenhum pedaço de papel descartado com coisas anotadas. Nenhuma carta endereçada a alguém.

Mas esta era uma casa de passagem, não? Uma parada breve em uma jornada.

Virei-me para a mesa da cozinha, a fruteira, as maçãs começando a apodrecer e a murchar. Em um copo na mesa, um brilho vermelho. Abaixei-me e estendi a mão para segurá-lo, um pedaço de cartão, *desculpe, destinatário não encontrado.* Joguei o peso do corpo para trás a fim de ganhar apoio e analisei o conteúdo. *Sua carta exigia uma assinatura.* Foi deixada com a moradora do apartamento 13.

Meu coração começou a bater mais rápido.

— Harry? — chamei.

O som de passos, e Harry espiou pela porta da cozinha.

— Sim, sargento?

Passei o pedaço de papel para ele.

— Você pode checar isso?

Ele o pegou com cuidado, examinando-o.

— Acha que foi por isso que ele voltou?

Olhei para mim mesma. Um pedaço de papel, fácil de deixar cair enquanto você reúne os últimos vestígios da vida de uma mulher. E, então, a súbita percepção de que você viu algo, mas esse algo não saiu com você, que você deixou um rastro... sim, isso faria sentido para mim se pudesse trazê-lo de volta.

— Talvez — disse. — Vá ver se o morador do apartamento 13 pode nos trazer alguma luz, tá?

Eu o observei recuando, lembrando-me do tal detetive Grey. Que tipo de confiança e arrogância esse homem deve ter? Para voltar ali. Para se arriscar. Não uma, mas duas vezes.

Entrei no quarto, a cama de casal bem-arrumada, as cortinas puxadas para trás. Uma pequena escrivaninha no canto, com uma cadeira enfiada embaixo dela, uma superfície limpa. Um vaso de vidro no parapeito, com uma dúzia de narcisos amarelos torcidos e dourados, que traziam certa doçura ao quarto. Fui em direção à sua delicadeza apodrecida, e pensei em lobos, no caçador e em suas presas.

Agachei-me e comecei a puxar as gavetas, decepcionantemente vazias. Havia uma camada de poeira embaixo da mesa, contrastando com o tapete branco. E um ponto branco. Achei! Ali, bem na parte de trás da parede, nas sombras, um fio enrolado. Eu me espremi embaixo da mesa e encontrei um cabo de força. De um MacBook, pelo jeito.

Apertei os lábios e virei lentamente. Onde estava o computador?

Olhei embaixo da cama, abri as gavetas do armário de cabeceira, procurei atrás das cortinas, embaixo das almofadas da cadeira. Nenhum sinal do MacBook.

O som de passos de plástico e Harry reapareceu.

— Ninguém no apartamento 13, sargento. Vou continuar tentando.

Franzi a sobrancelha.

— Sim, vamos insistir nisso. Ei, Harry, você viu um computador por aqui? Acho que um MacBook.

— Até agora, não. Você acha que ele pegou?

Suspirei.

— Parece que sim. — Eu me levantei. — Ela deveria ter um passaporte. Se veio dos Estados Unidos... Ou informações do voo. Algum tipo de documento.

Harry meneou a cabeça.

— Há uma bolsa de maquiagem no banheiro, itens comuns de higiene pessoal e — ele ficou vermelho —, você sabe, coisas de mulher. Mas nada que pudesse ser usado para identificá-la. — Ele ficou em silêncio e disse — Você acha que... você acha que ele não queria que nós descobríssemos quem ela era?

— Talvez. — Mas, se Anthony Bean disse a ele que tinha as informações do passaporte dela, o cara saberia que descobriríamos em breve. Qual seria o objetivo? O que a vítima tinha que ele precisava esconder?

Era um quebra-cabeça com peças faltando, uma imagem desfocada.

— Verifique a cama para mim, tá? — pedi, voltando minha atenção para a mesinha de cabeceira, puxando gavetas, tentando encontrar alguma coisa, qualquer coisa.

— Sargento?

Parei, tomada por um sentimento premonitório desconfortável, olhando para trás. Harry tinha levantado o colchão, segurando-o sobre o ombro para expor a parte de baixo dele. E lá, logo na altura do travesseiro, havia uma faca de cozinha, grande e resistente, com todas as características comuns de uma faca de cozinha, exceto pelo fato de estar embaixo de um colchão.

Harry se inclinou, olhando mais de perto.

— Então, eu sei que obviamente sou apenas um cara, mas todas as mulheres dormem com facas ao alcance das mãos?

— Não — respondi, em silêncio. — Não dormimos. — Coloquei a faca em um saco de provas.

Pensei em Holly, inerte em uma cama de hospital. Você estava com medo, né? Meus dedos pareciam pegajosos, a lembrança de seu sangue neles, um pensamento se apossando de mim: lá no fundo, ela tinha uma noção do que estava por vir. Levantei a faca contra a luz. Onde antes havia dúvidas, agora não havia nenhuma. Não tinha sido um ataque aleatório. Ele veio buscá-la. E ela o viu chegando.

Tirei uma luva para apertar rapidamente os números no meu celular. O inspetor respondeu no segundo toque, com a voz atormentada.

— Chefe — disse —, precisamos colocar um guarda no quarto do hospital. — Na minha mente, os ecos dos passos se distanciando. —

Acho que ele ainda não terminou. Ela o conhecia. E ele pretendia matá-la naquele dia. Acho que ele vai tentar de novo.

O inspetor não respondeu, por um tempo suficiente para que meu estômago começasse a se revirar.

— Vou colocar alguém lá imediatamente.

Desliguei, com a sensação avassaladora de que estávamos no meio de um túnel: mais alguns passos e tudo ficaria claro. Fui até o guarda-roupa, analisando as blusas, as calças, todas com etiquetas discretas de grifes, mas mostrando sinais de desgaste. Enfiei os dedos enluvados nos bolsos, esperando sentir qualquer densidade inesperada nos tecidos. E então eu congelei.

— Harry — disse — posso pegar sua lanterna emprestada?

Peguei a lanterna, agachando-me para espreitar no meio das roupas.

— Sargento? O que você está procurando?

Não respondi. Em vez disso, me retorci, arrastando metade do corpo para dentro do guarda-roupa a fim de alcançá-lo. Eu o puxei para a frente, trazendo uma grande sacola de pano à luz da sala; senti Harry se aproximando de mim, com o olhar fixo. Abri a sacola.

Merda.

— O que é isso?

Não respondi, e simplesmente puxei um pedaço de cabelo escuro. Seguido de um grisalho e curto. Depois, um castanho comum.

— Perucas — informei brevemente. Embaixo daquilo, havia uma pequena caixa contendo dois pares de óculos, um menor e do tipo executiva, o outro largo e bem esquisito. — São disfarces — falei suavemente. — Ela tem disfarces.

Foi impressão minha ou a temperatura da sala caiu?

Olhei para Harry, de boca aberta, tenso.

— Pode me fazer um favor? — disse. — Chame a Poppy.

Harry me deu um olhar atravessado, assentiu e saiu do quarto.

Fiquei sentada lá, no chão do quarto dela. Dela. A vítima. Holly Vale. E olhei para a faca de cozinha, grande e iminente. Para as perucas espalhadas.

Poderia haver explicações razoáveis. Em algum lugar, um lugar além de onde eu conseguia enxergar. Nesse momento, fui tomada por uma sensação de mau pressentimento, de não estar compreendendo a situação da maneira correta.

Levantei-me, me aproximando da janela, o verde-cinza daquela paisagem. A chuva agora chegava na horizontal, batendo contra o vidro por causa do vento. Havia uma fileira de livros no parapeito, todos eles bem lidos, com as lombadas retorcidas. O tipo de coisa que se encontra em uma casa de aluguel, lembranças dos visitantes que já passaram por ali antes. Eu os analisei, sentindo algo por fora. Passei os dedos por suas bordas ásperas. O último da fila era um exemplar de *Cisnes selvagens*. Havia algo lá, uma diferença em relação ao formato dele. Toquei a lombada do livro, estava gasta só até cerca da metade e o resto permanecia intacto. Puxei-o para fora, deixando o livro se abrir no meu colo.

O tempo parou.

Lá, no meio do livro, onde deveria haver uma grande quantidade de páginas, estava um maço de notas de cem dólares.

Olhei para elas, tentando calcular. Havia quanto, uma centena? Mais. Dez mil dólares, no mínimo.

— Harry disse que você me chamou. Merda. — Poppy parou no centro do quarto, olhando para o livro na minha mão, para o maço de notas. Ela olhou para mim, recuou novamente e andou pelo cômodo, pegando a faca e os disfarces. — Hum... Al, isso não é bom.

Você imagina o quanto eu não queria que ela dissesse isso? O quanto eu queria que a mulher que sangrou nos meus braços continuasse a ser quem tinha sido para mim? Uma pessoa inocente. Um anjo caído. Mais tarde eu questionaria a razão desse sentimento, o motivo de parecer tão importante para mim. Mas naquele momento só conseguia pensar que estava errada.

Poppy abriu e fechou a boca, voltou a olhar para o dinheiro na minha mão.

— Al — ela disse suavemente —, acho que a nossa desconhecida não é quem pensávamos que ela era.

CAPÍTULO 8

Há momentos nas investigações nos quais o foco muda e tudo fica claro. Mesmo que a única clareza que você tenha seja a percepção cristalina de que está ferrada, de que está envolvida em um crime que, por enquanto, não tem solução. Fiquei embaixo das árvores, a chuva batendo na minha cabeça e fazendo um coro irregular ao atingir as folhas, o asfalto, minhas bochechas, promovendo um clima de crepúsculo. Esfreguei a ponta do sapato em um tufo de mato, sentindo o vento varrer o parque, puxando-me. A cidade tinha desaparecido agora, tomada pela névoa. Era somente eu naquela área selvagem.

Esfreguei o rosto. Já estava delirando pela falta de café.

A desconhecida. Holly Vale. Ela era um fantasma, uma figura etérea que desaparece quando tentamos pegá-la. Só que ela não era, certo? Porque ela tinha deixado para trás um sangue bem real, que revestiu minha roupa e penetrou nos vincos dos meus dedos. Ela era de carne e osso e estava deitada num leito de hospital, entre a vida e a morte.

Disse a mim mesma que tínhamos um nome. Ela se chamava Holly Vale, e a partir de agora poderíamos escavar mais a história, a fim de realmente entender quem ela era e o que estava fazendo ali. Descubra como uma pessoa viveu e descobrirá como ela morreu. Ou quase morreu.

Saindo do parque, vi os casacos amarelos dos policiais vindo em minha direção, vários deles. A busca tinha sido cancelada. Quem quer que estivesse lá tinha desaparecido agora.

A imprensa começou a ficar impaciente. Você podia vê-los com seus guarda-chuvas, suas vozes tagarelas, perguntas lançadas ao ar, em direção ao agente da perícia que guardava o equipamento no carro, o oficial da polícia comunitária que os encarava, imóvel como uma estátua. Eles percebiam que tínhamos algo, o cheiro da mudança da maré. Corri os dedos pelo cabelo e ouvi um som que ficou entre uma risada e um gemido. Eles estariam antecipando um resultado, que justificaria suas calças úmidas e cabelos arruinados, dizendo a si mesmos que teriam uma história, e que, em minutos ou horas, saberiam, pelo menos, o que tinha acontecido ou quem ela era.

Voltei-me para o estacionamento, sentindo o vento que soprava do parque atrás de mim, empurrando-me para a frente, a cabeça girando, tentando encontrar um ângulo em que as peças somadas fizessem algum sentido. Aquela sensação de estar sendo encarada, olhando atentamente para as árvores que me rodeavam, figuras fantasmagóricas que desapareceriam na névoa.

— Está tudo bem, sargento?

Comecei a olhar ao redor, finalmente encontrando Harry. Ele havia se escondido debaixo de um olmo suspenso, seu rosto escondido pelo capuz, o brilho de um cigarro otimista quebrando a sombra.

— Sim. Tudo bem.

— Quer um? — E estendeu o pacote de Marlboro light.

Meu corpo recuou, me empurrando para trás contra a minha vontade. Minha cicatriz doía.

— Não, obrigada.

Ele assentiu, otimista.

— Consegui detalhes sobre o apartamento 13. Uma mulher chamada Emilia Lucas. Tentei falar com ela por telefone, mas nada ainda. Deixei uma mensagem. — Ele soltou uma baforada e fez um gesto em direção ao apartamento. — O que você acha? Essa Holly Vale estava envolvida em algo que não deveria?

Não.

Sim.

— Não sei. — Eu o vi puxar o cigarro, as brasas brilhando e depois se apagando. — Estou indo para o hospital. Ver se se consigo mais notícias.

— Claro. Quer que eu vá com você?

— Não. Você fica e dá uma mãozinha para a Poppy, tá? Ela vai precisar de mais gente para terminar de checar o apartamento. — Puxei o capuz de volta, acho que tarde demais. — Vejo você na delegacia, certo?

Voltei para a rua principal, com a cabeça latejando e os músculos doloridos pela adrenalina. Caminhei pelo trecho estreito que levava de volta ao estacionamento, mantendo a cabeça baixa, o rosto afastado dos jornalistas que me esperavam. Do outro lado do asfalto, uma pequena figura se destacou, seu guarda-chuva laranja contrastando com o cinza do dia, procurando pela líder da equipe de buscas e ficando para trás. Naomi Flood. O fato de que ela ficaria frustrada me consolou um pouco.

Contra a batida das gotas de chuva, as palavras que ela disse: você é uma verdadeira heroína.

Pensei na nossa vítima. E em mim mesma. Nenhum de nós é de fato quem parece ser. E então, inevitavelmente, pensei naquela noite — da vigília crescente, quando fui puxada de um sono não natural, de uma sensação de que algo estava um pouco fora do lugar. Do quarto brilhando, suas linhas mais suaves do que deveriam, e pensando se aquilo era culpa do vinho ou do acordar repentino. Da consciência lenta, de que, fosse lá o que fosse, não estava certo. De que algo estava errado.

Voltei à realidade, abrindo a porta do motorista da merda do pequeno Ford Focus, e entrei, com uma vaga consciência do guarda-chuva laranja girando, do olhar de Naomi Flood me encarando, da inevitabilidade do que viria em seguida. Enfiei a chave na ignição e saí do estacionamento, rápido o suficiente para que um motorista que passava buzinasse com justa indignação. No Twitter, isso seria postado como abuso de poder da polícia.

Acelerei, tomada pelas palavras de Naomi zunindo na minha mente.

Heroína.

Era um sábado quando tudo mudou, ou um sábado à noite que seguiu até a manhã de domingo. Três e cinco da manhã.

É fácil esquecer, nas raras ocasiões em que me remonto a essa história, de que houve um dia anterior, que a vida tinha uma forma sem o fogo e as cicatrizes para me moldarem. Mas esses momentos, que levam o que fomos um dia e nos viram de cabeça para baixo, transformando-nos em alguém novo, vêm do nada. Vêm de um céu azul claro e perfeito. De um oceano calmo.

Aquele tinha sido um bom dia. Saí com um cara que havia conhecido em minhas caminhadas. Josh, acho? Não lembro muito dele, não mais agora, mas sei que na época parecia que havia... alguma coisa. Um tipo de desconhecido indefinível que você passa a rezar para aparecer quando tem trinta anos, está solteira e começa a pesquisar no Google coisas como bancos de esperma e serviços de babá. Estava bem-humorada naquela noite. Havia pensado que aquele era um começo. Não tinha ideia.

A que horas eu fui para cama? À uma, talvez? Ou um pouco mais tarde?

Lembro-me de que ainda estava muito animada por causa dos drinques, minha pele formigando pelo ar frio do outono. Lutei para dormir, pois ficava reconstruindo meu dia na minha cabeça, o encontro, e, honestamente, um futuro no qual me casava com um advogado e tinha vários filhos com cachinhos escuros e perfeitos.

Em seguida, afundei em uma sequência de sonhos... depois o despertar e o som e a escuridão do quarto e de uma irritação na garganta. Seu cérebro está confuso, você não entende. Ou, pelo menos, *eu* não entendi. Não entendi.

O que veio depois? Acho que tentei me sentar, mas me sentia pressionada para voltar ao colchão, como se o próprio quarto estivesse me empurrando. Deveria dormir, então. Fechei os olhos, pois meu corpo parecia muito pesado e minha mente, relutante. Dormir ajudaria.

Virei para o lado, e, por razões que ainda permanecem obscuras, abri os olhos de novo, apenas por um momento.

Foi quando eu vi. A porta com um formato escuro, rodeada por uma fina linha alaranjada de luz. Fechei os olhos e depois os abri novamente enquanto minha mente lenta compreendia.

Meu apartamento — meu apartamentinho de um quarto no primeiro andar em uma rua tranquila na cidade de Kentish, o primeiro que havia comprado, minha casa, minha rede de proteção — estava pegando fogo.

Lembro-me de sentir uma dor aguda, que me pressionava do topo do crânio até o fundo da mandíbula e que depois desapareceu tão rapidamente quanto havia chegado, sem deixar nada em seu rastro. Lembro-me de um som que me parecia ser o das chamas, mas depois percebi que era alguém chamando meu nome. Lembro-me da pressão, embaixo de mim, ao meu redor. Uma sensação confusa de movimento. Depois uma mudança no ar, como se de repente tivesse sido despida, deixando-me fria e limpa.

Depois, nada.

Havia sido uma faísca no apartamento de baixo, a casa de Elsbeth Little, uma conexão perdida de um carregador de celular barato que entrou em curto-circuito. Então, a faísca se transformou em uma chama e se espalhou pela casa dela, chegando até a minha. Foi um acidente. Nada mais. Podia acontecer com qualquer um.

Eles encontraram o corpo de Elsbeth no dia seguinte. Ela morreu na cama por ter inalado a fumaça, e, por todas as características do caso, nem chegou a acordar, e seu sono apenas mudou de profundo para eterno.

Quando cheguei ao Hospital St. Mary's, a chuva já havia diminuído para uma garoa. Consegui estacionar em um espaço improvável, desliguei o motor e respirei fundo. Forçando-me a sair do lugar, abri cuidadosamente a porta do carro, tentando não me molhar muito.

Passei pelas portas de vidro deslizantes como um exército conquistador.

No quarto vazio, Holly estava perdida em seu sono, e as máquinas que a mantinham viva apitavam. Sua pele parecia suavizada, as linhas amenas pelo poder do sono, os lábios enrolados no tubo que lhe dava um fôlego falso. Aproximei-me, sentindo um pouco de seu perfume de jasmim misturado ao plástico e à amônia. Quem é você?

— Ah, olá!

Por um momento, pensei que fosse ela a me responder.

— Desculpe. Não a vi entrar. Alice, né? — A enfermeira olhou para mim e para minhas roupas molhadas.

— Sim. Desculpe. Seu nome é...

— Gwen. — Ela acenou em direção à cama. — Pensei que tinham ligado para você. Como pode ver, as coisas não têm corrido muito bem.

— É?

— Nós tiramos a sedação. Esperávamos que ela acordasse, mas infelizmente ainda não aconteceu nada.

Hesitei, olhando para nossa vítima... Holly.

— O que isso significa?

Gwen suspirou.

— Exatamente? Não muito. Pode ser apenas o tempo dela. A preocupação, é claro, é que o cérebro tenha sido privado de oxigênio por causa dos ferimentos. Quanto mais tempo ela levar para recuperar a consciência, mais nós vamos considerar que algum dano sério foi causado. — Ela me deu um sorriso bem praticado. — Mas é ainda muito cedo para pensar nisso agora. Posso ajudar você em alguma coisa?

— Eu... — O que eu estava fazendo lá? Por que eu tinha ido? Brinquei com a pergunta, testando a incômoda verdade de que aquilo era uma espécie de escape. — Só queria compartilhar as boas notícias. Bem, talvez boas... Enfim, são notícias, de qualquer forma. Já sabemos o nome dela. É Holly. Holly Vale.

— Ah, maravilha — disse Gwen, apertando as mãos com força. — Vou atualizar o arquivo dela. E conseguiram localizar a família?

— Ainda não.

— Bem, ouvir as vozes de seus entes queridos pode ajudá-la. De qualquer forma, agora que você sabe quem ela é, tenho certeza de que vai conseguir achá-los em breve. Aposto que estão morrendo de preocupação.

Pensei no dinheiro escondido no livro, nos disfarces e na faca.

— Sim, sim, tenho certeza que estão.

CAPÍTULO 9

A delegacia estava silenciosa, a agitação da manhã com as atividades externas quase encerrada. Esfreguei o rosto. Não tinha voltado para casa na noite anterior, mas atingira um estágio em que o esforço era maior do que a recompensa, a partir do qual dormi por talvez trinta minutos, recostada na cadeira, e acordei me sentindo pior do que antes. Afundei na minha cadeira e puxei os joelhos até o peito; tinha conseguido encontrar um suéter velho na parte de trás do meu armário, grande demais, alargado nos punhos, e um jeans folgado. Não muito, mas ainda assim preferível à minha roupa ensopada. Fiquei no vestiário por mais tempo do que se pensaria ser possível e me encarei no espelho, com o cabelo preso em um coque desarranjado e encharcado, o rosto nu. A cicatriz parecia estar irritada, vermelha viva cercada por um branco brilhante, como se esse dia e esse caso a tivesse levado ao limite, como se algo estivesse se libertando.

Segurava o copo de café — o melhor café com leite do Green Java, duas doses de café expresso, uma pitada de gengibre — e mexia o mouse, abrindo a tela. O relatório sobre o uso do wi-fi do Airbnb de Holly era longo, mas pouco variado. Suspirei e tomei um gole de café. De acordo com o resumo, ela passava muito tempo na internet, mais de seis horas por dia. Vi as entradas dela. Parecia que seu tempo não tinha sido gasto como a maioria de nós fazemos, como em sites de compras ou navegando inutilmente pelo Twitter ou pelo Facebook.

Em vez disso, ela tinha se concentrado nos mecanismos de busca.

Corri o dedo pela tela, tentando dar um sentido àquela busca.

Google.

Entrada — Ed Canning.

Procurei o campo que indicava as datas. Tudo começou no dia de sua chegada, a primeira busca tendo iniciado nas primeiras horas da manhã. Jet lag, talvez?

Ed Canning Londres.

Depois de mais ou menos uma hora, Ed Canning universidade.

Em seguida, Ed Canning finanças.

Quem era ele? E por que ela estava procurando tão desesperadamente por esse nome? Noite após noite, sua atividade começava por volta das sete horas, indo até a uma, às vezes até as duas da manhã. O mais estranho era que Holly parecia ter um nome apenas, nada mais. Com base em suas buscas, ela descobriu pouco sobre ele. A procura se voltava para quase todos os setores que você pode conceber. Ela tinha tentado sites de namoro, Facebook, Twitter, todos com o mesmo objetivo em mente. Encontrá-lo.

Troquei de tela, checando no banco de dados da polícia o nome Ed Canning em um breve momento de esperança que terminou abruptamente. Quem quer que ele seja, segundo a polícia, não tem antecedentes criminais. Que diabos você estava fazendo, Holly?

— Ei...

Eu me assustei e acabei derramando café sobre a mesa antes limpa.

— Merda. Ei! — Olhei para Poppy, agarrando um punhado de lenços de papel e começando a tentar inutilmente enxugar a poça que se formou. — Tudo finalizado em Hampstead?

— Sim. — Ela suspirou, estendendo os braços para ilustrar. — Ainda está um pouco úmido lá fora. — Suas roupas estavam grudadas no corpo, moles e encharcadas.

— Mais alguma coisa?

— Nada. Enviei todo o material recolhido para o laboratório, depois vamos ver o que acontece. — Ela caiu em sua cadeira, fazendo um som estridente, e olhou para o telefone, o fundo da tela se iluminando com uma foto de Charlie sorrindo.

— Onde está o Charles hoje?

— Minha mãe ficou com ele de ontem para hoje. Ela espera, segundo me disse, que isso não se torne um hábito, porque "seu filho realmente deve ser sua prioridade, e você sabe disso". — Ela esfregou o rosto, manchando-o com rímel. — Parecia que eu estava largando o menino para ir fumar crack ali na esquina.

Inclinei a cabeça, compreensiva.

— E você está?

Ela deu de ombros.

— Ah, você sabe, a fissura não acaba... O que você está fazendo?

— Wi-fi. Parece que Holly estava bem ocupada aqui em Londres. Ela estava procurando por alguém. Um tal de Ed Canning. Esse parece ter sido o foco de todas as atividades dela na internet.

Poppy apertou os lábios.

— O quê?

— Sabe — ela disse, pensativa —, essa foi uma das coisas que estranhei naquela busca. Não há nenhuma evidência em nenhum lugar daquele apartamento de que ela era uma turista. Não há nenhum guia de atrações turísticas. Nenhuma compra de suvenir. Nenhum recibo. Matt passou horas analisando o sistema de câmeras de segurança daquela merda de prédio, e todas as manhãs eram a mesma coisa. Ela se levantava, saía do edifício às oito. Depois, por volta das seis da tarde, ela voltava, sem carregar nenhuma sacola extra e sem mostrar sinais de que tinha passado o dia na Oxford Street.

— E daí...

— E daí que eu acho que ela não estava aqui de férias. Acho que ela veio com um objetivo. — Ela apontou para a tela do meu computador. — Talvez esse tenha sido o objetivo.

— Alguém já conseguiu falar com a vizinha no número 13?

Poppy meneou a cabeça.

— Ainda estamos tentando. Vamos fazer outra varredura hoje à noite, quando mais pessoas já tiverem chegado do trabalho.

Assenti.

— E o Matt encontrou algum sinal do nosso cara nas câmeras de segurança?

— O sistema só cobre o estacionamento. Se você sair pela porta da frente e virar à direita, não aparece mais. Parece que foi isso que ele fez.

— E nenhuma gravação do encontro dele com Anthony Bean?

Poppy fez que não com a cabeça.

— Bean disse que o viu perto da porta da frente, certo? As câmeras não o capturaram, não pegaram nenhum sinal dele chegando. É quase como se ele tivesse planejado, como se tivesse pensado em suas entradas e saídas, levando em conta o alcance da câmera.

Girei na cadeira.

— Então... ele já deveria ter estado lá antes, para checar como as coisas funcionavam. Vamos supor que ele tenha encontrado o cartão de visitas na bolsa de Holly e que foi assim que ele soube onde estava hospedada, o que significa que ele tinha 24 horas para analisar o local. — Olhei para ela incisivamente.

Ela puxou o telefone, meneando a cabeça.

— Vou ligar para Matt — disse ela. — Vou dizer que ele precisa verificar 24 horas para trás.

Mudei de posição na cadeira, virando-me para estudar as linhas de texto da tela. Quem diabos era esse Canning e por que ela estava procurando por ele?

— Ele está metido nisso. Ele é um doido varrido. — Poppy aproximou a cadeira, olhando para minha tela. Ela fez um barulho, uma espécie de grunhido baixo.

— O quê?

— Acho que você não vai gostar disso.

— O quê?

— Alguma coisa parece estar... fora do lugar, Al. As coisas que nós encontramos no apartamento, a visita à estação, a perseguição a esse cara. Os disfarces, o dinheiro. Acho que nós precisamos considerar a ideia de que há mais em Holly Vale do que podemos enxergar.

Eu me virei para encará-la.

— Você acha que ela está envolvida em algum crime.

Uma pausa.

— Isso explicaria muita coisa. — Poppy cruzou os braços. — Pense nisso, Al. Quero dizer, pense mesmo nisso. Como se você tivesse acabado de entrar no caso com outro olhar. O que nós descobrimos não a faz ter uma boa imagem.

Desviei o olhar, de repente desconcertada. Se você olhar por outro lado, Poppy estava certa. As evidências, as poucas peças do quebra-cabeça que juntamos, estavam começando a sugerir uma teoria. No entanto, eu estava inclinada a criticar isso. Por quê?

O problema é que, quando você trabalha em um caso como esse, há partes suas que você fecha, partes que você desliga. A vítima — certa ou errada — torna-se pouco mais do que partes de um corpo aglomeradas, um quebra-cabeça que precisa ser resolvido. É mais fácil assim, mais seguro. Permite que você durma à noite.

Mas aquele caso...

Sempre agi desse jeito. Mas não com essa vítima. Seja por causa da maneira como me deparei com o ataque, seja porque ela segurou minha mão enquanto lutava para respirar, ou por causa do que viria depois. Independentemente do motivo, não consegui lidar com frieza, manter distância.

— Está bem... — falei, desejando que minha voz se acalmasse. — E se...

O telefone tocou, um alívio bem-vindo, e eu o agarrei, muito ansiosa.

— Sargento Parr, Investigação Criminal.

— Ah, olá! Espero que você possa me ajudar. — O homem falou devagar, como se tivesse medo de ser mal interpretado por causa de seu carregado sotaque escocês. — Sou um dos gerentes aqui no Apoio à Vítima que opera na região da Grande Londres, e conversei com uma senhora envolvida em um dos seus casos, a sra. Edwina Clarke...

— Eu... — Esforcei-me para lembrar de um rosto, finalmente me recordando de um golden retriever gigante, uma mulher jamaicana pequena e gordinha de cabelo branco e brilhante. — A sra. Clarke. Claro.

— Ah, sim. A questão é que a sra. Clarke está bastante vulnerável, não sei se ela lhe contou, mas ela perdeu o marido há algum tempo e passou recentemente por um problema cardíaco sério. Por isso, como você pode ver, ela já tem muito com o que se preocupar.

— Ah, sim. — Olhei para Poppy, franzindo a testa. — Então...

— Então, bem, a questão é que nós tivemos um pequeno problema com a sra. Clarke. Ela nos ligou esta manhã, muito agitada, dizendo que estava tendo pesadelos e que achava que alguma coisa estava errada, que estava sentido dores no peito, mas depois a ligação caiu. Vou ser honesto com você, estou preocupado com ela, e não consigo encontrar o endereço em nossos arquivos. Então, olha, se você puder me passar esse endereço, posso ir direto até lá para saber se ela está bem.

Fiz uma careta e busquei as informações sobre Edwina Clarke.

— Entendi. Olha, vou fazer uma ronda lá com urgência, pedindo que meus homens verifiquem se está tudo bem. Se você quiser deixar seus dados de contato, posso te ligar de volta...

— Na verdade, acho que seria mais fácil se você me deixasse falar com ela. Assim eu posso simplesmente dar um pulo lá. Quero dizer, depois de tudo que ela passou, acho importante...

— Bem, eu... — Algo me parou, algo daquela conversa que me soava falso. — Desculpe, tenho certeza que você disse seu nome, mas eu perdi...

— Kevin.

Olhei para Poppy, estalando os dedos para chamar sua atenção.

— Kevin do quê?

— Kevin Walters.

— E você é de que área do Apoio à Vítima?

Houve um silêncio, o som das rodas girando, depois um clique e um tom de discagem.

— Merda.

— Quem era?

Olhei para Poppy.

— Acho que era ele. Acho que foi o cara que tentou matá-la.

CAPÍTULO 10

Fiquei ali sentada, segurando o telefone, completamente descrente. Como alguém pode pular sobre uma mulher, esfaqueá-la até quase morrer, depois desaparecer, reaparecer, entrando em um lugar onde não deveria estar, depois desaparecer novamente? E agora isso, um forte sotaque escocês, uma voz sondando sob o disfarce de um profissional atencioso.

Poppy se levantou e estava pairando ao lado da minha mesa, olhando para mim, para telefone, como se fôssemos explodir.

— Você acha que pode ser alguém da imprensa, alguém se arriscando?

Como explicar isso? Essa sensação de agitação no meu estômago.

Uma sensação de novidade e familiaridade, tudo de uma só vez.

— Era ele. Eu sei que era ele.

Não foi muito abrangente como explicação. Coloquei o telefone de volta na base.

— Eu... sei que parece estranho. Mas eu aposto que foi ele.

— Mas então... — Poppy tropeçou, lutando para encontrar as palavras —, como ele sabia o nome da testemunha? Sim, ele a viu, mas não saberia quem era. A menos que... eles não informaram isso nos jornais, né?

Assenti com a cabeça.

— Não sei.

— A imprensa estava toda espalhada feito barata. E aquela mulher, Clarke, era muito tagarela. Teria sido um alvo fácil para um repórter. — Ela diminuiu a voz, em um tom sério. — É isso, Al. Pode ser a mídia, tentando uma nova tática. — Ela disse aquilo como se fosse um "dê um passo para trás", "abaixe a arma", com um olhar desconfiado.

Não respondi.

— Precisamos rastrear a ligação — falei calmamente.

Ela concordou devagar.

— Claro, farei isso.

Olhei para o céu cinzento pela janela. Pensando na voz. Parecia falsa. Ou isso foi apenas um retrospecto, um complemento para provar minha argumentação? As nuvens flutuavam, com suas formas soltas, a chuva que chegava e um novo pensamento que me tomava. Não era impossível que estivesse errada. A ligação poderia ter sido de fato de outra pessoa, um jornalista atrevido, mas imaginar aquele homem, com a faca na mão, a capacidade de forçar você a olhar para o outro lado, me assustou. Com quantos bandidos já tinha lidado? Quantas prisões eu fizera? Mesmo assim, algo nisso tinha me consumido, transformando sombras em figuras no escuro. Era a intangibilidade dele, que estava lá e depois sumia, que fazia parecer que estava em todos os lugares.

Suspirei e peguei uma caneta e um papel. Desenhei um círculo no centro da página e a palavra *vítima* dentro. Não, *vítima* não. Holly Vale. Risquei. O que eu sei sobre você? Americana. Casada e com filhos. Mordi a ponta da caneta. Dez mil dólares em dinheiro. Faca. Disfarces. Ed Canning. E a palavra "Wolf".

Fiquei analisando esta última palavra.

— Alice? Está tudo bem?

Não tinha ouvido o inspetor entrar na sala, e me esforcei para me concentrar nele, para ir além dos meus próprios pensamentos.

— Eu... sim... — disse, recompondo-me. — Estou bem.

Ele se sentou na mesa ao lado da minha.

— É um caso desagradável. Especialmente para você que esteve com ela depois do que aconteceu.

Corrigi minha expressão em uma cuidadosa construção da sargento Alice Parr.

— Estou bem — disse. — Ei, chefe? Preciso te passar algumas coisas. — Uma tática de desvio. Espalhei os papéis na frente dele, o nome Canning circulado tantas vezes que parecia estar no meio de um tornado. — Ela estava procurando esse cara. Nós identificamos uma série de buscas no seu computador, com datas da época em que ela chegou. A mulher passava a maior parte do tempo acordada. — Apontei para o relatório do wi-fi. — Só que isso parou faz uns dez dias. — Virei-me para encará-lo. — Então, estou pensando...

— Talvez ela o tenha encontrado.

— Ou — disse — talvez ele a tenha encontrado.

— Você acha que esse é o cara? O mesmo cara que a atacou?

Olhei de volta para minha tela.

— Acho que precisamos, no mínimo, eliminá-lo como suspeito.

Noah assentiu.

— Concordo. — Ele se inclinou mais de perto, observando minhas anotações, voltando-se para a palavra em que eu estava tão concentrada. Wolf. — Você...

— Nada. — Suspirei pesadamente. — Para ser sincera, já estou começando a me perguntar se ouvi mesmo o que eu pensei ter ouvido. Estava tudo tão caótico, e ela mal conseguia respirar... — Olhei para o rabisco no papel, para os círculos toscos em caneta vermelha. — Talvez isso não signifique nada.

O telefone do inspetor tocou e ele o pegou apressado, já pedindo desculpas. Voltei minha atenção para a tela, para Ed Canning e Edgar Canning e Edward Canning.

Diga que era verdade. Diga que foi ele. O que eu sabia? Cabelo loiro comprido. Ele sabia quem a vítima era, e estava claramente esperando por ela na King's Cross. Então, ele estava confiante. Não. Arrogante. Porque, se você vai voltar ao apartamento de uma mulher que você tentou matar, e ligar para a detetive que está investigando o caso para tentar obter informações, deve haver certa arrogância, certa crença em sua capacidade de mentir. Ele estava calmo. Se estivesse em pânico, alguém o teria visto. Certamente, havia muitas testemunhas em potencial. Mas ele não se preocupou: manteve a calma e, apesar de ter cortado a garganta de uma mulher, escapou despercebido.

Depois, me veio um pensamento frio e duro. Ele já tinha feito isso antes.

Uma batida na porta, e Poppy entrou. Ela estava vestida com uma calça jeans, uma camiseta folgada e tinha puxado o cabelo ainda úmido para trás em um rabo de cavalo.

— Ok, procurei o seu amigo do Apoio à Vítima. Você estava certa. Nenhum Kevin Walters registrado. A ligação foi feita de um telefone descartável. Harry foi até a casa da sra. Clarke para garantir que ela está segura, e eu lhe disse que recomendasse a ela que fosse passar uns dias na casa de alguém da família. Só por segurança.

— Ótimo — disse. — E quanto a...

— Sim, também já falei com Matt. Ele disse que teve uma enxaqueca por causa de toda a merda das câmeras de segurança que você o fez assistir. Ele também disse que encontrou alguma coisa na madrugada, por volta das três da manhã. Parece que é possível ver uma figura se aproximando do edifício da East Heath Road. Está escuro, a figura está encapuzada...

— Esse sistema é uma merda mesmo, entendi.

— Certo, mas ele disse que, quem quer que seja essa figura, contornou o edifício. Disse que essa pessoa aparentemente verificou as redondezas do prédio, prestando especial atenção à localização das câmeras, desaparecendo próximo à porta da frente, suponho que ele poderia entrar sem chave, e depois voltou em questão de minutos, sendo visto novamente retornando para a rua East Heath. Eu fiz o Matt checar todas as áreas ao redor, para ver se não conseguimos encontrar imagens melhores.

Acenei, minha mente dividida entre em uma figura sombria em uma rua de Hampstead e um homem chamado Canning.

Edmund Canning. Digitei rapidamente.

— Caramba!

— O quê?

— Consegui um endereço. Edmund Canning. Consta um registro em um apartamento em Vauxhall. — Levantei-me, pegando o casaco. — Vamos lá. Vamos ver isso.

A chuva tinha diminuído, uma torrente que havia se transformado em gotas, deixando para trás um dia pesado, um vento frio que soprava ao longo do Tâmisa. Coloquei meu colete à prova de facadas por cima da camiseta e olhei para a coluna reta do prédio, com o vidro refletindo o cinza do rio. Parei por um momento, avaliando e olhando para o céu. Os cinquenta andares da Torre Vauxhall quase alcançavam as nuvens que se acumulavam.

— Que lugar legal — comentei, conferindo o ajuste das abas e pegando meu bastão, enquanto tentava não pensar que aquilo talvez não fosse o suficiente.

Poppy soltou um grunhido de algum lugar de dentro de seu colete.

— O corretor disse que esses apartamentos custam uma fortuna. — Sua cabeça apareceu por cima, e ela sorriu. — Tenho certeza de que ele vai ficar impressionado quando souber que entramos aí desse jeito.

Bati a bota no chão, e o barulho me fez pular.

— Sim, bem, ele tem muita sorte de sermos nós, e não a unidade tática. — Olhei para o arranha-céu. — Talvez devesse ser a unidade tática.

Poppy esticou o seu bastão.

— Aqueles garotos com armas? Como se eles pudessem se meter entre nós duas e um par de palitos de metal.

— Ótimo — murmurei. — Agora estou me sentindo bem melhor.

Entrei com ela no saguão dando um olhar de raio x. Senti todas as cabeças virando ao nos verem passar, a boca aberta da recepcionista, o aroma denso e adocicado dos lírios em seu horrível vaso de cristal, minha pele formigando com a sensação de estar sendo encarada. Não pense, faça. E, ainda assim, minha mente resistiu e estremeceu. Foi ele? Seria Canning o homem que tinha cortado a garganta dela, esfaqueando-a de novo e de novo e deixando-a morrer no Brunswick Square Gardens? E, se foi ele, o que aconteceria agora? Ele estaria esperando que viéssemos buscá-lo. Estaria armado.

Apertei o botão do elevador e as portas de metal se abriram mostrando meu reflexo nas paredes espelhadas.

— Bem — disse —, vamos lá.

Entrei primeiro e vi Poppy apertar o botão. Andar 32.

Poppy ficou na minha frente, olhando para o chão e segurando o bastão com firmeza.

Trinta.

Trinta e um.

Trinta e dois.

Olhei rapidamente para meu reflexo. É agora.

As portas se abriram revelando um corredor pouco iluminado. Uma porta, duas. Depois, o apartamento 324.

Poppy parou ao lado, olhou para mim e fez um rápido aceno de cabeça. Depois, uma batida forte na porta. Um silêncio estarrecedor. Ela bateu de novo, com mais força e por mais tempo. Apertei meu bastão, sentindo as mãos escorregarem contra o metal.

Esperamos, ouvindo.

— Acho que ele não está aí dentro, Al.

— Porra — murmurei.

— Vou ligar para a recepção — disse Poppy. — Ver se eles têm a chave.

O administrador do prédio levou cinco minutos para aparecer, munido de seu micropoder. Ele se vestia como se tivesse vinte anos, mas provavelmente tinha cinquenta e parecia haver investido mais em seus sapatos do que eu no meu carro. Interessante. Mas eram sapatos feios de qualquer forma.

— Tentei entrar em contato com o sr. Canning várias vezes desde que você ligou — disse ele, em voz baixa. — Infelizmente, não tive resposta. Tenho a chave do apartamento, mas obviamente... — Ele olhou para a chave com muito cuidado e sem fazer contato visual. — Bem, nós precisamos mesmo preservar a privacidade dos moradores.

Sorri e tentei parecer que estava falando sério.

— Acho que, pelo fato de você não ter conseguido falar com o sr. Canning...

— E pelo fato de nós termos motivos para nos preocuparmos com a segurança dele... — disse Poppy, sem nenhuma expressão.

— Certo. Então, nós precisamos olhar o apartamento. Justamente em nome da proteção do sr. Canning.

O homem assentiu com tristeza e começou a abrir a porta.

— Mas devo dizer que estou muito desconfortável com isso.

— Eu também — ajudei. — Abra.

Um suspiro raivoso e ele girou a chave, balançando a porta aberta.

— Sr. Canning? Sr. Canning? Sou Piers Cole, o administrador do prédio... A polícia está aqui.

Passei por ele, da escuridão do corredor para um hall de mármore e, depois, uma grandiosa sala de estar, uma parede, uma enorme janela de vidro que permitia ver o Tâmisa, a Pimlico e o resto da cidade.

— Sr. Canning? — tentei, projetando a voz e ouvindo-a ecoar nas superfícies duras. — Você está em casa?

Olhei para Poppy, verifiquei meu bastão e adentrei o apartamento. Havia pouco ali que sugerisse que alguém estivesse morando nele. Uma revista sobre uma mesa de café. Uma cadeira afastada da mesa de jantar. Mas, quanto a qualquer outra coisa... Havia algo, no limite da minha consciência, algo que estava me arrepiando. O que foi isso? Um som? Não. Havia um cheiro ruim. Levantei uma sobrancelha para Poppy, acenando com a cabeça ao longo dos corredores.

— Você está sentindo?

Ela observou em volta, comprimindo os olhos.

— Eu... Isso é fumaça?

Assenti. Se alguém conhecia esse cheiro...

— O que há lá nos fundos? — Poppy perguntou ao administrador, em voz baixa.

— Quartos. Um banheiro.

— Fique aqui — eu disse. — E não toque em nada.

Passei pela janela, deslizando da luz do dia cinza para o corredor pouco iluminado, ciente de repente de que o cheiro era mais forte. Esperei que Poppy se posicionasse ao meu lado e, então, com uma mão no bastão, empurrei a porta do quarto.

O quarto estava escuro, as cortinas esticadas. Percorri a parede com os dedos, procurando por um interruptor de luz, encontrei-o e parei de piscar quando o quarto foi tomado por uma gloriosa cor chamativa.

Nada.

Entrei, checando a suíte, e mesmo assim tudo estava como deveria ser.

Balancei a cabeça para Poppy, indicando mais adiante ao longo do corredor.

Ela abriu a porta ao lado, com cuidado. Mas nada de novo. Camas de solteiro, arrumadas com capricho.

No entanto, o cheiro tinha ficado mais forte.

— É o último quarto — murmurei.

Ficamos do lado de fora da porta. Estendi a mão, coloquei a ponta de um dedo na maçaneta de metal, à espera de calor ou de um aviso — não entre. Fiz que sim com a cabeça.

— Tudo bem. Pronta?

— Pronta — assentiu Poppy, com firmeza.

Girei a maçaneta, empurrando a porta, meu corpo se preparando, esperando a bola de fogo, a nuvem de fumaça que me envolveria, terminado o que havia começado. No lugar disso, nada. Franzi a sobrancelha, entrando com cautela no pequeno quarto, montado como um escritório, uma cadeira de couro, uma mesa e, em cima dela, um recipiente metálico, com o cheiro de fumaça ainda mais poderoso.

Cheguei mais perto.

— Bem, acho que descobri o cheiro. — Espiei dentro do recipiente, no qual havia uma espessa camada de cinzas, usando meu bastão para revirar os detritos. — Tem algo aqui — murmurei.

Esperei enquanto Poppy puxava sua lanterna, fazendo brilhar um estreito feixe de luz na escuridão, observando como saía do metal retorcido.

— Isso é o que eu acho que é? — perguntou Poppy.

Peguei a lanterna da mão dela, e iluminei dentro do recipiente, mostrando os restos carbonizados de um computador, os restos de um logotipo da Apple.

— Sim — falei brevemente. — É o MacBook da Holly. Ou o que sobrou dele.

Poppy assoviou baixo, aproximando-se.

— Quem faz isso? Quero dizer, sério? Quem começa um incêndio dentro de um apartamento no trigésimo segundo andar?

Apertei os lábios.

— Alguém que tem alguma coisa a esconder.

CAPÍTULO 11

O administrador estava sentado com as mãos na cabeça. Puxei uma cadeira da mesa do escritório no andar térreo; aquele piso de madeira sobre o qual nos apoiávamos provavelmente valia mais do que todo o meu apartamento. Dali se podia ver a van da unidade forense, estacionada tentando disfarçar, falhando miseravelmente, e os pedestres desacelerando como se fossem atraídos por algum campo gravitacional, seus olhares fixos no saguão de entrada, a equipe da perícia entrando com seus macacões brancos. Um homem de meia-idade que empurrava uma criança em um patinete diminuiu a velocidade para ver a cena, o rosto enrugado de tensão. Em seguida, ele segurou o braço da criança e a levou embora. Suspirei. Eles devem estar pensando que se trata de um caso de terrorismo. Esperando pelo pior, a próxima bomba ou uma faca ou um carro. Eu os observava, o menino chorando agora, tentando se livrar, e eu querendo abrir a janela e gritar que está tudo bem, está tudo ótimo. Apenas a casa de um maluco que gosta de faca. Nada demais.

Voltei a olhar para o administrador.

— Sei que isso é difícil... — Isso soou compreensivo o suficiente? Parecia que me importava? Porque, para ser sincera, minha mente estava em outro lugar, andando pelo apartamento 32 andares acima, mergulhando de volta pela cidade até um outro apartamento em Hampstead, até o parque Brunswick Square, tentando costurar as cenas, criar uma imagem que fizesse, pelo menos, algum sentido.

Ele olhou para mim, e sua tensão se mostrava nas sombras escuras sob seus olhos e nas linhas no rosto que não estavam lá antes.

— Sério... de verdade. E o problema é que, com o mercado imobiliário do jeito que está, se o sr. Canning fez isso, nós precisamos alugar aquele apartamento o mais rápido possível... — Ele balançou a cabeça. — Não acredito nisso.

Olhei para ele, tentando ordenar suas palavras de modo mais coerente, antes de desistir.

— Sim. O mercado imobiliário. Foi isso o que eu quis dizer.

— Então, você acha que ele tentou matar alguém? O sr. Canning? — perguntou ele. Quero dizer... Ouvi alguns dos oficiais conversando...

Hesitei, xingando silenciosamente aqueles idiotas.

— Não sei — respondi honestamente. — Mas precisamos falar com ele com urgência.

O administrador ficou em silêncio por um momento, e então explodiu:

— Quem incendeia um edifício? Quero dizer, quem faz isso? Isso é simplesmente... irresponsável, é isso o que é. E vou dizer uma coisa: aquele homem não vai receber o reembolso do depósito.

Eu o encarei fixamente.

— Ok. — Inclinei-me para a frente na minha cadeira. — Então, vamos continuar, sim? Você conhecia o inquilino? Sr. Canning?

— Não. Quero dizer, não pessoalmente. Tem muitos moradores aqui, e é impossível lembrar de todos. Você entende, né?

Ah, vá se foder.

— Mas você o conheceu?

Ele franziu a testa.

— Veja, eu estava pensando nisso. Devo ter conhecido. É a política do prédio, entende? Conhecê-los quando chegam, cadastrá-los e assim por diante. Então eu devo tê-lo conhecido em algum momento, mas... não... Realmente não lembro de muita coisa. Um cavalheiro, acho.

— Algo mais? Altura? Cabelo?

Ele meneou a cabeça.

— Honestamente, não lembro. Bem-vestido, acho. Fala bem, educado. Acho que ele usa óculos, mas, de novo, não tenho certeza. Eu poderia estar pensando em outra pessoa.

— Há quanto tempo ele mora aqui?

— Ele alugou o apartamento em fevereiro do ano passado; então, um pouco mais de um ano.

— Sozinho?

— Que eu saiba, sim.

Entreguei a ele a fotografia de Holly Vale.

— Você já viu esta mulher por aqui?

Ele a analisou e disse que não.

— Desculpe.

— E o próprio sr. Canning? Acredito que você tenha algum tipo de identificação arquivada.

— Bem, isso é um pouco vergonhoso... faz parte sim da nossa política, mas eu chequei hoje de manhã, quando você ligou, e, não sei como isso aconteceu, não há nada no arquivo. Acho que ele devia ter encaminhado isso para mim, mas não chegou a fazê-lo.

Brilhante.

Ele olhou ao redor e, depois, para o relógio.

— Então, quanto tempo isso vai demorar?

— Ah, pode ir embora. Como eu tenho seus contatos, ligo para você se precisar de mais alguma coisa.

— Não, não, estou falando do apartamento. Quanto tempo você acha que vão levar para examiná-lo? Obviamente nós temos que colocar uma equipe de limpeza lá dentro e colocá-lo de volta no mercado...

Eu lhe dei um olhar inexpressivo.

— Vou fazer disso minha prioridade.

— Maravilha — ele disse, alegremente.

Eu o conduzi para fora do prédio, cumprimentando-me mentalmente por não tê-lo jogado degrau abaixo, depois voltei correndo para o elevador e o trigésimo segundo andar.

Poppy estava perambulando pelo hall, escrevendo rabugenta em seu bloco de anotações.

— Ei. Tudo certo com o Gordon Gekko*?

— Ele não é uma gracinha? Muito tocante aquela preocupação toda. Como estão os vizinhos?

— Quase todos estão fora. O 326 disse que eles raramente viam Canning. Ela descreveu um homem loiro de óculos. Disse que é

* Personagem do filme *Wall Street:* poder e cobiça (1987), interpretado por Michael Douglas, que personifica o materialismo, a competitividade e a ambição desmedida pela ascensão financeira, típicos da geração youppie [N. T.].

muito reservado e, nas raras ocasiões em que se cruzaram, ele não a cumprimentou. Em suma, o vizinho ideal. Já o 322 declarou que não o conhecem, mas ouviram um barulho alto vindo do apartamento ontem na hora do almoço. Disse que parecia um alarme de incêndio, mas não durou muito tempo.

Mudei mentalmente as peças de lugar. Ontem. Ele tinha ido ao apartamento de Hampstead, tirado tudo de lá, ou quase tudo, e, depois da segunda tentativa abortada de entrar, voltou, destruiu imediatamente o computador que tinha roubado, junto com o que quer que estivesse naquele recipiente. A equipe da perícia estava examinando tudo nos mínimos detalhes, num esforço para identificar qualquer outra coisa, as expressões dos técnicos estavam universalmente duvidosas.

— Acredito que o 322 não tenha ligado para ninguém. Dê uma olhada para ter certeza de que todos estão bem.

Poppy olhou para mim.

— Querida, isto aqui é Londres. Aliás, mais do que Londres. É um prédio de luxo. *Claro que* não.

Meneei a cabeça.

— Sabe, lá em casa, se nós esquecermos de colocar o lixo para fora, o bairro inteiro fica sabendo antes da hora do almoço.

Ela bufou.

— *Shhhh*, você e suas historinhas do interior. Aqui é a cidade grande, moça.

Sorri, e peguei um macacão da perícia.

— Vamos?

Poppy suspirou.

— Minha bunda fica enorme quando eu visto polietileno.

O apartamento estava no mesmo estado em que o tínhamos deixado. O único sinal de vida ali dentro era a maleta de investigação no balcão da cozinha.

Parei na porta e inspecionei a sala diante de mim.

— Está muito... arrumada.

— Gostaria que a minha também ficasse arrumada — afirmou Poppy. — O problema é que eu também gosto de ser preguiçosa. E eu tenho um menino de cinco anos em casa. E ele não curte arrumação.

Entrei na cozinha com seus armários brancos, bancadas de granito, e comecei a abri-los, a maioria vazios.

— É... tá vazio. Minha mãe teria um ataque se meus armários estivessem assim. Se começar a nevar, como me alimentaria?

— Ele morre de fome. Se bem que... — Poppy enfiou a cabeça no freezer, balançando uma garrafa. — Tem vodca aqui, então pelo menos ele morreria feliz.

— E a geladeira?

— Hum... uma garrafa de leite que... eca, já foi. Jesus. — Ela fez uma pausa. — E tem Prosecco. Então, tem só o essencial.

Havia uma máquina de café encostada à parede, um moedor com grãos, o resíduo de borra de café no recipiente. Ao lado, um pote com açúcar mascavo. Franzi a testa, e o embrião de uma ideia começou a se formar.

Fui até as janelas, aquela extensão de vidro que permitia ver o dia cinzento de Londres. Uma lancha flutuava ao longo do Tâmisa, as ondas brancas, os passageiros parecendo uma colagem de ponchos vermelhos à prova d'água. A água de Londres em um dia úmido de abril. O que poderia ser melhor?

— O que tem aí dentro? — perguntei, apontando para uma porta.

— Ah, o banheiro. O quarto principal é suíte, e tem um banheiro social no fim do corredor.

Verifiquei. Estava limpo, embora houvesse um rastro de sabonete turquesa na saboneteira, deixando um círculo no lavatório branco.

Fechei a porta atrás de mim e fiquei ali por um momento, olhando para o cinza do rio. Depois, segui pelo corredor, entrando pela porta aberta do quarto, acenando rapidamente para a equipe forense.

— Desculpe, pessoal, é rapidinho.

O banheiro da suíte parecia ser mais do mesmo. Azulejos muito brancos, um chuveiro chique. Fiz uma varredura no quarto, verificando o suporte do rolo de papel higiênico. A ideia agora estava em gestação, assumindo uma forma mais sólida.

Interessante.

Esgueirei-me para fora do banheiro, acenando para a equipe de investigação, e virei à direita, pelo corredor largo, em direção aos fundos do apartamento. A porta do banheiro social estava bem aberta. Uma banheira, um lavatório, um vaso sanitário. Abaixei-me, verificando o rolo de papel higiênico. Mesma coisa.

— Poppy?

— O quê?

Voltei rápido pelo corredor, encostando meu macacão forense nas paredes.

— Preciso te perguntar uma coisa.

Ela estava ajoelhada na sala de estar, revistando um armário encostado na parede.

— O quê?

— Você já dobrou as pontas do seu rolo de papel higiênico em formato de triângulo, tipo nos hotéis?

Ela olhou para mim.

— Alice. Você já esteve na minha casa. Muitas vezes. Em todas elas, aquele lugar já te pareceu o tipo de casa em que uma pessoa dobraria as pontas do papel higiênico em formato de triângulo? Há seis meses as paredes do meu banheiro nem estavam pintadas. — Ela me analisou, curiosa. — Por que você está me perguntando isso?

Pensei, então, por um momento, e abri a porta do banheiro.

— Está vendo isto? Este rolo aqui? Está normal, né? Foi deixado como... bem, como qualquer pessoa normal deixaria um rolo de papel higiênico.

— E daí?

— Mas os rolos de papel higiênico, tanto na suíte quanto no banheiro social, estão com as pontas dobradas em formato de triângulo. Como você encontraria, digamos, se estivesse hospedado em um hotel. Ou se você tivesse acabado de se mudar para cá.

Ela pensou.

— Mas ele não se mudou agora. Ele está aqui há...

— Um ano. Precisamente.

Assenti.

— Mas olhe para os armários. Vazios. As únicas coisas que existem neste lugar são chá, café...

— E vodca — completou Poppy. — Não se esqueça da vodca. — Ela se levantou, com um livro na mão. — Aonde você está querendo chegar?

— E se esse Canning não estivesse realmente morando aqui? As coisas que parecem estar sendo usadas... o banheiro da sala, a máquina de café... você usaria isso se viesse só de vez em quando. Mas a suíte... e o banheiro que você definitivamente usaria se dormisse neste apartamento... parece estar sem uso.

— Então, você acha que ele o alugou para outra coisa? Alguma outra razão?

Fiz uma careta.

— Não sei. Mas vou te dizer uma coisa que quero muito saber... — Olhei para os meus dedos. — Se ele não está morando aqui, qual é o sentido de pagar um aluguel tão caro? E, se ele não está morando, então onde diabos esse cara *está* morando?

CAPÍTULO 12

O sol havia baixado fazia muito tempo, enviando raios de luz roxa pela escuridão do Tâmisa. Eu me sentia pesada, uma letargia de pensamento e ação, os neurônios pedindo arrego, o cérebro exigindo apenas uma coisa: precisava dormir logo. Roí as unhas, sentindo as cutículas soltas, e olhei para o rio.

— Em que você está pensando? — perguntou Poppy.

— Eu.... não sei. Na verdade, claramente ela o conhecia. Ou... estava, no mínimo, procurando por ele.

Poppy olhou para baixo.

— Quase uma perseguição, né?

Apertei os lábios com força.

— Olha — disse Poppy —, considerando o que nós vimos no apartamento dela, alguma coisa estava acontecendo com Holly Vale. Quem guarda disfarces, dez mil dólares e dorme com uma faca no colchão?

Assenti com a cabeça, o olhar ainda focado naquele mundo que podíamos ver pela janela.

— Talvez ela estivesse metida em alguma coisa — completou Poppy —, com esse Canning. Algum tipo de fraude. Talvez ele tenha fugido com o lucro, e ela tenha vindo atrás dele. Talvez tenha tentado chegar até ele, obrigá-lo a jogar limpo, mas, quando ele se recusou, ela quis denunciá-lo. Só que ele, não querendo ser preso, a esfaqueou.

Olhei para ela e levantei uma sobrancelha.

— Você chegou a essa conclusão só por causa de três perucas e uma faca de cozinha?

Poppy me afastou.

— Eu sei, sei. Estou só formulando uma teoria.

— Tudo bem — falei devagar. — Bem, tudo bem, mas não vamos nos envolver muito nesse tipo de teoria até que tenhamos provas para apoiá-la. Não podemos ficar bitoladas. E esse Canning, se é que ele foi o cara que a esfaqueou... — Olhei ao redor com os braços estendidos. — Olhe para este lugar. Não é barato. E está intocado. Não é um apartamento que esteja sendo habitado a um ano. Ele foi alugado com um objetivo diferente. — Encarei Poppy. — Talvez esse cara esteja usando o lugar como um esconderijo para fazer negócios.

Poppy apertou os lábios.

— O quê?

— Não, nada.

— O quê? O que você está pensando?

— Não, é que... não me leve a mal...

— Ai, Deus.

— Parece que... não estou dizendo que você não é competente no seu trabalho, porque é óbvio que você é, mas com este, parece que você... tornou as coisas meio pessoais. É como se estivesse se projetando nela... na Holly. Quer dizer, eu entendo, entendo mesmo. Nós passamos muito tempo lidando com esses merdas que tentam matar outras merdas, e isso te deixa maluca, eu entendo isso. Parece horrível, mas às vezes é um alívio ter uma vítima de verdade. Uma pessoa inocente. Isso te faz sentir como se estivesse realmente fazendo alguma coisa que vale a pena. E eu sei que é muito pior para você. Você estava lá logo depois que o crime aconteceu, ajudou a salvar a vida da mulher. É claro que você quer que ela seja o que você pensou que fosse. Mas, Ali... olha, eu preciso ser honesta. Estou preocupada com você. Desde... — ela olhou para a minha cicatriz, de modo um pouco enviesado —... desde o incêndio, você está, sabe, mais distante. E eu com certeza entendo isso. Mas... quero dizer, nesses meses desde o incêndio, o seu trabalho tem sido, bem, fantástico, como sempre. Mas neste caso, por alguma razão, você está diferente, como se o caso estivesse te afetando de maneira mais pessoal. Não sei, às vezes eu me pergunto se você não está tão bem quanto finge estar.

Olhei para ela, minhas emoções divergindo. Raiva, antes de tudo, uma raiva que parecia estar guardada há muito tempo. Frustração, porque ela não tinha estado lá, não tinha visto a vida daquela mulher lhe escapando, e não podia saber como era. E, ainda, escondido num cantinho escuro, o medo. De que Poppy estivesse certa.

— Estou bem — rebati, rígida.

— Olha, só estou dizendo que seria compreensível se você estivesse lutando para ver as coisas tão claramente como costumava ver, se estivesse passando por um momento difícil. Quero dizer, o que você passou...

— Poppy — gritando de forma estridente. — Não tem nada de errado comigo. Jesus. Se você está tão determinada a encontrar um problema, talvez devesse procurar na sua casa.

Poppy recuou, como se eu tivesse dado um tapa em seu rosto.

— Mas que merda isso quer dizer?

— Quero dizer, você e o Art, todas aquelas conversas aconchegantes e reuniões familiares. Poppy, ele te largou. Toda essa conversa de que ele vai mudar de ideia, você acha que é saudável? Você acha que isso é bom para o Charlie?

Poppy ficou pálida, fazendo um "O" redondo com a boca, e eu senti uma onda de culpa me abatendo, afastando todo o restante.

— Vou procurar no restante do apartamento — murmurei.

Saí da sala de estar, voltando pelo corredor, movida pela raiva, pela culpa — minhas companheiras habituais —, as palavras circulando na minha cabeça. Ela estava errada, como se atrevia? Ela estava certa, o que havia de errado comigo? Eu sabia o que estava fazendo. Estava me despedaçando. Fui até o quarto dos fundos, fechando a porta atrás de mim com mais força do que o necessário, com tamanho estrondo que a moldura de um quadro saiu do lugar, atenuando um pouco da raiva, mas piorando a culpa. Puxei uma cadeira e afundei nela, com as mãos na cabeça.

Senti as lágrimas caindo e fazendo meus olhos arderem.

Não chore.

Você é a sargento Alice Parr, e ela não chora.

Empurrei a cadeira de volta para trás da mesa e comecei a andar, fazendo círculos no pequeno cômodo. Eu estava certa e Poppy estava errada. Poppy estava errada e eu estava certa. Andei até os dedos dos pés tocarem o vidro da janela, até parecer que tinha caído nas nuvens que se acumulavam, e a promessa de chuva por vir. Cerrei os dedos em punho. E me forcei a respirar, forcei os pulmões a expandirem, a contraírem, dizendo a mim mesma que aquele era apenas um momento, como qualquer outro, e que eu viveria com isso, recomeçaria. As palavras de Poppy circulavam ao meu redor. Mas não podia olhar para elas ou deixá-las entrar: se fizesse isso, tudo desmoronaria.

Voltei a me sentar. Aquilo tinha a ver com Holly Vale e o homem que tentara matá-la. Fiquei ali um pouco tentando estabilizar a respiração, para diminuir o batimento cardíaco acelerado. E então meu olhar, buscando uma distração, pousou em um telefone fixo enfiado em uma base na mesa. Um telefone fixo sem fio. Que estranho. Peguei o telefone e fiquei analisando-o por um instante; depois, pressionei "rediscar". Um momento para os números discarem, depois uma pausa, então um toque que não reconheci, tenso e curto. Depois, um clique que, por um momento, considerei ser uma desconexão, antes que uma voz preenchesse a linha.

— Você ligou para a Clínica Médica Owens Manhattan. Lamentamos informar que, depois de muitos anos de serviço à nossa comunidade, esta clínica está fechada. Gostaríamos de desejar felicidades a todos os nossos pacientes no futuro.

Nova York.

Desliguei, digitando o nome da clínica no Google na tela do celular. Cliquei no primeiro resultado que surgiu. O site da clínica. A fotografia de um edifício, de um consultório branco com vista da cidade, pacientes sorridentes que, sejamos sinceros, deviam estar drogados para estarem tão alegres por passar por uma consulta médica. Rolei o texto para baixo.

> A Clínica Médica Owens Manhattan foi fundada em 2010 pelo dr. Jacob Owens, com o objetivo de cuidar da comunidade. Sua prática médica premiada valoriza acima de tudo a saúde e o bem-estar de nossos pacientes.

Escrevi o nome no meu caderno e esfreguei o rosto. Estava ficando com dor de cabeça novamente.

Por que Canning tinha ligado para eles? Era o médico dele? Ele era de Nova York também? Holly o seguira até ali?

Meu celular tocou, e me atrapalhei tanto com ele que quase o deixei cair.

— Alô!

— Sargento? É o Harry. Estou na sala de câmeras de segurança. Encontrei uma coisa que você deveria ver.

Levantei-me.

— Estou indo.

Não havia sinal de Poppy enquanto percorri a sala, mas, para ser sincera, gostei disso. Apertei o botão do elevador, pensando que precisaria fazer as pazes, que minha reação podia ter sido motivada muito por questões minhas do que por ela, que eu precisava ser madura. Mas ainda estava irritada e assustada e nenhum pouco pronta para ser uma pessoa madura. Entrei no elevador, apertando o botão direto para o andar da sala de controle.

Demorei alguns minutos para encontrar Harry, entre os corredores. Finalmente o achei, atraída por uma luz azul que vinha do meio da escuridão. Ele estava sentado embaixo de um painel de monitores, diante da imagem congelada de uma área que parecia ser a do saguão em close. Ele estava mandando mensagens de texto.

Pigarreei.

— Ah, sim, tudo bem, sargento?

— O que você conseguiu?

Ele girou na cadeira, apontando para os monitores acima de sua cabeça.

— Veja isso.

A imagem se ampliou e agora se podia ver vagamente a forma dos carros passando pelas janelas do saguão. Cruzei os braços, esperando. Então a porta se abriu. Um homem entrou, de cabeça baixa, um boné de beisebol tombado. Mas foi o brilho que me fez prender a respiração. Aquele brilho de luz quando ele se virou em direção ao elevador. Um rabo de cavalo loiro em cima do colarinho.

— É ele — respirei.

— Sim — disse Harry, orgulhoso.

Olhei para aquela figura, querendo não olhar e, ao mesmo tempo, presa: observando o homem que tentaria matar Holly Vale. Ed Canning.

— Quando isso aconteceu? — perguntei, tensa.

Ele se virou para mim, sorrindo.

— Sexta-feira, na hora do almoço. 12h58, precisamente.

Vi o homem andar do mesmo jeito que já o tinha visto tantas vezes antes, aquela terrível sensação de familiaridade. Só que agora era diferente. Agora ele tinha um nome.

— Precisamos soltar um alerta, precisamos de todos procurando por Edmund Canning, pela tentativa de assassinato de Holly Vale. — Vi quando ele entrou no elevador, minha mente já distante. Em um apartamento em Hampstead. Em um parque em Holborn. Levei um momento para perceber um som, para reconhecer que era o toque do meu telefone.

— Sim? Alô?

— Alice? É o Noah.

— Então, eu ia... — Eu estava focada até esse momento. — Você está bem, chefe?

Uma risada rápida que ele não tinha intensão de soltar.

— Hum, sim, as coisas estão... interessantes. Olha, eu não pediria se não fosse importante... Posso mandar a Poppy... mas eu preciso de uma de vocês em Hampstead.

— Hampstead? Por quê?

— Porque o apartamento vizinho ao da Holly Vale acaba de ser incendiado.

CAPÍTULO 13

Eram muitos sons. Os gritos dos bombeiros, o barulho abafado da bomba-d'água, o jato atingindo a chama, o murmúrio dos espectadores, que, inevitavelmente, se reuniam para assistir ao espetáculo. Eram muitos cheiros. A fumaça, o escapamento do caminhão dos bombeiros, a borracha das mangueiras, e algo mais, algo penetrante e indefinido. A fumaça saía da janela escurecida, escalava os tijolos vermelhos, cortando o céu escuro, como se aquilo tivesse sido planejado havia muito tempo.

Eu estava parada com uma mão na porta do carro, como se pudesse sucumbir, como se ainda pudesse fugir. Não tenho certeza absoluta se não era verdade. Tentei respirar, desacelerar os pensamentos. Minha cicatriz doía, uma dor aguda que parecia vir de dentro, e podia sentir os braços e pernas ficarem pesados, sem vontade.

— Alice? Você está bem?

Demorei muito tempo para tirar os olhos do apartamento, da fumaça escura, para organizar minhas feições de modo a ficar mais próxima da Alice, ou do que a Alice costumava ser. A Alice de antes, com sua pele lisa, feliz em sua ignorância sobre quão rapidamente o mundo pode mudar. E ainda assim sorri.

— Estou bem, chefe. — Não, tinha dito, ainda com muita raiva e teimosia. Não vou mandar a Poppy. Eu mesma farei isso. Porque estou bem. Sou Alice, a heroína. Lembra? Virei-me em direção ao prédio, com a fumaça preta tomando tudo. — É o apartamento 13 — disse, em uma espécie de pergunta e resposta ao mesmo tempo.

O inspetor franziu a testa.

— Como você sabia?

— A entrega pelo correio — disse. — O bilhete avisando que não encontraram a destinatária. Alguma coisa foi entregue lá para Holly.

Não conseguimos entrar em contato com a vizinha. — Olhei de volta para o prédio. Deveria ter previsto isso, entendido o que estava acontecendo. — Há algum corpo? — A uniformidade da minha voz me surpreendeu. Porque havia uma inevitabilidade nisso. Uma batida na porta do apartamento 13, alguém entrando, a faca, o proprietário morto no chão. E depois o fogo. Para encobrir. Para limpar as pistas.

O inspetor fez que não com a cabeça.

— Não sei. Estou aguardando o chefe dos bombeiros. — Ele abriu a boca, e pude ver, pelos seus olhos e pelo suor da sua testa, que eu tinha sido muito lerda, ele entendeu. Então, o assunto ficou para trás. O agudo do toque do seu telefone, o som que se somava à cacofonia da água e das chamas. Uma campainha de resgate.

— Vou procurar o chefe dos bombeiros — informei, recuando enquanto ele tateava os bolsos, distraído.

A fumaça começou a desaparecer, deixando para trás aquele cheiro, que ardia na garganta. Passei pelos caminhões dos bombeiros, uma ambulância parada, o paramédico acenando como um reconhecimento, trazendo-me de volta agora para o Brunswick Gardens.

Christian me deu um sorriso pouco entusiasmado, um olhar do tipo "estamos aqui de novo".

Passei pela ambulância em direção ao prédio e encontrei o chefe dos bombeiros parado junto às portas da frente, no meio de uma conversa com um bombeiro baixo e gordinho. O chefe ergueu o rosto quando me viu chegando, assentindo em reconhecimento.

— Polícia, certo?

— Sargento Alice Parr.

— Bem — disse ele, virando-se para mim —, foi um incêndio criminoso. Sem dúvida. Um cheiro forte de gasolina vindo do corredor da frente. Parece que enfiaram um pano na caixa de correio e depois colocaram fogo nele. O vizinho viu fumaça um pouco depois das nove. O alarme de incêndio foi acionado um minuto depois. O mesmo vizinho relatou ter visto uma figura saindo do local.

— Descrição?

— Cara grande, boné de beisebol.

Essa sensação, um *déjà-vu* desconfortável novamente.

— Alguém estava lá dentro? — Era quase uma pergunta retórica. Isso porque ainda não tinha visto com meus próprios olhos o corpo mole da moradora do número 13, enegrecido e carbonizado. E então demorei um instante para encontrar o significado do movimento que fez com a cabeça.

Ele fungou.

— O lugar estava vazio. Nenhum sinal da proprietária.

Senti o estômago revirar, e uma nova imagem tomou o lugar da anterior: uma batida, a porta voando aberta, mãos grandes envolvendo seus pulsos magros.

Afastei-me, com a mão no ar, pensando em uma tentativa de assassinato, um sequestro. Precisávamos do sistema de câmeras de segurança de trânsito. Era uma porcaria, mas era melhor do que nada. Minha mente começou a acelerar, precisaria do setor de reconhecimento de placas, porque, se a moradora do apartamento 13 — Emilia Lucas — tivesse sido sequestrada, certamente um veículo estaria envolvido, agir com velocidade faria diferença agora, determinaria vida ou morte.

— Alice!

Olhei por cima e vi o inspetor acenando para mim.

— Com licença, desculpe, um segundo.

Ele estava ao lado de uma mulher, para quem a palavra "graciosa" poderia ter sido inventada. De longe eu teria dado trinta anos a ela, mas de perto pareceu mais ter uns cinquenta.

— Alice, esta é a senhora que ligou para os bombeiros — disse Noah. — Sra. Lewis, vou deixá-la nas ótimas mãos da sargento Parr. — Ele me deu um sorriso rápido, afastando-me de um carro de bombeiros que passava.

A mulher, pelo que parecia, mal o tinha ouvido, não olhou para mim, e seu olhar fixou-se no que restava do prédio. Ela deu um pequeno suspiro.

— Isso... é simplesmente horrível. Não consigo suportar. Quero dizer, este é um lugar seguro, ou era, pelo menos. Foi por isso que eu comprei um apartamento aqui. Sou uma mulher solteira, veja, e você sabe que, quando está sozinha, precisa de um lugar em que vai se sentir segura. Só que agora... E isso logo depois do que aconteceu com aquela outra garota... Alguém já contou para ela?

Franzi a sobrancelha, atraída pelo assunto.

— Infelizmente, Holly ainda está inconsciente.

— Não, não... Holly? Emilia. — Ela acenou em direção a um buraco escuro onde outrora havia uma janela.

— Você sabe se ela estava em casa hoje à noite? — perguntei, meu ritmo cardíaco acelerando.

A mulher deu um suspiro dramático do tipo que me fez querer revirar os olhos.

— Ai, meu Deus, não. Você não sabe, né?

— Sabe o quê?

— Emilia está grávida, bem no fim da gestação. Eu a vi saindo, sexta-feira, acho que com uma mala, aquelas... Como é que chama? Mala de maternidade. Não a vi mais desde então. Acho que eles a levaram para a maternidade. Provavelmente já deve ter tido o bebê. Que Deus a abençoe.

A adrenalina disparou.

— Você sabe qual foi o hospital? — perguntei.

Ela fez uma careta.

— Não posso dizer com certeza. Quero dizer, acho que o Royal Free, mas...

Assenti, mudando de ideia para um caminho diferente.

— Não tem problema — disse. — Nós vamos encontrá-la.

A mulher suspirou novamente, balançando a cabeça.

— Espero que seja lá mesmo, porque foi o que eu falei para o ex dela.

Parei.

— O quê?

— Ah, bem — Ela se aproximou mais, com o rosto iluminado. — Eu estava saindo de casa hoje mais cedo, e tinha um homem na porta da Emilia; então, eu falei para ele: Bom, não adianta esperar. Ela está na maternidade.

— Ele estava esperando?

Ela me encarou, parecendo-me surpresa.

— Então, acho que só estava batendo à porta, mas ninguém ia atender, não é mesmo? Ah, tadinho. E ele era um jovem tão simpático.

Voltei mais a atenção. Meu cérebro estava fritando.

— Então, você o conhecia? Se ele era o ex da Emilia, quero dizer...

— Bem, não. Só... bem, eu presumi.

Minha pele ficou arrepiada.

— Você consegue se lembrar de como ele era?

Ela franziu a testa, virando-se para mim.

— Bem, eu... ele era um sujeito grande, bem gordo. Ele estava com um boné de beisebol. E parecia muito agradável.

Assenti, tentando me manter no lugar. Porque, na minha cabeça, estava vendo aquele jovem muito agradável cortando a garganta de Holly Vale. Peguei meu celular e mostrei a imagem de Canning retirada das câmeras de segurança na praça Brunswick.

— Era esse cara?

Ela comprimiu os olhos.

— Deixe-me ver... Eu... sim. Sabe, acho que era...

É claro que era.

— E isso aconteceu...

— Acho que, ah, por volta das seis horas. Eu tinha marcado de sair para jantar com um amigo umas seis e meia, então, sim, umas seis horas.

Olhei para o prédio, para a fumaça, menor agora, deixando para trás a escuridão carbonizada. Seis horas. Mas o incêndio só começou depois das nove.

— Tinha muita gente por perto naquela hora? Sabe, voltando do trabalho?

Ela revirou os olhos.

— É sempre tão barulhento a essa hora, portas batendo, as pessoas conversando nos corredores...

Foi por isso. Ele tinha vindo, pensando em encontrar Emilia voltando de um emprego qualquer que ocupasse o seu dia, pensando em recuperar a entrega, qualquer que fosse, mencionada naquele pedaço de papel. Será que ele se passaria pelo detetive Grey de novo? Era esse o plano? Só que ela não estava lá, e, com as idas e vindas... não, melhor destruir, derramar gasolina pela caixa de correio, garantir que tudo o que foi deixado no apartamento 13 não seria visto novamente.

— Obrigada — encerrei, enfiando meu bloco de anotações no bolso. — Você ajudou bastante.

Ela me olhou e acho que, pela primeira vez, reparou na minha cicatriz. Forcei um sorriso e me afastei da mulher, sentindo o peso do seu olhar enquanto andava. Mas não havia tempo para isso. Era irrelevante.

— Vou até o Royal Free — informei ao inspetor. — Precisamos saber o que havia naquele apartamento, o que ele queria que estivesse destruído. Vou falar com a dona.

Mais um dia. Mais um hospital. Embora dessa vez fosse como entrar em um lugar com um arsenal nuclear, as campainhas, as verificações de crachás, os olhares das médicas e enfermeiras me seguindo, analisando minha bolsa como se estivessem avaliando se ela era grande o suficiente para esconder um bebê. O que provavelmente era o que estavam pensando. Aquele momento, as luzes já estavam apagadas, as cortinas estendidas ao redor das camas. De perto da porta, vinha o som de roncos, pesados e substanciais, e então, outro som um ronco menor dessa vez, que misturou tudo, criando uma harmonia improvável.

Segundo a médica, Emilia estava perto da janela, aquele leito com a luz acesa. Hesitei do lado de fora da cortina fechada, pensando no que seria educado dizer em uma situação como essa; levantei a mão para bater no tecido frágil e, depois, me segurei. Estava mais cansada do que pensava. Abri um canto da cortina.

— Olá!

A mulher estava deitada na cama, apoiada por um monte de travesseiros, nos quais derramava seus cachos ruivos. Tinha um livro dobrado sobre os joelhos erguidos, a costas levantadas e um bebê que descansava em seu peito, com as pernas estendidas em direção ao seu estômago e o queixo enfiado na dobra do seu pescoço. Ela me olhou com uma expressão resignada que se transformou em curiosa quando viu meu terninho.

— Você não é médica — concluiu.

O bebê se mexeu, fungando baixinho antes de voltar a dormir com um suspiro pesado.

— Não — concordei —, sou a sargento Alice Parr.

Sua expressão mudou, como eu já imaginava, seus olhos escuros ficando preocupados; ela agarrou o bebê com força suficiente para que ele desse um pequeno miado de protesto.

— Qual o problema?

— Eu não gostaria de dar más notícias, Emilia — comecei, com suavidade. — Acabei de chegar do seu apartamento. Houve um incêndio. Já está controlado, mas acredito que tenha havido muitos danos.

Ela olhou para mim, e parecia que estava ficando zonza com minhas palavras, tentando encontrar nelas uma saída de emergência.

— Mas... mas eu vou para casa amanhã. Nós vamos ter alta. Foi o que me disseram.

— Desculpe.

Ela abaixou a cabeça, beijando o cabelo macio de seu bebê, as lágrimas escorrendo pelas bochechas.

— O que eu vou fazer? Para onde Tilly e eu vamos? Minha mãe... não tem espaço. Porque a namorada dela se mudou para lá com os filhos. Ai, Deus... — Ela voltou a olhar para mim. — O que aconteceu? Como isso começou?

Eu me preparei.

— Nós temos motivos para acreditar que foi um incêndio criminoso.

Emilia empalideceu.

— Alguém... alguém fez isso de propósito?

— Acreditamos que sim.

— Mas... mas por quê?

— Emilia, você conhece alguém que poderia te prejudicar? Alguém com quem tenha algum problema? — Falei como se me interessasse pela resposta, como se minha mente ainda não tivesse seguindo em uma direção totalmente diferente. Eu tinha alertado Poppy para não ficarmos bitoladas. Haja ironia. Gesticulei para a criança. — O pai do bebê, talvez...

— Não! Não, Deus. Quero dizer, não estamos juntos, mas ele nunca... Não. Claro que não. Tem... Simplesmente não entendo isso...

Fiz um gesto em direção à cadeira ao lado dela.

— Você se importa?

— Não, por favor.

— Emilia, preciso te perguntar: você tem alguma familiaridade com a sua vizinha? A do apartamento catorze?

— Era... alugado. Tipo Airbnb, sabe? Era muita gente diferente entrando e saindo de lá.

— Mas — continuei — você recebeu uma entrega endereçada a alguém de lá? A moradora atual?

Emilia franziu a testa.

— Uma entrega? — Uma piscada, duas, depois o rosto dela se iluminou. — Ah, esqueci. Tinha uma carta... É que, veja, foi no dia em que eu entrei em trabalho de parto, e eu recebi a carta, e depois, talvez uma hora mais ou menos, minha bolsa rompeu e eu simplesmente esqueci.

Inclinei-me para a frente.

— Acho que você não lembra do que era, né?

Ela meneou a cabeça.

— Não tenho a menor ideia. Foi... uma carta, acho? E, como era preciso alguém assinar para recebê-la, então eu, bem, assinei por ela... — Sua voz sumiu. — Desculpe. Não estou entendendo. O que isso tem a ver com o meu apartamento?

— Não tenho certeza ainda — disse. — Mas a carta. Você não chegou a entregar para Holly, para o apartamento catorze?

— Não.

O que era? Será que ele sabia? Ou ele suspeitava que de alguma forma algo naquela carta poderia prejudicá-lo. Pensei no apartamento, nas chamas e fiquei frustrada.

— E ela com certeza estava dentro do seu apartamento?

— E eu deixei na minha casa... Em cima da escrivaninha... Desculpe, não entendo. Por que alguém iria incendiar meu apartamento por causa de uma carta?

— Emilia... alguns dias atrás, a atual moradora do apartamento catorze foi esfaqueada enquanto caminhava em um parque em Holborn. Nós temos indícios para acreditar que o agressor esteve no apartamento dela e, na ausência de qualquer outro motivo lógico, parece provável que o fogo no seu esteja ligado de alguma forma a esse ataque.

Emilia olhou para mim, sem compreender, depois se mexeu e vomitou. A bebê gritou.

— Segure-a para mim. — Ela empurrou a bebê para os meus braços, se mexeu e começou a se levantar.

Merda.

Olhei rapidamente, em busca de ajuda, mas só havia eu, ela, o bebê e as cortinas. Levantei a criança com seu peso frágil, peguei uma comadre e a empurrei nas mãos de Emilia. Outro suspiro seco, depois o som alto de vômito batendo numa panela de metal.

A bebê se mexeu no meu colo, abrindo os olhos e enrugando a testa. Ela me olhou, sombria e intensa, e depois soltou um suspiro pesado, aconchegando-se mais a mim e voltando a dormir. Abaixei-me na cadeira, com os ombros tensos.

— Ela vai morrer? — a voz de Emilia saiu arrastada. Ela se moveu para me encarar, um olhar para o vômito, o nariz enrugado de nojo. — A mulher?

— Não sei — respondi calmamente. — Ela foi operada, mas... ela ainda não recuperou a consciência, o que os médicos consideram preocupante. Realmente não sei o que vai acontecer.

Ela estava chorando muito agora, respirando com pequenos soluços irregulares.

— Você acha que ele estava tentando me matar também? Quero dizer, nós estamos em perigo? Tilly, eu...

Sim.

— Já falei com o meu chefe. Alguém está vindo para cá para ficar de olho em você. Por precaução.

— Então, nós estamos? Em perigo, quero dizer.

Medi as palavras.

— Estamos agindo com muita cautela, Emilia. É melhor estarmos seguros. — Olhei para a bebê, para a curva suave de suas bochechas, seus cílios pequenos. — Desculpe — disse. — Eu sei que não é um bom momento...

Ela fez que não com a cabeça, as unhas cravadas no lençol que cobria suas pernas, e suspirou de modo lento e longo.

— Não. Por favor. Eu quero ajudar. Quero dizer, alguém que é capaz de uma coisa dessas precisa ser detido, certo?

— Certo. — Mostrei a ela meu celular com as imagens da gravação das câmeras de segurança do agressor, de Canning, na tela. — Você já viu este cara antes?

Ela segurou o celular mais de perto, analisando a imagem.

— Não, desculpe.

— Olha... — Peguei o telefone de volta. — Desculpe, mas eu tenho que te perguntar isso. Existe alguma chance de que o seu ex-namorado estivesse na sua porta hoje mais cedo?

Emilia se mexeu, estendendo os braços na minha direção. Entreguei Tilly de volta a ela, a bebê se moldando à mãe como se fossem duas partes de um todo maior.

— Meu ex é fuzileiro naval. Ele está em uma missão no Afeganistão. Bagram. — Emilia olhou Tilly adormecida, então olhou para mim, franzindo a testa. — Isso é tão esquisito. A médica... me disse que alguém ligou, há algumas horas, dizendo que era o pai do bebê e que queria nos ver. Ela disse que me traria o telefone, para que eu pudesse falar com ele, mas depois ele falou que não precisava, e a linha ficou muda. Só que Neil costuma me ligar no celular. Então, não entendo por que ele faria isso. A menos que...

— A que horas foi isso? A que horas ela recebeu a ligação?

— Não sei, acho que um pouco antes das nove.

Nove. Minutos antes do início do incêndio. Observei mãe e filha, pensando que ele estava verificando, estava se certificando de que era verdade, que as duas estavam na maternidade, longe do apartamento. Que ele tinha confirmado, que tinha ouvido o que precisava ouvir. Então, ele incendiou tudo.

CAPÍTULO 14

Entrei nos restos destruídos do apartamento de Emilia. Aconteceu naquele dia. Aconteceu há oito meses. O cheiro arranhou minha garganta, fazendo meu coração disparar, meu abdome se contrair. Nesse momento tudo estava pegando fogo, eu deitada em uma cama, em um apartamento em chamas. Agora eu estava pisando, cada passo um risco, em pisos escurecidos, esquivando-me para evitar que as vigas caíssem. Acendi a lanterna, concentrando-me na destruição debaixo dos meus pés, pisando cuidadosamente com minhas botas pesadas, desejando não ser obrigada a estar ali, nos restos arruinados do apartamento de Emilia, recusando-me a ser puxada de volta pelo tempo, para o momento em que não queria estar.

Sargento Alice Parr. Sou a sargento Alice Parr.

Você imagina como seria, quando o mundo cai ao seu redor, quando tudo depende de sua capacidade de pensar, de sobreviver. Você. Eu. Tinha imaginado como me comportaria naquele momento de verdadeira crise. Em um acidente de avião ou um ataque terrorista. Tinha pensado comigo mesma que já tinha visto o pior da humanidade, e que pouca coisa me chocaria, e assim, quando testada, é claro que eu aguentaria. Salvando a mim mesma e aos outros ao longo do caminho. Em resumo, eu havia me convencido de que, se fosse testada, seria uma heroína, como disse Naomi Flood.

Eu estava errada.

Quando o fogo chegou, não pulei da cama, não fiz uma escada de corda com os lençóis, nem rastejei através chamas para alcançar a porta. Não desci de rapel até a minha vizinha de baixo — Elsbeth Little, 82 anos —, puxando seu corpo para a segurança.

Pensei que seria a heroína. No lugar disso, deitei na minha cama e fechei os olhos.

Veja, é isso, pensamos que conhecemos as pessoas, pensamos que entendemos quem elas são por causa de sua aparência, da maneira como se comportam e do que dizem. Mas, na verdade, nada disso significa muita coisa. Não quando se trata de realmente entender o que é uma pessoa, no fundo de sua alma. Porque, até sermos testados, até sermos colocados no fogo, não conhecemos nem a nós mesmos.

Perguntei-me o que estava pensando naquela noite, porque fiz o que fiz, o que poderia ter me levado a fazer, de fato, nada. Confortei-me com banalidades: estava confusa, a fumaça tinha afetado meu raciocínio, eu simplesmente não sabia o que estava fazendo. A real é que nada disso era verdade. Eu sabia.

Fiz uma escolha. Não lutar pela sobrevivência. Simplesmente ceder, ceder. Aceitar meu tempo como se tivesse acabado.

Eu me entrego. Fiz uma escolha para me permitir morrer.

O bombeiro parou diante de mim, trazendo-me de volta ao apartamento de Emilia, de volta ao presente, acendendo sua lanterna para me encontrar no meio da escuridão.

— Está tudo bem com você aí no fundo?

Não olhei para cima, respirei a fumaça, apenas me concentrando em mexer os pés, andando como se estivesse em um mar agitado.

— Estou bem.

Você sentia o cheiro da gasolina, lutando contra a própria fumaça para te dominar.

— Ele fez um trabalho minucioso — comentei, simplesmente para ter algo a dizer.

O bombeiro grunhiu.

— Ele teve uma puta sorte de não ter se espalhado para os outros apartamentos. E muita sorte porque ninguém estava em casa.

Sorte. Só que não foi sorte, né? Ele ligou para o hospital para verificar. Aquilo era outra coisa, um plano que não conseguia entender.

Eu não conseguia respirar. Meu interior havia se enchido, fiquei sufocada com o cheiro de tudo, e então andei direto para as costas do bombeiro, atingindo suas costelas com a lanterna.

— Eita!

— Desculpe.

Ele levantou a mão e sorriu largamente.

— Sou grandinho. Consigo aguentar.

Retribuí o sorriso, magro e distraído, e iluminei com a lanterna a sala de estar, ou o pouco que havia permanecido dela.

— Caramba.

— Sim. — Ele suspirou.

O teto da sala havia desmoronado, de modo que todo o apartamento parecia ser o resquício de alguma guerra antiga. As paredes estavam carbonizadas, um profundo agente cancerígeno preto chegando ao chão, também destruído. Um vento frio veio da janela, balançando os cacos de vidro.

— Está tudo destruído.

— É — ele concordou. — A proprietária não vai conseguir voltar aqui tão cedo. — Ele iluminou a destruição com a lanterna. — Um filho da puta, né?

— Sim — disse calmamente. — Um filho da puta.

A raiva me consumiu. Ed Canning. O homem nas câmeras de segurança, seguindo Holly de perto enquanto ela se aproximava da praça Brunswick. O sotaque escocês grosseiro de um gerente do Apoio à Vítima que não existia. O boné de beisebol abaixado, entrando no saguão da Torre Vauxhall. O pai fictício ansiando por falar com sua parceira sobre a filha recém-nascida.

Quem diabos é você?

Ele estava em todo lugar e não estava em lugar algum. Era como se uma torneira tivesse sido aberta naquela manhã na praça Brunswick e toda a minha vida agora era inundada por ele e pelo reflexo dele, que aparecia e desaparecia.

Ele era um fantasma.

Então uma pergunta desconfortável me interrompeu. Se aqueles eram os momentos que eu o descobri — o truque do pai e a do Apoio à Vítima —, haveria mais? E se tivesse deixado passar outros momentos?

Não havia registros de nenhum Canning, nada que nos aproximasse dele. Respirei aquele ar quase irrespirável e tentei me orientar, me manter ali, nesse buraco infernal, para evitar ser puxada de volta para aquele outro lugar, meu inferno maior.

Ele queria alguma coisa ali. E incendiou o apartamento porque não conseguiu encontrar. Isso significava que era muito importante para ele que ninguém o visse. Talvez isso o levasse de volta a ele.

Eu me virei, vasculhando aquela paisagem alienígena ao redor, procurando qualquer coisa que se assemelhasse a uma escrivaninha. Ou qualquer coisa que se parecesse com qualquer coisa.

O toque do meu telefone rompeu o silêncio, e eu o atendi rapidamente.

— É a Alice? Alice, é a Gwen, a enfermeira do hospital. Estou cuidando da Holly.

Parei por um momento, reorientando-me, lutando para equiparar a limpeza dos cuidados da terapia intensiva com a carnificina à minha volta.

— Oi, Gwen. Como posso te ajudar?

— Peço desculpas por ligar tão tarde. Não te acordei, né?

Eu ri. Uma risada de verdade. Senti o bombeiro se virar para me observar, o começo de um sorriso iniciando no canto da sua boca.

— Não, Gwen. Não estou dormindo. A Holly está bem?

Ela suspirou, e meu coração desmoronou.

— É por isso que estou te ligando. Olha, realmente sinto muito por ter que te dizer isso, mas receio que Holly esteja em coma. A pontuação dela está menor do que os médicos gostariam, e isso está causando preocupação sobre as perspectivas dela em longo prazo. Se bem que nós ainda não chegamos nesse ponto. Ela ainda pode nos surpreender. Eu só queria que você soubesse.

Assenti lentamente, e então percebi que ela não podia me ver.

— Entendo. Tudo bem. Obrigada, Gwen. Agradeço por ter tirado um tempo para me avisar.

Desliguei o telefone, fechei os olhos brevemente e inalei a fumaça que ficou, o cheiro de gasolina nas narinas, nauseando-me. Abri os olhos e vi o bombeiro me observando.

— Você está bem?

Suspirei pesadamente.

— Às vezes eu odeio esse trabalho.

Ele olhou em volta de maneira sombria.

— Bem aí... — uma pausa e, então —, você, ah, você parece ter alguma experiência com esse tipo de coisa. — Ele apontou para minha cicatriz.

Afastei-me, sentindo um rubor desde as bochechas até a cicatriz.

As pessoas dizem que as cicatrizes representam batalhas travadas e vencidas. Não esta cicatriz. Esta cicatriz representava apenas o que havia sido perdido, a inocência, o otimismo, a arrogância, todas as formas pelas quais eu havia me revelado menos do que esperava ser, um lembrete amargo de que tinha sido antes. Ela estava morta, se é que, de fato, existiu alguma vez. E a que ficou é uma Alice falsa.

— Sim — respondi brevemente —, sim, eu tenho.

Ele estava me observando, ou, talvez apenas minha cicatriz.

— Sério... — ele continuou. — Para voltar e fazer o que você está fazendo depois de uma coisa assim... isso foi bem sério. — O olhar dele se desviou. — Você... é bastante impressionante.

Eu me virei, iluminando a janela com a lanterna, seguindo o formato da sala. Estava em um canto. Ela disse que a escrivaninha estava em um canto.

— Não sou impressionante — murmurei. — Estou sobrevivendo, só isso.

— Às vezes isso é a coisa mais impressionante de todas — ele retrucou, calmamente.

Ninguém nunca me perguntou o que aconteceu. Meus pais, meus irmãos, Poppy. Eles parecem pensar que eu estava inconsciente. Não lhes contei a verdade. Que meu corpo, o corpo no qual confiava, que cuidava e trabalhava, e que acreditava que pudesse se controlar, simplesmente desistiu. Que algo em mim tinha determinado que aquela era a hora da minha morte. Naquele momento. Não contei a verdade a eles porque não a compreendo. Que algo em mim estava preparado para morrer. E não por uma causa digna, não como uma heroína, salvando alguém, mas simplesmente porque não conseguia me convencer a sair da minha maldita cama. Permiti que as pessoas de quem mais gosto no mundo se iludissem, continuando a pensar que sou a pessoa que sempre fingi ser. Capaz e resiliente e, acima de tudo, sobrevivente. Eles não sabem que a Alice morreu naquela noite, sobrando apenas uma sósia, uma imitação do que a Alice costumava ser.

Meneei a cabeça, como se estivesse tentando afugentar um mosquito da orelha. O teto tinha desabado do outro lado da janela, as folhas de gesso retorcidas com o calor. Iluminei essa parte e consegui ver uma vaga forma embaixo dos escombros.

— Ei, acho que vi alguma coisa.

Enterrada, sob uma pirâmide de destruição, estava a madeira enegrecida e deformada.

— Merda — murmurei. — A escrivaninha já era.

Afastei-me enquanto o bombeiro a puxava, mudando sua posição para que pudesse ver por dentro.

— Droga!

— Você está procurando uma carta?

— Sim.

Ele bufou.

— Boa sorte.

No fundo da escrivaninha, havia uma maçaroca de papel. A madeira estava queimada, e o papel dentro do móvel sobreviveu ao fogo, que se apagou antes de chegar a ele. No entanto, o que o fogo tinha poupado a água tinha atingido, e o que não tinha sido queimado havia sido completamente encharcado, transformando-se em um grande volume de papel-machê. Passei as mãos enluvadas pela pilha de papel, permitindo que a luz da lanterna chegasse até ela. Restaram pedaços do que poderia ser generosamente chamado de papel, embora de pouca utilidade.

Merda. Merda. Merda. Ele conseguiu. Conseguiu o que queria. Merda.

Então, no meio daquela bagunça, minha lanterna iluminou algo colorido. Aproximei-me mais.

— Ei, você pode me dar um pouco mais de luz aqui?

O bombeiro se agachou ao meu lado, apontando sua lanterna para que as duas criassem um holofote.

— Está vendo isso?

Identifiquei uma forma, quebrada, mas quase visível.

— Sim, o que é?

Apertei os lábios.

— Isso... pode não significar nada. Pode não ser o que nós estávamos procurando. Mas... é uma dupla hélice.

— Como?

Olhei para ele, sombrio.

— Do tipo que as empresas de DNA usam como logotipo?

CAPÍTULO 15

Sentei-me à minha mesa, a fotografia da hélice retorcida olhando-me de volta. Cheguei a dormir um pouco depois das duas, e, contrariando todas as probabilidades, caí em um sono profundo, do tipo que se prolonga por horas, mas que, quando você acorda, parece ter durado apenas um momento. Não me lembrava de sonhar, e isso provavelmente era uma coisa boa.

Uma brisa entrou pela janela aberta, atravessando um céu azul sem esforço, e abri a boca para falar, voltando a atenção para o bastão de Poppy que retornava à mesa da frente. Porém, na tensão de seus ombros e no estalo duro contra as chaves, vi que eu não havia sido perdoada.

Ela sorriu para mim quando entrei, um sorriso social obrigatório, mas desviou rapidamente o olhar, os lábios contraídos, de repente ocupada com sei lá o quê. Eu deveria pedir desculpas. Era isso que uma pessoa adulta faria, o que uma profissional faria. Mas como seria? Peço desculpas por ter jogado as merdas dos meus problemas em cima de você. Foi porque achei que estivesse provavelmente certa, percebendo que a minha vida se tornou aquela brincadeira de trocar os vestidos das bonecas de papel podendo, perfeitamente, ser dividida em duas partes — antes do incêndio e depois do incêndio —, nada me parece real, inclusive eu mesma. E que não posso deixar de pensar que não era quem pensava ser, forçando-me tanto a ser quem gostaria de ser que estou me tornando uma escrota, até com a minha melhor amiga. Peço desculpas por isso.

Em vez disso, suspirei e peguei o telefone da mesa, digitando o número de celular que Emilia havia me dado na noite anterior. A jovem mãe atendeu rapidamente, com uma voz grossa, com se tivesse com sono ou em lágrimas.

— Emilia, é a Alice. Alice Parr?

— Oi.

— Você... está bem? — E lá havia ido minha cota de perguntas idiotas do dia.

Emilia soltou uma risada curta.

— Acho que sim. Tenho saúde, né? Embora os médicos tenham dito que a minha pressão voltou a subir, então eu preciso me controlar. Para ser sincera, quando eles disseram isso, tive que rir na cara deles. Pressão. Estou surpresa de não ter tido um derrame.

— Desculpe — pedi, pensando em Tilly, tão pequena.

— Tanto faz. Quero dizer, eu não tenho para onde ir... Desculpe, você não me ligou para isso. Em que posso te ajudar?

Peguei a foto da hélice.

— Só preciso checar uma coisa com você. Fui ao seu apartamento ontem à noite...

— Muito ruim?

— Está... — um cenário de guerra —... nada bom. Acho que vai dar muito trabalho para reconstruir tudo. — Hesitei, minha ligação subitamente parecia insensível. Mas lembrei de Canning, e, se existia algo que ele não queria que eu visse, então estava fazendo isso muito bem. — Encontrei uma papelada. Na verdade, não podemos mais chamar assim. Está bastante destruída. Mas eu consegui ver uma coisa que me pareceu ser um logotipo de empresa. Obviamente eu não sei se essa era a carta que você assinou pela Holly, mas imaginei que não era sua...

— Claro. Qual é o logotipo?

— É uma dupla hélice. Como uma fita de DNA? Mas eu não quero tirar conclusões precipitadas. Como você acabou de ter a Tilly, eu me pergunto se você poderia ter...

Sabe quando você diz alguma coisa e, ao fazer isso, sente como se tivesse levado um soco no estômago, e, mesmo que tente parar, sua boca simplesmente continua?

Houve um silêncio na linha que durou muito mais do que deveria.

— Não, não fiz exame de DNA no meu bebê, se é isso que você está me perguntando — disse Emilia, friamente. — Sei muito bem quem é o pai dela, muito obrigada.

— Não, eu...

— Há mais alguma coisa?

— Bem, não, mas... então, você acha que essa poderia ser a carta de Holly?

— Conforme eu disse antes, não tenho o hábito de bisbilhotar a correspondência de outras pessoas. Mas posso dizer que não tenho qualquer ligação com nenhuma empresa de DNA, então, seja lá o que for, não é meu.

— Tudo bem — respondi fracamente —, obrigada. — Ela desligou o telefone com um clique.

Caralho.

— Bem, isso não foi nada bom — comentei com a sala em geral ou com Poppy em específico. Ela me ignorou.

A porta se abriu, e Harry entrou. Ele parecia cansado, pesado, com a falta de sono que afetava a todos, o rosto frouxo de mau humor, a camisa sem passar, barba por fazer.

Não pergunte. Não pergunte.

— Você está bem? — Droga.

— Cansado — respondeu ele, brevemente.

Olhei para um ponto no ombro de seu casaco, uma pequena mancha circular amarela. Ele me seguiu, olhando para baixo.

— Merda. Mila está doente. Pensei que tivesse limpado tudo. — Ele esfregou o tecido com um lenço de papel e uma expressão próxima às lágrimas.

Eu o observei, mas sem vê-lo, prestando atenção na questão da paternidade. Tinha segurado a mão de Holly, visto seu sangue jorrar das feridas que perfuravam seu peito, aquela linha sangrenta em seu pescoço. Canning estava disposto a matar. Então, a ideia de que ele poderia estar verificando que ninguém estava em casa antes de incendiar o lugar não fazia sentido. Certo?

Suspirei pesadamente, voltando-me para o computador e mexendo no mouse para que a tela ganhasse vida. Uma hélice. Não era muita coisa para continuar. Afinal de contas, quantas empresas de DNA existiam no mundo? E, considerando tudo o que tinha aprendido sobre Holly Vale até agora, não gostaria de reduzir a pesquisa a um país. Digitei "teste de DNA" no Google e comecei a pesquisar a lista aparentemente interminável de sites.

Demorei quase duas horas, poupando um momento de vez em quando para olhar para Poppy. Ela não se mexeu, não me olhou nenhuma vez. Comecei a ficar com cãibra nas mãos, uma linha tensa de dor percorrendo minhas costas, e a pensar que precisaria me mexer logo, que meu corpo e meu cérebro haviam atingido um ponto de inflexão, quando apareceu uma empresa de testes de DNA com sede em Haringey, no norte de Londres. DNA4U. O nome da empresa me fez sentir um pouco enjoada. Anotei o CEP deles e peguei as chaves do carro.

— Ei, Poppy?

Ela não respondeu, apenas me olhou com uma expressão dura.

— Vou visitar este serviço de DNA. Fica em Haringey.

— Sim?

— Quer vir?

Por um momento, pensei que ela fosse ceder. Então, ela fez que não com a cabeça.

— Desculpe. Tenho que checar os dados do serviço de trânsito da Torre Vauxhall. Mas tenho certeza de que você vai ficar bem. Como você disse, não é o seu primeiro dia.

Abri a boca, com um "vá se foder" na ponta da língua, mas depois fechei. Afinal, provavelmente eu tinha merecido.

A viagem até Haringey se passou entre mil repetições das palavras que trocamos, mil rotas diferentes que poderíamos ter seguido. Infelizmente, nenhuma delas parecia muito agradável no momento. Quando cheguei ao saguão do laboratório de DNA de nome horrível, estava bastante mal-humorada.

— Sargento Parr. Preciso falar com um gerente — pensei por um momento —, por favor.

A jovem atrás da mesa olhou para mim através de seus óculos pesados, parecendo assustada, o que, considerando o meu humor, não era muito surpreendente.

— Sim, só um segundo. Por favor, sente-se.

Afundei em uma cadeira de couro enorme no modesto saguão branco. Precisaria pedir desculpas. Poppy... ela poderia ser sua melhor aliada ou sua maior inimiga, pouco importando para ela. Poderia apenas dizer que estava num dia ruim. Ela aceitaria, e não pensaria muito. Mas essa ideia não me agradava, porque não era verdade. Eu não estava em um dia ruim. Estava em uma vida ruim, que começou na mesma noite em que quase acabou. E o problema é que não tenho certeza se Poppy gostaria de ouvir isso. Tinha enxergado essa verdade no hospital, nos meus pais, nos meus irmãos, na própria Poppy, aquela vigilância, aquele medo, como se estivessem te estudando, esperando que desmoronasse. Daí você não desmorona. Em vez disso, finge. Você diz a eles que está bem, que sim, tem cicatrizes, mas que cicatrizes fazem parte da vida e que está seguindo em frente. E então seus rostos ficam aliviados, e seus corpos se desprendem disso, e você sabe que fez algo bom, que, ao mentir para eles, conseguiu protegê-los de uma verdade que não querem ouvir. E você dá de ombros, porque eles te amam e querem que seja feliz, e isso é uma coisa boa, né? E só mais tarde, depois de meses de sono disperso, depois de se sentir vivendo dia após dia no limite — no limite de que você não sabe, mas sabe que não é nada bom. E é só no final, quando se esticou até onde uma pessoa pode ser esticada, e quando todo seu interior está queimando com a necessidade de dizer — "não posso continuar com isso" — é que percebe que não há ninguém que queira ouvir. Todos eles te amam demais para querer a maldita verdade.

— Sargento... Parr?

Olhei para o rosto enrugado de uma mulher, cheio de maquiagem, uma blusa que mal cobria seus seios fartos, a cor de um sutiã espreitando entre os botões esticados. Ela me analisou e, com uma voz duvidosa, estendeu a mão.

— Heather Beresford. Você pode me acompanhar?

Levantei-me, poupando um sorriso para a recepcionista, e segui a mulher, o barulho de seu salto agulha no chão de cerâmica. Como ela conseguia andar tão rápido em cima disso? Esforcei-me para acompanhar seu ritmo. Entrei pela porta do escritório atrás dela e me sentei no banco para o qual me apontou.

— Por favor... você quer um chá? Café?

— Nada, obrigada. Agradeço por ter aceitado me ver sem hora marcada.

Ela se sentou atrás de uma mesa grande com tampo de ardósia.

— O que pudermos fazer para ajudar. Só não tenho certeza em relação a...

— Acredito que uma vítima em um ataque muito grave tem estado em contato com a sua empresa — disse. — Tenho certeza de que entende que, para construirmos um quadro completo do que aconteceu, precisamos reunir o máximo de informações que pudermos sobre a vítima e os envolvidos. E isso me trouxe até você.

Ela assentiu, girando a cadeira para que ficasse na direção do computador.

— Nome?

— Holly Vale.

Ela digitou lentamente, fazendo barulho nas teclas com suas unhas compridas.

— Ah... ok, aqui está. Sim, estamos realizando alguns testes para uma sra. Vale.

— Que tipo de teste?

— Ela... deixe-me ver... há uns dez dias ela nos solicitou uma comparação de DNA com um item.

— Item?

— Um momento... Ela enviou a amostra do cabelo de um indivíduo e pediu que nós fizéssemos um teste de comparação entre a amostra e... ah, uma colher de plástico.

— E os resultados?

— Eram iguais.

— Então...

— Isso quer dizer que a amostra de cabelo foi confirmada como pertencendo à mesma pessoa que usou a colher.

Gaguejei.

— Então, você sabe de quem era o DNA?

Ela fez que não com a cabeça.

— Desculpe. Essa é toda a informação de que disponho.

Olhei para ela fixamente, minha mente ficando acelerada. O que ela estava fazendo? De quem era o DNA e por que raios Holly precisava fazer o teste? Isso estava relacionado a Canning?

Meu celular tocou no bolso, distraindo-me da minha confusão.

— Desculpe — disse. — Alô!

— Alice? É a Poppy.

— Ah, Pops, eu...

— Tenho algumas informações para te passar — disse ela, cortando-me. — Encontrei imagens das câmeras de radar de Canning saindo pela entrada da Torre Vauxhall às 15h20 de terça-feira. Localizei um carro saindo do estacionamento às 15h25, um Audi A4 preto, e, investigando a placa, cheguei ao Everdrive Locação de Veículos. Eles confirmaram que o carro foi alugado por Canning.

— Muito bem, ótimo...

— Avisei a sala de controle para colocar o carro no radar de todos. Achei melhor manter você informada. — E ela desligou.

Olhei fixamente para o telefone e pensei brevemente em atirá-lo na parede.

— Está tudo bem? — perguntou a mulher, aproximando-se em antecipação.

Olhei para ela.

— Não faço a menor ideia — respondi.

CAPÍTULO 16

A viagem de volta foi muito parecida com a da ida, eu dirigindo muito rápido no trânsito, sem vontade de mudar meu humor, ensaiando mentalmente todas as verdades que compartilharia com Poppy quando chegasse. E, se isso falhasse, tomaria uma xícara de café na mesa que havia esfriado havia muito tempo e que poderia ser muito mais bem aproveitada.

No entanto, quando voltei, a sala estava quase vazio, todo mundo fora com coisas melhores para fazer do que me receber com minha raiva.

Joguei-me na minha cadeira e olhei para a mesa de Poppy, como se isso fizesse diferença.

Deus.

Sacudi a cabeça, esfregando o rosto com as mãos. Isso não importava. Nada disso. Era tudo ruído de fundo de um quase assassinato, e... seja lá o que mais fosse. Recostei-me na cadeira, pensando no apartamento da Torre Vauxhall. Mordi a tampa da caneta. Depois, inclinei-me para a frente, procurando no Google a Clínica Médica Owens Manhattan, dessa vez demorando um pouco nas fotografias da sua equipe médica alegre e seus pacientes delirantemente felizes. Movi o mouse para a última aba de notícias e cliquei nela. Na postagem de cima, a mais recente, lia-se: "Lamentamos informar que a OMMC foi forçada a fechar suas portas. Adoramos servir esta comunidade e desejamos a todos um bom futuro."

Aquele post havia sido adicionado em maio passado, pouco menos de um ano antes. Por que Canning tinha ligado para eles?

Cliquei na aba seguinte — Sobre nós. A página disponibilizava um nome de contato — Chloe Hodge, gerente.

Deslizei o mouse, abrindo o banco de dados da Whitepages e pesquisei por Chloe Hodge. Cinco resultados, um na Geórgia, um em Wisconsin, dois na Califórnia e, graças a Deus, um em Nova York. Fechei os olhos, fiz uma breve oração e cliquei na etiqueta de informações, que revelou um número de telefone e um endereço no Brooklyn.

Digitei o número no telefone fixo. Barulho de bipes distantes e agudos e, depois, um clique e uma voz robótica. "Não há ninguém disponível para atender a sua chamada. Por favor, deixe uma mensagem após o sinal."

Suspirei e esperei pelo sinal sonoro prolongado.

— Sra. Hodge, aqui é a sargento Alice Parr da Polícia Metropolitana de Londres. Inglaterra — acrescentei, redundantemente. — Estou trabalhando em um caso no qual acho que pode me ajudar, e gostaria de falar com você em relação ao seu trabalho na Clínica Médica de Owens, em Manhattan. Gostaria que me retornasse o mais rápido possível.

Desliguei o telefone e o bati com estrondo. Nesse dia, simplesmente não vou resolver essas merdas.

— Alice? — Harry enfiou a cabeça na porta da sala. Pelo aspecto dele, havia falhado em sua tentativa de remover a mancha. — Desculpe, só queria que soubesse que chegaram os registros telefônicos do Airbnb de Holly Vale. Eu mesmo os revisaria...

Acenei para que fosse embora.

— Está tudo bem. Ninguém quer falar comigo de qualquer jeito.

— O quê?

— Nada. Está tudo bem. Peguei aqui.

Peguei meu telefone, que tinha tocado, rezando silenciosamente para que do outro lado houvesse um sotaque americano.

— Sargento Parr?

— Sim?

— Oi, eu estou com os resultados do curativo que você enviou.

Senti a pele congelar. O pedaço de atadura enfiado na manga de Holly, a impressão digital marcada com sangue.

— Você identificou a impressão digital?

— Sim, e é compatível com a vítima do caso, ah, srta. Vale?

Maravilha. Meu dia estava cada vez melhor.

Agradeci a voz distante, fazendo o possível para não bater o telefone na mesa, e voltei a atenção para o computador. Puxei o documento, olhando para o turbilhão de números, a partir do dia em que Holly chegou ao Airbnb. Aparentemente ela começou a se ocupar com o telefone quase de imediato. Franzi a testa. Sério, a mulher quase só tinha ficado no telefone durante os primeiros dias. Selecionei o primeiro número. Hospital St. Thomas. O próximo, Hospital University College London. Depois, Hospital London Bridge.

Que diabos ela estava procurando? Pensei no relatório do wi-fi, sua busca incansável por Canning. Ela tinha motivos para pensar que ele estaria hospitalizado?

Mordi a tampa da caneta, o plástico espetando minha gengiva. Isso tinha alguma coisa a ver com o DNA? Ela estava tentando confirmar a identidade dele de alguma forma?

Suspirei e verifiquei o próximo número, esperando o mesmo resultado. Dessa vez, porém, foi diferente. O número foi rastreado até a EuroDespatch, o serviço de gerenciamento de bagagem da estação St. Pancras. A casa do Eurostar.

— Holly, sua idiota — murmurei.

Aproximei o celular, digitando o telefone do Eurostar, pensando em um discurso em alta velocidade. Vocês têm um histórico de viagem de Holly Vale? Sim. Fantástico. O que ela queria com a EuroDespatch? Bem, vou tentar fazer o meu melhor.

— Ah — disse —, mais uma coisa. Você poderia checar outro nome para mim?

Um suspiro.

— Continue.

— Edmund Canning.

— Ah... sim. Tenho registro de um Ed Canning... ele viajou conosco, mas faz algum tempo.

— Quanto tempo?

— Ano passado. Fevereiro.

Pela janela, olhei para o azul do céu. A resposta estava lá, mas fora de alcance. O que eu não estava enxergando?

Peguei o telefone novamente, discando para a EuroDespatch.

— Olá. Sou a sargento Alice Parr. Estou conduzindo uma investigação e soube que a vítima do nosso caso ligou para este número no dia 23 de abril. Quero saber se você poderia me dar alguma informação sobre essa ligação.

— Ok, claro... você tem o número do cliente?

— Não. Desculpe.

— Tudo bem. Tem o nome?

— Holly Vale...

Um longo silêncio e então:

— Sim, de acordo com os nossos registros, essa cliente perdeu uma mala a bordo do trem e entrou em contato conosco para tentar localizá-la.

Prendi a respiração.

— E você está com ela?

Outra pausa.

— Ah, sim, ainda está aqui esperando para ser retirada. Você pode buscá-la, sargento Parr? — Dei um soco no ar.

St. Pancras estava lotada de pessoas com suas malas e seus olhares fixados nos quadros de informações. Movi-me cuidadosamente em volta de uma criança pequena, uma garotinha com cachos usando um vestido de festa cor-de-rosa, deitada de bruços no chão, com o pai de pé ao lado, de braços cruzados e com uma expressão de sofrimento no rosto, abaixando-se em direção ao balcão da EuroDespatch. Entrei em uma fila que havia se formado, esperando com o que chamaremos de paciência.

A mulher diante de mim, com seu cabelo grisalho comprido e um leve, mas inevitável cheiro de maconha, suspirou profundamente.

— Ah, meu Deus — ela murmurou, olhando ao redor. Seu olhar caiu sobre mim, e abriu a boca como se ela pensasse que valeria a pena trocar uma palavrinha, e, então, fez o que todos fazem, olhou direto para a minha cicatriz. Olhei para ela, cruzei os braços e pensei seriamente na logística de enquadrá-la pelo uso de substâncias ilícitas. Aparentemente minha expressão inexpressiva precisa ser mais bem desenvolvida. Ela ficou pálida, olhando rapidamente para longe.

Esperei que contasse sua crise de vida para o cara admiravelmente paciente na mesa, mexendo no celular. Na verdade, estava olhando para ver se Poppy havia entrado em contato. Ou, nessa fase do jogo, qualquer outra pessoa. Ficaria até brevemente empolgada com uma mensagem de Harry. Contudo, tendo em vista o espírito daquele dia, ninguém tinha entrado em contato comigo.

A mulher com o espírito da floresta concluiu sua transação, agarrando-se a uma pilha de papéis em uma espetacular explosão de lágrimas, antes de se afastar com outro olhar para mim e para minha cicatriz.

Fiz uma careta antes de ir até o balcão.

— Sargento Parr — disse, mostrando minha identificação, com a voz cortada. — Nós nos falamos por telefone.

O funcionário assentiu com a cabeça:

— Está aqui. Só preciso que você assine... — Ele colocou uma prancheta na minha direção e desapareceu em direção à parte de trás da cabine, ressurgindo com uma mochila preta.

Ele a ergueu no balcão, analisando minha assinatura, verificando mais uma vez a identificação na bolsa.

— Então, hum... isso que você está investigando, é como... terrorismo ou algo assim?

Sorri de modo brilhante e, com um tom de voz tranquilizante, respondi:

— Ah não, nada disso.

O rosto dele desmoronou.

— É uma tentativa de assassinato — completei.

Sua boca se transformou em um perfeito O, e os olhos se arregalaram.

— Ótimo — disse ele. Ele parou por um momento, ficando ruborizado. — Quero dizer...

Acenei para que ele não ligasse.

— Sim, eu sei. Obrigada por isso. Você contribuiu bastante para esse caso.

Sua feição mudou, e ele soltou um sorriso largo.

— Ah. Que bom!

Levantei a mochila, erguendo-a do balcão, e pisquei para ele, saindo através da fila, sentindo o toque de suas tiras ásperas nos dedos. Meus dedos. Os dedos de Holly com suas unhas perfeitamente cuidadas. Fui em direção a uma fileira de cadeiras de metal. Quando ela segurou isso pela última vez, não tinha ideia do que estava por vir, do buraco tão fundo no qual estava prestes a cair. Coloquei a mochila no chão e peguei um par de luvas forenses do bolso para abrir o zíper.

Não tinha certeza do que estava esperando.

Acho que tinha me iludido brevemente de que aquela seria a chave, que isso levaria ao momento da revelação. Olhei o interior sombrio da mochila.

Havia roupas e alguns artigos de higiene pessoal lá dentro. Um par de sapatos listrados, com as pontas arranhadas e começando a se desgastar.

Alguma coisa. Alguma coisa para explicar aquilo tudo.

Levantei a bolsa, permitindo que a luz entrasse em seu interior escuro. Havia uma parte fechada no fundo, escondida e quase invisível. Fui revistando com cuidado, abrindo o zíper, e tirei um pequeno cartão branco, com o nome Detetive Gabriel Otero impresso seguido de um número. Depois, na parte de baixo, Departamento de Polícia de Nova York.

Analisei o cartão.

— Bem, detetive Otero. Quem diabos é você?

Coloquei o cartão de volta lá dentro. Havia algo mais, escondido no bolso fechado, algo pequeno e reservado.

Um passaporte.

Eu o tirei, e meus pensamentos se alinharam ao fato de como ela deve ter ficado preocupada por ter perdido seu passaporte, como na época isso deve ter parecido a pior coisa com a qual ela precisaria lidar. Estava pensando nisso, pensando em Holly, enquanto folheava as páginas do passaporte, chegando finalmente à página de identificação, à foto dela, com o cabelo mais curto e cuidadosamente penteado.

Demorei alguns segundos para olhar. Quero dizer, olhar de verdade.

Porque era claramente ela. Aquela fotografia era claramente Holly.

Só que não.

Ali, ao lado da fotografia, lia-se o nome Erin Owens.

CAPÍTULO 17

Nenhuma palavra. Noah, Matt, Harry e Poppy, franzindo os lábios e com as bochechas ainda apertadas de raiva, ficaram em volta da mesa de plástico olhando fixamente para o conteúdo daquela mochila diante deles.

— Bom, que merda — murmurou Matt.

— Sim — concordou Noah. — Que merda.

Ele olhou para mim, parecendo perdido de repente.

— Então, quem é ela? Holly Vale ou Erin Owens?

Meneei cabeça.

— Não sei. O Eurostar a tinha registrada como Holly Vale. O Airbnb também. Então, ela tem um passaporte registrado para cada nome. — Olhei para Poppy, que estava decidida a não me encarar de volta, e por um momento quis bater nela. — Poppy? O que você acha disso?

Ela começou, aparentemente surpresa por ter sido abordada.

— Estou pensando ainda. — Ela olhou para Noah. — Chefe, ninguém tem duas identidades se não estiver metido em alguma merda muito desonesta. As coisas que nós encontramos no apartamento dela... a faca, o dinheiro, os disfarces. Agora isso. Ela está metida em alguma coisa. E está metida em alguma coisa ruim.

Ela olhou para mim enquanto concluía, como se esperasse uma reação, que eu pulasse para defender a vítima. Mas eu não tinha mais argumentos. Estava cansada, e tinha perdido de maneira catastrófica aquela indignação justa que me alimentava. E, afinal de contas, o que havia para dizer? Poppy estava certa. Holly, Erin, qualquer que fosse o nome dela, estava envolvida em algo em que não deveria estar.

— Chefe, o apartamento de Canning... a última chamada que constava do telefone foi para um centro médico em Manhattan. A

Clínica Médica Owens Manhattan. — Encarei Noah. — Não consigo acreditar que duas instâncias do nome Owens no mesmo caso sejam uma coincidência.

— Você acha que ela está relacionada a esse lugar de alguma forma?

Assenti.

— Eu apostaria dinheiro nisso. Entrei em contato com a gerente da clínica, mas vou insistir nisso, ver se ela pode me esclarecer alguma coisa.

Movimentei-me em volta da mesa, com o olhar preso aos itens espalhados diante de nós. Havia artigos de higiene pessoal, uma pequena bolsa de maquiagem, uma muda de roupas — diferentes das habituais, já que eram básicas, nenhuma das marcas das do armário dela. Eram simplesmente funcionais.

Ao lado das roupas, um recibo. Peguei-o com as mãos enluvadas.

— Isto é... Alguém olhou bem para isto? Não está em inglês. É... espanhol?

O inspetor se debruçou sobre meu ombro.

— *Grazie per aver soggiornato con noi.* Significa "obrigado por ter se hospedado conosco." É italiano.

Olhei fixamente para ele.

— O quê?

— Você fala italiano?

Ele deu de ombros.

— Sou um homem complexo.

Olhei para ele por mais alguns instantes, franzindo a testa, e meneei a cabeça, voltando minha atenção para o recibo.

— Villa Tramonto.

— Vila do Sol — Noah traduziu.

— Isso é impressionante, chefe. — Ele deu de ombros.

Harry acenou com o telefone.

— Pesquisei no Google. Isso fica em Roma.

— Data de três dias antes de ela chegar a Londres — disse, analisando o recibo. — Ela fez um passeio e tanto, não?

— O que é isso? — perguntou Harry, apontando para o cartão de visita.

— É de um detetive da Polícia de Nova York.

Tentei ligar para ele do carro. Aquele maldito toque de discagem distorcido novamente, seguido de um estalo direto na caixa de mensagens, uma voz suave que parecia qualquer coisa menos um detetive de Nova York — Aqui é o capitão Gabriel Otero. Deixe o telefone que eu ligo de volta.

Isso porque, aparentemente, ninguém em Nova York atende o telefone.

— Um detetive? — perguntou Noah.

Fixei o olhar nele com uma expressão plana.

— De homicídios — falei baixinho.

Ele me olhou por um momento e, depois, virou-se para Poppy.

— Parece que você está certa, Poppy. Isso não está me parecendo bom. Nem um pouco. — Ele balançou a cabeça. — Entrei em contato com o hospital novamente, mas não houve mudanças. Claro, a maneira como as coisas estão se encaixando, a sra. Vale... ou a sra. Owens... ou seja lá qual for o nome dela, pode ter muita sorte se permanecer inconsciente. Todos estão de olho no carro alugado pelo Canning, e nós emitimos um alerta em todos os portos e aeroportos. — Ele meneou a cabeça. — Vamos voltar ao trabalho, então.

Fiquei por alguns segundos olhando para o passaporte, para aquele rosto me encarando, aquele nome parecendo maior do que deveria. Então me sacudi, andei em volta da mesa, agarrando o braço de Poppy enquanto ela se virava para ir embora.

— Podemos conversar rapidinho?

Não esperei pela confirmação; apenas saí da sala para o corredor e aguardei. Poppy demorou o suficiente para eu pensar que ela não viria, mas ela veio, com o rosto endurecido, como o de uma adolescente rebelde. Eu ainda podia bater nela.

— Poppy, desculpe, estou arrependida. Fui inapropriada e injusta.

Ela reagiu, olhando para mim em dúvida.

— Não tenho desculpa para o meu comportamento, exceto pelo fato de que eu...

O quê? Que tem se tornado dolorosamente óbvio que toda a minha existência baseia-se em uma suposição besta — que sei o que estou fazendo, que sou capaz, fria sob pressão, que posso ler as pessoas. Só que a verdade é que estou desmoronando.

— Estava em um dia ruim.

Ela me examinou, como alguém que observa a Terra se desintegrar, imaginando se essa fratura continuaria a aumentar, deixando um Grand Canyon em seu rastro. Mas fiz minha cara inexpressiva de remorso, e, por fim, ela sorriu.

— Tanto faz. Você me paga uma cerveja na próxima vez que sairmos. — Ela acenou de volta para a sala. — Então, o que acha?

O que eu acho? Acho que, apesar de tudo o que havia dito, caíra na armadilha da "visão bitolada", embalada pela segurança de um rosto bonito, dento da minha necessidade de me provar pintando sempre um cenário diferente.

— Acho que você está certa — falei com firmeza. — Ela está metida em alguma coisa. Essa coisa do Canning. Acho que... Acho que ela o caçou, ela o seguiu, atravessou o oceano, Europa, e depois...

Ele a matou por causa disso.

— Ainda temos uma agente tomando conta dela? — Poppy perguntou.

— Sim. — Só não estava claro se era para protegê-la ou para impedi-la de voar.

Poppy bateu no meu ombro.

— Vamos, sua mala sem alça — disse ela —, vamos continuar trabalhando.

Eu a segui de volta, sentindo minha mente gritar em mil direções diferentes ao mesmo tempo.

Meu telefone tocou, o som me chamou a atenção, e eu o agarrei.

— Sargento Parr.

— Oi, Alice, aqui é a Naomi. Noemi Flood, do *The Times*? Eu sei que você deve estar muito ocupada, mas estava pensando se você tem algum comentário a fazer sobre o incêndio de ontem à noite no Hampstead? Entendo que a proprietária está na maternidade, porque teve um bebê, e estava pensando...

— Naomi — interrompi. — Desculpe, mas não posso te dizer nada. Você precisa falar com a assessoria de imprensa. — E então eu desliguei. Porque aquele dia não tinha fim.

Poppy franziu a sobrancelha para mim, curiosa.

— Aquela repórter do *The Times* — expliquei, gesticulando ao telefone. — A propósito, como diabos ela sabia que Emilia está na maternidade? Sério, a mulher tem a audição de um maldito morcego.

Poppy encolheu os ombros.

— Xeretar é, literalmente, o que ela faz da vida.

Meneei a cabeça, quase instantaneamente esquecendo a voz questionadora de Naomi Flood.

— A questão é — eu disse, pensando —agora nós sabemos quem ela é. Sabemos quem a atacou. Em algum momento Canning vai aparecer no radar de alguém, tanto por tentar sair do país quanto por outra coisa, e, mais cedo ou mais tarde, vamos encontrá-lo. Mas ainda há essa enorme questão em aberto.

— Por quê? — reagiu Poppy. — Por que ela o estava seguindo pelo mundo? O que ela sabia que o levou a tentar matá-la?

Assenti, considerando.

— E o envelope. O que havia lá dentro? O que ela estava planejando trazer para a polícia? Eu apostaria no fato de que ele foi atrás dela para impedi-la de nos entregar aquilo. Mas o que podia ser?

Poppy balançou a cabeça.

— Você acha que pode ser por causa do dinheiro? Quero dizer, aquele lugar onde Canning estava morando. Era um lugar caro. Com os disfarces, a identidade falsa: talvez ela o estivesse chantageando? Isso explicaria os dez mil dólares que encontramos.

— Talvez — respondi calmamente. Pensei no apartamento, no dinheiro escondido dentro do livro. — Ele, Canning, não pode ter encontrado o dinheiro. Quero dizer, são dez mil. Se ele tivesse visto, certamente o teria levado.

— Para ser justa com ela, era um esconderijo muito bom. E ele estaria sob pressão da lenda do futebol para terminar logo a procura. Acho que ele comeu bola.

As fotografias continuaram espalhadas pela minha mesa, de Holly — Erin — dos brinquedos em seu bolso. Eu as juntei, colocando-as em uma pasta. Elas representavam uma investigação diferente, um olhar sob uma lente diferente. Em vez disso, espalhei outras fotos — a faca debaixo do travesseiro, os disfarces, o dinheiro, a identidade falsa.

Cada conjunto de fotografias representava duas vítimas, mas a mesma mulher.

Puxei minha cadeira e me afundei nela, fechando os olhos por um breve momento. Eu estava cansada, como se toda a minha energia tivesse sido sugada, e, pela primeira vez em meses, desejava minha cama, com uma saudade dolorida de casa.

Abri os olhos, tomei um longo gole de água da garrafa que estava em cima da mesa e fiz uma busca no Whitepages por Holly Vale na área de Nova York. Uma mulher, listada na faixa dos sessenta anos, com uma grafia diferente... não era a nossa vítima, então. Considerei, olhando o restante da tela — registros de nascimento e de morte para Holly Vale. V-a-l-e.

Cliquei nos registros de nascimento. Uma Holly Vale nascida em Nova Jersey em 1986.

Interessante.

— Achou alguma coisa? — perguntou Poppy.

— Talvez — examinei a página. — Então, encontrei uma Holly Vale. Idade certa. Área certa.

— Mas?

— Mas — disse lendo o relatório — ela já morreu.

— Ah. Provavelmente não é ela, então.

Analisei os números. Essa Holly Vale teria a mesma idade da nossa vítima se estivesse viva. Mas ela tinha morrido com dois anos de idade por causas não especificadas.

Mordi a ponta da caneta, considerando tudo. Se eu precisasse ser outra pessoa, poderia achar essa história útil — uma criança morta da mesma faixa etária que eu. Poderia solicitar uma certidão de nascimento para a saudosa Holly Vale — seria bem fácil inserir um documento de identidade que pudesse ser aprovado em uma avaliação de cadastro depois de ser anexado a um e-mail. Depois de ter essa certidão de nascimento, o mundo inteiro se abriria para mim. Uma carteira de motorista com minha própria fotografia, um número de seguro social. Um passaporte.

Recostei-me na cadeira, invadida por uma certeza.

— Holly Vale é uma identidade falsa. — Declarei, tão baixo que não tive certeza se tinha dito para mais alguém ou apenas para mim, se estava testando as palavras para ver se suportariam o peso do escrutínio.

— O quê?

— É... — Girei o monitor do computador em direção a Poppy. — Existe uma Holly Vale que morreu com dois anos de idade. Ela usou as informações dessa criança. Roubou a identidade dela. — E agora outro pensamento. Digitei rapidamente, esperando os longos momentos enquanto a tela piscava diante de mim. Respirei fundo, lendo rapidamente. Então, Deus me perdoe, comecei a rir.

— O que foi? — Poppy aproximou sua cadeira. — Você está tendo algum tipo de derrame?

— Tudo bem — me recompus —, então, estou pensando, se Holly, Erin, qualquer que seja o nome dela, é dos Estados Unidos e está perseguindo Canning, talvez ele também seja de lá, né? Então... — virei a tela na direção dela. — Este é Ed Canning.

Poppy se aproximou ainda mais, estudando a tela. Um registro de nascimento de Madison, Wisconsin.

— Ok, então...

— Espere — avisei. — Tem mais. — Cliquei em uma segunda janela. O registro de morte de Edmund Canning. — Os dois fizeram a mesma coisa. Usaram a identidade de outras pessoas. O nosso cara, seja ele quem for, não é Ed Canning.

Poppy se inclinou para trás e soltou uma risada seca.

— Você só pode estar brincando comigo.

Esfreguei o rosto.

— Tudo bem, então... nós temos imagens das câmeras de segurança do agressor, mas não o seu nome real. Não é impossível que ele use a identidade de Canning novamente, mas vai saber que estamos atrás dele.

— É por isso que ele saiu do apartamento do Vauxhall. — Pensei no conteúdo queimado do recipiente. — Ele ateou fogo em qualquer coisa que o incriminasse. — Meneei a cabeça. — Então nós temos a nossa vítima. Ela tem usado uma identidade que agora sabemos que é falsa. — Fechei a janela, abrindo o site da Clínica Médica Owens Manhattan. Erin Owens. — O fundador da clínica é o dr. Jacob Owens — li. — Pops, veja se consegue o endereço dele.

— Espere um pouco. — Ela correu para a sua mesa, digitando com pressa. — Nada em Manhattan... tudo bem, vamos tentar de novo, tenho um dr. Jacob Owens listado em Setauket, Long Island. Outros residentes... — Ela apertou o punho. — A outra residente é Erin Owens — disse, triunfante. — Marido e mulher. Tem que ser isso.

Ficamos nos estudando mutuamente por um momento e, depois, Poppy meneou a cabeça.

— Não entendo isso. Não entendo nada disso. Se ela realmente é Erin Owens, esposa de um médico bem-sucedido em Manhattan, o que diabos estaria fazendo em Londres, perseguindo um cara duvidoso que tem uma queda por fogo e que corta gargantas de mulheres?!

— Bem, vamos perguntar ao marido dela? — Pensei nos brinquedos, nas crianças esperando. Qualquer que fosse a mãe deles, quem quer que ela fosse, mereciam saber o que tinha acontecido com ela. — Você tem o número?

Poppy apertou os lábios.

— Não está na lista. Vou tentar o site da clínica. — Ela franziu a testa, examinando a tela. — Ai, meu Deus. Dá uma olhada.

Eu me inclinei para mais perto dela, usando o braço de sua cadeira para me puxar, levando um minuto para ajustar meu olhar e ler aquilo que estava no centro do site.

É com grande pesar que informamos aos nossos pacientes a trágica morte do dr. Jacob Owens. O dr. Owens e seus dois filhos faleceram em um acidente automobilístico durante o último fim de semana. Um serviço memorial será realizado na Igreja Presbiteriana de Setauket, Long Island, na quarta-feira, 1° de fevereiro de 2017.

Segurei-me na borda da mesa. Os brinquedos que ela levava nos bolsos. Ela os carregava consigo porque seus donos estavam mortos.

CAPÍTULO 18

O carro despontava desajeitadamente do rio congelado, as luzes traseiras visíveis acima do brilho sólido do gelo cinza. O fotógrafo, quem quer que fosse, havia capturado o momento, a margem ficou alta com a neve. Dois policiais estavam olhando para baixo, um com as mãos nos quadris, o olhar fixo na baía congelada. O outro, de cabeça baixa, em oração ou contemplação.

Cliquei na tela, ampliando a foto. Além do carro, se você conseguisse desviar o olhar para longe, havia uma linha definida, uma costa distante do outro lado da água gelada.

Como deve ter acontecido? Aquele momento em que o dia tinha se transformara de normal para o fim? Quando a estrada descuidada se tornou de repente sua maior inimiga, as rodas do carro que derraparam repentinamente no amontoado de gelo. Pensei naquele homem, o marido de uma mulher que agora estava morrendo, em uma súbita constatação de que tudo estava indo terrivelmente mal, catastroficamente errado, girando a roda, pressionando o acelerador, tentando salvá-los, mantê-los longe da grande baía iminente. Sabendo que a água estava chegando e que estava fria, e que entrar ali significaria não sair mais, sentindo a presença dos filhos, logo atrás dele, sabendo que suas vidas dependiam, naqueles próximos segundos, do que ele faria para salvá-los.

De acordo com as notícias, o inverno de Long Island de 2015 foi longo e rigoroso. Uma onda de baixa pressão veio do norte, trazendo consigo temperaturas geladas do Ártico, nevascas crepitantes e um frio amargo. E, a caminho de uma festa de aniversário com os dois filhos pequenos, um menino de seis meses e uma menina de dois anos, o carro do dr. Jacob Owens, médico notável e membro altamente respeitado da comunidade de Long Island, saiu da pista, mergulhando nas águas turvas da baía gelada do Great South Bay.

— Meu Deus — disse Poppy calmamente. Seu rosto havia mudado para sua versão mais doce de quando Charlie estava por perto. Ela me olhou de relance. — Coitada daquela mulher.

Senti um pouco de cheiro de jasmim no ar.

— Queríamos saber onde estava a família dela e a razão de não a procurarem. Esse é o motivo. Eles estão mortos.

Assenti e me permiti fechar os olhos por um momento. O que acontece quando você entra em coma? No que você se torna? Um estado de vazio, do qual você simplesmente não consegue sair? Ou algo como dormir, sonhando de novo e de novo e de novo? Senti uma pontada no estômago pensando nisso, como seria ter meus sonhos sempre presentes, o calor e o som esmagador da chama que se instalava, de não conseguir me libertar disso. Abri os olhos e voltei-me para a fotografia diante de mim.

E ela, Holly, Erin, como a estávamos chamando agora? O fogo, esse foi o pior momento da minha vida. E aquele, em que toda a sua família mergulhou no oceano congelado, foi o dela. Era onde ela estava agora, presa num mundo inerte, vivendo e revivendo o pior dia de sua vida. Ela estava presa ali, sempre envolvida naquele sentimento de injustiça, a lembrança daquela batida na porta, o telefone tocando na calada da noite, a eterna imagem de um carro envolto no gelo implacável?

A morte teria sido um ato de misericórdia para ela.

Levantei-me com movimentos tão bruscos que Poppy se assustou, e caminhei até minha mesa, pegando o telefone e digitando com força. O tom de discagem internacional novamente, e tocou e tocou.

Depois: "Aqui é o capitão Gabriel Otero. Deixe o telefone que eu ligo de volta." Merda.

Bati o telefone com força na base, sentindo como se minha pele estivesse sendo esticada, que precisava me mexer, que precisava fugir.

— Quer um café? — perguntei a Poppy, com um tom desconfiado.

Ela olhou para mim de modo penetrante.

— Estou exausta — expliquei, encolhendo os ombros. — Preciso de um estímulo. E o chefe não aprova o uso de cocaína na delegacia.

Ela me deu um sorriso rápido.

— Sim, por favor. Você pode me trazer um sanduíche de salada de frango também?

Eu mal a ouvi dizer alguma coisa e já tinha sumido antes que terminasse, fora da sala e de seu ambiente de tristeza, descendo a escada vazia, o som dos meus saltos ecoando pelas paredes brancas. Estava fugindo. Posso admitir isso agora. E, ainda assim, de alguma forma tinha chegado ao ponto em que fugir parecia um progresso. Não estava em prontidão para agir, mas também não estava deitada em um quarto cheio de fumaça, esperando a morte chegar. Havia progredido da paralisia à ação. Viva!

Cheguei ao térreo em alta velocidade, empurrando a porta, batendo na parede atrás dela com um baque satisfatório e respirando fundo com o escapamento dos carros e o diesel. Chutei a porta fechada atrás de mim e me deixei encostar nos tijolos.

Eu estava certa. Ela era uma mulher decente, uma mãe em luto, viúva.

Eu estava errada. Ela era uma criminosa, fazendo malabarismos com múltiplas identidades.

Ela era a vítima desconhecida, Holly Vale e Erin Owens.

Queria continuar correndo. Queria correr e correr e correr, até deixar Londres para trás, até que tudo o que estivesse à minha frente fosse um grande espaço aberto. Queria correr até as colinas escaldantes e os céus vazios do Peak District, para minha cama quando era criança e chorar até ficar exausta. Chega. Não posso ser quem eles precisam que eu seja. Nunca pude. Queria deitar a cabeça no colo da minha mãe, pedir para acariciar meu rosto, me dizendo que estava tudo bem, que não precisava mais tentar, que podia ceder, recuar, desistir.

Inclinei-me, sentindo um calor subindo, minha visão ficando turva.

Teria começado naquele dia frio de fevereiro, no Long Island Sound? Foi ali que Erin Owens se perdeu, aquela pessoa que ela pensou ter sido lhe foi arrancada, a dor a desviou da vida que tinha para essa outra vida. E, de alguma forma, em meio a tudo isso, havia surgido a forma de Canning, ou quem mais pudesse provar ser, e algo nele havia chamado sua atenção, levando-a a abandonar a vida que deixara, a persegui-lo de continente em continente, para que um dia ele pudesse matá-la em um parque londrino.

Comecei a sentir uma forte pressão no peito, o peso crescente do pânico.

Fiquei observando o trânsito passar por mim e senti algo frio. Ele não ia parar. Quem quer que ela fosse, nada disso importava ao encontrar aquele alívio agudo que ele sentia. O que importava era esse homem, a casualidade com que lidara com a morte, a tranquila confiança de alguém que já tinha feito isso antes. Vi um Passat tentando ultrapassar um Volvo, escapando por centímetros, uma buzina alta, ecoando ao redor nos edifícios, como se o motorista quisesse dizer ao mundo que não estava feliz. E percebi que havia cometido um erro. Estava me voltando para ela. Tentando entendê-la. Porque, por algum motivo, importava-me que tipo de vítima ela era. Quando na verdade, não deveria ter feito nenhuma diferença. Ela era uma vítima, e há um fim. Mas eu tinha gastado todas as minhas energias, todo o meu foco, perseguindo a verdade sobre ela, ignorando a conclusão inescapável bem ali diante de mim o tempo todo. Que aquele homem era um candidato a assassino. Que ela vivera por causa da chegada oportuna de Edwina Clarke, e não por conta de qualquer sentimento de misericórdia comovente. Que, se eu não o encontrasse, se não o impedisse, ele mataria novamente.

Eu parei, e o movimento inesperado me fez ficar tonta; disse a mim mesma para respirar. Sabíamos como ele era.

Sabíamos qual carro estava dirigindo.

Nós o encontraríamos.

Vi a cafeteria do outro lado da rua, a porta abrindo e fechando, ventilando o cheiro inebriante de café, que beliscou a ponta do meu nariz. Poderia dizer que não estava me sentindo bem. Poderia voltar para casa e ir direto para debaixo do meu edredom. Não para casa, mas para a casa em Camden. Ou... poderia... Poderia realmente ir para casa. Poderia estar em Euston em uma hora, no metrô Manchester Piccadilly, mudar da linha norte para Sheffield, pedir para o meu pai me buscar em Hope. Poderia fazer isso. Poderia me fechar, ou o que tivesse restado de mim, e admitir que estava caindo aos pedaços.

Soltei um longo suspiro.

Café. Tinha prometido café para Poppy. E um sanduíche de salada de frango.

Não poderia fazer muito, mas talvez pudesse fazer isso.

Afastei-me da parede, caminhando lentamente até a beira da calçada, um pé no meio-fio, quando algo chamou minha atenção: um Mercedes Classe E preto, cujo motorista estava abaixado, franzindo a testa para alguma coisa. Pensei no dia anterior, uma lembrança que não sabia que tinha, do mesmo Mercedes, estacionado no mesmo lugar.

Passei para a rua e acabei assustando uma mulher idosa dirigindo um Toyota Yaris vermelho. O que você sabe? Acho que havia uma parte diabólica em algum lugar dentro de mim.

Segui em direção à calçada oposta e corri até o carro, com a mão no bolso de trás procurando meu cartão de identificação.

— Ei... — Bati na janela, o que chamou a atenção dele, e fiz um gesto para que baixasse o vidro, mostrando minha identificação.

Ele o fez, alarmado.

— Está tudo bem — disse. — Só preciso te perguntar uma coisa. Você já esteve aqui muitas vezes, sim? Já te vi antes.

— Sim, na verdade eu dirijo para um cliente. Sou motorista, sabe? Sempre trago e levo pessoas daquela empresa ali. — Ele apontou um pouco mais adiante na rua. — Tenho chefe e tudo. Você pode conferir. Não sou terrorista nem nada parecido.

Fiz uma careta.

— Tudo bem, que bom. Abra sua porta, ok?

Ele hesitou e abriu a porta do lado do passageiro. Entrei.

— Então, você fica aqui todos os dias?

— Não, bem, sim. Tipo, durante a semana. Não nos fins de semana. Sou cantor nos fins de semana.

— Certo. — Apontando para uma pequena caixa preta na parte superior do painel do carro. — Isso é uma câmera veicular?

— Sim...

— Você esteve aqui na sexta-feira passada?

— Sim.

Olhei para ele.

— Você sabe aonde eu quero chegar com isso?

Ele me encarou por um momento, depois começou a tirar o celular do suporte no painel.

— Você quer as minhas gravações de sexta-feira? Sim. Sim, eu posso te dar. Quero dizer, qualquer coisa para te ajudar, sabe? Você sabe, eu sei que você só está fazendo seu trabalho e eu...

— Sim, cantor. Entendi. — Tirei o telefone dele.

— A câmera transmite as imagens para o telefone. Basta dar play. Deve estar mais ou menos certo.

Ele tinha estacionado no mesmo local, ali ou nos arredores. Da cafeteria, só podia-se ver a porta de entrada, mas a câmera tinha uma visão desobstruída do lado oposto da rua. Se Canning tivesse estado lá, então poderíamos ter uma visão clara de seu rosto e divulgar a imagem para a imprensa. Difícil se esconder quando você se torna um garoto-propaganda disputado.

Assisti à multidão passar pelo carro, identificando uma figura familiar, o pelo do casaco roçando na bochecha. Vi o movimento dela pelo fluxo de pessoas, desaparecendo na cafeteria.

Do outro lado da rua não havia ninguém.

— Vamos lá, seu desgraçado — murmurei.

Então, como se eu tivesse chamado por ele, uma figura apareceu na esquina da Richbell Place, de costas para nós. Ele ficou parado ali, parecendo olhar fixamente para a cafeteria, com o boné de beisebol puxado para baixo. Observou por um minuto, dois, depois olhou para os dois lados e para a delegacia atrás dele, e, em seguida, virou-se, descendo em direção à Theobalds Road.

— Tem como ampliar? — perguntei.

— Desculpe. Só vai até aí.

Apertei os lábios. A câmera estava muito longe, via-se apenas contornos escuros. Voltei o vídeo, assistindo à gravação novamente. Só que, dessa vez, olhei para o local onde sabia que ele apareceria, sem me deixar distrair pela figura de Erin ou Holly ou quem quer que ela fosse. Eu o observei enquanto ele virava a esquina, posicionando-se em frente à cafeteria quando um movimento pequeno de seu casaco revelou um flash de luz. Repeti a cena novamente. Uma faca.

Ele estava do outro lado da cafeteria e esperou até que ela o visse. E tinha mostrado a ela como queria matá-la.

— Seu filho da puta.

— Como?

— Você não.

Pensei em Emilia, na ligação para o hospital. Aquilo foi uma ameaça? Ou algo diferente? Um aviso. Saia de perto. Não quero precisar usar isso.

Meu telefone tocou, surpreendendo-me e assustando o cantor ao meu lado, que deixou cair suas palavras cruzadas.

— Sim?

— Al? — disse Poppy. — Volte. Nós encontramos o carro de Canning.

CAPÍTULO 19

Não havia ninguém no Audi A4 preto, um raio solitário de sofisticação em um parque industrial de Hounslow. Ele estava estacionado perto de um armazém, de modo que quem não estivesse prestando atenção, só de passagem por ali, digamos, talvez não o notasse. Felizmente, nosso oficial estava bem atento.

Bati a porta do carro e vesti o casaco enquanto um vento frio chegou do nada.

— Como ele o encontrou?

— Disse que já esteve aqui algumas vezes, em chamadas de carros roubados. Percebeu que se tratava de um lugar útil para desovar um veículo, então, quando o alerta disparou, veio dar uma olhada. É claro que foi recompensado.

— Lembre-me de comprar uma cerveja para ele — disse. — Ou um carro.

Ouvi um estrondo baixo como um tanque cruzando uma ponte e olhei para um A380 que decolava de uma pista do Heathrow a poucos quilômetros dali.

— Veja bem, uma parte estúpida minha perguntaria: por que você viria até Hounslow para abandonar um carro alugado?

Poppy parou e olhou para a superfície plana.

— E a sua parte inteligente?

Suspirei pesadamente.

— Ele está nos enganando, né? Precisamos entrar em contato com o Heathrow e dizer que achamos que ele está a caminho de lá.

— Vou descrevê-lo para eles, ver se as patrulhas nas ruas podem ficar de olho durante as rondas, tentar pegá-lo. Claro que — murmurou ela — seria mais fácil se soubéssemos para onde ele está indo.

— Sim, na verdade este trabalho seria muito mais fácil se as pessoas parassem de cometer crimes.

— Nossa, seria legal, né?

Atendi o celular que havia começado a tocar, tentando escapar do vento.

— Alice Parr.

— Sargento, é o Harry. Desculpe, pensei que deveria avisá-la: nós conseguimos encontrar um telefone celular vinculado a Erin Owens.

Hesitei.

— Você está brincando. Será que...

— Tem origem em uma rede americana. Consegui falar com eles, mas me disseram que o telefone está atualmente desligado.

— Eles estão...

— Eles estão trabalhando para conseguir os registros telefônicos para nós.

— Ah — olhei para Poppy —, tudo bem, me avise quando responderem. — Desliguei, voltando-me para Poppy. — Harry localizou o celular dela. Estamos aguardando o registro de chamadas. — Olhei para o carro. Pronta? — perguntei.

— Nasci pronta.

Calcei as luvas e bati a lanterna contra o vidro da janela do motorista do Audi, o que acabou revelando pouco, nada mais do que esperávamos.

— Parece bem limpo — murmurei, tentando lidar com a situação, com a pouca esperança de sucesso. Senti um clique forte nas mãos.

Olhei para Poppy e abri a porta.

— Foi esvaziado. — Olhei dentro dos compartimentos laterais, passando a mão por baixo do banco. — Merda. Precisamos de uma equipe de investigação para processar isso, ver se conseguimos algum cabelo, impressões digitais, algo que ele tenha deixado para trás. Porra.

Chequei o banco de trás, o porta-luvas, tudo impecavelmente limpo e sem falhas, depois me levantei para encarar Poppy.

— Porta-malas?

— Porta-malas.

Confesso que minhas expectativas eram baixas. O que apenas mostra que a polícia é inimiga da expectativa.

Abri o porta-malas e fiquei lá em pé, iluminando o interior escuro com a lanterna. Estava vazio e, em sua maior parte, coberto apenas por uma extensão decepcionante de tapete bege. Abaixei-me, iluminando todos os alcances do bagageiro.

Então, a lanterna iluminou alguma coisa, uma forma meio escondida em direção ao fundo do espaço.

Troquei a lanterna de mão e puxei o objeto para a frente, uma bolsa preta amontoada, que peguei com cuidado.

— Você só pode estar de brincadeira.

Poppy se aproximou.

— É... Ai, Deus.

Abri a bolsa, revelando uma longa peruca loira e algo denso e macio.

— Isso é uma almofada?

— Não — falei, como se as palavras tivessem gosto de cinza — é estofamento. — Olhei para ela. — Ele estava usando um disfarce. A imagem que nós temos dele... era tudo um disfarce. Não temos ideia de como ele é. — Joguei a bolsa de volta no porta-malas e arranquei as luvas com tanta força que rasgaram. — Puta merda. Não temos nada. — Afastei-me do carro, encarando o vento e estalando os punhos. — Ele fez isso de propósito. Isso — acenei de volta para a bolsa preta — é uma mensagem para nós, um grande "vão se foder." — Esfreguei o rosto, dividida entre riso e lágrimas. — Jesus Cristo, Poppy. Quem diabos é esse cara?

— Al...

— Porra.

Meu telefone tocou e o puxei do bolso, bem perto de jogá-lo na parede.

— O quê?

Um silêncio do outro lado e, depois, uma voz baixa.

— Desculpe... Eu... Sargento Parr? É a Gwen. A enfermeira do hospital.

Soltei um suspiro lento.

— Claro, desculpe. Oi, Gwen.

— Peço desculpas por incomodá-la, mas... Olha, isso provavelmente não é nada e nem deveria estar te ligando, mas você sabe quando algo te parece estranho?

— Claro!

— Bem, acabei de receber uma ligação de um dos seus detetives. Ou... ele disse que era um dos seus detetives e queria saber como estava a sra. Vale e o que os médicos estavam dizendo quanto à situação dela. E eu disse a ele que precisaria da senha antes que pudesse dar qualquer informação e ele, bem, meio que entrou em pânico e depois desligou. Como você pode imaginar, isso me deixou nervosa, então achei melhor informá-la.

Eu a interrompi.

— Ele disse o nome?

— Detetive Grey.

Filho da puta.

— Você não passou nenhuma informação para ele?

— Nada. Um oficial ainda está com ela, então está tudo bem. Só achei melhor avisar você. E, também, acabei de falar com os médicos — disse ela — e a última avaliação mostrou que a condição dela melhorou um pouco. É muito cedo para dizer qualquer coisa nesta fase, mas o médico me falou que está animado com o teste de hoje.

Respirei lentamente.

— Ele está aí? O médico?

— Sim, bem, ele está aqui em algum lugar. Foi fazer a ronda pelos quartos e vai passar por este na próxima hora mais ou menos.

— Tudo bem, eu quero vê-lo. Vou estar aí assim que possível.

Guardei o telefone no bolso e fui em direção ao meu carro.

— Vou para St. Thomas — gritei para Poppy. — Disseram que ela melhorou um pouco. Vou tentar obter mais informações do médico.

Ela fez um movimento como se quisesse me seguir.

— Eu vou.

— Não. Você vai até o aeroporto Heathrow. — Abri a porta do carro. — Concentre-se nos voos dos Estados Unidos. Mas lembre-se: ele gosta de brincar de se disfarçar.

Saí do estacionamento, mais rápido do que seria possível no trânsito londrino. Cheguei até a extinta Battersea Power Station quando meu celular tocou novamente.

— Alô!

Uma pausa e então:

— É a detetive Parr?

Hesitei, afrouxando o pé no acelerador enquanto o trânsito ficava mais lento à minha frente, e identifiquei o sotaque americano daquela voz calma.

— Sim?

— Meu nome é Gabriel Otero. Você deixou uma mensagem pedindo para ligar.

— Sim, oi. — O trânsito começou a andar novamente, avançando de modo lento, os prédios dando lugar a uma instantânea luz solar brilhando ao longo do Tâmisa. — Obrigada por retornar. É... estou investigando um incidente aqui em Londres e nós encontramos o seu cartão de visita... Fiquei imaginando se conseguiria preencher alguns espaços em branco para mim.

— Se eu puder — disse a voz distante. — Quem tinha o meu cartão?

— Achamos que o nome dela é Erin Owens. Mas ela também se enquadra na identidade de Holly Vale.

Um silêncio pesado.

— Não conheço Holly Vale, mas conheço uma Erin Owens.

— Está bem... — Eu dirigia perto de uma bicicleta motorizada dessas de aluguel, conduzida por um homem de meia-idade que balançava precariamente na estrada. — De onde você a conhece?

— Eu tinha contato com o marido dela. Bem, isso pode ser um pouco exagerado. Era um conhecido. Meio que me lembro de dar a ele meu cartão, mas isso foi, caramba, alguns anos atrás. Engraçado você me perguntar isso... o número para onde você ligou é da minha antiga delegacia. Eu não trabalho lá faz, acho, uns dezoito meses? Quando me ligaram falando que você tinha deixado uma mensagem, disseram que há outra mensagem no sistema também. Que Erin Owens tinha ligado, não sei, sexta-feira. Como estou de folga há alguns dias, só conseguiram entrar em contato comigo hoje.

Diminuí a velocidade, lutando para me concentrar no trânsito que atravessava a ponte Vauxhall, o ciclista abrindo caminho em um flagrante desrespeito à vida e às demais pessoas.

— Ok. — Eu estava buscando a calma e quase conseguindo. — O que Erin disse?

— Ah... — som distante de digitação — pouca coisa. Só que ela precisava que eu retornasse a ligação o mais rápido possível. Ela deixou um número de celular. — Ele fez uma pausa e depois completou: — Você... você disse que ela estava com uma identidade diferente?

Esgueirei-me para ultrapassar a bicicleta, olhando pelo retrovisor enquanto o ciclista fazia uma curva à direita, obrigando a BMW atrás de mim a pisar no freio e xingar pela janela.

— Sim. É... é complicado. Então, por acaso você conhece Edmund Canning? Temos motivos para acreditar que pode ser um pseudônimo.

Outro silêncio, o som da digitação.

— Não estou vendo nada no sistema. O que está acontecendo com Erin Owens?

Entrei pelo estacionamento do St. Thomas, mais rápido do que deveria, cantando pneu.

— Ela foi esfaqueada enquanto andava no centro de Londres. Ela está viva... Olha, estou indo para o hospital agora. Mas nós acreditamos que o agressor pode estar tentando deixar o país, usando o nome de Canning ou algum outro pseudônimo. Você pode ficar de olho por aí? Não faço ideia para onde ele está indo, mas acreditamos que tenha conexões com Nova York, então...

— Vou passar essa informação para a Alfândega e o Controle de Fronteiras. Você sabe mais alguma coisa sobre ele?

— Vou te encaminhar os arquivos. — Diminuí a velocidade, esperando uma mulher idosa manobrar um carro minúsculo em um espaço enorme. — Mas, capitão Otero? Preciso reiterar que esse homem só não matou ninguém porque não conseguiu. Com base nas suas ações aqui em Londres, acreditamos que ele seja um indivíduo bastante perigoso.

Um silêncio e ele disse:

— Pode me fazer um favor? Envie tudo o que você tem sobre Canning. Vou investigar por aqui.

Parei em uma vaga, deixando apenas alguns centímetros entre mim e o carro do lado.

— Sim, obrigada. Vou mandar isso assim que voltar para a delegacia.

E, então, prometi ligar para ele quando tivesse mais alguma informação, saí do carro e caminhei lentamente até o hospital.

Não tínhamos nada, nem ideia de por onde começar. Nossas imagens eram fantasiosas. Então, se ele estava fugindo, para onde diabos estava indo? Para Nova York? Para Paris? Sabemos que ele tinha estado lá pelo menos uma vez porque o localizamos no Eurostar. E, a partir de então, para onde?

Senti as pernas pesadas, como se tivessem tomado a decisão por mim, de que tinha acabado, que era hora de desistir.

Detetive Grey. Detetive Grey, seu filho da puta abusado. Quem faz isso? Que tipo de criminoso tinha tamanha petulância, tamanha confiança em sua invulnerabilidade?

Empurrei a porta lentamente, andando como se estivesse em um sonho. Então, demorei um pouco para juntar os alarmes que soavam, o som dos passos, os jalecos brancos voando em movimentos rápidos.

Porém, quando finalmente consegui juntar tudo, foi quase como se estivesse esperando, que soubesse o tempo todo como isso terminaria.

Dei a volta em direção ao quarto dela. A desconhecida. Holly Vale. Erin Owens.

Eles a cercaram, envolvendo-a em uma parede branca. O alarme gritando, movimentos rápidos e urgentes. Um, dois, três, quatro. Um, dois, três, quatro. Um jovem médico recostando-se na parede com um olhar de terror abjeto.

Fiquei ali e vi que o restante de vida que havia em Erin tinha diminuído.

Fiquei ali, contraindo e expandindo o tempo até não ter ideia de quem eu era, quanto tempo tinha passado, os momentos medidos apenas pelo toque das unhas dela na palma da minha mão, os estilhaços afiados de dor, e tudo o que me ligava a esse momento, a essa realidade distorcida.

Fiquei ali e observei quando, finalmente, o médico desencostou, enquanto os ombros afundavam. Alguém desligou o alarme.

Em seguida, uma voz, de algum lugar, "Hora da morte, 15h46."

Segunda Parte

CAPÍTULO 1

Minha visão estava turva, tanto que o saguão do Primeiro Distrito do Departamento de Polícia de Nova York parecia estar tremendo. Sentei-me na cadeira, fingindo um estado de alerta que me deixou em algum lugar no meio do Atlântico, e tomei um longo gole de café, mais forte do que estava acostumada. Mas isso não era nada perto daquele horrível jet lag, que me tomou três horas de sono.

Observei Harry, seus olhos brilhantes e entusiasmados, inclinando-se para a frente na cadeira, um profissional iniciante cheio de gás.

— Como diabos você consegue estar tão desperto?

Ele sorriu.

— Eu amo Nova York. Quem não ama Nova York? Tanta energia aqui, tanta vida.

Resmunguei e enterrei o rosto no café novamente, meu estômago se contorcendo. O fato é que eu tinha tomado uma decisão. No dia seguinte ao final da longa morte de Erin Owens, depois de uma noite de vigília sem fim que, de alguma forma, trouxe consigo sonhos de fumaça e chamas. Não consegui lidar com a cama, não naquela noite, e me deitei no sofá, como se assim pudesse enganar meus pesadelos, como se não pudessem me encontrar lá. Não deu certo. Então, às quatro da manhã, tomei um banho, mudando a temperatura para que o calor da água caísse como flechas contra minha pele, e chorei, de uma maneira que não tenho certeza se o fiz quando pequena, um momento da vida em que o fim do mundo poderia ser provocado por um joelho esfolado ou pelo silêncio de um amigo. Às sete da manhã, liguei para minha mãe. Cometi um erro. Não deveria ter voltado ao trabalho. Não estou pronta. Um longo silêncio do outro lado da linha, e eu a imaginei em pé, descalça naquele chão sempre frio da cozinha, escolhendo as palavras com cuidado.

O que posso fazer para te ajudar, Alice? Do que você precisa? E, depois, chorando de novo, preciso voltar para casa, mãe. Preciso parar.

O que senti então quando essas palavras se espalharam no meu apartamento vazio em Camden? Alívio, o perdão de finalmente me livrar, admitindo para mim mesma e para o mundo que estou irremediavelmente danificada? Olhando para trás agora, é difícil dizer. Tudo o que me resta é o vazio deixado naquela ligação. Estava pronto, feito. Voltaria para casa.

Fugir? Não. Não era isso. Uma retirada estratégica.

Lembro-me da reverberação dos meus passos ecoando nos corredores bloqueados pela brisa da Delegacia de Polícia de Holborn. A sensação da maçaneta fria da porta de metal nos meus dedos.

Foi um encerramento, finalizando toda a pretensão. A sargento Alice Parr estava morta. E não sabia quem era essa que havia deixado para trás. Tudo o que sabia era que, quem quer que ela fosse, não poderia fazer esse trabalho. Todos os seus instintos, tudo o que pensava que sabia, estava errado.

Errado, errado, errado.

E então...

Na manhã seguinte, abri a porta para uma sala cheia de energia. Podia sentir no ar que algo havia mudado.

— O que está acontecendo?

Poppy ergueu os olhos do computador e balançou a cabeça rapidamente.

— O telefone de Erin Owens. Foi ligado novamente na última hora.

Congelei.

— Eles têm alguma localização?

— Sim — disse Poppy, com uma expressão sombria. — Nova York.

Foi preciso um tempo impressionantemente curto para tomar uma decisão. Alguém precisava ir para Nova York. A mão de Harry tinha se erguido, como se estivesse chamando todo mundo para brincar de pega-pega. Porque, é claro, é Nova York, e quem não quer ir para Nova York? Eu. Não queria ir para Nova York. Mas, para o resto do mundo, trata-se de uma oportunidade dos sonhos. Só que há parceiros a considerar, filhos e cargas de trabalho. A menos que, é claro, você seja Harry e esse tipo de reflexão esteja além de seus níveis atuais de maturidade. Ou, no meu caso, sem ninguém a considerar a não ser a si mesma.

Vi Poppy de cabeça baixa, pressionando repetidamente o telefone com o polegar, a tela acendendo e apagando com o rosto de Charlie.

— Eu vou, chefe — ouvi-me dizer, as palavras surgindo de maneira inevitável. Porque tinha que ser eu, não?

E lá estava eu, em uma cadeira desconfortável em uma unidade do Distrito de Polícia de Nova York.

Harry se mexeu na cadeira, observando os uniformes dos policiais enquanto caminhavam em direção à parte de trás do saguão. Ele disse:

— Sabe, participei de uma despedida de solteiro aqui alguns anos atrás. Foi épico. Épico. — Olhei para ele já cansada. — Você já esteve aqui antes? — perguntou.

Olhei para baixo, tomando mais um gole de café, vendo os oficiais digitarem um código e desaparecerem por uma porta, conversando e dando gargalhadas altas.

— Já estive em Lanzarote. Isso serve?

A porta se abriu e, com ela, dedos surgiram, fazendo emergir uma figura no saguão. Eu o observei, calculei sua altura — um metro e noventa, como saberia mais tarde —, mas notei que andava encurvado para parecer menor, o cabelo preto, a pele de cor de caramelo. O nariz pontudo. O fato é que muitas lembranças se tornam difíceis com o tempo. Incertas. Mas o que ficou claro para mim é que o achei atraente. Sei disso porque ele me fez derramar o café no colo.

— Ah, caramba! — Saltei da cadeira, vendo a poça de café que havia se formado na blusa, agora alcançando as minhas coxas.

— Detetive Parr? — A voz era suave, baixa o suficiente para que eu apenas captasse o final das palavras. — Desculpe. Será que a assustei? Kitty, você tem um pano? — Ele pegou lenços de papel com a mulher de meia-idade atrás do balcão e os entregou para mim.

Enxuguei a mancha de café que aumentava rapidamente, tentando fingir tranquilidade.

— Está tudo bem. Não se preocupe. É só o jet lag. Qualquer coisa me assustaria. — Estendi a mão, tentando ignorar a mancha úmida na minha perna. — Alice, por favor. E esse é o Harry.

O homem deu um sorriso largo.

— Gabriel Otero.

Assenti, possivelmente ficando vermelha.

Possivelmente.

Inevitavelmente.

— Vamos lá. Obrigado, Kit. — Ele se virou para nos levar além da recepção principal, a um lugar com vários corredores. — Então, já estiveram aqui antes?

— Já estive — respondeu Harry. — Ótima cidade. Ótima. Tão... viva, sabe?

Quase revirei os olhos.

Gabriel concordou, pensativo.

— Viva. Com certeza. — Ele me chamava a atenção, um breve sorriso e já me sentia vermelha novamente. Droga.

Ele abriu a porta de uma sala e nos guiou para dentro.

— Sentem-se, por favor. Vocês querem café? — Ele olhou para minha calça. — Na verdade... você quer tomar um café em vez de usá-lo?

Sorri.

— Sim, por favor. Beber o café seria ótimo.

— Vou pegar.

Eu me virei para analisar sua mesa, vazia em sua maior parte, apenas um computador, um telefone fixo e uma pilha de papéis arrumada. Uma fotografia emoldurada numa prateleira do lado direito, um menino pequeno de olhos escuros e arregalados. Perguntei-me se ele era casado. E me dei um tapa mentalmente.

— Sabe — disse Harry em voz baixa —, vou ver se posso tentar dar alguns tiros enquanto estiver aqui. Nunca atirei.

Concordei com a cabeça. A mancha molhada na calça que já estava grudando na coxa, desejei muito estar sozinha. Então, logo me recriminei por ser tão impaciente. O garoto estava ansioso, e não precisava ser sempre um banho de água fria.

A porta se abriu e Gabriel colocou três xícaras de café em cima da mesa, afundando na cadeira.

— Não sabia o que vocês queriam, então presumi que gostavam com leite. — Ele deixou cair alguns pacotes de açúcar sobre a mesa. —

Podem precisar disso. Esse café serve como alcatrão para as patrulhas rodoviárias. — Ele meneou a cabeça. — Lamento muito sobre a sra. Owens. Ninguém merece morrer assim.

— Então, você a conhecia? — Esvaziei um pacote de açúcar na minha xícara, hesitei e, depois, acrescentei outro.

Ele tomou um gole de café e fez uma careta. Por causa da lembrança ou do café, não estava claro.

— Eu a conhecia pouco. De antes. Ela morava em Setauket com o marido. Long Island. E eu morava a alguns quarteirões de distância.

Assenti, tomei um gole do café escuro e cheguei a sentir um calafrio. Deus.

— O marido e eu... passeávamos com os nossos cães no mesmo parque. Um cara legal. Claro, isso foi antes... — Ele olhou para baixo, a voz diminuindo. — O acidente aconteceu alguns meses depois que saí de Long Island, quando me mudei para cá, para o Primeiro Distrito. — Ele balançou a cabeça. — Aquela moça teve que lidar com uma grande tragédia.

Assenti, o cheiro de jasmim competindo contra a amargura do café.

— Então — disse Otero —, fiz algumas investigações. Erin estava morando em um apartamento no Brooklyn e estava trabalhado no Hospital Infantil Morgan Stanley como enfermeira pediátrica. Ela se graduou oito anos atrás, mas desistiu do trabalho depois que teve o primeiro filho. Aparentemente, ela se manteve atualizada, já que voltou ao trabalho depois do acidente. Então... — ele checou as anotações rabiscadas na escrivaninha —, parece que tinha saído do país no dia 1º de março, ou seja, há pouco mais de um mês. Ela embarcou no aeroporto JFK para Fiumicino, em Roma, em um voo da Delta. Depois disso, nada. Quanto ao sr. Canning, não consegui encontrar nenhum registro dele. Nenhum sinal dele saindo do país, nenhum sinal de que voltou. — Ele passava as folhas de papel, puxou uma da pilha, deslizando-a sobre a mesa em minha direção. — Esse é um registro de todos os Ed Cannings do estado de Nova York. Já os examinamos e não há nenhuma ficha criminal. E todos têm álibis que cobrem o período que estamos analisando.

Meneei a cabeça, sentindo o estômago revirar.

— Se nós estivermos certos sobre Canning, ou quem quer que seja, se for americano, então nós poderíamos pensar que ele só começou a usar a identidade falsa quando chegou à Europa. — O que significava que não fazíamos ideia de quem ele era antes, tampouco de quem era agora.

Um toque rompeu o silêncio momentâneo que se seguiu e eu fiquei ali sentada, desorientada.

— Alice... — alertou Harry.

— Ah, merda. — Fiquei ruborizada e ergui o rosto. — Desculpe. Com licença. — Peguei o telefone, entrando no corredor vazio. — Alô?

— Al, sou eu. — A voz de Poppy me sacudiu, e, de repente, fui tomada novamente por aquela necessidade de me esconder, de correr para casa, de parar de fingir que era algo que não era. Por um breve e idiota momento, tive vontade de chorar.

— Ei, Pops — foi tudo o que eu disse.

— Como está a Big Apple?

— Uma deliciosa maçã. Ei, que tal se eu colocar o pequeno Harry em um voo de volta e você vir e ficar no lugar dele?

— Ele está te enlouquecendo?

— Estamos aqui há treze horas. Aposto que ele não chega à décima quarta.

Poppy riu.

— Al, ele é novo e está animado. Sabe, tipo um cachorrinho.

— Certo. Mas se ele mijar no tapete vou esfregar o focinho dele no xixi. Então... e por aí?

— Bem, tenho algumas novidades. Acabamos de receber os resultados da autópsia de Erin Owens. Segundo o legista, a morte dela não teve relação com os ferimentos.

— E o que isso significa?

Ela suspirou profundamente.

— Significa que ele acha que a nossa vítima morreu de uma overdose de morfina.

O tempo congelou e eu fiquei presa em seu fluxo, os segundos à minha volta.

— Como assim? — respirei. — Não... nossa policial... ela estava lá, a policial estava lá, na sala. Eu a vi quando estavam tentando reanimá-la.

— Acabei de falar com a oficial — disse Poppy, triste. — Ela jura que nunca saiu do quarto, que um médico entrou enquanto ela estava lá, que era muito simpático, que conversaram, ele aplicou uma injeção intravenosa em Erin Owens, e depois saiu. Uns três minutos depois o inferno começou.

— Ai, meu Deus.

Ele a matou. Depois de tudo isso, o esforço e a perseguição, esse homem aparece e desaparece, ele a matou bem ali na nossa frente. E eu estava olhando para o lado errado, perseguindo um homem gordo e loiro nas ruas de Londres.

Eu estava certa. Quando havia dito a mim mesma que tinha perdido a razão. Estava certa, porra.

— Estou indo até a sala de monitoramento para tentar vê-lo. A policial o descreveu com cabelo escuro, óculos, estatura média. Conseguimos fazer um retrato falado a partir disso.

— Tudo bem.

A linha ficou muda e, por um momento, pensei que ela houvesse desligado. Então...

— Só... mantenha a fé, querida. — Um clique e, depois, o silêncio de verdade.

Fiquei ali no corredor, permitindo que meus pensamentos me atormentassem. Poderia simplesmente sair. Poderia ir embora, pegar um avião. Dizer à Polícia Metropolitana que faria isso. O que eles poderiam fazer? Me prender?

Fechei os olhos por um momento, respirei fundo e empurrei a porta, o tom de voz de Harry subindo, agudo e afiado. Ele parou quando me viu.

— Está tudo bem?

Caminhei lentamente, pisando de maneira consciente como uma mulher bêbada fingindo sobriedade e me abaixei na cadeira, esperando até ter certeza de que poderia falar.

— Era de Londres — disse, dirigindo-me a Gabriel. — A autópsia de Erin Owens revelou que a morte dela foi provocada por uma overdose de morfina no leito do hospital. Nossa conclusão é a de que foi ele.

Harry soltou uma espécie de assovio baixo.

Observei Gabriel enquanto se inclinava para a frente, descansando os antebraços na mesa, fazendo as mangas da camisa dobrarem e entortarem.

— E agora — disse ele — ele está em algum lugar de Nova York.

Assenti com a cabeça, sem confiar nas minhas palavras.

Gabriel pensou por um momento, depois se mexeu na cadeira, gesticulando para um mapa erguido no alto de uma parede — Nova York e arredores.

— Isto aqui — disse ele, indicando a península pontiaguda que se projetava para o Atlântico —, isto aqui é Setauket, em Long Island. O último sinal que temos antes de telefone de Erin Owens ser desligado vem de uma torre próxima desse ponto.

Me virei, analisando o mapa, pensando no Whitepages, no primeiro resultado da busca de Erin Owens.

— Era lá que Erin estava morando, né?

Ele afundou em seu assento, com uma expressão sombria.

— Sim. Estamos tentando conseguir mais informações sobre a localização do telefone, mas ele foi desligado novamente. Porém — disse ele —, a companhia telefônica transferiu os registros associados a esse telefone. — Ele me deu um pedaço de papel. — Erin não o usou muito depois que ela deixou os Estados Unidos. Pelo menos não até cerca de duas semanas antes de ser atacada. Ela havia ligado para a sua antiga vizinha de Setauket, uma mulher chamada Kate Weland. De acordo com os registros, elas conversaram bastante ao longo das semanas seguintes, e a última chamada de Erin para Kate foi na noite anterior ao ataque que ela sofreu.

— Ele está com o telefone da Erin — falei baixinho. — Vai saber com quem ela conversou. — Um arrepio subiu pelo meu corpo. — Ele simplesmente entrou num hospital e matou Erin na frente de uma policial. Precisamos presumir que ele representa uma ameaça substancial para qualquer pessoa com quem ela tenha estado em contato. Kate Weland não está segura.

Gabriel comprimiu os lábios e puxou o celular se levantando apressado.

— Precisamos ir. — Ele digitou um número no teclado, olhando os registros telefônicos diante dele, o tom da discagem ecoando na pequena sala, seu rosto ficando mais sombrio a cada segundo. Eu o segui saindo da sala, passos rápidos, meu coração batendo forte, embora pudesse ouvir os passos de Harry atrás de mim.

— Merda. Ninguém atende. — Gabriel empurrou uma porta que dava para uma escada, sua voz ecoando sobre nós. — Vou falar com alguém da região.

Meu celular começou a tocar de novo e atendi rapidamente.

— Al? É o Noah.

— Ei, chefe. — Fiquei para trás, deixando Harry ir na frente, passando pela porta depois dele para o estacionamento subterrâneo.

— Al... olha, aconteceu uma coisa. Bem, quero dizer, não tenho certeza, mas...

— O que houve, chefe?

Ele suspirou, como o vento pelo oceano.

— Al, ligaram esta manhã do hospital. O Guy disse que era um dos médicos que estavam tratando Erin Owens. A administração que atendeu... — Ele suspirou novamente. — Al, disseram a ele que você não estava aqui. Que você tinha ido para Nova York.

Deixei a porta se fechar atrás de mim, fazendo um grande barulho no estacionamento tranquilo, um calafrio me atravessando. Uma premonição do que estava por vir.

— Era ele, né?

A voz de Noah estava tensa.

— Acabei de ficar sabendo disso. Liguei para o hospital. Alice, sinto muito, mas... — Ele fez uma pausa, um tremor na respiração. — Al, antes de desligar, ele disse para te avisar que você o verá muito em breve.

Desacelerei os passos, parei e um nó se formou no meu estômago. Depois, o som da voz de Gabriel me interrompeu.

— Você só pode estar brincando comigo.

Segurei o telefone com o pescoço.

— O quê?

Ele meneou a cabeça.

— Temos que ir para Setauket. Agora.

CAPÍTULO 2

Ela estava deitada no chão da cozinha, com as pernas nuas estendidas, longas e bronzeadas, que surgiam de um roupão na altura das coxas. Seus pés tinham começado a ficar azuis. Ela havia se maquiado, lábios perfeitamente rosados e gentilmente separados no que deveria ter sido um suspiro, seus cílios longos e escuros. Havia um único buraco de bala na testa dela.

— Alice, Harry — disse Gabriel, suavemente —, apresento a vocês Kate Weland, amiga e vizinha de Erin.

Agachei-me, inclinando a cabeça dela para ver o cenário de destruição embaixo. A parte de trás havia sido destruída, o cabelo tingido de castanho-avermelhado estava preto de sangue. Havia uma caneca quebrada ao lado dela, o café escuro derramado, manchando o tecido de caxemira do seu roupão. Pedaços de matéria cerebral espalhados pelos armários.

— Merda — murmurei.

Seus olhos estavam abertos, congelados em uma expressão de descrença atordoada. Será que ela o tinha visto? Seu entendimento fora rápido o suficiente para saber o que estava por vir, e, ainda assim, devagar demais para fazer algo a respeito? Pensei nesses fatos, extraindo-a dos mortos e colocando-a de volta ao lugar onde um dia teria estado. Ela estava tomando café. Estava parada ali, na janela da cozinha, olhando para um jardim bem cuidado, uma piscina de um azul nítido, todas aquelas formações rochosas em volta, parecendo pouco segura para nadar de verdade. Verifiquei a janela, o buraco de bala que se assemelhava ao de uma teia de aranha, os estilhaços de vidro que cobriram a pia da cozinha.

— Foi ele — concluí, suavemente.

Olhei para a mulher morta, para seus lábios levemente separados, como se tivesse algo a dizer. Erin estava certa. Ele era um lobo. E elas eram as presas.

O que você sabia?

— Quem é esse cara? — Uma detetive alta e magra, com a pele morena brilhante, de cabelo curto. Ela franziu a testa para mim, e me avaliou.

— Tenho um suspeito procurado por um assassinato em Londres. — Levantei-me, entregando meu celular a ela com as gravações de Canning nas imagens de câmera de segurança, todas com ele usando enchimento. — A vítima era amiga e ex-vizinha desta moça.

A mulher olhou de soslaio para a imagem.

— Você já colocou a agência de rastreamento em cima desse cara? — perguntou ela, dirigindo-se a Gabriel.

Ele assentiu.

— Sim, já está ok. Ele tem operado sob o nome de Canning. Como não há nenhum sinal de sua entrada no país, é provável que esteja usando um nome diferente. E eles encontraram provas de que está disfarçado nessa foto. — Ele olhou em volta da cozinha, a mulher morta no chão. — Quem a encontrou?

A detetive fungou.

— A filha. Ela estuda na Universidade da Pensilvânia, mas veio passar o fim de semana em casa. Disse que tinha saído para correr de manhã, e quando voltou encontrou a mãe assim. Está inconsolável. Claro. — Ela consultou suas anotações. — A morte está estimada em torno das 9h15. Os primeiros na cena encontraram pegadas no canteiro de flores do lado de fora daquela janela. — E apontou para a janela da cozinha. — Encontramos uma cápsula lá fora, nove milímetros. E o buraco de bala naquela parede ali sugere que ela estava bem próxima da janela quando o tiro foi disparado.

— Os vizinhos viram alguma coisa? — perguntou Gabriel.

Ela apertou os lábios.

— Algumas pessoas disseram ter ouvido o tiro, mas ninguém viu nada suspeito. Como as casas são bem afastadas umas das outras, não seria difícil que isso passasse despercebido. Em uma das casas, ali na esquina, a moradora disse que notou que alguém passou correndo por volta da hora do tiro. Mas ela nem se tocou na hora.

Gabriel olhou para mim.

— Encaixaria no seu modus operandi — disse.

— Tem mais alguém? — perguntou Harry. — E o marido?

— Nós o encontramos, e a patrulha o está levando para a delegacia. Ele é advogado na cidade. E estava em uma reunião com outras quinze pessoas no momento do disparo, então o álibi é sólido, mas ainda assim...

— E a filha? — perguntou Gabriel em voz baixa.

— Fizemos um exame para identificar resíduos de pólvora. Ela está limpa. Alguns vizinhos a viram correndo no momento em que afirmou que estava fora de casa, então o álibi confere. Ela pode estar envolvida, mas, para ser sincera, acho que não. Ela está arrasada. Nós a levamos para a delegacia agora há pouco.

— Precisamos falar com ela — disse Gabriel. Ele acenou com a cabeça para a detetive e olhou para mim. — Vamos?

Olhei pela última vez para o que restou de Kate Weland, um sentimento ruim se acumulando na boca do estômago. Era isso que um antílope sentia na presença de um leão? Olhei pelos restos quebrados da janela da cozinha, vendo uma forma além daquela que não estava lá. Ele.

Merda.

Saímos pela casa antes gloriosa, passamos pela imprensa, pelos policiais e as equipes da perícia, todos com seus rostos vívidos, e a cada passo pensava: poderia ser você. Poderia ser você. Eu olhava diretamente para cada um deles, para que fossem obrigados a me olhar de volta, para que eu pudesse ver, o quê? O que diferenciaria aquele lobo dos cordeiros sob os quais se escondia? Dizendo a mim mesma que saberia se o visse, mas no fundo sabendo que estava mentindo.

Saímos sob um sol intenso. Uma equipe de jornalistas tinha chegado e se instalado do outro lado da rua em frente à casa, uma câmera já em cima de nós. Olhei pela lente, me antevendo no noticiário da noite. Ele vai vê-la muito em breve. Olhei além da câmera, para o homem atrás dela, com o rosto escondido, o cabelo muito cacheado, e de repente eu estava andando. Não andando, mas marchando a passos largos. Em direção à lente escura que se aproximava, a parte oculta de um homem. Podia sentir Harry próximo a mim, sem perguntar e apenas me deixando liderar. Puxei meu cartão de identificação, como se isso significasse alguma merda ali.

— Polícia. Você pode parar de filmar, por favor?

O homem apontou a lente na minha direção, e eu conseguia ver sua cabeça por trás.

— Tenho certeza de que está me pedindo para suspender meus direitos garantidos pela primeira emenda, senhora. — Gabriel suspirou profundamente atrás de mim.

— Don, não seja babaca. Apenas abaixe a câmera, ok?

Don revirou os olhos, desligando a câmera e abaixando-a até a cintura. Ele me olhou de relance, analisando minha cicatriz, e depois estacionando na direção dos meus seios.

— Você não é daqui.

Olhei de volta para Gabriel.

— Você conhece esse cara?

Gabriel cruzou os braços e assentiu.

— Tenho essa sorte. O Don trabalha no Canal 92.

Meneei a cabeça, dei um passo para trás e tentei respirar. Porque era isso mesmo: ele estava em todos os lugares, era todo mundo. Ele era um funcionário do Apoio à Vítima, um médico, um praticante de corrida. Era você? Ou você? Ou você?

— Sabe, você é nova na área...

— Pega leve, Don — disse Gabriel. — Alice, está pronta?

Fiz que sim com a cabeça, a bile já subindo pela garganta, e o acompanhei, sentindo o olhar de Don queimando em minhas costas e tentando não ver os policiais que estavam ao lado dos carros, o jardineiro duas casas abaixo, um mundo inteiro de lobos. Além disso, as casas, as duas casas trágicas, de Kate Weland e a casa em que residira Erin Owens. Separadas por gramados e cercas vivas. A de Kate tinha o telhado íngreme, colunas na fachada, janelas panorâmicas; a de Erin, uma fachada plana com ripas de madeira, uma fileira de janelas voltadas para a frente. Um mundo completamente diferente do meu pequeno e triste apartamento em Camden.

Voltei para o carro, fechando a porta com força, tentando recuperar o fôlego, sentindo Gabriel deslizar ao meu lado. Harry puxou a porta traseira, cujo impacto reverberou. Um segundo, dois.

— Você está bem? — perguntou Gabriel.

Pensei que fosse desmaiar.

— Estou bem.

Tiramos o carro do meio-fio e o guiamos cuidadosamente pelas ruas residenciais. Podia sentir as perguntas escorrendo dos poros de Gabriel e o julgamento de Harry vindo do banco de trás. Será que ele também sabia? Que eu não estava à altura. Que, qualquer merda que tivesse nas mãos, já havia deixado escapar.

Inclinei-me para a frente, por um momento me esquecendo de que não estava sozinha, abaixei o quebra-sol e olhei meu rosto no espelho, acariciando minha cicatriz. Aquele homem era um sintoma, uma indicação de que algo havia se quebrado dentro de mim. Disse a mim mesma que, se não fosse ele, seria outra pessoa. Que ele não tinha nada de especial.

Olhei para seus padrões circulares, a pele avermelhada onde eu havia esfregado maquiagem.

Pensei na ironia, em sua cruel simetria, em Canning, entrando e saindo da investigação, a cada vez que sua identidade mudava, até que parecesse que estava em todos os lugares para onde eu olhava. Ele brincava com essa noção de identidade. Enquanto eu — passei os dedos pela parte onde deveria ser o começo do meu cabelo — chorava pela minha, por aquilo que o fogo havia me tirado e pelas minhas próprias inadequações.

A questão é que eu acreditei que fosse sobre Erin, e me prendi ao caso por causa de quem ela era. Que ela era a vítima que eu precisava, alguém que me permitisse justificar meu ser. Mas talvez eu estivesse errada. Talvez, em vez disso, tivesse sido sempre sobre ele, que jogava fora, sem remorso, o que eu mataria para ter.

Suspirei, deixei meus dedos caírem sobre o colo e olhei para minha própria forma naquele pequeno espelho, para o todo danificado, e, de repente, novamente me lembrei do movimento do carro, do silêncio inebriante dos dois homens ao meu lado, do barulho da estrada, das gaivotas que sobrevoavam.

Vou encontrar você.

CAPÍTULO 3

A pequena delegacia estava bem movimentada. Comecei a seguir Gabriel, sentindo o passo pesado de Harry bem atrás de mim enquanto andávamos pelos corredores. Vi Gabriel, um sorriso rápido aqui, um aceno ali. As mulheres se contorcendo para vê-lo passar, endireitando as costas e com sorrisos mais brilhantes. E depois me olhando, com minha expressão cansada, minha cicatriz. Sorri para elas tentando fingir que não estava sonhando com meu quarto de hotel, com horas infindáveis de sono, fugir dos holofotes.

Gabriel diminuiu a velocidade quando um detetive nos encontrou vindo do outro lado, um homem de pele escura, que contrastava com o cabelo grisalho, mais ou menos tão gordo quanto alto.

— Ora, ora, ora, Rudy. Como você está?

Eles se cumprimentaram, dando aquele abraço esquisito de homem, um aperto de mão que eles insistem em fazer, enquanto eu me afastava, calculando mentalmente quanto tempo me restava até o sono me abater.

— Estou bem. Estou bem. E você? Ei, como está o Isaiah? Ainda fazendo caratê?

Gabriel assentiu com um sorriso largo.

— Sim, ele está na faixa roxa agora. Você sabe que ele foi para Boston, né? A Nancy está no Departamento de Polícia de lá.

Rudy hesitou, um silêncio desconcertante descendo.

— Não. Sinto muito, cara.

Gabriel deu de ombros e voltou um olhar para mim.

— É... você sabe. Faz parte. Mas ele está muito bem, então é só isso que importa realmente. Ei, Rudy, eu gostaria que você conhecesse a sargento Alice Parr e o detetive Harry Regan. Eles vieram de Londres.

Rudy sorriu largamente, tomando minha mão nas suas, que pareciam patas de urso.

— Bem, é uma verdadeira honra. Você está mantendo esse cara sob controle?

Fiz que sim com a cabeça.

— Sou da terra de Mary Poppins. Sou bem treinada em lidar com crianças indisciplinadas.

Rudy deu uma gargalhada alta, dando um tapinha no meu ombro com sua mão pesada. Olhei para Gabriel, seu sorriso largo e seus olhos felizes, encolhendo os ombros.

— Ela é boa — murmurou Rudy. — Gostei dela. Então, fiquei sabendo que vocês estão envolvidos na investigação do assassinato que temos aqui?

Assenti.

— Temos motivos para acreditar que o atirador pode ser o suspeito de um assassinato em Londres. — Olhei para a prancheta que ele segurava, um saco plástico de provas envolvendo um iPhone. — Por acaso esse é o celular de Kate Weland?

Ele olhou para baixo.

— Hã? Ah, o celular dela? Claro, já ia dar uma olhada. Vamos lá. — Ele nos levou para uma sala de reunião vazia, colocando o telefone em cima da mesa e um par de luvas.

— Então, Londres, hein? Esse cara é ambicioso. A maioria dos idiotas com que lidamos não fica a mais de três quarteirões da varanda da casa da mãe. — Ele digitou um código de desbloqueio. — A filha nos deu o código. A garota está arrasada. Mesmo que este não seja o seu cara, não foi ela. Eu garanto que não foi. Estamos colhendo o depoimento do pai agora, mas até o momento parece que o álibi dele bate. Tudo bem, vamos ver isso aqui.

— Ela recebeu alguma ligação de uma pessoa chamada Erin? — perguntei, afundando no assento perto dele. Harry sentou-se ao meu lado, com as costas retas e fazendo um barulho irritante sobre a mesa com os dedos.

— Ah... sim... talvez seja melhor você mesma dar uma olhada. — Rudy colocou o telefone na minha direção, passando-me um par de luvas.

Comecei com a conversa mais recente, cuja mensagem inicial datava de dois dias após o ataque de Erin.

Erin, que merda está acontecendo? Sério, estou ficando muito assustada. Responda as minhas mensagens. Estou te ligando o tempo todo. Eu sei que nós combinamos esperar, mas, se você não me responder até amanhã, vou ligar para aquele cara, o Otero. Estou muito preocupada com você. ME LIGA!

A resposta veio rapidamente, talvez vinte minutos depois.

Estou bem. Desculpe. Está tudo atrapalhado aqui. Tenho uma notícia incrível. Vou ligar assim que puder. Não procure a polícia. Tudo já foi acertado.

— Acho que isso não foi escrito por Erin — murmurou Gabriel.

— Erin já estava em coma nessa época — emendei. — Nunca encontramos o telefone dela. Tem que ser ele.

Outra mensagem de Kate se seguiu um dia depois.

Você já pode me ligar? Estou morrendo de curiosidade para saber o que está acontecendo.

A resposta:

Um pouquinho de paciência! Tenho uma surpresa para você. Me dê mais alguns dias.

Senti-me observando novamente o circuito das câmeras de segurança: Erin andando, totalmente alheia ao perigo que a perseguia a alguns metros de distância. Pensei em Kate Weland, no que aquelas mensagens teriam significado para ela. Será que ela ficou mais tranquila? Entusiasmada? Ela não tinha ideia de que cada uma delas estava um passo mais perto da sua inevitável morte.

E então, no dia anterior, uma mensagem de Erin para Kate:

Estou em Nova York. Você vai estar em casa amanhã? Quero te ver. Tenho uma coisa para te mostrar.

Uhuuuu!!!! Sim!!! Você está aqui? O que está acontecendo? Qual é a surpresa? É o que eu acho que é? Estou em casa. Estou tão animada!!!!!

Tudo bem! Você não perde por esperar! Nos vemos amanhã.

— Ele a manipulou — disse. — Ele a manipulou para estar onde precisava que estivesse para que pudesse matá-la. — Olhei para Rudy. — Posso falar com a filha?

Ele assentiu, com o semblante fechado.

— Claro, mas ela está nervosa. Teve um dia difícil. Melhor só você e o Gabe. — Ele olhou para Harry. — Sem ofensa, garoto. Vamos lá, vou pegar um café para você.

Gabriel olhou para mim, indicando com a cabeça a sala de depoimentos.

— Está pronta?

— Vamos lá.

A sala de depoimentos estava vazia, apenas com a garota. Quinn Weland estava sentada com os joelhos bem próximos do rosto, um moletom enorme puxado por cima de sua legging, parecendo muito mais jovem que seus dezoito anos de idade. Cabelo comprido e escuro amarrado, com alguns fios ao redor do rosto, os olhos vermelhos, o rosto inchado depois de tanto chorar. Ela nos olhou quando entramos e me ocorreu que, em outro cenário, ela seria linda, esbelta como a mãe, cabelo escuro e cheio e olhos cor de chocolate. Mas a dor leva tantas coisas consigo, sendo a beleza uma das primeiras. A menina puxou a manga para limpar o nariz. Ofereci-lhe um sorriso, em vez de qualquer coisa útil, sabendo o tempo todo que ela não estava realmente me vendo, que eu era um pouco mais que uma tela na qual sua mente projetava a imagem de sua mãe morta, estirada no chão da cozinha.

— Quinn? Olá, meu nome é Gabriel. Essa é a Alice. — Gabriel puxou uma cadeira, gesticulando para que eu fizesse o mesmo, seu olhar fixo na jovem sentada à nossa frente. — Sinto muito pela sua perda.

Se ela o ouviu, não deu nenhum sinal. Lágrimas se acumularam ao redor daqueles olhos cor de chocolate, derramando-se sobre o moletom.

— Você acha que pode nos responder só mais algumas perguntas? — perguntou Gabriel.

Ela se virou lentamente, passando a focalizá-lo.

— Você vai achar quem fez isso?

— Sim — disse Gabriel com firmeza.

Ela limpou o nariz novamente, aproximando a cadeira da mesa, as lágrimas nas bochechas captando a luz.

— Eu respondo qualquer coisa que você queira me perguntar. Mas pegue esse cara, tudo bem?

Gabriel confirmou com a cabeça, abriu cuidadosamente o arquivo que havia trazido e mostrou uma página a ela.

— O detetive Schumer disse que você não viu ninguém, correto?

Quinn fez que sim com a cabeça, a boca entreaberta e o olhar distante.

— Eu estava correndo — disse ela, calmamente.

Gabriel assentiu.

— Tudo bem. Agora, olha, não quero repassar nada com você. Eu sei que você conversou com meus colegas, e eles disseram que você colaborou bastante. Preciso te perguntar algumas outras coisas... Quinn, você já ouviu falar de alguém chamado Ed Canning?

Um segundo, dois, enquanto as palavras avançavam em sua direção; então, ela se mexeu, voltando a atenção para Gabriel agora.

— Não... Acho que não.

Pensei em Erin, em sua respiração rouca.

— E quanto a Wolf? Significa alguma coisa para você?

— Quer dizer, como um nome? Não. Desculpe.

Entreguei a ela meu telefone, a gravação das câmeras ainda dele.

— Você reconhece esse cara? Olhe atentamente, porque ele gosta de mudar de aparência.

Ela se inclinou, meneou a cabeça e limpou o nariz com a manga da blusa.

— Tudo bem — disse Gabriel, acenando devagar. — Sua mãe recebeu alguma ligação recentemente que ela não estava esperando? Alguém foi até a sua casa? Alguma coisa pareceu estranha para ela?

Quinn abaixou a cabeça, e as lágrimas começaram a brotar novamente.

— Ela me disse que achava que estava sendo seguida. Ela viu um carro... Não sei, tipo dois dias atrás ela comentou que parecia estar em todo lugar para onde ela fosse.

— Você sabe qual carro era? — perguntei.

— Um Chevrolet azul — disse ela calmamente. — O problema é que eu não dei atenção. Eu até... ri. Disse que bem que ela queria estar sendo perseguida... — As lágrimas borbulhando de novo, derramando-se pelas bochechas com um novo vigor.

Assenti devagar. Por que você a estava seguindo? Um homem diferente daquele que tinha perseguido Erin, cortando sua garganta sem piedade em um parque em Holborn. Observando, esperando — ele estava planejando? Planejando seu ataque? Ou era algo mais? Pensei em Emilia, nas ligações para a maternidade, quase como se estivesse se certificando de que ela não estaria lá, preparando o terreno antes de atacar. Será que ele estava se planejando para matar?

Meu estômago revirou, uma sensação de que, apesar de tudo o que sabia, às vezes parecia que não sabia nada sobre o homem que estava perseguindo.

— Quinn — inclinei-me em sua direção, minha voz suave —, você não tinha como saber.

Ela olhou para mim como se eu fosse um bote salva-vidas e ela estivesse a bordo de um navio afundando.

— A vida — continuei calmamente — às vezes se transforma em uma coisa que nunca poderíamos imaginar, bem na nossa frente. E nós nos punimos por não termos previsto, mas, na verdade, como poderíamos? Fazemos o melhor que podemos — completei. — Isso é tudo que podemos fazer. — E então senti Gabriel me observando, um rubor subindo pelo rosto. — O carro — continuei. — Sua mãe viu quem estava dirigindo?

— Ela disse que era um cara. Mas não conseguiu olhar bem para ele. Ela estava assustada, sabe?

Gabriel anotou em um bloco.

— Quinn, eu gostaria de falar com você sobre o relacionamento da sua mãe com Erin Owens.

Quinn desviou o olhar para ele, lutando para acompanhar a mudança do rumo da conversa.

— Eu... Erin? Por quê?

— Nós pensamos... — Gabriel hesitou. — É possível que isso esteja relacionado ao assassinato da sua mãe.

— Minha mãe adorava a Erin — disse Quinn, distante, a gola do moletom cobrindo os lábios. — Todos nós a adorávamos. Erin era legal comigo.

— E depois do acidente — disse Gabriel — ela e sua mãe continuaram próximas?

Quinn pensou.

— Acho que... foi difícil. — Ela suspirou. — Erin meio que desmoronou. Quero dizer, o que aconteceu... com Jacob e as crianças. Mackenzie, uma bolinha de energia, era simplesmente a criança mais fofa. E Levi era tão pequeno.

— Como era o Jacob? — perguntei, curiosa.

Ela encolheu os ombros.

— Ele era um cara muito legal, sabe? Realmente se importava com as pessoas. Quero dizer, ele tinha uma coisa, não sei como fazia, mas era como se sempre soubesse quando você estava com um problema, ele conseguia perceber, ele, simplesmente... precisava ajudar. Era como se não conseguisse ficar bem se não ajudasse.

Eu a encarei e senti um lampejo premonitório. Qual era o seu problema? Para que você precisava de Jacob? Ela me olhou, parecendo que podia ouvir meus tendenciosos pensamentos.

— Eu... bem, olha, antes eu me cortava. — Ela puxou a manga do moletom, expondo um braço magro marcado com um padrão de cicatrizes finas. — Na verdade, não faço mais isso há anos, mas... foi Jacob quem descobriu. Ele encontrou um psiquiatra para mim, me ajudou. — Ela puxou a manga de volta para baixo. — Isso é... isso é tudo confidencial, certo? Quero dizer, vocês não...

— Não temos motivo nenhum para compartilhar isso com alguém, Quinn. Está tudo bem — disse Gabriel, gentilmente.

Novas lágrimas saltaram, transbordando.

— É que... foi tão triste, quero dizer, eles tinham tudo, sabe? Tipo, a clínica era muito grande. Acho que ele estava ganhando muito dinheiro com isso, eles sempre compravam carros novos, faziam viagens de férias incríveis, e ninguém tinha raiva dele por isso, porque era um médico incrível. Os pacientes dele... Sabe, algumas pessoas viajavam até Manhattan só para vê-lo. Quero dizer, os velhos, como da idade da minha avó, achavam que ele era simplesmente incrível... era como uma admiração por um herói. Eles estavam falando em expandir o negócio e eram tão queridos. — Ela esfregou o rosto, olhando para a bainha encharcada do punho. — Quando aconteceu aquilo, minha mãe ficou muito preocupada que a Erin pudesse tentar se matar. Ela não parava de dizer que não tinha mais razão para viver. — Sua voz diminuiu o tom. — Minha mãe tentou — disse ela. — Ela realmente tentou, mas Erin, era como se não suportasse mais ficar perto das pessoas.

— Erin tinha família? — perguntou Gabriel. — Mais alguém que pudesse apoiá-la?

Quinn franziu a testa, considerando.

— Eu... sei que o pai dela morreu, antes de a Mackenzie nascer. Ela não era daqui. Cresceu na Califórnia. Perto de São Francisco, acho, então ela não tinha a família por perto. Acho que ela não era muito próxima da mãe, meio que me lembro de ouvir que elas se afastaram quando Erin e Jacob se casaram. Então, eram basicamente só ela, Jacob e as crianças. Então só restou ela.

— Você disse que Erin não aguentava mais ficar perto das pessoas — disse. — Como assim?

A garota me olhou.

— Ela simplesmente se isolou, sabe? Não atendia mais a porta, mesmo que a pessoa soubesse que ela estava lá. Minha mãe continuou tentando. Dizia que, a partir do momento em que Erin estivesse pronta para aceitar seu amor, ela estaria lá. Mas foi bem ruim. Fui lá um dia para deixar uma correspondência que tinha sido entregue na nossa casa por engano, e meio que não estava esperando que ela atendesse, sabe, por causa de como ficaram as coisas, mas ela atendeu e... bem... ela tinha revirado a casa inteira. Quero dizer, eu só vi o andar de baixo. Papéis espalhados pelo chão, as gavetas todas abertas. Nunca vi nada parecido na minha vida.

— E você perguntou a ela o motivo?

Ela fez que não com a cabeça.

— Ela só ficou me encarando. Dava para perceber que tinha chorado. Eu me ofereci para ajudar a limpar, colocar as coisas de volta no lugar, mas ela me empurrou e bateu a porta na minha cara. Ela saiu no dia seguinte e foi embora. — Quinn olhou para baixo. — Ela nem se despediu, e só enfiou um bilhete na nossa caixa do correio dizendo que ia se mudar para o Brooklyn. — A garota meneou a cabeça, um breve lampejo diante da dor. — Brooklyn!

— Quando isso aconteceu?

— Hum... Acho que em maio? Ano passado. A casa foi vendida bem rápido. Uma família procurando uma segunda casa. Eles nunca estão lá. Minha mãe odiava isso. Ela disse que aquela era uma casa de família, que merecia ter uma família morando nela, substituindo um pouco da alegria que havia se perdido... você entende.

— Sua mãe teve notícias da Erin depois que ela se mudou? — perguntou Gabriel.

— Não... não por muito tempo. Para ser sincera, isso me chateou muito. Minha mãe ficou arrasada. Como ela não tinha muitos amigos, eram só ela e Erin. Então, quando ela foi embora... — Quinn balançou a cabeça lentamente. — É estranho. Não tínhamos notícias dela fazia um ano, talvez. Sabe, ela desapareceu. Então, tipo umas duas semanas atrás, eu estava na faculdade, tentando ligar para mamãe, mas não conseguia. Ela tinha recebido uma ligação da Erin, e as duas ficaram ao telefone aquele tempo todo.

— Você desconfia de qual era o assunto? — perguntou Gabriel.

— Não. Mas, quando falei com minha mãe, parecia que ela estava chorando. Ela disse que precisava ir até a cidade no dia seguinte, que tinha prometido a Erin que pegaria uma coisa para ela.

Eu me endireitei na cadeira.

— Você sabe para onde ela foi? O que ela precisava pegar?

— Não. Perguntei, mas minha mãe não me contou. Disse que era um assunto particular para ajudar Erin. Eu... para ser sincera, fiquei meio irritada. Quero dizer, Erin, tipo, abandonou a minha mãe, depois ela voltou e minha mãe já estava pra lá e pra cá correndo por causa dela. — A voz de Quinn desapareceu. — Eu falei... — sua voz falhou — disse que ela estava sendo uma idiota. — Ela soluçou um pouco. — E minha mãe respondeu que, se ser uma idiota significava ajudar os amigos quando precisavam dela, então tudo bem ser uma idiota.

Quinn deixou cair a cabeça entre as mãos e soluçou, as lágrimas caminhando sobre seus longos dedos e espirrando na mesa. Gabriel e eu trocamos olhares, a pergunta que não foi feita. Será que fomos longe demais, forçando-a até onde seria capaz de ir, no pior dia de sua vida?

Mas depois pensei em Erin Owens, em sua luta interminável pela vida, que parecia tão determinada a abandoná-la, e na agulha que finalmente deu o golpe decisivo. E pensei em Kate Weland, uma mulher que a amava o suficiente para perdoar o silêncio, que, mesmo depois de um ano, largaria tudo para ajudar uma amiga, um único buraco de bala no crânio.

— Quinn... — falei com cuidado. — Querida, você está ajudando muito. Está bem? Só mais algumas perguntas e nós terminamos. Prometo. Quinn, o que aconteceu depois disso? A sua mãe teve notícias da Erin de novo?

Ela se encostou mais na cadeira, a respiração ficando mais curta e forte.

— Eu... sim... Acho que elas conversaram, tipo, todos os dias depois disso. Minha mãe não nos contava sobre o que conversavam, mas acho que ela estava preocupada... Então começou a coisa toda sobre estar sendo seguida. — Ela baixou a cabeça, invadida por uma onda de culpa. — A questão é: falei para minha mãe que talvez ela precisasse ficar longe da Erin. Quero dizer, sim, eu amava Erin. Mas não a víamos fazia muito tempo, e você sabe, com os boatos e as outras coisas... o problema é que as pessoas mudam, não mudam? Eu disse à minha mãe que ela precisava ter mais cuidado. Que ela não a conhecia mais.

A temperatura na sala mudou, diminuindo. Parecia que o próprio tempo tinha pegado o gancho de suas palavras.

Curvei o corpo para a frente.

— Que boatos, Quinn?

A garota meneou a cabeça e suspirou profundamente.

— Tudo bem, olha, não sei se tem alguma coisa a ver... só que minha mãe acabou esbarrando com a governanta da Erin, a que trabalhava para eles antes do acidente. E, quero dizer, ela conhecia muito bem a família, tipo, estava lá todos os dias... O problema é que ela disse para a minha mãe que, antes de Jacob morrer, Erin estava traindo ele.

CAPÍTULO 4

Ficamos parados na janela da delegacia, observando Teddy Weland levar a filha em direção ao carro da polícia sem identificação, no qual um detetive os esperava, segurando a porta de trás aberta. Aquele senhor parecia estar lutando, andando como se a Terra estivesse girando embaixo dele. E suponho que estivesse mesmo.

— Para onde eles vão? — perguntei.

— A mãe do Teddy tem uma casa nos Hamptons. Eles vão ficar com ela até que a cena do crime seja liberada.

Vi enquanto o pai guiava a menina para dentro do carro, envolvendo-a como se fosse uma criança. Theodore Weland não nos deu muitas informações, sua voz ficou distante por causa do choque. Trabalho muito. Muitas vezes, não estou em casa. Sim, ela mencionou que falou com Erin. Não, ela não me disse sobre o que conversaram. Não, não conheço ninguém que quisesse machucá-la. Não, não vi ninguém por perto. Tudo fornecido em câmera lenta, como se sua mente tivesse parado com a repentina mudança do seu mundo.

— O que você acha? — perguntei.

Gabriel meneou a cabeça.

— Ele pode não ter puxado o gatilho. Mas isso ainda não significa que não esteja envolvido. Vamos investigá-lo. — Ele encolheu os ombros. — Acho que ainda é possível que tudo isso em relação a Erin seja uma coincidência.

Não respondi. Porque, na minha cabeça, já havia decidido que era ele, sua arma e sua bala, um assassino de identidades mutáveis.

Teddy Weland fechou a porta do carro com cuidado, como se qualquer movimento repentino pudesse quebrar a filha. Ele se inclinou para a frente, descansando as mãos no teto do carro, de cabeça baixa. Mesmo a essa distância, era possível ver a vontade necessária para se manter em pé, para não desmoronar sob o peso da dor.

— Aquele filho da puta está removendo as pessoas — murmurei —, livrando-se delas porque o incomodam. — Observei o viúvo suspirar uma última vez, empurrando-se, lutando para seguir em frente, continuando porque não tinha muita escolha. — Ele já deve ter feito isso antes — eu disse e, naquele momento, soube que era verdade. — Ele é calmo demais. Organizado demais.

Gabriel voltou o olhar para mim.

— Tudo bem, digamos que seja verdade. Os crimes que nós conhecemos estão por todo o mapa neste momento. Figurativa e literalmente. Londres, Long Island. Uma faca, uma agulha, uma arma.

— São crimes úteis. — Olhei para Gabriel. — E, ainda assim, ele se certificou de que a vizinha de Erin, Emilia, estava fora antes de atear fogo no apartamento. Por alguma razão, não precisava dela morta — disse. — Ele mata porque isso serve ao seu principal objetivo.

— E qual é?

Sacudi a cabeça, vendo o carro sair resoluto do estacionamento.

— Não faço ideia. A única pessoa que já conheci que sabia algo sobre esse homem era Erin. Precisamos descobrir o que ela sabia.

— Alice?

Não tinha ouvido Harry entrar e demorei um pouco para volta a atenção para ele.

— Ei, desculpe. — Forcei um sorriso. — Está tudo bem com você?

— Sim — disse Harry, com um entusiasmo que parecia afastá-lo imensamente de mim. — Olha, estava conversando com Rudy. Você acha que tudo bem se eu o ajudasse nessa coisa da Kate Weland? Quero dizer, se nós estamos assumindo que existe uma conexão, pode fazer sentido nos separarmos, cobrir todos os ângulos.

Lutei para não parecer muito aliviada com a oportunidade de contar com uma babá de graça.

— Claro, boa ideia. — E, apesar de tudo, olhei para Rudy. — Tem certeza de que está tudo bem?

— Ah, com certeza. — O rosto do homem mais velho se iluminou em um sorriso estonteante. — Qualquer coisa para ajudar nossos amigos do outro lado do Atlântico. — Ele acenou para Gabriel e me deu um tapinha no braço. — Mas contanto que não causem nenhum problema, ouviu?

Fiz uma pequena saudação.

— Vou fazer o meu melhor.

Outra explosão de gargalhadas.

— Ela tira onda.

Gabriel assentiu, pegando seu casaco que estava pendurado na cadeira.

— Tudo bem, então. Alice, você já esteve no Brooklyn?

Levou mais ou menos uma hora, nosso ritmo diminuindo drasticamente ao nos aproximarmos da cidade. Passamos lentamente pela Ponte Kosciuszko e eu me reclinei no encosto de cabeça, vendo a cidade que nunca para, com seus picos e espirais.

Onde você está se escondendo?

Desviei o olhar para a caminhonete vermelha ao nosso lado, para o motorista, seus óculos escuros espelhados em laranja enquanto dirigia em direção ao sol que estava se pondo; analisei seus grandes cachos, sua forma. É você? Fiquei olhando, esperando que ele sentisse minha presença, que se virasse para mim, que seus lábios se curvassem, e então eu saberia. Certo? Porque esse homem é mau, e, quando se está diante do mal, você pode senti-lo. Como não sentir?

Certo?

O motorista levantou o rosto, seu olhar atraído pela pressão que eu estava fazendo, e franziu a testa lentamente, acelerando, deixando-nos para trás. Enquanto o carro avançava, vi uma criança no banco de trás, um brinquedo balançando loucamente no ar.

Sacudi a cabeça: estava deixando-o entrar na minha mente, vendo pesadelos nas sombras.

— Você acha que é verdade o que a Quinn falou? — perguntou Gabriel. — Sobre Erin ter um caso?

— O que quer que ela tenha feito — respondi —, não merecia o que aconteceu.

— Não — disse ele calmamente —, de jeito nenhum.

Andamos em um silêncio sepulcral por longos momentos, quando Gabriel perguntou:

— Então você acha que isso explica? Quem ele é? Por que ele está tão escondido? Poderia ser o namorado?

Olhei para ele, pensando em Erin, naquele momento em que o viu com a faca, a percepção do tamanho do erro que havia cometido.

— Acho que há uma linha tênue entre o amor e o ódio.

Gabriel parou diante de uma casa geminada de tijolos vermelhos, recuou um pouco na rua e puxou o carro com força para a borda da calçada.

— É ali. O apartamento de Erin — disse ele, gesticulando em direção a uma escada de metal branco que ia da calçada até a varanda do segundo andar. — A proprietária — ele disse, pegando uma chave do porta-luvas — disse que me confiaria isto aqui, mas só porque eu tenho cara de honesto.

Sorri, abri a porta do carro e saí para as ruas do Brooklyn, uma brisa forte entre os prédios, fazendo meu casaco subir.

— Você acha que fomos os únicos a vir aqui?

— Você se refere a "ele"?

— Refiro-me a "ele".

Gabriel subiu lentamente a escada metálica, com uma mão na lateral, olhando para os dois lados. Ele se agachou diante da porta da frente, analisando-a.

— Nenhum sinal de terem forçado a entrada — disse. — Ele deslizou a chave na porta. — Vou verificar os trancos das janelas. — Ele empurrou a porta, mantendo-a aberta para mim.

O sol poente se derramava pela sala de estar, projetando sombras nos cantos. Gabriel se moveu em direção ao interruptor, acendendo a luz. Virei-me no lugar. A casa era pequena, um piso de madeira falsa, uma sala de estar que dava para uma cozinha estreita. A pintura dos rodapés tinha começado a lascar, e o chão estava arranhado e marcado.

— Bem, isso não é Setauket — murmurei.

— Não me diga.

Uma pequena pilha de livros equilibrada no braço do sofá, uma jaqueta pendurada em uma cadeira de jantar. Parecia que ela tinha acabado de sair pela porta, como se eu a estivesse esperando, como se a qualquer minuto ela pudesse voltar, recuperando a vida que havia deixado para trás.

Gabriel verificou as fechaduras das janelas, movendo-se por aquele lugar pequeno com um passo firme. Ele parou, sua atenção presa em uma estante alta enfiada em um recanto na parede.

Não havia livros, apenas uma fileira enorme de fotografias de uma garotinha e de um bebê, na praia, em frente a uma árvore de Natal, rindo nos braços da mãe. Mackenzie e Levi, congelados no tempo. Senti uma dor pensando que essas crianças nunca envelheceriam.

— É um santuário — murmurei calmamente.

Gabriel não respondeu, apenas se permitindo acariciar a borda amassada de uma fotografia, a garotinha segurando seu irmãozinho no colo, com um sorriso largo.

Parecia para mim que a dor escorria das paredes daquele lugar, uma tristeza tão grande que poderia se tornar uma característica permanente, uma cicatriz deixada para trás.

Meneei a cabeça.

— Você percebeu que não tem nenhuma foto do marido?

Gabriel deu um passo atrás, olhando as prateleiras.

— Isso é interessante. — Ele olhou para mim. — Você acha que isso dá credibilidade ao boato de Quinn?

— Talvez.

Ou talvez algo mais. Talvez, ao morrer, Jacob Owens tenha deixado de ser seu parceiro, tornando-se, no seu lugar, o veículo da destruição do seu mundo.

— O que você acha? Como será que era o relacionamento deles? Antes da morte de Jacob?

Ele meneou a cabeça.

— Eu os conhecia o suficiente para dizer um "oi", não muito mais do que isso. Conheço alguns dos caras que trabalharam no acidente. Disseram que ela precisou ser sedada quando soube da notícia... Uma coisa difícil para enfrentar.

Afastei-me dos rostos felizes das crianças e voltei para o apartamento. O quarto estava escondido lá atrás, pequeno o suficiente para que a cama parecesse apertada, e era preciso se espremer para abrir a porta do guarda-roupa. Toquei a arara com as mãos enluvadas, roupas femininas, todas cuidadosamente penduradas.

— Olhe para isso. — Agachei-me e puxei uma caixa grande que tinha sido empurrada para a parte de trás do guarda-roupa. Um lampejo de vermelho, um brilho dourado.

— O que é?

— Presentes de Natal — constatei, meneando a cabeça. — Ela ainda comprava presentes de Natal para as crianças.

Encolhi-me para chegar à parte de trás do armário. Caixas plásticas, todas empilhadas. Abri a tampa de uma delas.

— São coisas da vida antiga dela. Antes do acidente. Coisas de crianças, roupas, brinquedos.

Gabriel meneou a cabeça.

— Merda.

Ele se afastou de mim e da caixa de presentes embrulhados, em direção à mesa vazia, abriu uma gaveta e puxou uma pilha de papel.

— Bem, agora. — Ele levantou uma carta, o papel timbrado indicando que era do departamento de veículos. — Está endereçada a Holly Vale.

Fui na direção dele, pegando a carta de sua mão estendida.

— Isso fez parte do processo. A criação de uma nova identidade. — Olhei para ele. — Sério, quem faz isso? — Deixei a carta cair ao meu lado. — Por que ela pediu para Kate vir até aqui? O que queria que ela pegasse?

— Ela precisaria ter acesso à casa — disse Gabriel. — Presumo que tenha falado com a proprietária. Vou conversar com ela, ver o que sabe.

Eu vi à porta se fechar atrás dele, depois fui para a sala, removendo cuidadosamente as almofadas do sofá, uma a uma. Quando terminei, algo me chamou a atenção, um pedaço de papel amassado esquecido no fundo do assento. Segurei-o contra a luz. Tinha sido recortado, e suas bordas eram limpas e simétricas. Passei os olhos pelas letras impressas, e lá no fundo estava a palavra "wolf".

Olhei para a tira de papel, voltando-me ao Brunswick Square Gardens, meus dedos escorregadios com o sangue de Erin Owens. E de repente sabia que não tinha imaginado, que não tinha me enganado. Ela tinha dito "wolf".

Virei o papel mais uma vez. Mas o que isso significava? Fiquei olhando as letras se dissolverem, agora apenas gravadas em um fundo branco, como se fosse algum tipo de ilusão de óptica. Como se eu pudesse entendê-las se tivesse mais tempo para examiná-las.

Quando o celular começou a tocar, meu cérebro mal o registrou. Minhas mãos se moveram sem pensar, tirando-o do bolso, pressionando-o e levando-o até o ouvido.

E de repente lá estava.

— Oi, Alice — disse a voz na linha. — Acho que você está me procurando.

CAPÍTULO 5

Um arrepio gélido subiu pela minha coluna. Agarrei o telefone, subitamente consciente, e da maneira mais dolorosa, da minha posição. Em uma casa iluminada em uma rua escura, a janela aberta diante de mim. Pensei em Kate Weland, no telefone na mão dela, no único tiro pela janela da cozinha. Um alvo perfeitamente alinhado. Movi-me rapidamente, apagando a luz, deslizei a janela para o lado para onde as cortinas pendiam e espiei além de suas dobras para a rua escura.

— Sr. Canning. — Forcei cada gota de calma que ainda havia na minha voz. Mas que surpresa. Quem é você? O que diabos você quer? — O que posso fazer por você?

— Você tem me procurado, não? — Até que a voz dele era firme. Com base em seu sotaque americano, tentei puxar da memória de anos de televisão alguma identificação. — Veio até os Estados Unidos só para me ver. — Era como um sotaque comum americano, uma amostra, nenhuma especificidade que pudesse encontrar. Talvez simplesmente eu não tivesse assistido à Netflix o suficiente.

— Não foi nenhum problema. — Um homem caminhava sob a luz da rua, segurando um telefone, o polegar se movendo rapidamente pela tela. Ele não. Inclinei-me ainda mais na direção do vidro, tentando ver os carros estacionados através das sombras. — Assassinato é uma coisa importante.

Ele ficou em silêncio por um instante, e eu olhei para a sala sombria, um pensamento repentino de que tudo isso era uma distração, algo para dar tempo de me encurralar. Será que ele poderia ter uma chave?

— Assassinato... — disse a voz ao telefone. — Sim, acho que sim.

O cômodo atrás de mim permanecia resolutamente vazio.

— Você acha? — perguntei, genuinamente curiosa.

— Ela simplesmente não deixou as coisas rolarem — disse ele.

— Erin, você quer dizer? — arrisquei.

Ele suspirou.

— Sim.

— E a Kate? A morte dela também foi necessária?

— Sim.

— Por quê?

Pensei que ele não fosse responder, mas então:

— Porque Erin falou demais.

Alguém estava dirigindo lentamente pela rua, e os faróis do carro me lançaram um holofote indesejável, obrigando-me a me esconder nas dobras de tecido.

— Veja, sr. Canning, nós dois sabemos como isso vai acabar. Sua cooperação ajudaria muito nesse momento. Então, por que você não entra e nós damos um jeito nisso tudo?

Uma risada.

— Dar um jeito? Isso agora é uma forma bonita de dizer "sentença longa"? Sinto muito, não. Não vou entrar.

— Então, por que você me ligou? O que você quer?

Ele parecia escolher as palavras com cuidado.

— Vou ser sincero com você: não quero precisar matar mais ninguém. Não gosto disso. Está... uma bagunça. Só quero que vocês me deixem em paz para viver a minha vida. Não é pedir muito, é?

— Desculpe, você sabe que eu não posso fazer isso.

— Sabe, eu li sobre você. Você é uma celebridade e tanto: a detetive que sobreviveu, cicatrizes e tudo, voltou ao trabalho três meses depois do incêndio, destruindo os casos. Seus colegas dizem que você seria uma ótima inspetora se quisesse.

Senti aquele formigamento frio de novo.

— Você falou com meus colegas?

Ele deu uma risada arquitetada.

— Isso é o que você precisa entender sobre mim, Alice. Eu faço isso há muito tempo. Posso ir a qualquer lugar que quiser, ser quem eu quiser ser.

Um pensamento me tomou, atingindo-me com força, e mordi o lábio.

— O problema é — disse ele — que é verdade. Você é mesmo uma heroína, Alice. E, como eu disse, não quero matar mais ninguém. Realmente não é a minha praia. Mas vou fazer o que for preciso.

Tremi quando a porta se abriu, Gabriel olhando para cima, com a boca aberta, provavelmente para me perguntar o que diabos eu estava fazendo escondida no escuro. Fiz um gesto para o telefone, falando a palavra Canning sem som.

— Isso parece muito uma ameaça.

Gabriel se moveu rapidamente, passos suaves, posicionando-se ao meu lado, o ouvido apoiado no meu.

— Eu sei.

Respirei fundo.

— Sabemos dos outros, você sabe.

Uma longa pausa e:

— Os outros?

— Sim — falei baixinho, rezando para que o gelo em que apoiava a minha teoria não estivesse se quebrando sob meus pés. — Os de antes.

Ele não respondeu, o silêncio adquirindo uma qualidade substancial, e eu fiz uma careta. Droga. Tinha ido longe demais.

— Me deixe em paz, Alice — disse ele, suavemente. — Não me obrigue a te matar também.

Um clique e o telefone ficou mudo.

CAPÍTULO 6

Levantei-me, o telefone preso inutilmente ao ouvido, podendo sentir como se tivesse engolido alfinetes e agulhas.

— Nossa — disse. — Isso foi... inesperado.

As palavras de Canning ecoavam nos meus ouvidos.

— O quê? — perguntou Gabriel.

— Nada. — Estudei a forma das sombras, um carro passando, jogando luz sobre elas, depois deixando-as mais escuras do que antes. — Ele conseguiu meu telefone — informei, sendo óbvia — Ele falou com meus amigos, com as pessoas com quem trabalho. — E aí estava, aquele lampejo de medo. — Ele transitou entre todos, escondido à vista de todos. — Pensei em Poppy e no filho dela, Charlie. Pensei em Noah, sua esposa e as crianças. Até mesmo em Harry. Embora francamente estivesse menos preocupada com ele.

— Como encontrar alguém que pode ser qualquer um? — questionei. Para esse homem, a identidade não era quem você era, era o que poderia ser. — Nós estávamos certos. — Olhei para Gabriel, observando-me na escuridão. — Sobre ele ter feito isso antes. Quando eu falei isso, ele não gostou, e ficou assustado. Quem quer que seja, essa não é a primeira vez dele. Ele tem uma história. — Caminhei até a estante, a fileira de fotos de Mackenzie e Levi, e peguei uma, levando-a até a janela, até o brilho laranja da luz da rua. — Erin estava indo até a delegacia. No dia em que foi atacada. Ela estava nos trazendo informações. — Pensei no envelope apertado contra seu peito. — Não sei como ele está conectado a ela, como ela o encontrou, ou mesmo o motivo, mas ela o fez. Ela rastreou aquele bastardo. Só temos que seguir a pista dela.

— Então...

— Então — completei —, quero saber tudo o que há para saber sobre a vida anterior de Erin, e qualquer um com quem ela possa ter tido contato. Se ela estava de fato tendo um caso, precisamos saber com quem. Não conhecemos nenhuma família ou qualquer outra pessoa de quem ela fosse particularmente próxima, então quero começar com aquelas com quem trabalhou, para sairmos do lugar. Erin nos levará até ele.

Gabriel assentiu lentamente.

— Então é isso que nós vamos fazer. — Ele se aproximou, ficou ao meu lado, olhando para a rua escura. — A proprietária disse que recebeu uma ligação de Erin há cerca de uma semana pedindo para deixar Kate Weland entrar, que buscaria algo para enviar para ela.

— O quê?

— Ela não sabe. Mas disse que, o que quer que fosse, era pequeno o suficiente para caber dentro da bolsa de Kate.

— E quanto a ele? Poderia ter estado aqui?

Gabriel fez uma careta.

— Os telefones foram cortados anteontem. Um funcionário apareceu dizendo que estavam trabalhando na área, só precisaria ter acesso aos apartamentos para resolver o problema.

Eu me virei para encará-lo, deixando a cortina cair.

— Era ele.

Gabriel assentiu.

Segurei o saco de provas, o pedaço de papel, a palavra "wolf" visível através do plástico.

— Mas ele deixou algo passar — eu disse.

CAPÍTULO 7

Vi a estrada passar rapidamente, a interestadual cortando um corredor de árvores. Nuvens brancas em formato de tufos espalhadas por um céu azul-claro, e uma gaivota voou baixo, acompanhando-nos por alguns breves momentos antes de ir mais para cima e se afastar.

Senti um nó pesado se formando no estômago.

Ocorreu-me então que tinha esquecido isso, aquela vontade de recuar. Que tinha desmaiado à noite em uma cama dobrável, sem me preocupar em tirar a roupa, e mergulhado em uma espécie de sono profundo, pesado, com sonhos de torres de vidros e buzinas de carro. Que eu tinha acordado com o alarme, tomado banho, me vestido e comido, e que em nenhuma vez durante esse tempo senti aquele medo apertar minhas entranhas. Nenhuma vez senti o corpo tenso, pronto para fugir. Talvez tivesse algo a ver com um assassino múltiplo ameaçando me matar se eu continuasse.

Minha mãe sempre disse que eu era contraditória.

Desviei o olhar, focando no espelho do lado do passageiro, na estrada atrás de nós, enquanto ela desaparecia, podendo apenas ver um Sedan branco, cujos faróis brilhavam ao sol. Ele nos acompanhou, deixando um ou dois carros no meio. É você?

— É uma mulher.

— Hã? — murmurei

Gabriel me olhou e me disse, com sua voz suave:

— O carro atrás de nós. É uma mulher. — Ele se mexeu, olhando pelo retrovisor. — Diria de uns cinquenta anos. — Ele me deu um sorriso irônico. — Acho que não é o seu cara, né?

Bufei.

— O senhor Camaleão? A essa altura, nada me surpreenderia.

Voltei para o espelho, o farol alto do Sedan, o carro se movendo em uma estrada secundária à direita, e meus ombros caíram. Finalmente, a prova foi positiva.

— Então — Gabriel sorriu —, dormiu bem?

— Como os mortos. — Olhei para meu reflexo no espelho do quebra-sol. — Como você pode ver.

Olhei para as olheiras, as linhas de canto pareciam mais profundas hoje, e suspirei, fechando o espelho. Algumas coisas eram melhor não ver.

Gabriel ligou o pisca-alerta, uma olhada por cima do ombro e uma rápida curva à esquerda, e senti uma onda de sua colônia.

— E o seu parceiro? Como está o jet lag dele?

Bufei para meu café.

— Ele bateu na minha porta à meia-noite. Meia-noite. Já estava dormindo. Perguntou se eu queria ir dançar com ele no Cielo.

Fiz uma careta.

— Então, acho que você bebeu tequila até de manhã, né?

— Na verdade, ainda estou bêbada.

Gabriel riu.

Poppy tinha ligado logo cedo, interrompendo o toque do despertador do celular. Verifiquei as câmeras de segurança do hospital. Encontrei nosso amigo médico, aquele que decidiu acabar com Erin Owens. Nós o pegamos entrando e saindo do quarto dela.

Deixe-me adivinhar, eu tinha dito. Ele estava disfarçado.

Uniforme de cirurgia, disse Poppy, cabelo escondido em uma touca, óculos grossos. E o cara havia caminhado ao longo dos corredores profundamente absorvido pela papelada que carregava.

Ele não levantou o rosto, eu disse.

Ele não ergueu os olhos, concordou Poppy. Uma longa pausa, então, você está bem? A preocupação de Poppy em dar à sua voz uma afetação à qual não estava acostumada.

Tinha me deitado na cama, pensado em Canning do outro lado da linha, e menti. Claro, disse. Estou muito bem.

Olhei de volta para o maço de papéis no meu colo. Todos os Wolfs na área de Nova York. Agulha, apresento-lhe o palheiro. Meneei a cabeça.

— Alguma novidade sobre a investigação de Weland?

Gabriel nos fez parar quando o semáforo ficou vermelho:

— Algumas pessoas viram o cara correndo, mas ninguém viu para onde foi depois de sair das imediações. Acredito que ele tivesse um carro escondido em algum lugar, mas ainda é difícil afirmar. Estamos trabalhando para rastrear a ligação até o telefone de Kate Weland, ver se isso nos dá alguma coisa, mas, honestamente, as chances são de que ele tenha usado um celular descartável.

— Isso era o que eu teria feito se fosse ele — murmurei.

— Certo. Estamos correndo atrás de pistas do Chevrolet azul que Kate viu. — Ele me olhou de lado. — Você tem ideia de quantos Chevys azuis existem neste estado?

— Não — disse, com interesse. — Quantos?

Ele hesitou.

— Muitos. — Gabriel diminuiu a velocidade quando o Buick da frente freou com força. — Então... algum problema?

— Você quer saber se o nosso homem tentou me matar ontem à noite?

— Sim.

— Não — respondi categoricamente.

— Excelente. — Gabriel ligou o pisca-alerta para a direita e guiou o carro para a estrada secundária, o sol à nossa frente agora, fazendo meus olhos lacrimejarem. Inclinei-me para trás em meu assento, observando as árvores enquanto passávamos por elas, o rádio zumbindo, bem no meu limite.

Não me faça te matar também.

Olhei para os papéis, a palavra "Wolf", de novo e de novo. Havia a possibilidade de que isso fosse pouco mais que uma trilha errante, mas meu instinto me forçava a enfatizar a palavra. Ouvi uma vez que nossos cérebros estão ajustados para detectar o que nos ameaça, que, quando vemos algo que representa um perigo, nossa atenção se voltará a isso, estreitando-a e mantendo-o no foco central, para que não nos mate. Fiquei com a palavra rolando na cabeça. Era onde estava agora, sem saber se estava certa e, ainda, com medo de desviar o olhar.

Wolf. Significava alguma coisa.

Encostei a cabeça no banco, pensei nele, no que eu sabia. Sabia que ele era alguém que gostava de estar no controle, que estava acostumado a ter o olhar daqueles ao seu redor desviando dele, que podia se mover no meio da multidão, tão invisível como se realmente fosse um fantasma. Sabia que ele era feroz ao proteger o que considerava um segredo, que ele mataria por isso.

Senti o carro começar a desacelerar, o clique, clique, clique do pisca-alerta novamente, enquanto Gabriel nos conduzia para fora da estrada, para uma faixa estreita de mato que ficava ao lado da rodovia.

Ele soltou o cinto de segurança e me deu um olhar firme.

— Estou esperando a chefe de Erin começar o turno dela no hospital, mas, enquanto isso, achei que você deveria ver onde o acidente aconteceu. — Ele empurrou a porta, desaparecendo no dia azul, e eu me sentei por um momento, mudando meu pensamento. Demorei um tempo para voltar ao centro. Respirei fundo e soltei o cinto.

Tínhamos parado a poucos metros da água, um trecho de um azul acinzentado que se estendia ao longe, à nossa esquerda e à nossa direita. Se tivéssemos continuado na estrada em que estávamos, encontraríamos a água, subindo em um arco suave e curvo do homem dominando a natureza. Senti o sal nos lábios, uma brisa fácil que chegava pela água, puxando meu cabelo.

Aproximei-me da água, parando ao lado de Gabriel.

— Onde nós estamos? — perguntei.

Gabriel fez um gesto para que eu o seguisse, caminhando por um matagal baixo até finalmente chegar a uma colina de pedra que desaparecia na água abaixo.

— Esta é a Baía Great South — respondeu, o barulho rítmico dos motores dos carros competindo com sua voz suave.

Cheguei mais perto para poder ouvir, captei um pouco da colônia que ele usava, abrindo caminho entre a fumaça do carro e o mar.

— Se você seguir a estrada até o fim — ele apontou para o outro lado da água —, vai chegar ao Atlântico. — Seu dedo traçou o arco que tínhamos acabado de contornar, fazendo um movimento que seguia a sua curva enquanto deslizava perfeitamente da estrada para a ponte. Ele se virou de costas para a água, olhando para o carro que havíamos deixado para trás. — Aqui é o lugar onde o marido de Erin, seus filhos... foi aqui que eles morreram.

Olhei para ele, de repente vendo uma reportagem de jornal, um carro puxado da água, e me virei, pensando. Era ali que o policial estava parado. O fotógrafo devia estar lá atrás, mais perto da estrada. Mas, na verdade, tudo era apenas procrastinação. Finalmente olhei para a água que batia nas pedras. E isso. Foi lá que eles morreram.

— Naquele inverno — disse Gabriel — havia obras em andamento, reparos. Está vendo aquela grade de proteção? — Ele apontou para uma barreira metálica baixa que cercava a estrada. — Tinha sido tirada por causa de um motorista de caminhão que estava mandando mensagem ao volante. Ele acabou se desviando e derrubando um monte daquelas barreiras poucas semanas antes. — Gabriel deu de ombros. — Mas você sabe como são as coisas... o conserto foi parar em uma lista, depois atrasou... O resultado foi que, naquele dia, havia apenas alguns cones plásticos para protegê-los da água.

Ele caminhou em direção à beira da água.

— Era dia 21 de janeiro do ano passado. Um inverno rigoroso. Tinha cerca de 25 centímetros de neve, manchas brancas que cobriam totalmente algumas áreas. — Ele apontou para a água. — A própria baía havia congelado. Parecia que o lugar inteiro estava tomado pelo branco. — Ele não olhava para mim, mas para as águas da baía. — Erin disse que as crianças tinham sido convidadas para uma festa de aniversário em Babylon, a alguns quilômetros daqui. Bem, na verdade, Mackenzie tinha sido convidada. Levi era apenas um bebê. Todos iriam, toda a família. Mas, na noite anterior, Erin tinha começado a se sentir mal, sonolenta, dizendo que achava que estava com gripe. Ela tinha ido para a cama e perdeu a hora. Ela contou que acordou, por volta das onze da manhã, e a casa estava vazia, Jacob e as crianças tinham saído. — Ele deu de ombros novamente. — Ela me disse mais tarde que não se preocupou, não naquele momento. Ele tinha deixado um bilhete dizendo que levaria as crianças para a festa e que ela deveria descansar. Jacob fez duas ligações, a primeira por volta das dez da manhã, para outro pai, que ele conhecia da época em que jogava softball, checando se estaria lá. Segundo esse outro pai, ele tinha chegado até Nesconset. Mas disse que as estradas estavam ruins, que o tempo estava dificultando a direção. Sabemos também que ele ligou para a anfitriã, pouco depois das 10h20, para confirmar o endereço, e que disse a mesma coisa a ela, que estava preocupado em dirigir no mau tempo.

— Por que ele simplesmente não voltou?

Gabriel deu de ombros.

— A anfitriã disse isso a ele. Falou que várias pessoas haviam desistido, que as estradas também estavam congeladas em Babylon. Quando eles não apareceram, a anfitriã presumiu que tivessem voltado.

— E Erin...

— Demorou um pouco para ficar preocupada. Como ainda não estava se sentindo bem, ela adormeceu de novo no sofá, e só quando acordou novamente percebeu que já era muito tarde, que não tinha tido notícias de Jacob. A partir de então, começou a ligar para ele, acho que por volta das cinco da tarde, ou seja, já estava escuro e o tempo tinha piorado. Estava nevando muito. Ela passou, talvez, uma hora tentando falar com ele, ligou para a anfitriã, pensando que talvez a festa tivesse se prolongado, que ele estivesse abrigado lá por causa do tempo. Foi quando descobriu que eles não tinham chegado. Quando atenderam a ligação, um pai e duas crianças desaparecidos... O fato é que todos presumiram o que encontrariam, que haviam atingido o gelo, caído em um banco de neve. Eles agiram rápido porque, naquela temperatura, você não quer bebês por aí, congelando até a morte. Então, uma hora após a chamada, havia talvez trinta voluntários, todos dirigindo pelas estradas nevadas, todos procurando por Jacob e seus filhos. — Ele deu de ombros. — Ele era um cara querido. Muita gente queria ajudar.

Meneei a cabeça, sem conseguir tirar os olhos das águas da Baía Great South.

— Foi só quando uma das equipes de busca saiu da estrada e bateu numa árvore no dia 25 que deram as buscas por encerradas naquela noite. — Gabriel olhou fixamente para a água, sua voz plana. — Eles encontraram o carro no final do dia seguinte.

Olhei para baixo em direção à água.

— Ele lutou. Jacob, quero dizer. Ele lutou para salvar aquelas crianças. Quando recuperaram o carro, a janela do lado do motorista estava toda quebrada. Eles encontraram um martelo de carro. Sabe, uma daquelas coisas que você guarda no carro para quebrar uma janela em caso de emergência? Estava no assoalho. — Sua voz diminuiu, quase desaparecendo entre o grasnar das gaivotas. — A touca do bebê estava embaixo dos pedais, as cadeirinhas das duas crianças estavam desafiveladas. — Ele olhou para mim. — Parece que foi ele quem fez isso, que os tirou de seus assentos e, de alguma forma, conseguiu atravessar a janela, puxando os filhos depois.

— Eles foram carregados?

Ele assentiu.

— A maré é muito forte por aqui. E Jacob aparentemente não era um bom nadador, sempre teve um medo grande de água. E estava tão frio... — Ele meneou a cabeça. — Coitado, fez o seu melhor. Só não foi o suficiente.

— Jesus — murmurei.

Olhei para a estrada, vendo um carro vindo em minha direção, neve caindo, gelo embaixo dele e, depois, o quê? Talvez algo disparado na frente dele, um animal, suas rodas perdendo tração no gelo, e então o carro começa a deslizar, batendo nos cones que sinalizavam a beira da rodovia, e ele está tentando desesperadamente fazer alguma coisa, qualquer coisa. Para frear, para dirigir, para manter sua família longe daquela água gelada. Mesmo assim, nada é suficiente, e então acabou, e ele está lá dentro, as crianças gritando, e sua mente tentando ser rápida enquanto o medo toma conta, só que ele não pode ter medo, porque precisa salvar seus filhos. Então, seus dedos desesperados agarram o martelo do carro, aquele que comprou por precaução, porque, na verdade, coisas assim não acontecem com pessoas como ele, e talvez sua esposa tenha rido dele, e talvez ele tenha se sentido um pouco bobo, mas, ainda assim, decidido. Um estalo alto quando o carro bate no gelo denso, e então a água fria e amarga entra, e ele quebra a janela porque o tempo é curto e precisa pelo menos tentar. E ele se contorce no banco do motorista, xingando o volante e o cinto de segurança e seu corpo e todos os deuses que permitiram que isso acontecesse, e ele consegue alcançar lá atrás, desajeitado, desabotoa a menina, arrastando-a para a frente com ele, e ela está gritando e berrando, e então ele alcança o bebê, só que precisa de duas mãos e o carro está afundando e desnivelado e a água está subindo cada vez mais. No entanto, de alguma forma ele consegue, espremendo seu corpo inflexível pela abertura dos assentos e puxando seu filho menor para fora para que isso pudesse salvá-lo, mas agora o está condenando, e então...

O quê? Ele se espreme pela janela quebrada, nas águas chocantemente frias da Baía Great South. Ele está dizendo a si mesmo que está quase lá, que estão quase seguros, só falta um pouco mais. Quando a segurança faz uma curva à esquerda, a fuga se torna mais mortal que o enterro dentro do carro?

Olhei para o outro lado da água e me perguntei se ele havia previsto aquilo. Houve um momento em que Jacob Owens soube que tinha acabado, que tinha jogado e perdido?

Eu esperava que não.

Não sei quanto tempo ficamos ali, nossos pés pairando sobre as ondas que batiam contra as rochas. Sei que foi tempo suficiente para que a brisa da baía começasse a me deixar com frio e eu pudesse sentir o gosto de sal a cada respiração. E me peguei me perguntando se Erin tinha vindo ali, se ela tinha estado onde estávamos, a imensidão da Baía Great South tomando o lugar de uma lápide. Olhei para baixo, a água borbulhante. Ela havia jogado flores ali? Havia se ajoelhado no mato sob seus pés para chorar pela família que a deixara para trás?

Então, o toque do telefone de Gabriel, o mundo real nos invadindo com uma velocidade incerta. Ele meneou a cabeça e me deu um sorriso irônico.

— Otero.

Afastei-me, traçando as rochas na beira da água, o azul-escuro acinzentado da água ao longe. O sol dançava no topo, jogando fragmentos de luz em todas as direções. E eu pensei nos corpos. Será que eles ainda estavam lá embaixo, presos sob as águas, irreconhecíveis agora pelo que costumavam ser? Ou eles tinham sido arrastados por uma corrente implacável para o infinito Oceano Atlântico?

— Ok, sim, isso é ótimo. Não, eu agradeço. Nós vamos imediatamente.

A voz de Gabriel me puxou de volta, e eu me virei para olhar para ele. Ele desligou e olhou para mim.

— A chefe de Erin acabou de concordar em se encontrar conosco. Vamos lá.

CAPÍTULO 8

Falamos pouco na viagem de carro, cada um de nós pensando nas águas escuras da baía, a memória de uma família perdida sob o gelo. Esforcei-me para olhar para o Hospital Infantil Morgan Stanley enquanto Gabriel conduzia o carro até o estacionamento. Na entrada havia uma fileira de árvores que, se não prestasse atenção, poderia convencê-lo de que estava em algum outro lugar que não no coração da cidade.

Saímos do carro e pegamos o elevador até o saguão, deslumbrados com aquelas cores do arco-íris. Peguei-me presa naquilo, aquele toque de alegria em um lugar tão improvável. Porém, se você fosse uma criança confinada no terror de um hospital, um pai preso ao sofrimento do filho, até mesmo uma pequena mostra de alegria se tornaria algo valioso. Gabriel apresentava nossas identificações, enquanto eu olhava para o saguão. Para um homem, talvez da minha idade, sentado numa cadeira brilhante, apoiando a cabeça nas mãos, os ombros estremecendo. Chorando? Ou talvez simplesmente respirando, tentando encontrar forças para o que viria a seguir. Desviei o olhar rapidamente.

— Subam as escadas, à direita. A supervisora dela vai encontrá-los.

Segui Gabriel silenciosamente, olhando mais uma vez para o homem que segurava a cabeça.

Subimos as escadas correndo, aproveitando o fato de que não tínhamos nenhum vínculo com aquele local, só apenas de passagem. Passamos por uma mulher com os braços em volta de uma garotinha, uma mecha de cabelo loiro-claro, com o braço estendido à frente, o branco cintilante por causa do gesso. Sorri para a garotinha, que me devolveu o sorriso, esticando ainda mais o braço para garantir que fosse notado.

No andar seguinte, tão vívido quanto o anterior, em algum lugar dava para ouvir o som de crianças rindo.

Gabriel me olhou.

— Odeio lugares como este.

Assenti silenciosamente.

Uma mulher estava ao lado da mesa, esperando de maneira ostensiva. Mais alta que Gabriel, da cor de carvalho, braços e pernas bastante finos.

— Você é o capitão Otero?

Ele assentiu com a cabeça, estendendo a mão para cumprimentá-la.

— Sou. Esta é a sargento Alice Parr, da Polícia Metropolitana de Londres.

Ela me analisou.

— Aconteceu alguma coisa, né? — Parecia cantar enquanto falava, com um toque nigeriano nas palavras. — Com Erin?

— Talvez — disse Gabriel, gentilmente — vamos falar em particular.

Ela o encarou por um momento, e então baixou a cabeça.

— Claro. Por favor... — Ela nos levou para longe da mesa, e eu sentia o cheiro de baunilha em mim enquanto passava, conduzindo-nos a uma porta sob o nascer do sol alaranjado e escaldante, digitando um código no teclado. A sala tinha sido montada para ser confortável, com grandes almofadas estofadas, arte despojada. Uma mesa havia sido colocada contra a parede de trás, um computador em modo inativo. Ela nos mostrou o sofá, sentando-se em uma poltrona.

— Meu nome é Leila. Sou a supervisora dela. Do que se trata? O que aconteceu?

— Sinto muito, Leila — eu disse baixinho —, mas Erin faleceu. Ela foi atacada enquanto caminhava em um parque em Londres e acabou não resistindo aos ferimentos.

A mulher olhou para a mesa. Ergueu os ombros e começou a murmurar baixinho, o que mais tarde percebi se tratar de uma oração. Quando levantou a cabeça, havia muitas lágrimas em seu rosto.

— Ela era uma boa pessoa. E uma enfermeira ainda melhor.

— Pode ser mais clara? — perguntei. — Quem era Erin?

— Erin... era gentil. Ela se preocupava com as pessoas, e não apenas com os pacientes. Ela queria que todos ficassem felizes. — Ela enxugou uma lágrima com os dedos, olhou para a mão e a examinou como se estivesse surpresa com sua presença. — Mas não entendo, você disse que ela foi morta em Londres? Por que então você está fazendo perguntas por aqui?

Selecionei as palavras com cuidado.

— Nós temos motivos para acreditar que ela conhecia o seu agressor, que pode ter tido algum contato com ele antes de deixar os Estados Unidos. — Entreguei a ela meu telefone, a imagem dele capturada na tela. — Você reconhece esse homem? Embora deva acrescentar que acreditamos que ele estivesse disfarçado nesta foto.

Ela me estudou, fazendo uma careta, como se estivesse tentando ler além do que eu falava como policial, chegar à verdade por baixo daquilo. Então, olhou para a foto, levando muito tempo para examiná-la.

— Não — disse ela. — Peço desculpas, mas não acredito que já tenha visto esse homem antes.

Assenti.

— Tudo bem, sem problemas. Eu preciso passar alguns nomes com você. Você conhece algum Ed Canning?

Ela se levantou de repente, caminhando em direção ao computador, batendo nas teclas com seus dedos longos e ligeiros.

— Pessoalmente, não. Mas... não, não temos ninguém com esse nome na nossa equipe. E nenhum dos nossos pacientes tem o sobrenome Canning.

— E Wolf? — perguntei, com o ritmo cardíaco subindo.

— Você quer dizer como o animal? — Ela digitou rapidamente. — Não. Desculpe, não há nada.

Ela se levantou em um movimento delicado, parecido com uma dança, e voltou para a poltrona.

— Por quanto tempo ela trabalhou para você? — perguntou Gabriel.

— Ela começou a trabalhar conosco há cerca de nove meses. Em julho do ano passado. Acredito que ela tivesse atuado pouco na enfermagem desde o nascimento dos filhos, apenas o suficiente para manter o registro. Mas, depois que eles morreram... isso deu um propósito a ela, acho.

— E, durante esse tempo, ela não mencionou um homem? — perguntei. — Alguém com quem ela estivesse preocupada? Ou qualquer menção a estar tentando localizar alguém?

Leila balançou a cabeça.

— Ela e eu, estávamos... nos tornando amigas; na verdade, não sei se "amigas" seria a palavra certa. Acho que Erin estava muito perdida em sua dor para ter algum tipo de amizade verdadeira. Mas nós éramos o mais próximo do que ela podia chegar de amigos naquela época. Não ouvi nenhuma menção a um homem.

— Por que aqui? — perguntei, pensando na justaposição do modesto apartamento do Brooklyn em comparação com a casa ampla de Setauket. — Quer dizer, ela estava morando em Setauket. Por que não procurar algo mais perto de casa, algo que a teria permitido manter-se ali?

A mulher hesitou, um olhar cauteloso enquanto seguia em frente.

— Eu... Devo ser sincera e dizer que nunca perguntei. Dinheiro. Não tenho nada a ver com isso. Mas eu... bem, tive a sensação de que Erin, veja, ela fazia muitas horas extras, sempre que podia. Ela trazia marmita de casa. Nunca a vi gastar mais do que um centavo consigo mesma. — Ela olhou para baixo. — Na verdade, tive a sensação de que dinheiro não era uma coisa fácil para ela.

Levantei uma sobrancelha para Gabriel, pensando nos dez mil dólares em Hampstead, o valor que deveria ter a casa de Setauket.

— Está bem — eu disse. — E quanto à viagem dela para a Europa? Como isso aconteceu?

Ela meneou a cabeça.

— Não sabia nada sobre isso até que ela veio até mim. Honestamente, eu não teria acreditado que ela conseguiria bancar uma viagem dessa. E — ela completou — eu pensava que ela estivesse feliz aqui. Ou tão feliz quanto ela poderia ser, depois do que aconteceu. E, ainda assim, ela simplesmente entrou na minha sala e entregou seu aviso prévio.

Tentei me sentar de modo correto.

— Ela pediu demissão?

— Um dia ou dois antes do Natal.

Ela não estava planejando voltar. Ou, pelo menos, não poderia ter previsto quanto tempo ficaria fora.

— E não há nada que você consiga pensar que a possa ter levado a isso? — perguntou Gabriel.

Ela se sentou, perdida em seus pensamentos por alguns segundos.

— A única coisa em que consigo pensar remete a um fato pouco tempo antes de ela nos deixar, em dezembro do ano passado. Eu estava entrando pelo saguão e a vi com uma mulher — uma mulher gorda e mais velha —, e ela estava gritando com Erin. Dizendo que ela deveria ter feito algo a respeito. Que ela precisava assumir a responsabilidade. E todos, você sabe como as pessoas são, ficaram assistindo, como se fosse algum tipo de programa de televisão ou algo assim; então, fui até ela para tentar ajudar. Foi quando a mulher chegou bem perto de Erin e disse: "Vocês deveriam ter vergonha do que fizeram."

— Erin te contou quem ela era?

Leila fez que não com a cabeça, as mãos compridas dobradas no colo.

— Não. E eu não perguntei. Nós vemos isso aqui às vezes. As pessoas... querem que você faça milagres. E às vezes, quando você não consegue, elas ficam com raiva. Mas nem todos podem ser salvos. — Ela meneou a cabeça novamente. — Eu nem pensei sobre isso. Ela... só perguntou naquele dia se poderia sair mais cedo. Erin nunca saía mais cedo. Mas naquele dia... ela veio até mim, disse que estava com dor de cabeça e perguntou se poderia sair um pouco mais cedo... Claro, eu disse que sim.

— E então?

Leila meneou a cabeça com tristeza.

— Então nada. Ela ligou dizendo que estava doente e ficaria em casa nos próximos três dias, e só a vi depois quando entrou para entregar o aviso prévio. Tentei fazê-la fica, para conversar comigo a respeito, mas ela disse que não tinha escolha. — Leila baixou a cabeça. — Estou com medo de que... Eu disse a ela que estava desistindo. Por favor, entenda, eu estava preocupada com ela. Implorei para ela conversar com nosso psicólogo. Para falar comigo. Mas ela só balançou a cabeça. E então... — Ela suspirou. — Então eu disse que ela não deveria desistir. Que os filhos iriam gostar que ela vivesse a sua vida por eles. — Aí, ela me olhou e disse: Estou fazendo isso pelos meus filhos. — Uma lágrima deslizou por seu rosto. — Nunca mais a vi.

CAPÍTULO 9

Observei o bairro de Washington Heights passar, a intimidade forçada do centro de Manhattan ceder, a exalação após uma respiração profunda, os prédios mais baixos ali, mais espaço para olhar o céu. Gabriel aliviou o pé no acelerador, e uma série de luzes vermelhas à frente brilhou como um aviso. Olhei para cima, os semáforos mudando para o vermelho, depois me concentrei na pasta com anotações que carregava no colo.

— Certo — eu disse. — De acordo com a chefe da Erin, ela estava quebrada. E, segundo a Quinn, ela estava montada na grana. Então, a pergunta é...

— Que diabos significa "estar montada"? — Gabriel me interrompeu.

Dei um sorriso.

— Claramente, você não está familiarizado com a linguagem dos jovens. Significa... que ela tinha um excedente de riqueza.

Os semáforos mudaram de cor, voltando a ficar verdes, e começamos a avançar, embora nosso progresso fosse prejudicado pela massa de carros à frente.

— Certo — disse Gabriel —, então ou a Quinn estava errada sobre o dinheiro...

— Ou o dinheiro acabou. — Tirei o relatório financeiro da pasta. — Merda. Bem, como Erin pagou a viagem à Europa nós já sabemos. — Mostrei uma folha de papel para Gabriel. — Parece que tudo foi pago com cartão de crédito. — Li a impressão. — A fatura já estava em doze mil dólares e o valor não parava de crescer, já que ela estava sempre pagando o valor mínimo.

Fiquei olhando para os números, tempo suficiente para que minha visão começasse a borrar. Como é que uma mulher tão dependente de cartões de crédito acumulou dez mil dólares em dinheiro? E para qual finalidade ela estava guardando aquela quantia?

O carro foi invadido pelo som do telefone de Gabriel.

— Otero.

— Ei, capitão! — A voz de Rudy abafou o barulho do motor. — Como estão as coisas?

— Ah, você sabe, não posso reclamar.

Uma risada gutural.

— Claro que pode. Você só não está se esforçando o suficiente. Então, descobri uma coisa sobre o caso Weland e quero informar vocês dois.

Gabriel olhou para mim.

— O quê?

— Uma pessoa que mora a alguns quarteirões da casa disse que viu um praticante de corrida entrando em um carro. O cara se encaixa na descrição do corredor que foi visto saindo do local. Branco, menos de cinquenta anos. Isso não muda muito o que nós já tínhamos conseguido. Mas ela lembra do carro. Um modelo novo de Chevy, azul metálico. Agora nós vamos ver se encontramos alguma coisa no circuito de câmeras de segurança sobre isso.

Gabriel apertou os lábios, guiando suavemente até a saída para a Rodovia 195.

— Avise a gente.

— Até mais, capitão.

Meneei a cabeça. Quantas pessoas tinham visto esse homem, mas não o enxergaram de verdade?

— A casa dos Setauket devia valer uma fortuna. Para onde foi esse dinheiro? Além disso, você não acha que um cara como o dr. Owens teria um seguro de vida? — Folheei as páginas. — Espere, está aqui. Eles tinham um seguro. Pela Liberty Mutual. — Digitei o número no celular, colocando-o no viva-voz.

— Bom dia, Liberty Mutual.

— Alô, ei, será que você poderia me ajudar...

Folheei as páginas, ouvindo parcialmente Gabriel enquanto explicava a situação, confirmando que ele tinha um mandado, que iria constar no sistema. Erin tinha passado todo o tempo em Londres perseguindo esse cara. Aquela perseguição tinha começado em algum lugar, que deveria estar entre os fragmentos de sua vida pregressa.

Um som me tirou do meu devaneio: Gabriel estava estalando os dedos para mim.

— Só um segundo, senhora. Vou pedir que repita o que falou para a minha colega aqui ao lado. — Um forte sotaque sulista. — Sim, eu confirmo que a sra. Owens nos ligou no dia 2 de março às 14h48. De acordo com os nossos arquivos, ela perguntou sobre os benefícios da apólice de seguro de vida do marido.

— E o que vocês disseram a ela? — perguntou Gabriel.

— Ah... infelizmente, parece que meu colega aqui precisou informá-la de que uma política específica havia sido suspensa.

Gabriel e eu trocamos olhares.

— Foi suspensa? — repetiu ele.

— Sim, senhor. Os prêmios dessa apólice em particular não eram pagos... deixe-me ver... fazia pouco mais de cinco meses. O sistema mostra que tínhamos mandado cartas para o senhor e a senhora Owens em várias ocasiões para lembrá-los da necessidade de manter seus pagamentos em dia se desejassem que a apólice permanecesse válida, mas, de acordo com o que eu vejo aqui, nunca tivemos uma resposta.

— Então — disse — a apólice não foi encerrada?

— Não, senhora. Eles simplesmente pararam de pagar os prêmios.

— E qual foi a resposta da sra. Owens quando você disse a ela que não havia mais seguro?

— De acordo com o que vejo aqui, a sra. Owens ficou bastante nervosa. Meu colega acabou sendo forçado a encerrar a ligação. Temos uma política rígida de que a nossa equipe não deve tolerar qualquer tipo de intimidação.

— Claro — murmurou Gabriel. Ele hesitou. — Senhora, quero agradecer pela sua ajuda.

— Tudo bem, disponham. Tenham um bom dia. — Um clique e um silêncio inebriante se seguiram.

Franzi os lábios e olhei pela janela, a cidade dando lugar agora a Long Island. Uma ideia começando a se formar.

— Quinn disse que a casa foi vendida rapidamente, né? Ela disse que encontrou Erin chateada, com a casa virada de cabeça para baixo, e alguns dias depois, tinha desaparecido.

— E então?

— Como se as coisas tivessem mudado rapidamente para ela.

— Não estou te entendendo.

— Me dê um minuto. — Dei uma repassada nos arquivos financeiros, verificando os dados bancários de Owens. Digitei o número, saltando por infinitos níveis de automação e apertos de botão para encontrar uma voz humana. Então, um homem que parecia atormentado ouviu meu pedido, suspirou profundamente e me colocou em uma longa espera abrupta. O som de Rachmaninov.

Então:

— Senhora? Sim, com base no mandado enviado pelo Departamento de Polícia de Nova York, tive a confirmação do meu supervisor de que posso responder à sua pergunta. Você está interessada na hipoteca do imóvel em Setauket?

— Por favor.

— Sim, senhora. Aquela propriedade estava inadimplente.

O ar parou de circular no carro, Gabriel e eu respirando fundo, simultaneamente.

— A hipoteca foi executada? — perguntou Gabriel.

— Sim, senhor. De acordo com nossos registros, o pagamento da propriedade já não era feito desde agosto de 2016. Foram feitas várias tentativas de falar com a família para chegar a uma resolução, todas malsucedidas. Um aviso final foi entregue na casa deles no dia 19 de maio do ano passado.

O dia de maio que Quinn havia mencionado, Erin em lágrimas, papéis espalhados pela casa.

Fiz que sim com a cabeça, muda, esquecendo-me de que o homem de voz rápida ao telefone não podia me ver. Foi isso que aconteceu com ela, era isso que tinha mudado. O mundo que já estava despedaçado se despedaçou ainda mais.

CAPÍTULO 10

Era uma casa de um andar, com ripas de madeira na fachada, a janela estreita meio escondida atrás de uma fileira de hortênsias. Gabriel folheou a pasta.

— Tudo bem, Carol McGilly, 58 anos. Três filhos, dois netos. Trabalhou para Erin e Jacob Owens por três anos antes de ser dispensada.

Olhei para a papelada.

— Você acha que isso talvez tenha sido parte do colapso financeiro?

Ele assentiu.

— Talvez.

Saí do carro, olhando a rua tranquila. As nuvens haviam se afastado, deixando o dia começar para valer. Havia pouco trânsito ali, poucos sinais de que uma das cidades mais populosas do mundo estava a apenas meia hora de distância. Fechei a porta do carro gentilmente. Como uma família passa de uma mansão para a pobreza tão rapidamente? E o que isso tem a ver com ele?

Fiquei olhando a rua vazia, exceto por nós.

— Não fomos seguidos — disse Gabriel baixinho. — Eu estava de olho.

— Não — respondi, estranhamente desconfortável. — Mas ele sabe para onde nós vamos até antes de nós.

Gabriel olhou para a casa.

— Tomara que isso não seja verdade.

Uma mulher com uma gestação avançada correu em nossa direção, um spaniel ao seu lado. O cachorro não olhava para a frente, só para a sua dona. Definitivamente não era ele. Acertei o passo com Gabriel, subindo um curto lance de escadas até a porta da frente, uma batida bem sólida de policial e então o que pareciam ser vinte cachorros latindo do outro lado da porta. Olhei para Gabriel e fiz uma careta. Passos se aproximando e a porta da frente se abriu, revelando uma mulher que parecia mais perto dos quarenta que dos sessenta, cabelo loiro na altura do ombro, uma saia até o joelho que exibia botas pretas de cano alto.

— Sra. McGilly? — perguntou Gabriel. — Sou o capitão Otero e essa é a sargento Parr. Já conversamos, está lembrada?

Ela assentiu, com as feições cuidadosamente alinhadas a um belo sorriso.

— É claro. Por favor.

Ela empurrou a porta, levando-nos por um corredor estreito em direção a uma sala de estar iluminada pelo sol da manhã. Os vinte cachorros na verdade eram dois bichons de pelo branco, que farejavam e latiam ao redor de nossos pés.

— Não liguem para eles — disse ela. — Não gostam de estranhos.

Eu e eles.

— Por favor, sentem-se. — Carol McGilly se acomodou em uma poltrona, o mais leve estremecimento cruzando seu rosto e revelando a verdade sobre sua idade. Os dois cães se encostaram em torno dela, seus olhares se desviando entre nós, dois intrusos.

Sentei-me na beirada do sofá ao lado de Gabriel e tentei sorrir. O cachorro maior me encarou e começou a rosnar.

Sempre preferi os gatos.

— Você disse que precisava de ajuda em um caso? — murmurou Carol, coçando a orelha do cachorro menor, enquanto o outro lhe olhava triste. — Não tenho certeza como exatamente posso fazer isso.

— Bem — disse Gabriel, com um sorriso tranquilizador —, na verdade gostaríamos de falar com você sobre seu trabalho para a família Owens.

Ela franziu a testa, esquecendo-se um pouco do cachorro, para desgosto dele.

— Mas... por quê? Aconteceu alguma coisa? — Gesticulando com as mãos e fazendo o cachorro lhe olhar com esperança.

— Acho que temos más notícias, sra. McGilly — comecei, escolhendo minhas palavras com cuidado. — Erin Owens foi assassinada em Londres na semana passada.

A mulher me encarou, movendo a boca silenciosamente. Ela meneou a cabeça.

— Ela... — Olhando para Gabriel e, depois, para mim. — Como? Quero dizer... quem teria feito uma coisa dessas?

— Isso é o que nós estamos tentando descobrir — respondi.

Eu esperava lágrimas. Um pouco de tristeza, no mínimo. Em vez disso, a governanta se levantou e caminhou até a janela.

— Desculpem. Isso é... terrível. Claro, eu preciso ser honesta com vocês. A verdade é que eu nunca gostei muito dela.

Ah. Sem lágrimas, então.

— Ela nunca foi muito de dar confiança para pobre. Não falava comigo. Na verdade, se esforçava para me evitar. Acho que talvez fosse só reservada, mas eu sempre tive essa sensação, como se ela se achasse melhor do que eu. O Jacob era diferente. Eu gostava dele, um homem bom, gentil demais. Ele sempre arranjava tempo, sabe, para parar e conversar um pouquinho. A verdade é que ele confiava em mim. Sempre dizia: "Não sei o que faria sem você, Carol."

— Então — arrisquei, com cuidado — você não era muito fã. Da Erin, quero dizer.

Ela fez uma careta.

— E isso é ruim? Meu filho sempre me diz que eu preciso parar para pensar, em vez de sair falando a primeira coisa que vem à minha cabeça. Mas eu digo que a honestidade é sempre o melhor. Vocês não acham? — Ela nos encarou novamente, uma pergunta que claramente não era retórica.

— Claro. — Muitas vezes, a honestidade e a má intenção podem ser muito parecidas.

— Você não gostava da Erin — afirmou Gabriel. — Será que outras pessoas sentiam a mesma coisa?

Ela começou a se concentrar uma mancha invisível em seu cardigã.

— Difícil dizer. Nós não frequentávamos os mesmos lugares. Ela era muito... isolada. Eu sei que ela tinha amizade... — ela acenou com a mão — com aquela vizinha. Kate? Mas, fora isso, nunca ouvi falar de nenhuma outra amiga.

Mostrei a ela meu telefone, aquela gravação das câmeras de segurança, o homem escondido à vista de todos.

— Você reconhece esse cara? Ele pode parecer diferente de como está aqui... cabelo, feitio do corpo, esse tipo de coisa.

Ela pegou o celular e franziu a testa.

— Como eu vou reconhecer, então? — Ela olhou para a imagem. — Não... acho que não.

Uma súbita injeção de adrenalina.

— Tem certeza?

Ela segurou o celular mais distante, apertando os olhos.

— Não. Não. Não conheço.

— E o nome Ed Canning: significa alguma coisa para você?

Ela me olhou.

— Deveria?

— E Wolf? A palavra te lembra alguma coisa?

Ela meneou a cabeça e fungou.

— Não, mas, como eu disse, aquela mulher, ela era fechada. Não dá para saber quem são os amigos dela. Quem eram — ela acrescentou, como uma reflexão tardia.

— Então você não conhece ninguém que poderia querer machucá-la? — perguntou Gabriel.

Ela fungou novamente, e o cachorro aproveitou a oportunidade para lamber sua bochecha.

— Como eu falei, nós dificilmente conversávamos.

— Está bem. E, me perdoe, isso é estranho — disse Gabriel, meio sem graça. — Eu entendi que você foi dispensada pelos Owen.

Carol McGilly recostou-se na cadeira, um grande sorriso, agora apenas uma lembrança distante, costas retas.

— Fui mesmo...

— Quando aconteceu isso? — perguntei.

— Dez de janeiro do ano passado.

Apenas alguns dias antes do acidente.

— E por que isso aconteceu?

— Ela disse que não me queria mais lá.

— Bem a cara dela, né?

— Isso mesmo. — O cachorro maior esticou as patas dianteiras, tentando subir no seu colo, e ela o enxotou.

— Por que ela diria isso? — perguntei.

Ela franziu os lábios, o de cima curvado de modo que me fez lembrar o seu próprio cachorro.

— Jacob ficou arrasado. Ele odiou ter que me dar essa notícia. Como eu disse, ele confiava em mim. Mas falou que ela estava insistindo, que ele havia tentado fazê-la mudar de ideia, mas Erin não quis ouvir. — Ela fungou. — Acho que ela percebia que eu via a verdade por trás daquela pose de princesa. Vocês sabem que ela o estava traindo, né?

— Falamos com a filha de Kate Weland. Ela disse que você contou a Kate que Erin estava tendo um caso.

— Sim, bem, ela não gostou que eu tivesse descoberto, né? E Jacob, bem, que Deus o tenha, ele não conseguia ver o que estava bem debaixo do nariz. Às vezes ele me contava que ela chegava tarde em casa, que estava recebendo ligações estranhas, a pessoa desligava. Ela desaparecia por horas a fio, ele falava, e os bebês ficavam com o pai. Jacob achava que talvez estivesse deprimida, que a maternidade a estava deixando esgotada. Mas eu sabia. As coisas que ele contava... era o comportamento... típico. — Ela olhou para o dedo anelar vazio. — Meu ex-marido... digamos que eu aprendi a reconhecer os sinais da maneira mais difícil. — Ela se endireitou. — Falei isso para ele. Jacob, quero dizer — ela concluiu, orgulhosa.

— Você fez isso?

— Fiz. Falei que ele precisava ter cuidado, que ela não era confiável.

— E o que Jacob respondeu?

Carol McGilly meneou a cabeça.

— Ele riu de mim e disse que aquilo era ridículo.

— Foi aí que eles te demitiram? — perguntei.

Ela me olhou.

— Eles me liberaram meses depois disso. Isso foi... Veio do nada. Não sei o que aconteceu, ou por que ela se intrometeu, mas um dia Jacob veio falar comigo e explicou que sentia muito, mas Erin não estava feliz com o meu trabalho, que eles iam me liberar.

Ela se curvou para a frente, sua voz diminuindo de modo confidencial.

— Muitas vezes eu me perguntei se não seria mais pelo dinheiro. Ela era muito consumista. Vocês sabem sobre as dívidas dela, né? Ela estava acumulando enormes dívidas de cartão de crédito e não tinha contado ao marido. Ele ficou muito chateado com isso. Ele dizia que ela só pensava em dinheiro, que ela simplesmente não tinha noção do valor das coisas. — Ela sacudiu a cabeça. — E ele trabalhava tanto para sustentar a família. — Ela olhou para os cachorros, com uma expressão tímida. — Quero dizer, olha, eu não deva estar falando sobre isso, e não estaria se vocês não fossem policiais e tudo mais. Mas vocês sabem que ela tinha um apartamento, né? Na cidade.

Eu me alinhei na cadeira.

— O que você quer dizer com isso?

Ela fungou.

— Acho que era um cafofo para ela encontrar o namorado. Bem debaixo do nariz do Jacob também.

— Certo — interrompi. — Então, se isso for verdade, se ela realmente tinha um apartamento secreto, como você saberia disso? Você falou que não era exatamente a melhor amiga dela.

Ela ficou vermelha.

— Encontrei uma carta dirigida à sra. Owens, mas o endereço não era o de Setauket. Coitado daquele homem. Coitado, coitado. Passar por tudo isso e depois o acidente, e os bebês, tadinhos... — Ela me olhou duramente. — Eu percebo que você está me julgando porque eu não estou triste por causa da morte daquela mulher. Mas eu vou te dizer uma coisa: o que ela fez com o marido, o jeito como ela o traiu e mentiu para ele... Sinto muito, mas ela não merece minha tristeza. — Ela me ofereceu um olhar feroz.

— Então, você está dizendo que Jacob tinha descoberto sobre o apartamento? —Gabriel interveio.

— Bem, acho que sim. Achei a carta no escritório dele. Tinha escorregado para trás da mesa. — Sua voz ficou mais alta, tensa.

Eu a observei, a maneira como seu olhar tinha caído naquele momento, ao nível dos meus joelhos, a maneira como seus dedos pareciam dançar no braço da cadeira.

— O que você não está nos contando, sra. McGilly?

Ela ficou mais vermelha.

— Olha, eu não... quero dizer, minha honestidade nunca foi questionada... Eu devo ter pegado a carta na mão e me distraído de alguma forma...

— Você guardou a carta — falei, com o coração disparado.

Ela assentiu.

— Sim.

CAPÍTULO 11

Um caminhão passou por nós, uma onda de som afunilada entre os edifícios, e senti a fumaça que ele emitia arranhando minha garganta. Abaixei-me embaixo de um andaime, seguindo Gabriel por um túnel escuro, que bloqueava a visão dos trabalhadores da rua, mas que permitia ouvir os sons da furadeira, um rádio a todo o vapor. Olhei para cima e pude ver a ponta do Edifício Chrysler espreitando entre os vizinhos. Na minha cabeça, porém, essa visão estava encoberta por uma carta, os dedos de Carol McGilly segurando-a com tanta força que o sangue desaparecia de suas pontas. Sra. Erin Owens. Era um aviso de execução da hipoteca, as palavras marcadas em uma impressão forte e assustadora. E, no envelope, um endereço — Sra. Erin Owens, East 44th Street.

Gabriel estremeceu, acenando com a cabeça em direção a um edifício um pouco mais alto do que aqueles que o cercavam.

— É por aqui.

Foram necessários alguns instantes, uma rápida investigação do endereço, para revelar que não se tratava de um prédio residencial, mas de um edifício comercial.

Juntamo-nos a um bando à espera de um semáforo para continuarmos a andar. Senti um movimento ao meu lado, Gabriel quicando na ponta dos pés. Olhei para ele, que me retribuiu envergonhado. Sorri. A luz verde se acendeu, a multidão avançando pela rua, na calçada oposta. Passei por uma padaria Le Pain Quotidien, que me fez sentir como se estivesse na South Bank, em vez de enterrada entre prédios altos na ilha de Manhattan. Paramos em um bloco de escritórios de arenito.

Ao atravessarmos a porta giratória, chegamos a um saguão mal iluminado, longo e retangular, com um piso brilhoso e paredes de ladrilhos escuros. A recepção ficava nos fundos, em frente a uma série de elevadores.

Um homem de meia-idade com uniforme de segurança, cabelo grisalho e barriga pronunciada estava sentado, observando nossa aproximação.

— Olá, capitão Otero, Departamento de Polícia de Nova York — disse Gabriel, com um sorriso brilhante. — Esta é minha colega, a sargento Alice Parr, da Polícia Metropolitana de Londres.

O homem se endireitou, tentando sugar a barriga que se debruçava na mesa à frente.

— Capitão. Sargento... — Ele me olhou, questionador. — Ernie. Era da polícia de Nova York. Isso faz uns dez anos. Trabalhei na região de Hoboken. — Ele sacudiu a cabeça. — Bom trabalho, cara. Ótimo trabalho.

Gabriel inclinou-se para a frente, descansando os antebraços na mesa, com uma voz que assumia um tom conspiratório.

— Estamos investigando um duplo assassinato em Londres, daí o interesse da minha colega nisso... Uma das suas salas surgiu nas nossas investigações. Falei com a empresa que é dona do prédio e eles deram a permissão. Disseram que iam te mandar um e-mail sobre o acesso...

O guarda acenou com a cabeça, com o rosto e um olhar de inebriante concentração.

— Só um segundo... Pronto. Sim, está aqui. Certo, é a sala 229. Querem que eu mostre para vocês?

Gabriel sorriu.

— Não, não. Não quero tirar você do seu trabalho. Se você pudesse só nos dar a chave...

O guarda suspirou, desapontado, e entregou uma única chave.

— Aproveitando — falei —, você lembra de ver alguém entrar ou sair dessa sala?

Ele pensou por um minuto e fez que não com a cabeça.

— São muitas pessoas que circulam por aqui. Muita rotatividade das empresas. Vocês entendem. A economia, né?

Sorri.

— Então, você não se lembra de uma mulher ter vindo aqui? — Peguei no bolso uma foto de Erin Owens e a coloquei diante dele. — Você a reconhece?

Ele hesitou, aproximando-se da imagem.

— Sim... sim. Quero dizer, sejamos sinceros. Esse não é um tipo de rosto de que se esquece facilmente.

Sorri gentilmente.

— Quando você a viu pela última vez?

— Ah... Não sei. Talvez um mês. Talvez mais.

— As pessoas não se identificam na entrada?

Ele fez que não com a cabeça.

— Nós temos um circuito interno de câmeras. Mas, para ser sincero, o sistema é uma porcaria e apaga tudo a cada 24 horas, e eu sei que foi há mais tempo do que isso.

— Ela não te falou nada? Nada sobre ela te pareceu estranho?

Ele pensou.

— Ela... Lembro que ela parecia um pouco perdida. Achei que devia estar no lugar errado. Mas então eu pensei, bem, talvez ela fosse modelo. Quero dizer, às vezes acontecia isso aqui. Um cara alugava um espaço dizendo que era fotógrafo, mas, no final, estava recebendo meninas menores de idade, e as convencia a vestir essas coisas de babados, lingerie e tal, só para conseguir uma grana. Idiota. Sim, então, eu prestei atenção porque você tem que ser muito cuidadoso... Mas ela tinha uma chave. Então eu deduzi... se ela precisar de ajuda, vai pedir.

— Mais alguma coisa?

Ele fez que não a cabeça.

— Lembro que ela passava muito tempo aqui. Até tarde. Na primeira vez que eu a vi, ela entrou talvez por volta das duas da tarde. Terminei meu turno às oito da noite, e não a tinha visto sair. Achei que ela tivesse assumido o aluguel da sala. — Ele parecia pensativo. — Ela veio me avisar, talvez um dia ou mais tarde, que tinha trocado as fechaduras. Todos os nossos inquilinos precisam deixar uma cópia conosco para alguma emergência. Lembro que ela estava preocupada com isso. Ela queria ter certeza de que não deixaríamos mais ninguém entrar. — Ele nos olhou de cima a baixo. — Vou assumir que ela não estava falando de vocês.

Gabriel assentiu.

— E mais alguém tentou entrar? Além dessa moça?

Ernie franziu a testa.

— Deixe-me ver... — Ele enfiou a mão embaixo da mesa, tirando um livro grande com capa de couro. Correu o dedo pelas páginas escritas à mão, parando no meio. — Aqui está. Sim, nós tivemos um problema. Foi há duas noites mais ou menos. Eu não estava de serviço, mas um colega meu estava fazendo a ronda, tarde da noite, talvez duas da manhã. Ele chegou ao vigésimo andar e tinha um cara lá, tentando arrombar a fechadura do 229. Quando viu o segurança, saiu correndo. Ele conseguiu sair do prédio e desapareceu.

Senti uma respiração na nuca, meus ombros ficando tensos.

— Seu colega conseguiu olhar bem para ele?

Ele encolheu os ombros.

— Ah, era um cara branco, estatura mediana, usava um boné de beisebol. Não muito mais do que isso. A questão é... — ele assumiu um ar de confidência. — Alguns dos caras que trabalham aqui estão fora de forma, e não são tão rápidos quanto deveriam.

— Arram. — Acenei, irresistivelmente atraída a olhar para a barriga que quase não cabia na camisa. — Nós, hum, precisamos verificar se tem impressões digitais naquela porta.

O segurança me olhou, simpático.

— Meu colega falou que ele estava usando luvas.

— Claro que sim. — Suspirei, olhando para Gabriel. — Nós temos que checar os prédios vizinhos. Ver se o circuito de câmeras de segurança deles é melhor. Ele não voltou mais? — Esta última para Ernie.

Ernie respondeu que não com a cabeça.

— Estamos todos de olho. Provavelmente ele está com medo de chegar perto daqui agora.

Sinceramente, duvidei disso.

— Você conhece alguém chamado Canning? — perguntou Gabriel.

— Ah, vou olhar... — Ele digitou o nome no computador, um dedo pressionando laboriosamente as teclas. — Nenhum registro.

— E Wolf? — perguntei.

Ele acenou com a cabeça, passando a língua nos lábios finos, digitando cuidadosamente as letras. Um tempo a mais e:

— Sinto muito.

Entreguei a ele meu celular, com as filmagens das câmeras de segurança, mais um ato de otimismo sem esperança.

— Este parece ser o cara que visitou vocês?

Ele olhou para a tela.

— Eu não o vi. Você precisaria perguntar para o Billy.

Acenei e escrevi uma anotação mental: rastrear Billy.

— Última pergunta: a sra. Owens estava com o aluguel em dia?

O guarda bufou.

— Se não estivesse, os donos do prédio já a teriam colocado na rua. Eles não são nada compreensivos com questões financeiras.

— Então — disse Gabriel —, o aluguel ainda está sendo pago?

— Eu vou conferir... — Ele voltou para o computador, digitando com uma lentidão dolorosa. — De acordo com os registros, o aluguel foi pago com um ano de antecedência. Último pagamento, ah, em novembro. — Ele mudou de posição e olhou para a foto de Erin. — O que ela fez, afinal?

Gabriel sorriu.

— Ela faz parte de uma investigação. Tudo bem se nós continuarmos?

O guarda nos indicou os elevadores, seu olhar fincado em nós enquanto andávamos. Gabriel apertou o botão, e nós esperamos, com a sensação de estarmos olhando para o onipresente. Um toque, a porta se abriu e nós entramos.

— E então? — perguntei.

— Esse cara... está em toda parte — murmurou Gabriel. Ele olhou para cima enquanto os números dos andares acendiam.

— Erin deve ter previsto isso. Ela sabia que ele tentaria entrar aqui. — Esfreguei o rosto, cansada de repente. — O problema é que nós já vimos o que ele faz quando um imóvel guarda informações que ele não quer que ninguém veja. — Dei a Gabriel um olhar significativo. — Há uma mãe e um bebê recém-nascido em Londres sem lugar para morar graças ao senhor Incendiário.

— Vou pedir para o nosso amigo lá embaixo para ficar de olho. — Ele olhou para o balcão novamente. — Tenho certeza de que ele está louco para brincar de polícia. — O elevador desacelerou, parando no vigésimo andar. — Aqui vamos nós.

Saímos em direção ao andar, um corredor largo, paredes bege em sinfonia, dando lugar a porta após porta. A sala 229 estava posicionada bem perto do elevador. Gabriel inseriu a chave e abriu, com uma mão sobre a arma que carregava.

Ele sorriu para mim.

— Só por precaução.

Hesitei.

— Ah, por favor... depois de você.

Ele alcançou o interior, procurando um interruptor com a mão esquerda. *Ploft.* Uma explosão de luz ofuscante se espalhou pelo corredor. Gabriel entrou, com as duas mãos na arma.

— Ah.

— O quê?

Eu o segui pela porta.

— Puta merda.

Ficamos parados sob o batente, olhando ao nosso redor. No lugar do piso, havia um tapete de pedaços de papel branco. Um tornado parecia ter passado por ali, rasgado cada folha de papel do prédio em pedaços minúsculos, antes de depositá-los naquela sala comercial para que nós os encontrássemos. Avancei com cautela.

— Tudo bem...

Havia uma escrivaninha ali, em algum lugar embaixo daquela bagunça, talvez uma cadeira. Três armários do tipo arquivo enfileirados. Aproximei-me mais, como se o chão estivesse se enrugando sob os meus pés. Os restos de uma planta no parapeito, suas folhas retorcidas. Uma cafeteira em uma prateleira. Do outro lado da sala havia uma janela dando para a rua à frente, a vista de outro prédio, as mesmas janelas de escritório refletidas.

Abaixo da janela, uma fragmentadora de papel.

Olhei novamente para Gabriel.

— Uau — disse baixinho. — Alguém realmente não queria que a gente conseguisse ler o que tinha aqui.

Ele se agachou, levantando os pedaços de papel e permitindo que escorregassem de seus dedos.

— Você não está brincando.

Analisei o chão, e, como um alpinista que mensura a fenda à sua frente, dei um passo largo, em direção à escrivaninha e à janela. Depois, parei.

— Gabriel...

A enxurrada de papel acabava assim que se chegava à mesa. A cadeira da escrivaninha havia sido empurrada para debaixo da janela e um pequeno ninho vazio havia sido criado. Senti um arrepio desconfortável subir pela minha coluna. Lá, na saliência da escrivaninha, havia folhas de papel — não fragmentos, e sim folhas — coladas com fita adesiva. Tirei um par de luvas do bolso, curvei-me e levantei a parte de cima, o plástico das minhas luvas grudando nas bordas da fita.

— Alguém esteve aqui antes de nós. — Segurei a folha de papel. — Olha só. Alguém está tentando juntar as peças.

Ele estudou a cena em silêncio.

— Merda — falou, suavemente. Ele refez seus passos até a porta da sala e a abriu, verificando as bordas, passando os dedos pela fechadura. — Não consigo enxergar nenhuma evidência de que ele realmente conseguiu forçar essa fechadura. Isso significa que, se ele entrou aqui, então, de alguma forma, conseguiu uma chave.

De repente me vi de volta ao apartamento em Hampstead, aquela espécie de parque lá fora, ouvindo passos nas escadas, uma chave na fechadura, a sensação de que, onde quer que eu fosse, ele já tinha estado lá. Senti a pele brilhar. Observei Gabriel, inclinando seu corpo alto para o corredor, uma mão sobre a arma no quadril, e percebi nele também a tensão nos ombros, seus músculos orgulhosos. Ele fechou a porta novamente, girando a fechadura para trancá-la, e me deu um pequeno sorriso.

— Apenas para evitar visitantes indesejáveis.

Concordei. Era a mudança que eu estava esperando, um sentimento tomando conta de mim, um calor estranho e rebelde. Eu me virei para abraçá-lo, um amigo havia muito tempo perdido. Oi, medo. Onde você esteve? Senti choques elétricos percorrendo minha pele. Por que agora? Você sempre esteve por aí, só esperando nos bastidores? Olhei para Gabriel, a arma que portava.

Eu queria uma arma. Era uma garotinha de Derbyshire e, pela primeira vez na vida, queria uma droga de uma arma.

Tudo bem, calma. Tente pensar.

Suspirei lentamente e me forcei a virar as costas para Gabriel, desviando o olhar para os pedaços de papel remendados, erguendo-os contra a luz, aquele papel triturado debaixo dos meus pés. Erin tinha alugado esse lugar com um objetivo. Ela tinha alugado por pelo menos dezoito meses e estava tão confiante em sua necessidade contínua que pagou o aluguel adiantado, mesmo em meio ao seu colapso financeiro total.

Por quê? Para quê?

Analisei a colcha de retalhos de papel, tentando me concentrar, entender as palavras impressas entre o brilho das fitas. Quais segredos você estava escondendo aqui, Erin?

— O que é isto? — Gabriel se aproximou.

— É... — li devagar — um recibo de hotel. Em Boston, Massachusetts. Datado de dois anos atrás.

— Algum nome nele?

Meneei a cabeça.

— Por que alguém destruiria isso? — Olhei para ele. — Quer dizer, é só um recibo. Imagina passar horas juntando os pedacinhos.

Gabriel pisou de maneira cautelosa no mar de papel.

— Acho que, se você está procurando alguma coisa nesta confusão, não vai saber o que é até que encontre. A única maneira seria colocar tudo de volta no lugar. — Ele se virou lentamente. — Puta merda, isso vai dar trabalho.

Ele estivera ali. Tinha chegado antes de nós, mais uma rodada em homenagem a perseguir o próprio rabo na conta da Alice. Ele sabia o suficiente sobre o que estava enterrado nesse palheiro para procurar uma agulha.

— Vou chamar uma equipe da perícia. — Gabriel soltou um suspiro. — Pode demorar um pouco. Tem havido muita demanda, e a prioridade é a casa dos Weland.

Meneei a cabeça, meu olhar ainda preso na pequena pilha de papéis no chão, cada um deles um mosaico de fita adesiva.

— Você está certo. — Suspirei e tirei o casaco.

— O que está fazendo? — perguntou Gabriel.

— Se ele entrou aqui, se fez isso... é porque acha que tem alguma coisa que vale a pena saber. Se ele acha que vale a pena, eu quero saber o que é. — Apontei para os montes de papel. — Ele está só começando. Meu palpite é que esteja voltando.

— Vamos lacrar a sala...

Dei-lhe um sorriso irônico.

— Você acha que isso vai impedi-lo... — Olhei ao meu redor, tentando sentar onde ele tinha se sentado, fazer o que tinha feito. Porque era isso mesmo, não? Até agora, ele parecia estar se evadindo, estando além de qualquer compreensão. Afundei no chão com carpete, dobrando as pernas, a sensação de sentar onde ele havia se sentado provocando ondas na minha pele. — Vou começar a juntar tudo — disse. — Se você quiser cair fora, não vou levar isso para o lado pessoal, juro. Eu te dou uma posição mais tarde.

Gabriel se levantou e ficou me analisando por alguns instantes, dando um suspiro pesado depois.

— Sim. — Ele tirou o casaco. — Já mencionei que era campeão de quebra-cabeça na escola? Ele afundou no chão ao meu lado, puxando papel picado em sua direção.

Sorri.

— Aposto que todas as garotas caem aos seus pés com esse tipo de conversa.

Ele piscou.

— Você sabe que as mulheres curtem os caras que têm habilidades.

O sol foi descendo enquanto estávamos sentados no chão, nossos colos cheios de papel, projetando uma luz laranja por toda a sala. Parecia gigantesco. Uma tarefa impossível. Mas minha mãe sempre me disse que impossível é simplesmente um estado de espírito. O fato é que, depois de uma hora, talvez duas, uma coleção começou a se formar, cartas uma em cima da outra que, olhadas sob a luz, criavam palavras. Quando o sol se pôs e a sala ficou crepuscular, Gabriel se levantou, com as costas rangendo, acendeu a luz e voltou com um rolo de fita adesiva. Assim começou nossa própria colagem, as letras se transformando em palavras novamente, as palavras em frases, e, lentamente, o que estava escondido começou a ser revelado.

Coloquei o último pedaço de fita adesiva na minha obra de arte.

— Banco — disse baixinho. — Os avisos da hipoteca ignorados pelo casal. Estão todos aqui. — Passei a folha para Gabriel.

— Ela os estava escondendo — disse Gabriel. — Ele analisou a carta. Por quê?

Meneei a cabeça, encostando-me na parede.

— Estou começando a pensar que as pessoas fazem tudo para me irritar.

Gabriel telefonou para o banco, uma ligação que parecia uma tortura por meio de um sistema automatizado, culminando em uma mulher que parecia decepcionada, que confirmou que, sim, a família Owens teve todas as suas correspondências redirecionados para o endereço do escritório, que isso aconteceu no final de 2016, alguns meses antes do acidente. Que havia uma observação no sistema de que essas informações deveriam ser mantidas em sigilo e não deveriam ser divulgadas a terceiros.

— Vou prosseguir e assumir que o seu mandado anula esse pedido — concluiu ela, secamente.

Observei quando Gabriel desligou o telefone.

— Por quê? — perguntei. — Qual foi o objetivo disso? E, para enfatizar a necessidade de confidencialidade, quem ela achava que viria procurar isso?

Gabriel meneou a cabeça, gesticulando para as reconstituições de papel no chão.

— Alguém veio. Isso me sugere que ela sabia que era um risco.

Meu estômago roncou.

— Sim — disse Gabriel —, eu também estou com fome. — Ele colocou no chão o maço de papéis em que estava trabalhando e esticou os braços acima da cabeça. — Tem um restaurante de massas na esquina. Quer que eu vá buscar comida?

Suspirei.

— Sim. Macarrão seria bom.

Ele se levantou, puxando o casaco, e eu o vi quase sair pela porta, sentindo novamente aquela pontada arrepiante de medo. Seria fácil agora dizer que precisava de um pouco de ar, que talvez fosse com Gabriel — só pelo exercício. Mas depois pensei nele, nas identidades que usava por opção. Hoje, vou ser essa pessoa. Passei a mão na minha cicatriz. Não podia voltar a ser quem tinha sido, mas talvez pudesse escolher ser outra pessoa.

E, mesmo com medo, esta mulher continuaria de qualquer maneira.

Foda-se.

— Eu vou ficar — anunciei.

Ele me olhou por um momento e depois assentiu.

— Tranque a porta, sim?

Sorri.

— Sim, papai.

Eu o observei sair e considerei. Esta mulher, esta versão de mim, quem quer que fosse, não seria intimidada, mas também não era uma idiota. Levantei-me, as pernas adormecidas tornando meus movimentos desajeitados, pisei cuidadosamente sobre a montanha de papel que restava e fechei a porta.

Virei-me e olhei ao redor da sala, para a pilha impossível de papel.

— Impossível é um estado de espírito — murmurei.

Revirei os olhos e voltei para meu lugar de piso sem papel, atenta aos pedaços na minha frente. Esse... parecia um recorte de jornal, as cores, a fonte. Passei os dedos pela pilha, procurando qualquer coisa que formasse um bom ajuste, alinhados um ao lado do outro. Sim. Um recorte de um jornal, uma foto, as bordas bem aparadas. Curvei-me mais à frente, desejando que a imagem tomasse forma. Uma foto. Talvez tenha sido minha impressão, talvez meu passado tenha me preparado para ver aquilo quc mc saltou aos olhos, mas juro que o fogo me veio antes que do que deveria, quando eram apenas algumas tiras insignificantes de vermelho sem sentido. Senti arrepios nos braços, forçando-me a me concentrar, a encontrar o vermelho no mar branco, a dispor as tiras uma ao lado da outra. Até que a verdade fosse irrefutável. Era um incêndio, o que parecia ter sido um celeiro no centro de um vasto campo de terra, envolvido em um inferno de chamas vorazes.

Meneei a cabeça. Era apenas minha imaginação ou meu trauma ou seja lá o nome que tenha hoje em dia. Tentei ignorar o leve tremor nos dedos enquanto colocava a fita em linhas verticais.

O que foi isso? Onde foi isso? E por que diabos alguém o destruiria?

Eu o analisei, a forma do antigo edifício, a forma das chamas. E, estranhamente, em vez de pensar no meu apartamento escuro, naquela moldura vermelha na porta, pensei em outra coisa. Em um estacionamento em Hampstead, uma janela em ruínas de onde as chamas subiram. E, depois, em um apartamento em Vauxhall, um recipiente de metal em cima de uma escrivaninha. E eu sabia. Onde quer tivesse acontecido, o que quer que tenha sido, as chamas vieram das mãos de Canning.

Porque Gabriel estava certo. Os assassinatos não tinham nenhuma conexão, nenhum vínculo entre si. Uma faca. Uma arma. Uma agulha.

Ele tinha dito que não queria matar. Mas ele queria se esconder — embora eu não fizesse ideia: esconder do quê? E, quando ele precisava esconder algo, usava fogo.

Reclinei-me na parede, analisando a imagem. Será que o encontraríamos naquela trilha de destruição de papel que Erin havia deixado para trás?!

Coloquei a imagem reformulada ao meu lado, ainda podendo sentir o calor que brilhava dela, e mergulhei de volta no papel picado, puxando uma tira com letras pequenas impressas. Passei pelas pilhas, procurando qualquer coisa que correspondesse. Encontrei outra tira, depois outra, a forma de uma palavra abrindo caminho. Ed Canning. Senti os dedos ficarem estranhos de repente, pesados. Olhei a colagem. Uma reserva de hotel. Um logotipo, no topo do quebra-cabeça, um sol poente transformando-se em vermelho. Villa Tramonto. Era o hotel em Roma. Aquele em que Erin havia se hospedado. Eu o analisei. Respire. A prova de que ela o tinha seguido, dali até Roma, depois até Londres.

Eu estava chegando mais perto. Podia sentir isso.

Juntei as peças, colocando-as de lado.

Em seguida, uma tira branca, um retângulo preto na parte superior. Analisei-a por um momento, depois a coloquei de volta na pilha, procurando qualquer coisa que pudesse combinar com ele. Outro, depois outro.

Então, veio um som do corredor externo, passos e meu coração começou a disparar. Em seguida, uma batida brusca e a voz de Gabriel.

— Alice? Sou eu.

Suspirei e levantei-me sem jeito para abrir.

— Já estava hora — disse, com uma falsa ferocidade.

Gabriel me estudou.

— Você se assustou um pouco, né?

Franzi os lábios, tomando o saco de papel marrom dele.

— Óbvio que não. Veja, no Reino Unido nós não precisamos de armas. Fazemos o policiamento com palavras. — Considerei. — E um bastão de metal.

Aquilo me pareceu fraco até mesmo para mim.

Comemos sentados à mesa, com copos de papelão, macarrão com um molho picante. Passei a foto do fogo para Gabriel, mastigando com cuidado.

— Alguma ideia? — perguntei.

Gabriel limpou a boca com um guardanapo, puxando a imagem para mais perto.

— Parece um celeiro... Você não sabe de onde veio isso?

Fiz que não com a cabeça.

— Por alguma razão, alguém picotou essa foto. O que já é o suficiente para me deixar curiosa. — Abaixei-me, puxando para cima da mesa as peças com as quais estava trabalhando, alinhando-as novamente.

— Esse é o logotipo do DVM — disse Gabriel de repente. — Departamento de Veículos Motorizados.

Coloquei mais alguns pedaços no lugar, alcançando a fita, mas, quando minha mão se moveu por ela, uma palavra chamou a minha atenção.

Wolf.

Minha respiração ficou presa na garganta. Analisei a página reconstituída.

Prezado sr. Jackson Wolf,

Por favor, confira no anexo a segunda via da sua carteira de motorista.

— Gabriel? — Respirei. — Eu o encontrei. Encontrei o lobo.

CAPÍTULO 12

— Wolf. É ele. Canning, Wolf... eles são todos a mesma pessoa. — Minha respiração parecia curta agora, parando no peito. O cheiro de jasmim me dominava. — Ela tentou me dizer naquele dia no parque. Ela estava resolvendo seu próprio assassinato. Só... Só que ele não usou essa identidade no Reino Unido. — Olhei a papelada, desejando que meu ritmo cardíaco desacelerasse. — Olha, isso é de quinze anos atrás. É por isso que não conseguimos descobrir nada sobre ele como Wolf. Ele não é Wolf há muito tempo.

Gabriel já estava digitando alguma coisa.

— Vou verificar como está isso agora. — Em seguida, ao telefone: — Sim, ei, sou eu. Preciso de alguém para investigar um suspeito. Jackson Wolf. Sim, como o animal. Tenho um registro dele de...

— Massachusetts — completei olhando para a carta da DVM, o selo do estado.

— Massachusetts. Sim, o mais rápido possível. — Ele mordeu o lábio e esperou.

Mexi na pilha de papéis que já havia reunido procurando por algo que já tinha visto. Ali.

— Gabriel... — Segurei o recibo do hotel. Boston, Massachusetts. — Boston. Dois anos atrás.

Ele estendeu a mão e arrancou o papel dos meus dedos. Virei-me, estudando as manchas de papel com um novo olhar, uma repentina sensação de urgência. Estava muito perto de pegá-lo. Agachei-me selecionando entre os papéis que segurava, procurando aquela única palavra.

Wolf.

Então, mergulhei a mão profundamente na montanha de papel e, entre os pedaços, eu vi. O "w". O "o". Analisei a impressão, o destaque, a cor do papel, amarelado com o tempo, a fonte bem espaçosa. Meu estômago se contorcendo. Aproximei-me mais, procurando mais do mesmo. Ali. E ali. E ali.

Parei de mexer as mãos, olhando para o padrão esboçado diante de mim.

Era uma certidão de nascimento. Jackson Henry Wolf. Nascido em 28 de março de 1978. Bloomington, Indiana.

Ele estava nas minhas mãos agora.

Sentei-me em cima dos calcanhares, segurando meu celular, escutando apenas parcialmente enquanto Gabriel retransmitia as informações atualizadas. Aquela sensação de saber algo antes de saber, um conhecimento que é tão insidioso, tão rasteiro, que parece quase como um instinto. Porque eu sabia o que viria a seguir.

Esperei enquanto meu telefone carregava a tela, digitando com números desajeitados, corrigindo, digitando novamente. E, quando chegou, quando eu vi, parecia que eu estava dormindo, sonhando com o que tinha acontecido antes.

— Gabriel — chamei novamente, entregando-lhe meu telefone. Não disse mais nada, principalmente porque naquele momento as palavras já haviam me escapado. Uma bolha no meu peito que parecia medo, mas, quando se olhava mais de perto, parecia uma risada, absurda e difícil de controlar. Aquele filho da puta.

— Você está de brincadeira comigo? — Gabriel olhou para mim e, depois, para o celular, e de volta novamente. — Você está brincando comigo, porra.

Meneei a cabeça, tirando o telefone dele. Olhando para a tela novamente, só para ter certeza, embora parecesse que já sabia o tempo todo. E, com certeza, lá estava, a certidão de óbito de Jackson Henry Wolf. Com dezoito meses de idade.

Era uma dança. Eu dou um passo à frente, você recua um passo. Eu corro, você corre mais rápido.

Sentei-me, com o telefone no colo, e a gargalhada se soltou como um soluço. Balancei a cabeça, esfregando os olhos. Ele era todos eles. Ele era Canning, ele era Wolf. Ele era um detetive, era um pai preocupado, era um gerente do Apoio à Vítima e um funcionário da empresa de telefonia. E ele não era nenhum deles.

— Arram. Sim, ainda estou aqui. — Gabriel estalou os dedos para mim, apontando para o bloco de anotações e a caneta que estavam no chão ao meu lado.

Entreguei a ele, ainda apertando meu celular; a trágica morte de Jackson Wolf. Outro pensamento rápido: havia famílias que ainda choravam por suas crianças, sem saber que elas, ou aqueles que fingiam ser elas, estavam soltas pelo mundo. Observei enquanto Gabriel rabiscava palavras soltas na página em branco.

— Tudo bem, sim. Não, eu agradeço. — Ele abaixou o telefone e me olhou. — Ok, nós temos informações sobre a identidade de Jackson Wolf. Temos o registro dele morando em um apartamento na área de South End em Boston, em 2003. Mas o que é realmente interessante é que, naquela época, foi emitido um mandado de prisão contra ele.

Eu o encarei.

— Por quê?

Gabriel sorriu.

— Quer tentar adivinhar?

Olhei para os papéis remendados, passando rapidamente pelas manchas de vermelho e laranja.

— Incêndio.

— Correto — concordou Gabriel. — O mandado acabou caducando. Aparentemente, o nosso amigo, sr. Jackson Wolf, alugou o apartamento, o mesmo, por três anos, e era um inquilino modelo. Então, um dia o corpo de bombeiros recebeu uma ligação de que o lugar havia pegado fogo, mas o sr. Wolf não estava. Só que houve evidências de gasolina e dele ser visto saindo do local momentos antes de o incêndio ser detectado.

— Vou adivinhar. Nunca mais foi visto.

— Nunca mais.

— Ele se tornou outra pessoa — completei suavemente.

Pedaços de papel espalhados pelo meu colo e pelos meus joelhos começam a dar coceira. Fiz um movimento rápido para afastá-los, sobrando apenas um único de cor azul-bebê, escrito com letras cursivas. Peguei aquele pedaço, segurando-o contra a luz.

— O que é?

— Não sei. — Inclinei-me para a frente, vasculhando entre os diferentes papéis, tentando encontrar aqueles de cor azul no meio do branco, entregando-os para Gabriel, que começou a colocá-los sobre a mesa, uma tira por vez. Trabalhamos continuamente, pedaço por pedaço. Quando terminamos, descobrimos de onde Erin havia começado.

CAPÍTULO 13

... o mais importante é que nós confiamos em você.

Acreditamos quando você disse que se importava. O que sabemos agora é que perdemos totalmente a confiança na sua palavra. Talvez você ache que nós somos estúpidos. Acredite, é esse o caso. Nossa perda é responsabilidade sua e do Clínica Médica Owens Manhattan. Você deveria ter vergonha do que fez.

A. Lee.

CAPÍTULO 14

O antigo endereço da Clínica Médica Owens Manhattan ficava em um conjunto comercial, um andar inteiro de janelas em uma torre de vidro na Avenue of the Americas. Gabriel subiu o curto lance de escadas que levava à porta principal, suas pernas longas fazendo isso parecer fácil. Apressei-me para acompanhar, desejando que as minhas já bem compridas, fossem um pouco maiores. O mundo tinha começado a ficar diferente, o cansaço tirando pedaços dele. Tinha passado um pouco das duas quando caí na cama, e um pouco das seis quando já havia rastejado para fora dela. Comecei a me sentir bêbada pela falta de sono. Gabriel segurou a porta aberta, permitindo-me entrar num saguão de mármore, sofás de couro preto dispostos em grupos naquele espaço que parecia uma caverna.

— O espaço foi alugado para outra pessoa — disse Gabriel, em voz baixa. — O proprietário disse que os Owens deixaram quase tudo para trás, todos os móveis, arquivos. Afirmou que, como não sabia o que fazer com aquilo, encaixotou tudo e escondeu no porão.

Assenti, o estalo dos meus calcanhares me dando dor de cabeça.

— A que horas a gerente da clínica vai nos encontrar? — Gabriel olhou para o relógio. — Em quinze minutos.

Fiz um gesto em direção a uma forma pequena, no canto do teto.

— Circuito interno.

Ele parou e olhou para cima.

— Bem, vamos ver se essa merda funciona... Olá, olá. — Dirigindo-se para um jovem vestindo um terno, mas ainda assim parecendo um sem-teto, atrás do balcão da recepção. — Vocês têm câmeras de segurança?

O garoto revirou os olhos.

— Você tem um mandado?

Gabriel deu-lhe um olhar sem expressão, meteu a mão no bolso e deslizou o distintivo sobre a mesa à sua frente.

— Tenho isso distintivo, serve?

O garoto, que já era branco feito um lírio, ficou da cor da neve.

— Merda. Desculpa, cara. Eu não sabia... sim... sim, nós temos sim câmeras. — Ele fechou ainda mais o paletó, tentando cobrir uma mancha de suor escuro que corria ao longo da gola de sua camisa. — Você precisa de uma gravação? De quando?

Gabriel olhou para mim, e arqueou levemente a sobrancelha.

— De quando?

Fiz uma careta, brevemente confusa. Então voltei o olhar para um grande livro com capa de couro no centro da mesa.

— Ei, você pega as assinaturas dos visitantes?

— Ah, sim, senhora. — O adolescente fez que sim com a cabeça, um cheiro de fumaça vindo em minha direção, seu sarcasmo anterior desaparecido. — Todo mundo que entra no prédio precisa assinar. É uma política rígida.

— Posso ver? — perguntei, com as mãos estendidas.

— Claro, claro. — Ele me entregou o livro, recuando a uma distância respeitosa.

Folheei as páginas. Lá. Vinte e três de dezembro. Pensei no que a supervisora dela havia dito, no confronto com a mulher no hospital, no fato de ela ter saído mais cedo do trabalho. Pensei em A. Lee e na única página solitária de uma carta escrita à mão. Meu instinto estava certo. A. Lee era aquela mulher. E tudo o que ela dissera para Erin a tinha mandado diretamente para cá, para a Clínica Médica Owens Manhattan. Apontei para a assinatura de Erin.

— Vinte e três de dezembro. 16h11. — Olhei para o recepcionista. — Você sabe para onde ela foi?

Ele girou o livro para verificá-lo, estudando o nome de Erin, a observação rabiscada ao lado dele.

— É a minha letra. — Ele apertou os olhos. — Porão. Ah, sim. Eu lembro. Tipo, normalmente nós não deixamos as pessoas descerem lá, né? Mas o proprietário já tinha entrado em contato e falado que ela estava autorizada a ir até o porão, para dar um fim em todas aquelas coisas que deixaram aqui.

— E ela fez isso? — perguntei. — Ela pegou as coisas?

O jovem bufou.

— Não, o meu gerente ficou P da vida. Ainda está tudo lá. — Ele pensou por um momento, aparentando estar tenso, e completou: — Aliás, falando nisso... nos prontuários e tudo mais, um cara me ligou, acho que faz algumas semanas. Disse que era de algum conselho médico, certo? Ele falou que tinha descoberto que nós estávamos com essas fichas de pacientes, que eram confidenciais, e blá-blá-blá, e que precisava que a gente o ajudasse a destruir os arquivos.

A ligação do apartamento em Vauxhall. O último telefonema de Edmund Canning.

— O que você disse a ele? — indaguei, respirando fundo.

— Falei que não ia destruir nada. Que ele precisava conversar com o proprietário. — Ele deu de ombros. — As coisas ainda estão lá, então acho que ele não conversou.

Meu estômago começou a se revolver de novo, mas só um pouco. Entreguei ao garoto meu telefone, a fotografia novamente, com pouca esperança agora de obter qualquer resposta. Uma olhada rápida. Não, nunca vi. Canning? Não. Wolf? Não.

— Então, vocês querem ver as gravações? — perguntou ele. — O sistema fica na parte administrativa. Eu vou deixar vocês entrarem, mas, vocês sabem, eu não posso sair daqui. Como disse, nós temos uma política rígida.

Gabriel sorriu, dando uma palmadinha no seu ombro.

— Descansar, soldado.

Entramos no escritório da administração do edifício, pouco mais que um armário, uma parede coberta com uma série de telas, e Gabriel puxou a cadeira para mais perto, digitando a data e a hora no sistema. Fiquei atrás dele, vendo a imagem do saguão embaçar e entrar em foco novamente, a porta giratória estática. Então, um movimento e uma figura familiar apareceu, seu cabelo loiro brilhando com a luz do sol.

— Lá está ela — eu disse, apontando para a figura.

Erin caminhou em direção à recepção, passos cautelosos, aparentemente hesitantes. Fez uma pausa longa o suficiente para assinar seu nome, uma conversa rápida com nosso amigo da recepção, e então, se virou, indo em direção aos elevadores.

— E nos elevadores? — perguntei, saltando na ponta dos pés. — Tem alguma câmera lá dentro?

— Ah... — Gabriel estudou o sistema diante dele. — Aqui está.

Observei enquanto a tela mudava, um elevador espelhado entrando em foco, Erin embaixo da lente da câmera, encostada na parede do elevador, a cabeça inclinada para trás, o rosto preocupado.

O elevador desceu e parecia que Erin havia balançado a cabeça, o rosto ficando mais suave. Ela puxou o casaco, com uma expressão mais neutra, a tempo de as portas se abrirem.

— Não consigo ver nenhuma câmera dentro do porão — comentou Gabriel, tamborilando os dedos na mesa.

— E quando ela sai? — perguntei. — Podemos ver isso?

Gabriel selecionou a câmera do saguão novamente, adiantando a gravação, e vimos as portas do elevador abrirem e fecharem, abrirem e fecharem. O tempo passando, mas nada de Erin.

— O que ela está fazendo lá embaixo? — murmurei.

Finalmente, cinco horas depois de sua chegada, as portas do elevador se abriram e ela saiu novamente, sem parar para assinar, caminhando a largos passos em direção às portas, como se não pudesse ser interrompida, como se não houvesse nada de que precisasse mais do que ar, liberdade.

E então ela se foi.

— E a câmera do elevador? — pedi.

Gabriel trocou as imagens, definindo os parâmetros de tempo para a câmera do elevador, trazendo à vista uma parede espelhada, um piso com carpete cor de cereja. Então, as portas se abriram e ela entrou, com os ombros para trás e a cabeça erguida. Ela se virou, olhou para as portas enquanto se fechavam e, em seguida, como uma marionete cujas cordas foram cortadas, caiu para trás contra o espelho. Segurando a cabeça, os ombros se movimentando.

— Ela estava chorando — disse Gabriel.

Senti um arrepio vendo essa mulher se desmoronar de modo tão íntimo. Ela não tinha ideia de que, algumas semanas depois, alguém a estaria observando em sua miséria particular para tentar resolver seu assassinato.

O contador marcou – B, 1.

Quando o elevador chegou ao saguão, ela se moveu, abaixando a mão, procurando algo na bolsa. Algo dourado. Então, ergueu a cabeça, enxugando as lágrimas, e saiu em direção ao mundo.

— Espere — pedi — volte. Um pouco mais. Pronto. Veja. O que é isso que está na mão dela? — Aproximei-me mais, analisando o formato de seu punho, o brilho dourado brevemente visível entre os dedos. — Isso é uma chave?

CAPÍTULO 15

De volta ao saguão cavernoso, uma mulher se levantou, usando saltos altíssimos. Ela era mais jovem do que se poderia esperar da gerente de uma clínica, aparentando ter vinte e poucos anos, com uma silhueta que parecia exigir manutenção excessiva. Ela olhou para mim quando entrei, diretamente para minha cicatriz, e permaneceu ali.

— Chloe? — disse Gabriel, estendendo a mão para cumprimentá-la. — Olá, meu nome é Gabriel Otero. Conversamos por telefone. — Ela esticou a mão mole em sua direção, olhando-o fixamente. — Esta é a sargento Alice Parr, da Polícia Metropolitana de Londres.

Acenei, mas ela não estava olhando para mim. Tinha toda a atenção concentrada em Gabriel, seu olhar suave.

— Obrigada por nos encontrar aqui, Chloe. — Olhei novamente para o recepcionista, que me atendeu de imediato, procurando desviar o olhar para algum lugar que não fosse em nós. — Ei — disse —, você tem uma sala que possamos usar?

— Claro, claro. Por favor... — Ele gesticulou para que o seguíssemos, passando pela recepção, até um escritório, a mesa cheia de papéis, alguns livros de capa dura, cadeiras encostadas nas paredes. — Quer dizer, você pode usar essa, é onde fica o meu gerente, mas acho que... está tudo bem.

Sorri.

— Perfeito. Obrigada...

— Ian.

Ele parou na porta, olhando-nos rapidamente.

— Obrigada, Ian — disse, com firmeza, conduzindo-o para fora, fechando bem a porta atrás dele. — Podemos sentar? — sugeri.

Chloe sentou-se, com o olhar ainda preso em Gabriel enquanto ele se deslocava para uma cadeira mais afastada dela.

— Então, Chloe — eu disse, com um tom de voz mais frio do que pretendia.

— Quanto tempo você trabalhou para o dr. Jacob?

Ela encolheu os ombros, passando as unhas azuis compridas pelo cabelo cor de canela.

— Um ano — ela respondeu — mais ou menos. — Então, cruzou suas pernas compridas, e senti meu olhar vagar sobre ela. Pensando que era o tipo de pessoa que você não podia deixar de olhar. E pensei nele. Em Wolf, como passei a pensar nele. Com sua aparente onisciência, uma sombra que conduz em vez de seguir. Será que ele também a observava?

Gabriel pigarreou.

Eu estava olhando?

Tossi, e falei de repente.

— Como você começou a trabalhar aqui?

Ela suspirou.

— Olha, aqui não é exatamente a Vogue. Quero dizer, nenhuma menina cresce dizendo que quer trabalhar em uma clínica médica. Mas tudo bem. Quer dizer, era um trabalho.

— E o dr. Jacob? Como era sua relação com ele? — perguntou Gabriel.

Ela se virou para ele, começando a esboçar um sorriso.

— Ele era muito simpático. Quero dizer, um cara muito legal. Todos os pacientes simplesmente o amavam. E, tipo, muitos caras, eles meio que tentavam, sabe? Mas ele não era assim. De jeito nenhum. Ele era como um pai para mim.

Fiz um cálculo mental rápido e me esforcei para não revirar os olhos. Claro que sim.

— O problema é que... muitas pessoas olham para mim e acham que eu sou burra, certo, porque, você sabe, eu sou atraente e tal...

Não bufei. E continuava extremamente orgulhosa disso.

— Jacob dizia que podia ver isso em mim, que eu era inteligente, que era mais do que um corpo bonito.

Certo, talvez eu tivesse bufado de leve.

— Ele me deu uma oportunidade, me motivou para voltar para a escola. Disse que achava que eu podia fazer tudo o que quisesse. — Ela jogou o cabelo para trás. — Eu sou grata a ele por isso, muito mesmo. Foi mais do que os meus pais de verdade já me disseram.

Meneei a cabeça, esforçando para manter o rosto inexpressivo.

— Você sabia de algum problema dentro da clínica? Nós temos informações de que alguns antigos pacientes podem não ter ficado muito satisfeitos com o tratamento que receberam.

Chloe encolheu os ombros.

— Você nunca vai agradar todo mundo, né? Quer dizer, claro. Nós recebíamos reclamações. Todos os médicos recebem. As pessoas acham que você pode fazer milagre e ficam muito chateadas quando descobrem que não pode.

— O que acontecia com as reclamações que chegavam? — perguntou Gabriel. — Você mantinha registros delas? — Ela olhou para ele, com um sorriso matador. — Claro, acho que sim. Devem estar com as coisas que estão guardadas.

— Você se lembra de alguma que tenha se destacado para você? — perguntei, pensando naqueles pedaços de papel azul. Você deveria ter vergonha.

Chloe encolheu os ombros.

— As pessoas reclamam. É o que mais fazem.

— Lembra de alguma reclamação de alguém chamado Lee?

Ela franziu a testa.

— Não tenho certeza. Acho que essa... Olha, eu precisaria olhar os arquivos, mas lembro vagamente de alguma coisa. Uma mulher reclamou do tratamento do pai dela. Ela achava que ele tinha que ter feito alguns exames... porque ela é médica, obviamente. Não sei. Eu teria que olhar mesmo.

— O nome Jackson Wolf significa alguma coisa para você? — Gabriel quis saber. — Ou Ed Canning?

— Desculpe. Nós tínhamos muitos pacientes. — Ela meneou a cabeça. — Só... Eu não acredito que ela morreu, sabe? Quando você contou no telefone... Quero dizer, eu realmente não esperava.

— Vocês eram próximas? — perguntei.

— Não. — Havia certo ar de vantagem nisso, algo que me fez pensar. — Ela vinha de vez em quando, mas acho que o dr. Owens gostava de manter a família e o trabalho separados. Quer dizer, eu sei que ela tinha se formado em enfermagem e tudo mais, mas eles decidiram que não seria bom para a família que os dois trabalhassem aqui. Além disso, acho que ela queria ficar em casa com os filhos. — A última frase foi dita com desprezo, um juízo de valor sobre a decisão de outra mulher. — Ela tinha muita coisa com o que se ocupar, com aquelas roupas de grife, todas aquelas bolsas — completou, curvando os lábios levemente.

Olhei para Gabriel. Outra para adicionar à lista de antifãs de Erin. Pensei na carta, na mulher gritando com Erin.

— Então, ela não se envolvia com os assuntos da clínica?

— Não, na verdade não.

E, ainda assim, sabemos que Erin tinha vindo até esse lugar. Que, olhando de fora, pareceria que isso era o começo para ela ou, melhor, talvez o fim. Que ela tinha vindo até ali e que, depois disso, tudo tinha mudado.

Eu estava ficando com dor de cabeça.

— E quanto à clínica? Como estavam as coisas? — perguntei. — Havia alguma coisa aqui que pudesse te preocupar?

Ela fez que não com a cabeça.

— Nós estávamos indo bem. Crescendo, na verdade. O dr. Owens queria expandir, trazer mais um médico. Ele disse que tinha encontrado alguém que seria perfeito para nós. Saiu para se encontrar com ele várias vezes, dizendo que essa pessoa iria entrar na equipe e fazer a clínica crescer.

— Você sabe o nome dele?

— Desculpe. O dr. Owens disse que queria ter certeza de que era a pessoa certa antes de apresentá-lo a nós. Ele estava planejando trazê-lo na semana em que morreu. — Ela meneou a cabeça. — Foi isso... porque depois, obviamente, nós precisávamos de alguém então eu tentei encontrar informações sobre esse cara, ver se ele estaria interessado em trabalhar como substituto. Você sabe, como o dr. Owens o tinha procurado... — Ela suspirou, segurando a bochecha, e eu me perguntei: lágrimas finalmente? — De qualquer forma, não deu certo. Nunca consegui localizá-lo.

Gabriel e eu trocamos um olhar, e senti os pelos dos braços se arrepiarem. Um homem apareceu e desapareceu novamente. Que tal?

Observei enquanto Chloe puxou um fio invisível de sua blusa.

— Chloe, preciso perguntar: você tem tido algum problema ultimamente? Ligações estranhas? Alguém entrou em contato com você de maneira inesperada? Alguma coisa que te preocupou?

Ela se endireitou, com a atenção finalmente voltada para mim.

— Não. Por quê? Estou correndo perigo?

Gabriel ergueu a mão e explicou, com a voz suave:

— Estamos aconselhando a todos os envolvidos que fiquem atentos até conseguirmos prender o homem que matou Erin, só isso. Portanto, só tenha mais cuidado, tá? Avise a gente se perceber alguma coisa estranha.

Seus olhos excessivamente grandes ficaram ainda maiores, e ela assentiu, muda.

— O que aconteceu com a clínica? — perguntei.

— Depois da morte do dr. Owens? Acho que é difícil dirigir um consultório médico sem o médico.

Ela fungou.

— Nós fechamos as portas no dia 23 de maio. Tivemos um substituto por um tempo, enquanto descobríamos o que viria a seguir. Então, um dia nós chegamos e as fechaduras tinham sido trocadas, e o dono do prédio disse que os Owens tinham parado de pagar o aluguel. Eu procurei por ela, a sra. Owens, mas ela... Não sei, ela parecia estar chorando, e só disse que não tinha mais dinheiro, que sentia muito, e desligou na minha cara.

Vinte e três de maio. Quatro dias depois de ela ter recebido o aviso de execução da hipoteca da casa.

Chloe suspirou profundamente, olhando para o relógio.

— Eu preciso voltar para o meu trabalho. Estou no *The New York Times* agora, sabe?

Assenti, impressionada, apesar de tudo.

— Você é jornalista?

Chloe teve a decência de ficar um pouco corada.

— Recepcionista.

Observei enquanto ela se levantava em seus saltos tão altos que a faziam parecer uma girafa bebê aprendendo a andar.

— Chloe, só mais uma coisa. Nós vimos nas gravações das câmeras de segurança interna Erin saindo do prédio uma noite, um pouco antes do Natal. Aparentemente ela foi até o lugar onde os arquivos estão guardados, ficou por lá por um bom tempo e, na hora de sair, parecia estar levando uma... chave? Pequena. Dourada. Alguma ideia?

Ela me encarou parecendo não saber de nada por um momento, mas depois mudou, como se tivesse se recordado de algo.

— O quê?

Ela ficou vermelha e puxou a bolsa.

— Bem, não, é estranho, só isso. Você mencionar uma chave. O problema é que, antes de a clínica fechar, eu estava arrumando uma papelada e coloquei as pastas em cima do armário, sabe? Só que devo tê-las empurrado quando tentava pegá-las, e uma escorregou pela parte de trás.

— Tudo bem...

Ela prolongou as palavras, agora parecendo estar curtindo o próprio show.

— Bem, só estou tocando no assunto porque, quando puxei o armário para pegar a pasta, achei uma chave dourada que tinha caído na parte de trás.

CAPÍTULO 16

Uma fraca luz laranja envolvia a sala do porão, caixas empilhadas e um amontoado de pastas, que faziam grandes sombras. Os resquícios do que havia sido um consultório médico estavam espalhado por toda a sala. Todos os elogios desaparecidos.

— Você acha que ele desceu aqui? — Gabriel pisava suavemente, o piso parecendo ranger.

Aproximei-me mais da escuridão, permitindo que meus olhos se acomodassem, se ajustassem.

— Não sei.

— Você acha que era ele? O substituto?

— Sim — respondi. — Acho que sim.

Acompanhei o comprimento da parede do armário, passando pelo metal frio até o fim, onde se criava um canto artificial, a luz fraca da lâmpada acumulando-se, um cantinho de brilho no escuro.

E lá estava, um esconderijo secreto construído com torres de pastas de papelão, empilhadas uma ao lado da outra.

— Aqui — eu disse.

Aquele era o lugar para onde ela tinha vindo. Quando Erin endireitou os ombros e marchou para resolver sua vida. Eu a via agora, as pernas compridas cruzadas, os dedos delicados trabalhando naquela papelada indisciplinada.

— O que ela estava procurando? — perguntou Gabriel.

Agachei-me diante das torres de papel.

— Fichas de pacientes. — Olhei para a segunda. — Informações de faturamento. — E, ao lado das pilhas, um livro grosso com capa de couro. — E o livro de assinaturas da clínica.

Gabriel se abaixou ao meu lado, olhando para as pastas.

— O que diabos você acha que ela estava procurando?

— Não sei — respondi, puxando o livro de registro dos pacientes na minha direção. — Mas aquela mulher, aquela sra. Lee, alguma coisa que ela disse enviou Erin para cá. — Abri o livro, do qual subiu um pouco de poeira. — E o que quer que Erin tenha encontrado aqui mudou tudo na vida dela e a mandou em rota de colisão com Jackson Wolf. — Soprei a poeira, afundei no chão e cruzei as pernas. — Ela encontrou algo aqui que a levou diretamente até ele. Vamos ver se podemos fazer o mesmo.

Gabriel grunhiu, selecionando uma pasta da pilha.

— Depois disso, você me deve uma bebida.

— Combinado — respondi.

Era uma montanha de papel, e mais outra, em uma cadeia aparentemente interminável. Nas horas que se passaram, pensei muitas vezes em Erin, nela sentada ali, naquele lugar, olhando para aquela mesma torre de papel. Ela estava sozinha, porém. O que estava procurando? O que ela descobriu que deixou sua vida tão fora de controle?

Comecei do início. Com o nome Lee. Por mais que eu procurasse, não conseguia encontrar nenhuma pasta relacionada a isso, nenhuma menção a sua existência, até que vi um pequeno rabisco no livro de entrada de pacientes. Frederick Lee.

Estendi o livro para mostrar a Gabriel.

— Há um Lee aqui, mas nenhuma pasta associada a ele.

— No que você está pensando?

Estava pensando em Erin, no saguão da delegacia de Holborn, um grande envelope agarrado ao peito.

— Para mim, Erin o levou.

— Mas por quê?

Meneei a cabeça.

— Não sei. Ainda não sei.

A noite se aproximava quando finalmente vi, uma suspeita crescente saindo de palavras e números intermináveis que finalmente se juntaram, criando uma imagem onde antes não havia nenhuma.

— Ah, meu Deus — murmurei.

Gabriel ergueu os olhos da pasta à sua frente.

— O quê?

Debrucei-me sobre aquele mar de papéis que nos separavam e lhe passei uma pasta.

— Apresento-lhe o sr. Leo Zimmerman. 82 anos. Teve um ataque cardíaco há dois anos e passou por uma cirurgia para implantar um stent.

— E daí?

— Estou vendo aqui o prontuário do sr. Zimmerman. Ele passou por uma série de procedimentos nos últimos anos, incluindo uma endoscopia e uma biópsia subsequente para examinar um pólipo de aparência desagradável.

— Coitado do senhor Z.

— Certo? Então, se você olhar para o faturamento, com certeza vai descobrir que a seguradora que cobre o plano de saúde do sr. Z foi cobrada por esses procedimentos. No total dá uns nove mil dólares. Só que... — Puxei o livro de registro dos pacientes e o girei para mostrar a Gabriel. — Esta é a data em que os procedimentos estão listados como realizados nesta clínica. Você vê o sr. Z em algum lugar?

Gabriel se inclinou para a frente, estudou a lista de nomes e se virou para me encarar.

— Você está de brincadeira?

Meneei a cabeça.

— Pensei que tivesse perdido alguma coisa. Ou que talvez o sr. Z tivesse esquecido de assinar. — Virei a capa de todos os prontuários. — Mas eu consegui localizar todos os outros que estavam registrados naquele dia e confirmar que eles estavam na clínica. Então, como ele conseguiu se esquivar do registro? Agora... — Apontei para as pastas abertas. — Constam aqui: sra. Selby, sr. Harris, sra. Wu... a lista continua. E a mesma coisa vale para todas essas pessoas. Cada uma delas é listada como tendo sido submetida a um procedimento médico em um dia em que não estava de fato na clínica. — Olhei para Gabriel. — Isso é fraude contra a seguradora. A clínica cobrava da seguradora por procedimentos que não realizava. Lembra que todo mundo disse que a clínica estava indo bem e ganhando muito dinheiro? Era por isso. — Bati nas pastas à minha frente. — Eles estavam enganando o sistema.

Gabriel ficou em silêncio por um momento, olhando fixamente para os papéis em seu colo. Depois:

— Quem fazia isso? — ele perguntou baixinho. — Quem assinava?

Folheei os papéis, puxando um formulário de cobrança, e o deslizei na frente dele.

— Dr. Jacob Owens.

CAPÍTULO 17

— Bom... que merda! — Harry parecia mais velho do que quando chegamos, um efeito cumulativo do grande esforço para evitar o jet lag e da recusa inabalável a amadurecer. Ele tinha adquirido uma barba em algum momento, uma barba desgrenhada, de aparência duvidosa, que o fazia parecer um pescador de Dickens. Ele mexia nos papéis sobre a mesa de Gabriel, sacudindo a cabeça, e eu senti cheiro de bebida vindo dele. Harry e eu precisaríamos ter uma conversinha sobre a maneira de nos apresentar em outras jurisdições.

Rudy olhava por cima do ombro de Harry para aqueles papéis, seu braço me cutucando enquanto se inclinava.

— E vocês têm certeza?

— Temos certeza. — Gabriel se recostou tanto para trás na cadeira que ela ameaçou tombar, com os pés esticados sobre a mesa à sua frente. Ele parecia mais velho também, os fins de noite e as madrugadas já revelando rugas em seu rosto. Porém, em sua defesa, ele não cheirava mal. — Ficamos lá até meia-noite. Jacob Owens era o único que tinha acesso a todos os sistemas disponíveis. De jeito nenhum um esquema dessa magnitude poderia ter sido executado sem que ele tivesse conhecimento.

Harry afundou na cadeira atrás de mim, gemendo baixinho.

— E isso facilita as coisas para nós de alguma forma?

Soltei um suspiro, enterrando o rosto na caneca que segurava. Na verdade, tinha começado a gostar do café da delegacia, por pior que fosse.

— Que piada! — murmurei.

Eu devia estar cansada. Tinha caído na cama um pouco depois da uma, levantado às seis, e passado as horas seguintes pensando, com a mente acelerada, movendo peças e jogadores. Um pensamento subia do fundo do meu ser. Que eu estava ao mesmo tempo certa e errada. Aquela única volta do caleidoscópio e todas as peças se transformam em uma nova imagem. Tinha ficado ali, com as cortinas abertas, as luzes densas de Manhattan sobre mim, pensando na Erin com a qual tínhamos começado. A desconhecida. Nossa vítima inocente. Uma mudança de foco e ela se fora, deixando algo mais sinistro em seu rastro. E agora ali, mais uma volta no caleidoscópio, e lá estava ela novamente. Exatamente como havia começado.

— E a esposa, Erin, não tinha conhecimento disso? — Rudy olhou para Gabriel e, depois, para mim.

Dei de ombros, sentindo as costas doerem por conta de uma noite de meio sono agitado.

— Embora não possamos dizer com certeza, está começando a parecer improvável. — Inclinei-me para a frente, coloquei a caneca de café em cima da mesa e comecei a estralar os dedos. — De acordo com a empresa responsável pela hipoteca, ela não sabia que a prestação da casa não estava em dia. E também não sabia que o seguro de vida tinha caducado. — Minha voz falhou, um péssimo ato de profissionalismo. Mas a questão era que eu estava lá, naquela casa, naquele dia, observando Erin, que havia perdido o marido e seus bebês, e que um dia acordou e descobriu que sua vida de sonhos tinha desaparecido, que ela ficara para trás como uma espécie de fantasma, assombrando o mundo que conhecera antes. E então, naquele dia fatídico, a compreensão devastadora de que não apenas seu marido tinha morrido, mas também que ele nunca havia sido quem ela pensava que fosse. Outra morte, então. De suas crenças, do que o seu passado representava.

— Então — eu disse, limpando a garganta de uma maneira que dificilmente enganaria alguém —, ela percebe que ele mentiu e, que, por alguma razão, todo o dinheiro da família acabou. E, para ser justa, ela se recupera. Percebe que precisa voltar a trabalhar e encontrar um lugar que consiga bancar sozinha. — Ela precisa se tornar necessária novamente, para alguém, mesmo que apenas para estranhos e seus filhos doentes. E talvez... talvez precise construir uma nova identidade para si mesma, para substituir aquela que foi destruída por essa descoberta. Não era mais a viúva de um homem bom, mas de um mentiroso. Esse foi o incêndio dela. Aquelas foram as suas cicatrizes. — Então, ela se muda para o Brooklyn, começa a trabalhar no hospital, e, por um tempo, a vida é suportável. Então, ela conhece alguém, um paciente da clínica.

Gabriel girou na cadeira e puxou uma pasta marrom do parapeito da janela.

— Cartas de reclamação. Demoramos muito para encontrá-las. A maioria tem queixas comuns. — Ele levantou a folha que estava por cima, uma carta escrita à mão, e a entregou a Rudy. — Mas esta chegou depois da morte de Jacob. Ou a gerente da clínica achou que não importava, porque ele já estava morto... ou ela simplesmente não quis se incomodar com isso...

— Eu voto na última hipótese — murmurei.

— Certo. Então, ela simplesmente enfiou no arquivo e esqueceu disso.

Observei Rudy enquanto ele lia, com a testa pesada em concentração. Não precisava ler novamente, pois parecia que havia memorizado a triste história de Frederick Lee, que relatara ao seu médico uma dor de estômago que simplesmente não passava. E o médico, o dr. Jacob Owens, dissera a ele que se tratava de uma crise ansiedade e prescrevera Ativan. Só que não foi isso que o dr. Owens declarou à seguradora. Ele disse à seguradora que havia feito uma extensa série de exames, incluindo endoscopias, biópsias, exames de sangue, e que o sr. Lee estava passando por consultas semanais. Pouco antes do acidente que matou o dr. Owens, o sr. Lee desmaiou enquanto fazia compras no supermercado, foi levado às pressas ao hospital, e os médicos revelaram um tumor maior que uma laranja no seu estômago. Ele morreu uma semana depois.

Harry olhou para mim.

— Então, a mulher que gritou com Erin...

— Foi a filha dele, Adrienne. Ligamos ontem à noite e ela confirmou — eu disse. Ela tinha chorado ao telefone, lágrima sentidas, perguntando-se repetidamente: por quê? Por que alguém faria isso? Não respondi. Dinheiro não parecia o tipo de resposta que aliviaria muito a dor daquela moça. — Nós vasculhamos as finanças da clínica — continuei. — Um ano atrás, aquele lugar valia cerca de três milhões. Mas, nos três meses seguintes, quase noventa por cento do dinheiro da clínica foi retirado, por meio de depósitos em várias contas diferentes. Ainda estamos tentando descobrir exatamente para onde foi esse dinheiro. Quando Jacob morreu, já não havia quase nada.

— Tudo bem — disse Rudy, o tom grave de sua voz ecoando pela sala —, então o doutor aqui estava dando um golpe de milhões na seguradora. E a esposa morreu falida e sem-teto. Portanto, a pergunta óbvia que fica é...

— O que aconteceu com o dinheiro? — completou Harry.

— Foi ele — respondi suavemente. — Tem que ser.

Rudy virou-se para mim.

— Tá bem, Al, qual é a sua teoria?

— Acho que ele se apresentou a Jacob como um colega médico, que o investigou e que, em algum momento, descobriu que o dr. Owens não era nenhum santo. Com isso, ele tinha um trunfo enorme para usar contra Jacob. Acho que o chantageou, tomou tudo o que a família tinha. Até...

— Até não sobrar nada — finalizou Gabriel. Ele passou uma pasta para Rudy. — Fiz mais algumas pesquisas sobre Jackson Wolf. Acontece que, há quinze anos, ele não só morava em Boston como estava matriculado na Faculdade de Medicina da Universidade daquele estado.

Harry o encarou.

— Então ele é médico de verdade?

— Bem... — eu disse —, é aí que a coisa fica interessante. Ele não se formou. De acordo com os registros da universidade, Wolf foi aluno da graduação por três anos... e tinha notas boas, segundo o reitor. Depois, ele simplesmente desapareceu.

Isso me ocorreu por volta das três da manhã, enquanto estava deitada na cama, olhando para o prédio comercial em frente ao hotel, um escritório solitário iluminado na escuridão ocupado por um homem de meia-idade, talvez, sentado em frente a uma tela de computador, sem nunca desviar dela. Eu o observava, mas estava pensando em Erin Owens e em Wolf. O que sabíamos sobre ele? Ele mesmo tinha me falado, não é? Não gostava de pessoas que sabiam sobre seu passado. E estava disposto a matar para manter escondido o que achava que deveria permanecer assim. Tinha feito isso duas vezes, até onde sabíamos.

— Acho que não foi um acidente — articulei calmamente. — O carro de Jacob em direção à baía.

— Você está pensando em suicídio? — Rudy cruzou os braços grossos, olhos estreitos. — Com as crianças no carro?

— Acontece. — Gabriel não estava olhando para ele, mas sim para o chão, com uma expressão carregada. — Esse cara tinha perdido tudo. Se nós estivermos certos, se Wolf tirou tudo dele, estava arruinado financeiramente, com uma sentença de prisão pairando sobre sua cabeça... talvez ele tenha feito isso: ele mesmo dirigiu aquele carro em direção à água. Talvez parecesse ser a única saída.

— Ou...

Os três homens se voltaram para mim, com olhares arrastados e expressões pesadas diante daquela imagem, dois filhos, mortos pelo pai.

— Ou o quê? — Harry parecia estar à beira das lágrimas.

— Ou Wolf os matou. — Deixei as palavras no ar por um momento, pesando sobre nós. — Já entendemos que ele não tem um método único de matar. E que sempre faz o que é conveniente. E se Jacob, se em algum lugar ao longo do caminho, descobriu alguma coisa sobre Wolf, uma coisa que ninguém deveria saber? Isso seria o suficiente para ele matar. E — continuei, mais uma vez vendo Erin parada no saguão da delegacia, segurando sua vida em um envelope — se Erin descobriu isso, se fez as mesmas conexões que nós estamos fazendo agora, isso explicaria o motivo de ela se dispor a desistir de tudo para ir atrás dele.

O silêncio pairou sobre a sala, longo e profundo, e Gabriel se endireitou na cadeira.

— Merda. A chave. Nós entendemos ao contrário. A sala que foi alugada em seu nome, o da 44, Erin não tinha ideia de que existia. Ela deve ter encontrado a chave na clínica... — Ele fez uma pausa. — Me dê um segundo. — Ele pegou o telefone, uma conversa rápida, uma longa pausa, e ergueu o punho no ar. Desligou e olhou em volta, triunfante. — O banco confirmou. Receberam uma ligação de Erin Owens no dia 24 de dezembro, tentando confirmar se o endereço de correspondência dela estava certo.

— Eles passaram para ela o endereço da sala? — perguntei, sentando-se mais ereta.

— Sim. Havia uma observação no sistema sobre a necessidade de sigilo, mas o nome dela consta na hipoteca, e o endereço está em seu nome, e devem ter achado que ela sabia de tudo. — Ele olhou para mim. — Estávamos pensando ao contrário desde o início. Quem quer que tenha destruído todas essas informações, não foi Erin. Foi ela que as encontrou, reunindo tudo de novo. E as coisas que ela encontrou lá, mesmo supondo que tenha demorado muito tempo para fazer isso, estava planejando usar como evidência de... Não sei se de fraude ou...

— Ou de assassinato — acrescentei.

— Ou de assassinato — repetiu Gabriel, calmamente. — Seja o que for que ela tenha encontrado, extraiu o mesmo que nós das informações. Que o marido estava metido em alguma merda séria e suspeita. E que, de alguma forma, aquele homem misterioso — Canning, Wolf — estava envolvido.

Pensei na voz de Wolf, em sua rouquidão assustadora pelo telefone, tão perto que parecia que estava lá, pressionando-me. Não gosto de matar. Retorci as palavras para jogar alguma luz sobre elas. O problema era que eu tinha acreditado nele. Apesar de saber que ele mentia como eu respirava, eu tinha encontrado alguma verdade naquelas palavras. Seus assassinatos não foram alegres, não havia nenhum sentido neles que desse a entender que ele matava por diversão; tratava-se de uma necessidade, pura e simples. E, fosse qual fosse o ângulo pelo qual eu olhasse, não havia espaço naquela lógica para a morte de duas crianças.

— Ele não sabia que as crianças estavam no carro — mencionei, e, enquanto falava, as palavras pareciam verdade, em vez de apenas uma suposição. — Ele queria matar Jacob. Não as crianças. — Olhei para Gabriel. — O que você me diz? Isso pode ser verdade? Quero dizer, a investigação concluiu que foi de fato um acidente real?

Gabriel deu um tapa na pasta na mesa à sua frente.

— Falei com o oficial responsável pela investigação. Pelo que posso dizer, eles trataram o caso como acidente desde o início. Não havia nada que sugerisse o contrário. Ninguém tinha motivo para matá-lo. Não houve testemunhas, e nenhuma evidência de adulteração no carro. Só que — continuou — seria a coisa mais fácil, em um dia como aquele, com a estrada escorregadia e a neve caindo, simplesmente seguir o carro, emparelhar, dar uma batidinha no lugar certo e pronto, eles caem na água. — Ele meneou a cabeça, olhando para o nada. — Que merda — murmurou.

Assenti.

— Rudy — ergui o rosto —, você falou que tinha alguma coisa para nós?

Rudy se endireitou, puxando o cós da calça.

— Bem, nós encontramos o Chevy azul e o detectamos no sistema de câmeras de segurança na saída de Setauket. Consegui uma boa foto da placa e a rastreei até uma agência de aluguel em Lower Manhattan. — Ele me deu um sorriso. — Seu palpite estava certo, sargento Parr. O carro foi alugado em nome de um tal de Jackson Wolf.

— Ele está voltando a usar a identidade de Wolf — afirmei, lentamente. — Ele deve saber que nós descobrimos sobre o nome Canning. Mas esse cara pode não ter descoberto que Erin fez a conexão, que tinha conseguido rastreá-lo como Jackson Wolf.

— Não consta nada sobre Wolf em quinze anos, e aquele mandado de prisão caducou. Provavelmente ele acha que está seguro.

— Ele ainda está com o carro?

— Não. Devolveu algumas horas depois do tiroteio. A locadora de veículos comentou que estava "impressionantemente limpo".

— Ele é detalhista — disse Gabriel.

— Parece que sim. Nós estamos de saída. Como ele tem que estar hospedado em algum lugar, estamos checando hotéis na área da locadora para ver se conseguimos localizá-lo. Vamos voltar ao batente, certo, garoto? — Ele deu um tampinha no ombro de Harry, soltando uma gargalhada.

— Ele gosta de se fantasiar — informei. — Não se esqueçam de que, quando olharem para as características externas dele, tipo o cabelo, até mesmo o peso, ele pode mudar tudo isso. Concentrem-se naquilo que ele não pode mudar, como a altura e o formato do rosto.

Harry se levantou.

— Entendido, sargento. Vamos manter contato.

Rudy também me deu um tapinha no ombro. Era como ser acariciada por um gorila.

— Aguente firme, garota.

Observei quando a porta se fechou atrás deles, sem enxergar a forma dela, e sim uma baía coberta de gelo.

— Ela o encontrou — eu disse, suavemente. — Erin... encontrou o lobo. Ela o seguiu por um oceano, por um continente. Ela o rastreou porque foi o homem que destruiu a vida dela. — Olhei para Gabriel. — Vamos fazer o mesmo.

CAPÍTULO 18

O resto do dia escorregou para o buraco negro que se tornou a vida do dr. Jacob Owens, médico renomado, homem de família, o conjunto completo, cada momento pontuado com a sensação inescapável de que devia haver algo ali, enterrado na história dele, capaz de explicar essa curva acentuada para a esquerda. Como um homem tão bom tinha feito coisas tão ruins? E, então, a inevitável pergunta seguinte — como a esposa não percebeu, como ela não enxergou essa mudança? Porque é o que nós fazemos, né? Culpamos a vítima. Porque, se pudermos encontrar algum ponto em que ela estava errada, algum erro fundamental de julgamento, algum descuido que o mais sábio entre nós jamais teria cometido, estaremos magicamente protegidos, já que o mesmo nunca vai acontecer conosco. E, ainda assim, a verdade é que esse pensamento mágico se assemelhava a tentar encontrar uma agulha no palheiro.

Comecei a ficar tomada por essa sensação à medida que o dia foi passando, avançando para a noite: o que quer que tivesse acontecido, Erin tinha pouca culpa quanto a isso. Ela havia sido vítima das circunstâncias, de um marido mentiroso que havia passado de bom para mau, transformado pela ganância. De um vigarista manipulador que valorizava mais o dinheiro no bolso do que a vida de inocentes, que tirou tudo o que ela possuía, só porque era conveniente para ele. E, na sequência, senti uma tristeza avassaladora, pelo que essa mulher havia passado, por quanto havia perdido e por quanto havia lutado por justiça.

Terminamos cedo, o sol mal batendo no topo dos prédios vizinhos, já que Gabriel tinha uma reunião com um promotor, que não poderia ser adiada, e me vi vagando sozinha pelas ruas de Manhattan, parando na Sbarro para uma fatia de pizza de pepperoni, da qual pingou queijo direto no meu colo, além de manchar minhas mãos de laranja.

Observando o refluxo de tudo e pensando que me sentia viva, muito viva, pela primeira vez em muito tempo. Mais do que isso: que era uma pessoa novamente. Que, de algum modo, não importava mais que o eu de agora parecesse diferente do eu anterior, que tudo o que importava era que estava ali e estava respirando.

Voltei lentamente para o hotel, parando ao lado de um empório, considerando comprar uma garrafa de vinho, pensando naquela riqueza de cor batendo na minha língua, e na suavidade que adicionaria aos meus pensamentos. Estava me virando para entrar quando um bando de adolescentes animados passou por mim, enchendo os espaços com suas figuras esvoaçantes, gritos agudos. E assim, em vez de entrar na loja, voltei para o hotel, dizendo a mim mesma que poderia viver sem vinho, o que não era tão ruim assim, afinal de contas.

E, então, o saguão do hotel, tão cheio que os sons pareciam ricochetear em cada parede, voltando em minha direção em uma velocidade estrondosa, e eu apenas querendo ficar sozinha e quieta e, acima de tudo, dormir. O elevador — aquelas mesmas paredes espelhadas —, e eu pensando inevitavelmente em Erin e em seu colapso silencioso e particular. Depois, o barulho das portas, meu corredor silencioso e o santuário vazio do quarto.

Não me lembro se tranquei a porta.

O sol tinha começado a jogar fragmentos de roxo pelo céu, muitas cores aparecendo para mim entre os edifícios. E ali, orgulhosamente erguida sobre a mesa posta diante da janela, uma garrafa de Vino Nobile de Montepulciano, 2011, além de uma taça de vidro ao lado. Uma carta havia sido colocada diante dela — "De Gabriel" — e comecei a sentir uma onda de calor subindo.

Abri o vinho.

E depois... o quê, então?

Brinquei com meu celular, checando o Twitter, o Facebook, as notícias, o tempo. O pensamento de que não havia tido notícias de Wolf desde então, que parecia negligente da parte dele não ter usado meu número para criar em mim aquela sensação de que eu era sua presa. O céu ficando ocre através da janela e passando a me perguntar se eu tinha chegado tarde demais, se ele já fugira, sendo alguém novo agora.

Porque foi isso que aconteceu com ele, não? No momento em que você entendeu quem estava perseguindo, ele já era inteiramente outra pessoa.

Tomei uma segunda taça.

A partir de então, só me lembro de fragmentos. De uma necessidade pesada e inexorável de dormir. Do meu rosto pressionando o travesseiro, um ângulo estranho que fiz com o pescoço, desconfortável, mas ainda sem vontade de me mexer. De mergulhar na escuridão e, em seguida, uma sensação, como se estivesse lutando contra uma maré cheia, só que poderosa demais, impedindo-me de voltar para a costa, e, depois, a escuridão novamente.

Em algum lugar, bem dentro de mim, a compreensão de ter cometido um erro terrível.

Foi um sonho, ou melhor, a memória de um sonho. Aquele clarão de luz, aquele som crepitante que, se você ouvir com atenção, quase poderiam ser palavras. Era aquele cheiro, aquele rangido de fumaça no fundo da garganta.

Estava saindo da escuridão por um tempo suficiente para me lembrar de que já tinha estado nesse sonho antes, repetidamente, que, se me concentrasse bem, acordaria e descobriria que tudo estava como deveria estar.

Foi um rugido silencioso e profundo que partiu de dentro de mim, alimentado por uma raiva impotente, subindo pela escuridão que mais uma vez se fechou sobre minha cabeça, e forçando meus olhos a se abrirem, minha mente a voltar à vida.

Só que, daquela vez, não era um sonho.

Eu estava nele. E aquilo estava dentro de mim. Aqueles sons, cheiros e visões que tinham se tornado tão comuns a ponto de fazer parte do meu DNA. O calor do fogo, a fumaça espalhada. E algo mais. Eu lutava para me concentrar, para fazer meus olhos e meu cérebro cooperarem e penetrarem na escuridão do quarto.

E, depois o brilho de uma luz, um lampejo de metal, o formato de uma faca. A figura em pé em frente à minha cama, sua forma esculpida na escuridão pela luz do fogo. Observando-me. Observando as chamas que rastejavam pelo edredom, o calor delas chegando mais perto. Olá, velha amiga. Sentimos sua falta.

Tentei levantar a mão, o braço, só que eles simplesmente estavam muito pesados, oprimidos pela escuridão que ainda rodeava meus pés, puxando-me, implorando-me. Apenas feche os olhos. Você sabe que quer. Apenas feche os olhos e tudo vai ficar bem. E meus olhos se fechando, obedientes até o fim. Remotamente ciente de um som. Foi um grito? Agudo e implacável. Depois outro som, por cima deste, um clique. Sem saber o que significava. Eu só sabia que estava muito cansada.

Depois, uma voz. Talvez seja tentador atribuir a voz a algum tipo de divindade, ou pelo menos seria, se eu fosse outro tipo de pessoa. Mas não sou, por isso direi que ouvi minha própria voz, em algum lugar profundo em mim, dizendo-me para me levantar, para sair, que eu ia morrer, e ouvindo-a porque, francamente, parecia ser o tipo de voz que precisava ser obedecida. E de alguma forma, de algum lugar, encontrando forças para erguer meus membros pesados, para levantá-los da cama, para forçar meu corpo que se mexeu de modo a me afastar das chamas que aumentavam e que me jogou no chão.

O choque da queda, aquela voz, ambos combinados para me trazer de volta ao presente, e eu cambaleei para ficar em pé, o cérebro e os olhos trabalhando duro para entender o que se passava diante deles, a cama bem iluminada agora, as chamas se aproximando cada vez mais de mim, a fumaça espessa o suficiente para tornar tudo opaco. Aquele grito — o alarme de fumaça —, e, então, enterrado em algum lugar dentro disso, o sprinkler sendo acionado, despejando gotas inúteis de água no inferno logo abaixo.

A porta. Eu precisava chegar até a porta.

Só que, entre mim e a porta, havia fogo, traçando um caminho que descia da cama, seguindo para a parede oposta, uma cortina de calor. E, então, a sensação de medo que crescia em mim, de que eu precisava passar por aquelas chamas, que, se não conseguisse, iria morrer, e a constatação forte em seguida de que, pela primeira vez em muito tempo, não queria morrer.

Olhei em volta. A janela. Mas ela não abre; ainda que abrisse, eu estava a trinta andares do chão. Então eu vi: a porta que conectava meu quarto ao vizinho. Mal tinha percebido antes, mas agora ela parecia gritar para mim.

Puxei as mangas da camisa para tocar a maçaneta. Estava travada. Senti um soluço crescendo bem forte.

— Não.

Afastei-me da porta, virei o ombro e corri para ela, forçando a fechadura. Senti uma dor aguda no ombro, que descia pelas costas, e, ainda assim, a porta permaneceu no lugar.

Senti outro soluço. A fumaça estava mais densa agora. Não conseguia mais ver a janela e o mundo além.

— Foda-se! — gritei, correndo para a porta novamente, jogando-me contra ela, porque, para ser sincera, o que diabos tinha a perder? Um forte choque de dor, e eu caí no chão.

— Ah, meu Deus! Você está bem? — Senti uma mão me agarrando, me puxando para cima, a vaga sensação de um sotaque sulista, um homem de cabelo branco.

Apoiei-me nele, sentindo a dor no ombro. Em seguida, eu o empurrei, destravando a porta do seu quarto — ele se lembrara de trancá-la. Inteligente. E saí para o corredor, cheio de fumaça agora, portas abertas ao longo dele, cabeças inclinadas para fora em vários estados de confusão.

— Ei... o quê...

Passei por eles até o extintor pendurado na parede, arrancando-o do suporte, e corri, levantando seu peso com o quadril. Passei pelo homem desnorteado, com seu cabelo branco desgrenhado, e entrei no meu quarto, a fumaça rolando, um brilho laranja ondulante. rompi a trava, apontando a espuma para aquele inferno. Um som atrás de mim, *fitz, fitz,* depois os sprinklers do quarto ao lado ganhando vida, sendo encharcada pela água. A espuma encharcando a chama. Depois, uma figura ao meu lado, outro extintor de incêndio, o homem de cabelo branco mirando descontroladamente na fumaça.

E, finalmente, o laranja deu lugar ao cinza, o fogo diminuindo cada vez mais até que finalmente se apagou.

Abaixei o extintor até o chão, os braços tremendo, e olhei para o homem ao meu lado. Ele olhou para o restante do quarto, balançou a cabeça.

— Merda.

E eu ri. Porque, às vezes, ou você ri ou você chora.

CAPÍTULO 19

Eu sentia uma dor pulsante no ombro, um calor irradiando das costas, subindo pela coluna, ameaçando me fazer chorar. Mas não iria chorar. Expirei lentamente, uma longa e concentrada respiração, soprando pela boca, pousando no rosto da enfermeira enquanto ela colocava meu braço na tipoia. Ela me olhou assustada e depois sorriu.

— Pode chorar se estiver com vontade — sussurrou ela. — Um ombro deslocado dói pra caramba.

Alfinetadas ameaçaram se tornar uma torrente, uma tempestade trazida pela permissão e pela simpatia, mas, em vez disso, fiz que não com a cabeça.

— Estou bem — menti. — Como você pode perceber, já sobrevivi a coisas piores.

A enfermeira assentiu, retirando o colar cervical do meu pescoço.

— Sim, mas isso não é uma competição. Você está autorizada a sentir dor.

Obedeci, então, deixei escapar uma única lágrima, por um momento considerando desistir, e depois liberando toda a cascata. Limpei-a com o braço bom. Porque a questão era: ela estava certa: eu tinha o direito de sentir dor. E também era permitido sentir o resto das minhas emoções. E a principal delas era de que estava brava para caralho.

— Não vou chorar — falei, em tom de sigilo — porque preciso sair e pegar o filho da puta que acabou de tentar me matar.

A enfermeira sorriu.

— Boa ideia.

Ouvi passos, e a cortina foi empurrada para o lado. Harry, com a barba por fazer e o cabelo de quem tinha acabado de acordar, elegantemente vestido com uma calça esportiva e uma camiseta larga. Parecia que ele precisava chorar ainda mais do que eu.

— Você está bem? — perguntei, abraçando totalmente a ironia.

— Sim — ele respondeu lentamente, sem captar o sarcasmo. — Sim, estou bem.

A enfermeira bufou baixinho e recolheu seu material.

— Vou pegar suas coisas para lhe dar alta. — Ela olhou para Harry e de volta para mim. — Vocês dois tiveram uma noite difícil. — Ela piscou e se abaixou, desviando da cortina verde-oliva.

— Falei com o chefe — disse Harry, afundando na cadeira que tinha sido colocada no canto ao lado da maca. — Ele quer que você volte para casa. Disse que está ficando muito perigoso. Eu respondi que vou te colocar em um voo hoje à noite.

A dor arqueava meu pescoço.

— Tudo bem. Não — falei, ajustando a tipoia. — Vou ficar.

— Alice, o inspetor... mandou...

— Não se preocupe com Noah. Eu me entendo com ele. Aquele desgraçado achou que poderia me assustar, e, como não conseguiu, achou que poderia me matar. Estou te dizendo: não vou parar até o dia em que conseguir algemá-lo.

Um som ondulado veio da cortina, um grito de raiva, de dor, era impossível dizer. Outra voz, firme como a de um professor.

— Agora, já chega. Fique sentado e pare de gritar. — Ouvi o barulho de uma cadeira de metal se mexendo no linóleo, o som pesado de alguém se jogando nela.

Olhei para Harry e tentei dar um sorriso irônico.

— Além do mais — disse —, quem gostaria de perder uma experiência dessa?

Mais passos apressados do outro lado, e a cortina balançou. O rosto de Gabriel estava pálido, seus olhos pesados de preocupação.

— Alice, você está bem? — Seu olhar percorrendo meu braço apoiado na tipoia, meu cabelo bagunçado e tomado por fuligem. — Mas que porra aconteceu?

Olhei para ele, firme.

— Um ataque do lobo.

Ele se aproximou de mim, analisando-me como se, só pelo olhar, pudesse localizar uma lesão. Não tenho certeza se ele havia notado a presença de Harry.

— Estou bem — respondi, da maneira mais convincente que consegui. — Quer saber? — completei, realmente embarcando na história dele. — Harry é a verdadeira vítima aqui. — Diminuí a voz. — Ele foi obrigado a sair do hotel sem passar gel no cabelo.

Ninguém sorriu.

Me apressei para mudar o tom.

— Estamos chegando perto — falei. — Ele está entrando em pânico. Ele mesmo confessou que mata porque isso se tornou necessário. Deve estar sentindo que nós chegamos perto dele o suficiente para que seja necessário agora.

Gabriel fez uma careta, aparentemente pouco consolado.

— Nós precisamos ver se aquela garrafa de vinho sobreviveu — disse.

— Garrafa de vinho?

— Quando voltei para o meu quarto ontem à noite, tinha uma garrafa de vinho esperando por mim. — Senti o rosto esquentar pensando no cartão, no que tinha pensado. — Eu... Achei que fosse... bem, o cartão dizia que você tinha mandado para o meu quarto. — Gabriel franziu a testa. Ouvi Harry se mexer na cadeira, e mais uma vez pensei brevemente em chorar, mais como uma distração do que qualquer outra coisa. — Ele me drogou — prossegui. — Não sei o que era, mas foi o suficiente para me derrubar, pelo menos por um tempo.

— Sabe o que eu não entendo? — Harry comentou. — Por que ele simplesmente não te matou? — Ele fez um gesto com a mão. — Sem ofensa, mas ele tem uma arma de fogo, nós sabemos disso por causa do assassinato de Kate Weland. Por que ele não atirou em você? Ou por que não te esfaqueou, como fez com Erin Owens?

Pensei no brilho do metal que tinha visto.

— Ele tinha uma faca — murmurei. — Ele estava segurando uma faca.

Apesar de não dar muito crédito a Harry Golightly,* ele estava certo. Wolf havia ficado ali, à beira da minha cama, por tempo suficiente para começar o incêndio e garantir sua permanência. Ele provavelmente ficara me observando dormir, deve ter ficado lá enquanto eu estava vulnerável. Por que não tinha simplesmente enfiado aquela faca em mim? Havia tantas maneiras pelas quais ele poderia ter providenciado minha morte, e, ainda assim, escolheu o fogo. E, é claro, havia a questão de o método ser pouco confiável. Quero dizer, eu tinha sobrevivido agora duas vezes a uma morte que o fogo poderia ter consumado.

Meus pensamentos ficaram presos ali.

— Foi por isso — eu disse baixinho. — Ele escolheu o fogo porque entendeu o que isso significaria para mim. Ele sabia do que aconteceu comigo antes. É uma questão pessoal. É um recado. Ele quer que eu saiba que ele é mais esperto que eu, que entende meus maiores medos e que pode transformá-los em realidade.

— Espere — disse Harry, franzindo a testa. — Quer dizer, se você estivesse morta...

— Não sei se me matar era a coisa mais importante para ele. Como você disse, se ele quisesse simplesmente me eliminar, havia muitas maneiras mais eficientes de fazer isso. O fogo, isso é um recado. Acho que o que mais importava para ele era me assustar o suficiente para eu ir embora.

Será que Wolf havia entendido quão perto eu tinha chegado de jogar a toalha, de correr para o abraço reconfortante da minha mãe, para a fazenda? Eu não dissera isso a ninguém, a não ser para minha própria mãe. Era impossível que ele tivesse conhecimento disso. Ou simplesmente sabia mais do que eu acreditava. Ele poderia estar dizendo de alguma forma que tudo em mim era uma fachada, que uma rajada de vento seria suficiente para derrubar o meu castelo de cartas? Endireitei-me. Acontece que Wolf não era o único que poderia mudar de identidade, que poderia escolher se tornar alguém diferente.

---

* Alusão a Holly Golightly, personagem do filme *Bonequinha de luxo* (1961) interpretada por Audrey Hepburn. Holly é uma garota sonhadora e divertida, fascinada pelo glamour de Nova York e que sonha se casar com um homem rico [N. E.].

Eu quase morrera em um incêndio. Mais uma vez. E isso tinha definido as coisas para mim, deixando claro o que antes era opaco.

Que, fosse quem fosse a pessoa que eu estava me tornando, ela não tinha a intenção de morrer.

Gabriel meneou a cabeça.

— O que quer que ele estivesse pensando, esse cara está ferrado. — Ele se virou para Harry. — Você pode ver o que precisa para a alta dela, levá-la de volta para o hotel e providenciar outro quarto? Vou voltar para lá. Quero colher o depoimento da equipe. Preciso saber como diabos ele sabia em qual quarto você estava e como ele entrou.

Coloquei os pés mais próximos do chão, sentindo o metal da maca.

— Eu vou com você.

Gabriel me olhou fixamente.

— Alice, você precisa descansar.

Ajeitei a tipoia.

— Eu vou com você.

Olhamos um para o outro longamente, como dois gatos de rua esperando para ver quem venceria, até que finalmente Gabriel suspirou.

— Está certo. Você é impossível, sabia?

— Então. Já me disseram.

O caminhão de bombeiros ainda estava parado na frente do hotel. Uma pequena multidão de curiosos, uma mistura complicada de jovens bêbados e idosos sem-teto reunida para assistir ao evento, embora restasse pouco para ver. O cara de cabelo branco e eu tínhamos sido bem-sucedidos principalmente em absorver o fogo. Gabriel conduziu nosso pequeno trio até o saguão, lotado de pessoas de pijama, cuja conversa estridente reverberava no teto abobadado. Abrimos caminho em meio à multidão em direção à recepção, um homem de terno bem cortado corria para todo lado, movendo-se rapidamente, sem muito sucesso.

— Ei — chamou Gabriel, mostrando o distintivo. — Preciso falar com um gerente.

O homem parou, parecendo temeroso.

— Eu sou o gerente. — E nos encarou, com seus olhos pequenos. — Era você? No quarto? Uau! Quer dizer, você está bem?

Apontei para a tipoia.

— Tudo ótimo.

Ele acenou com a cabeça, passando a olhar para minha cicatriz. Suspirei pesadamente.

— Acredite ou não, esta não foi a minha primeira vez — expliquei. — Então, nós temos algumas perguntas... como o nosso incendiário favorito conseguiu entrar no meu quarto?

Ele ficou pálido, olhando agora diretamente para a região dos meus joelhos.

— Eu perguntei à equipe, e, olha, vocês precisam entender que foi um conjunto muito incomum de circunstâncias. Nós dirigimos este hotel como uma embarcação, e não somos, de forma alguma...

— Desembucha — Gabriel exigiu.

O gerente ergueu os olhos, hesitando.

— Tudo bem, como eu disse, perguntei ao pessoal... um cara apareceu ontem, estava de terno, bem-apessoado. Ele se apresentou à gerente de plantão dizendo que era de uma empresa que estava fazendo uma verificação pontual de todos os nossos sistemas. Ele mostrou o crachá para ela — explicou o homem, na defensiva. — Era tudo verdadeiro, até onde a minha equipe sabia. Ele teve acesso irrestrito ao nosso sistema. Estou presumindo que, em algum momento durante esse período, ele providenciou um cartão-chave para entrar no seu quarto.

Suspirei profundamente.

— Maravilhoso.

— Acabei de falar com a empresa — disse o gerente, baixinho. — Eles não mandaram ninguém e não sabiam nada a respeito.

Gabriel se virou para olhar para mim e meneou a cabeça.

— Mas que filho da puta. Certo — voltando-se para o gerente —, o hotel tem câmeras de segurança?

— Sim — ele respondeu, aliviado por finalmente poder dizer algo positivo. — Só que... — o rosto dele esmoreceu. — Eu verifiquei as gravações, sabe, porque eu sabia que vocês iam precisar, e o homem fica de costas para a câmera o tempo todo. Vou mostrar para vocês, mas...

— Mas e quando ele subiu para o meu quarto? Você sabe, para colocar fogo lá...

O homem ficou vermelho.

— Sim, nós temos a imagem dele dentro entrando no quarto. Mas está com a cabeça baixa e usando um boné de beisebol.

— Você dá um spoiler desse e nem avisa? — murmurei.

— Vamos dar uma olhada, de qualquer jeito — disse Gabriel.

O gerente nos conduziu até sua sala, gesticulando em direção a uma tela.

— Já está configurado para vocês. — Ele girou o mouse. — Se vocês olharem aqui, é o momento em que ele entrou, fingindo ser da empresa.

As câmeras haviam capturado uma figura mediana em um terno elegante, com cabelo escuro, bem aparado. E estava bem atento.

— Ele sabe exatamente onde estão as câmeras — comentei.

Ele se manteve de costas para elas, de maneira cuidadosa e coordenada, sem nunca nos dar mais do que uma visão de seus ombros, do cabelo escuro.

— E as imagens da noite passada? — perguntei.

O gerente selecionou uma nova gravação.

— Tudo bem, então não conseguimos encontrar nenhuma evidência dele entrando no hotel. Se ele copiou a chave do seu quarto, também pode ter pegado a chave de acesso à porta dos fundos. Não temos câmeras lá fora, nem nas escadas dos funcionários. — Ele revezava o olhar entre mim, Gabriel e Harry. — E eu garanto a vocês que vou levantar esse assunto com a empresa agora de manhã, deixando claro que nós precisamos de uma segurança melhor.

Assenti.

— Muito bem. Então, e o corredor do lado de fora do meu quarto?

Ele puxou a tela para cima, a imagem mostrando um corredor vazio, e, então, um homem se aproximando da extremidade mais distante dele, boné de beisebol puxado para baixo. Assisti à cena e senti o estômago se contorcer. Eu estava atrás daquela porta, drogada, sem ideia do que estava por vir.

Então, endireitei-me na cadeira.

— Espere... vocês viram aquilo?

O homem havia parado, enfiando seu cartão-chave na fechadura, calmamente abrindo caminho para dentro.

— O quê? — perguntou Harry.

— Aquele não era meu quarto — falei, com o coração batendo forte. — Olha, a minha porta é do lado dessa. Ah, meu Deus. — Curvei-me, segurando a cabeça. — Ah, meu Deus. Era ele.

— Quem?

— O cara do quarto ao lado, aquele homem do cabelo branco desgrenhado. Aquele que me ajudou a apagar o fogo. Era o Wolf.

CAPÍTULO 20

Um vapor denso encheu o banheiro, bloqueando meus pulmões. Ainda assim, eu conseguia sentir o cheiro; a fumaça que tomou conta das minhas narinas, da garganta. Enfiei o rosto na toalha, o cabelo molhado fazendo escorrer água pelas costas, e respirei, longamente, bem naquele ponto que poderia se tornar um choro. Mas isso não aconteceu, e fiquei ali apenas, parada.

Duas vezes agora. Limpei o espelho com a toalha, a qual depois joguei sobre o cabelo, analisando meu reflexo, o rosto pálido, a cicatriz vívida. Duas vezes o fogo tinha me levado à beira de ser extinta. E, por duas vezes, ele falhara. Puxei outra toalha para colocar em volta do corpo, enrolando-a bem apertado, como um cobertor. Olhei para meu reflexo e, em vez de ver minha cicatriz, enxerguei meu rosto, os olhos grandes, as maçãs do rosto salientes. O eu que morava além da cicatriz.

Ouvi uma porta se abrir, fechar, e senti o batimento cardíaco disparar.

Em seguida, a voz de Gabriel:

— Sou eu. Trouxe o café da manhã.

— Está bem. Já vou sair.

O hotel tinha me dado um novo quarto, uma suíte agora, para materializar um “pedimos-desculpas-por-termos-permitido-que-alguém-quase-te-matasse”, no 58º andar, com vista panorâmica do Hudson, a Estátua da Liberdade em destaque. Harry não queria mais brincar: tinha sido tirado da cama por volta das três da manhã e ainda estava resmungando que deveríamos ir para casa, que as coisas estavam ficando muito perigosas.

Puxei uma calça esportiva comprada por uma recepcionista simpática, uma camiseta larga, e me perguntei onde fazer compras caberia no cronograma apertado de tentar não ser morta.

— Oi... — Gabriel apontou para a mesa de jantar. — Eu trouxe bacon, ovos e rabanadas. E o maior café que eles já fizeram. — Ele me analisou, a silhueta contra a luz da manhã. — Você está bem?

Fiz que sim com a cabeça, o cabelo úmido ainda molhando a camiseta.

— Estou bem. Estou com fome. — Sentei-me em frente a ele e tomei um grande gole de café. — Então, o que você acha?

— Acho que o cara é maluco — murmurou Gabriel, com a boca cheia de ovos.

— Bem, sim, mas, fora isso — mordi a rabanada com xarope quente e canela escorrendo —, tenho uma teoria.

— Vá em frente, então. — Gabriel recostou-se na cadeira.

— Acho que o incêndio foi um recado para mim. Foi sua maneira de me dizer que sabia exatamente quem eu era. Que ele entendia meus medos mais profundos e que, a qualquer momento, poderia usá-los para chegar até mim. Acho que Wolf estava tentando me dizer que ele pode fazer o meu maior pesadelo se tornar realidade. — Dei outra mordida na rabanada. — E outra coisa: ele queria provar que poderia estar bem na minha frente, e literalmente segurar minha mão, e eu não teria ideia de quem era ele. Eu aceitaria sua ajuda e seria grata por ele ter salvado a minha vida.

Senti o estômago dando um nó enquanto falava, a comida queimando na garganta. Porque era isso: eu havia dito que estava perseguindo um fantasma, e parecia que estava, que ele podia estar em qualquer lugar, fazer qualquer coisa, mesmo na minha frente, e eu nunca saberia. Segurei as pernas para reprimir um calafrio. Foi assim que Erin se sentiu? Teria sido a mesma coisa para ela?

— Ele deve ter feito isso quando entrou no sistema de computador se passando por um funcionário da empresa: descobriu em que quarto você estava, fez a chave. Depois, reservou o quarto ao lado.

A reserva havia sido feita em nome de Eduardo Alvarez. Nenhuma informação de cartão de crédito. Sem passaporte. Sombras e jogos.

— Acho que... — completei — é quase como se ele não fosse uma pessoa, não tivesse uma identidade fixa. É a pessoa que precisa ser por determinado período. Então, quando essa identidade perde a utilidade, ele a abandona, como uma cobra trocando de pele. — Tomei outro gole do café. — É como se você e eu nos considerássemos uma única identidade. Eu sou Alice. Quando o incêndio aconteceu, quando... quando eu descobri que não era quem eu pensava ser... quando a minha aparência mudou, isso me abalou, destruiu o senso de quem era Alice. — Coloquei a xícara de café na mesa, e a verdade das minhas palavras de repente se estabeleceu. — O problema é que eu estava pensando em identidade como uma coisa permanente, que você é quem você é, e, se alguma coisa aparece e muda isso, então tudo... desmorona. Mas, para ele, para Wolf, a identidade não é nada disso. É um casaco que você veste até não precisar mais dele. Ele foi Wolf por um tempo. E, quando isso deixou de combinar com ele, tornou-se outra pessoa.

Suspirei e dei mais uma mordida na rabanada, que se despedaçou na minha boca, fazendo gotejar um xarope pungentemente doce ao longo da língua.

— Sabe uma coisa que eu não entendo? Ele já deveria ter ido embora. Ele teve tempo para construir uma nova identidade, ou pelo menos começar esse processo. Ficando por aqui, e fazendo coisas como as da noite passada, só está aumentando suas chances de ser pego. Mas então — eu admiti — talvez ele seja arrogante o suficiente para pensar que não pode ser pego.

Gabriel me analisou.

— Talvez tenha a ver. Mas acho que a verdadeira razão de ele continuar aqui é você.

— Como assim?

— Há outras pessoas envolvidas nesse caso: sua amiga Poppy, eu, Harry. Por que ele não entrou em contato com nenhum de nós? Por que só você recebeu mensagens de texto ou ligações...

— Ou garrafas de vinho batizadas...

— Precisamente. É como se ele estivesse fascinado por você.

Senti o estômago embrulhar e forcei um sorriso.

— Bem, eu sou muito interessante.

Gabriel sorriu.

— Sim, sim, você é. E, por algum motivo, Wolf sabe disso. Acho que ele começou a gostar desse jogo que vocês dois estão fazendo: você procura, ele se esconde. E ele não consegue resistir, mas quer tornar as coisas um pouco mais emocionantes escondendo-se bem na sua frente.

Pensei na voz de Wolf ao telefone, de estar na escuridão do apartamento de Erin no Brooklyn, e senti um arrepio repentino percorrendo meu corpo.

— Ele me chamou de verdadeira heroína.

— Bem...

— Lá em Londres, logo depois do incêndio de Hampstead, Naomi Flood usou exatamente essas palavras: "verdadeira heroína". Ela é jornalista... E usou... um termo pouco usual. Ninguém nunca tinha me falado isso antes. Quero dizer, sejamos honestos. Não fiz nada de heroico naquele incêndio. Simplesmente não morri.

— Sim, mas...

Fiz um sinal para ele.

— O ponto é: ele usou as mesmas palavras... e se ele estivesse lá?

Gabriel hesitou.

— Isso pode ter acontecido?

— Havia muita gente naquela noite. Jornalistas, socorristas, moradores. Estava chovendo também, então tinha guarda-chuvas, pessoas usando capuz... — Levantei-me, andando de um lado para outro. — Eu falei com ele, Gabe. Não sei quando ou como, só sei que falei com ele. Aquele filho da puta! — O movimento fez minha cabeça girar, e eu afundei de volta na cadeira, tomando um longo gole de café.

— Você está bem?

— Sim, eu só... não sei o que ele me deu, mas tenho a sensação de que eu poderia dormir por uma semana. — As palavras circulavam ao redor, reverberando na minha mente. — Voc... Espere... no dia do acidente, quando Jacob e as crianças morreram... você me disse que Erin Owens deveria ter ido àquela festa com os filhos, mas que ela não tinha se sentido bem, porque ficou muito cansada na noite anterior, e dormiu o dia todo, certo?

— Sim... — Gabriel arregalou os olhos. — Calma. O que você está dizendo?

— E se ele a drogou também? Nós sabemos que ele usa um certo modus operandi, com fogo, toda essa coisa de troca de identidade. Ele me drogou. E se foi por isso que Erin ficou tão estranhamente cansada naquele dia?

— Mas... por quê? Para impedi-la de entrar no carro?

— Nós sabemos que ele só mata quando é necessário. Talvez ele tenha imaginado que, se Erin parecesse doente, as crianças ficariam em casa também, e o único no carro seria Jacob... — Gabriel fez uma careta.

— Ou talvez a única pessoa que ele estivesse preocupado em manter viva fosse Erin... Não sei. Estou ficando com dor de cabeça.

— Ou talvez ela só estivesse doente? — sugeriu Gabriel.

— Talvez. — Remexi os ovos no prato. — Viu? Era isso que ele queria. Mexer com as nossas cabeças.

Um zumbido forte interrompeu a conversa, e Gabriel pegou o telefone com um sorriso de desculpas.

— Capitão Otero. Sim. Ah, ei. Como você está? Ok... ok... ei, Quinn, um minuto, vou te colocar no viva-voz para que Alice possa ouvir também, tá? Espere um pouco... — Ele ergueu uma sobrancelha, colocou o telefone entre nós na mesa e apertou o viva-voz. — Quinn, nós estamos aqui. Você se importaria de repetir a última parte?

— Ei, sim... — Quinn Weland parecia mais velha agora do que poucos dias antes, como se a morte da mãe a tivesse envelhecido. — Eu estava mexendo nas coisas da minha mãe e encontrei algo, quero dizer, não sei se significa alguma coisa, mas só pensei...

— Quinn — disse Gabriel —, qualquer informação que puder nos dar vai ser de grande ajuda. Eu realmente agradeço por ter ligado.

— Tudo bem. Então, minha mãe, tinha guardado... um monte de papéis na escrivaninha dela. Contas da casa, documentos, você sabe, coisas importantes. Então, meu pai estava vendo isso ontem à noite, e encontrou... Não sei, não significa muito para mim, só que você mencionou o nome dele...

— O que você encontrou, Quinn?

— Bem, você falou sobre Jackson Wolf, não foi? Você me perguntou se eu o conhecia?

— Certo.

— Então, não conheço. Só que, quando estava mexendo nas coisas da minha mãe, encontrei uns papéis. Era, tipo, um recibo de aluguel da Americar, sabe aquela agência de aluguel de carros em Brentwood? E eu demorei um minuto para perceber o que estava vendo, mas tinha o nome daquele cara no meio. Aquele Jackson Wolf.

— Tudo bem... então ele alugou um carro em Brentwood, e sua mãe recebeu uma cópia do recibo?

— Sim, acho que ela deve ter ido lá alguns dias antes de morrer. Ela disse, não sei, talvez dois dias antes, que tinha ido até Brentwood para comprar uma coisa para Erin.

— Então, sua mãe devia saber que Jackson Wolf estava de volta a Long Island?

— Não, veja, isso foi o que eu pensei, mas o recibo está datado de muito tempo atrás, e eu só descobri hoje de manhã, quando acordei. O recibo está datado de um dia antes de Jacob e as crianças terem sofrido aquele acidente.

Olhei para Gabriel, que estava de boca aberta. Ele estava lá. Foi isso. A prova conclusiva de que Wolf estivera nas proximidades na hora do acidente.

— Quinn, isso foi muito útil. Agora, se eu...

— Espere, tem mais. Mas eu não entendo isso, e não sei por que minha mãe tinha isso, mas tem uma foto aqui também, parece que é uma foto das câmeras de segurança da agência de locação de carros. Tem o mesmo carimbo de data/hora do recibo. Só que... bem, eu não entendo. Olha, estou no escritório do meu pai. Posso... Vou escanear e mandar para você, sim? Veja o que você acha.

— Está bem. — Gabriel informou seu e-mail, e nós ficamos sentados em silêncio, ouvindo o barulho do escâner e das teclas.

— Ok, enviei. Quero dizer, como eu falei, não entendi, mas não sou detetive.

Um toque do telefone do Gabriel, uma mensagem chegando.

— Espere, o e-mail chegou. Só um segundo, Quinn. — Ele mudou a tela, puxando sua caixa de entrada e abrindo o anexo.

Uma imagem borrada encheu a tela do telefone, um longo balcão, uma sala de espera, um casal de clientes sentados e um homem parado no balcão. Empurrei a cadeira para trás, correndo ao redor da mesa, ansiosa para dar a primeira olhada real no homem antes conhecido como Jackson Wolf.

E então eu parei. Porque o homem na foto, um homem grande com cabelo preto e papada, era o dr. Jacob Owens.

— Puta merda — disse. — Eles são a mesma pessoa.

CAPÍTULO 21

A via expressa de Long Island passava por nós, Gabriel contornando os carros da frente, breves lampejos cor de laranja que, depois, desapareciam. Parecia um sonho, como estar debaixo d'água. Ed Canning, Jackson Wolf, Jacob Owens. Um homem, tantas identidades diferentes. Quem diabos era ele?

Era saber e, ainda assim, não saber. Porque você poderia tê-lo, poderia ter sua identificação nas mãos e, mesmo assim, isso não significar nada. Porque não havia ninguém. Ele era uma miragem, uma ilusão de ótica em tempo real.

Eu tinha recuado da tela, da imagem de Jacob Owens e Jackson Wolf, sentia o chão se abrir diante de mim, uma dor forte no ombro, um lembrete de que estava acordada e de que aquilo era real. Uma vaga lembrança de Gabriel agradecendo a Quinn, da ligação terminando, e de ter pensado apenas neles: Mackenzie e Levi, os bebês que Erin havia perdido. Porque, se Jacob Owens era Ed Canning e Jackson Wolf e não estivesse morto, talvez as crianças também não estivessem.

— Que porra é essa... Por que eles não procuraram os corpos, Gabe? O que diabos eles estavam fazendo lá? Como puderam ter deixado isso passar?

— Eles passaram dias na água, mas a correnteza...

Senti muito frio e, ao mesmo tempo, um calor escaldante. As crianças, os bebês. Estavam mortos em um túmulo congelado. Estavam vivos...

Passei a mão boa no cabelo ainda molhado. O DNA. Foi isso que ela havia testado. Ela deve ter pedido a Kate para pegar algo do seu apartamento, algo que tivesse pertencido a uma das crianças. Ela as encontrou, Gabe. As crianças estão em algum lugar em Londres.

Olhei para o azul ofuscante do céu enquanto passávamos apressados, balançando com o movimento do carro, vendo, no lugar das nuvens, Erin acordando de um sono não natural. Essa súbita sensação de erro. Aquela espiral inevitável de pânico, de incredulidade suspensa. Que não poderia ser verdade, que seu marido, seus filhos, que em momentos, minutos, eles voltariam pela porta. E, com certeza, tudo ficaria bem. Então, naquele momento, ouvindo a notícia, o carro que entrou na baía congelada, depois a dor, como ter todos os órgãos arrancados de uma vez, a realidade suspensa, seu futuro desaparecendo em um instante. Das semanas e meses de... quê? A palavra "luto" não parece ser suficiente. Mas qual palavra se encaixaria em uma situação na qual você fica sozinha em um mundo em que seus filhos já se foram? Será que ela pensara em morrer? Será que ela pensara em acabar com tudo, talvez encher os bolsos de pedras, entrar na Baía Great South e simplesmente desistir? Ou havia algo mais profundo, algo que eu não conseguia entender? Algum sussurro que dizia não, espere. Será que uma mãe saberia? Pensei em Poppy e Charlie, naquele conhecimento que parecia funcionar além dos sentidos. Isso era verdade para Erin, já que, mesmo em meio à tortura de sua dor, ela vivia, sabendo sem saber que seu trabalho ainda não havia terminado?

— Quando você acha que ela descobriu? — perguntei, observando enquanto passávamos por um caminhão.

O maxilar de Gabriel estava tenso, e ele tinha uma expressão dura.

— Talvez ela tenha começado a suspeitar de alguma coisa quando percebeu o quanto seu marido havia mentido para ela, o quanto do que dizia era uma invenção. A execução da hipoteca da casa, as apólices de seguro que caducaram. Acho que ela percebeu que o homem com quem se casou não era quem pensava ser. Mesmo assim... Quem poderia imaginar que alguém que você ama pode fazer isso, forjar a morte dos filhos?!

Observei as árvores passarem, mas elas ficavam pesadas de neve. Jacob ou Ed ou Jackson — ou Wolf, como passou a se chamar na minha cabeça — dirigindo por uma rodovia incrustada de gelo, os filhos no banco de trás. E depois?

— Sabe — disse —, as coisas que nós encontramos no apartamento dela em Londres. Disfarces. O dinheiro. Foi por isso. Ela queria encontrá-lo, encontrar os filhos. Mas ela deve ter percebido que estava em perigo. E talvez ela tenha se disfarçado.

— Bem — respondeu Gabriel —, ela aprendeu com um mestre. Mas e o dinheiro?

Meneei a cabeça, uma gaivota mergulhando baixo.

— Talvez ela quisesse tentar suborná-lo? Ela já devia saber da importância que o dinheiro tinha para ele, e o que estava disposto a fazer para ganhá-lo. Talvez fosse tudo que ela pudesse pensar em oferecer para pagar pelos filhos dela.

Pensei então no carro alugado. Será que ele o estacionara e ficara esperando em uma rua próxima? Daí, transferiu os filhos de um carro para outro, deixando-os sozinhos no frio ártico, na neve que caía, porque ele tinha um cenário para montar. Uma janela de carro para quebrar, uma touca de bebê para colocar no assoalho. E, depois, o lento rolar do carro vazio nas águas azuis da baía.

— Sabe — disse —, ele jogou com todos. Não foi apenas a identidade dele que mudou, mas a de Erin também. Ele fez as pessoas acreditarem que ela era uma trapaceira e que os havia levado à falência. E o tempo todo ele estava construindo uma cortina de fumaça para encobrir seus rastros. Fazendo ele mesmo parecer a vítima perfeita.

— Para que, quando desaparecesse, ninguém suspeitasse de qualquer outra coisa além de um acidente.

Concordei.

— Porque ele era um cara "bom". E, se Erin tivesse dito alguma coisa, desconfiado ou plantado a semente da dúvida em qualquer um que pudesse ouvi-la... Quero dizer, como? Como alguém pode ser um mentiroso tão convincente?

Gabriel meneou a cabeça.

— Pense nisso. As pessoas que ele convenceu; Chloe, a sra. McGilly, até mesmo Quinn. Em primeiro lugar, todas tinham motivos para não gostar de Erin. Chloe, bem, acho que ciúme é a única palavra possível para descrever. A sra. McGilly não gostava do fato de Erin não a deixar entrar em sua intimidade como Jacob fazia, mantendo-a distante. E Quinn, ela mesma disse que estava chateada, que sentia que Erin havia praticamente abandonado sua mãe. Ele pegou esses pequenos ressentimentos e colocou lenha na fogueira.

— Ele até mesmo alugou a sala em nome dela para que qualquer subterfúgio parecesse ligado a ela, e não a ele — completei. — Por isso ela não foi até vocês imediatamente: ela o seguiu, reuniu as evidências, para que ficasse claro, para que nós precisássemos acreditar nela. — Olhei para ele. — Você acha que Adrienne Lee foi o ponto de partida, o que o fez decidir fugir? Ele percebeu que ela estava atrás dele, que, se ela pressionasse o suficiente, faria toda a fraude vir abaixo...

O rosto de Gabriel estava sério.

— Aquele filho da puta — murmurou.

Erin. Que preço você pagou por um engano simples, confiar no homem errado. O quanto você sofreu por isso. E, ainda assim, você nos trouxe até aqui. Você fez tudo isso antes de nós.

— Sabe o que eu não entendo? — questionou Gabriel. — A sala. Por que destruí-la? Por que não queimá-la?

Deixei a cabeça cair no encosto do assento, pensando.

— O apartamento em Vauxhall — disse. — Não parecia que ele estava morando lá. Parecia mais uma casa segura, talvez. E se esse for o modus operandi dele? Para fazer girar essa teia elaborada de identidades, ele precisa desse único lugar onde possa canalizar tudo, um lugar que tenha certeza de que ninguém mais vai descobrir.

— Você está dizendo que ele estava planejando voltar? Que ele rasgou a documentação apenas para ficar seguro, mas...

— Mas ele estava confiante o suficiente para acreditar que ninguém jamais o encontraria. Ele pode não ter percebido que tinha deixado a chave cair. Que o banco daria o endereço para Erin. Quero dizer, depois que você ateia fogo em um lugar, está acabado. Ele estava saindo do país. Talvez quisesse um lugar para onde sabia que poderia voltar. Só que ele chegou lá e...

— Ela trocou as fechaduras. — Fiz que sim com a cabeça. — Isso deve tê-lo irritado.

Gabriel nos desviou rapidamente para fora da rampa de saída, indo para os arredores de Brentwood, campos verdes dando lugar a casas solitárias, uma igreja isolada com ripas de madeira, proclamando Jesus como rei. Viramos à esquerda, a grama se transformando no concreto de estacionamentos e shoppings.

A agência de locação Americar era um imóvel solitário, cercado por um mar de carros e concreto, uma bandeira laranja balançando com a brisa. Enquanto entrávamos, parecia que eu era, ao mesmo tempo, eu e outra pessoa. Estava nevado na noite em que Jacob Owens veio aqui. Questionei-me sobre o que estaria sentindo, onde seus pensamentos estariam. Ele estava triste, deixando para trás uma vida que havia construído? Ou simplesmente não funcionava dessa maneira com ele? Será que a normalidade das emoções humanas estava em algum lugar além de sua capacidade? Estacionamos em uma vaga perto da entrada, e me perguntei se era aqui que ele havia estacionado naquela noite. Ou será que ele caminhou na neve forte, no frio intenso? Como tudo isso tinha funcionado para ele?

Abri a porta, com uma sensação desconfortável tomando conta de mim. Porque, em tudo o que vimos dele, tudo o que sabíamos, parecia inevitável que suas escolhas não resultaram de um céu azul-claro. Sua vida inteira se dissolveu em uma série de planos, identidades criando trampolins em um movimento rápido. Ele sabia que acabaria aqui, na noite anterior à sua "morte", que nas raízes de seu relacionamento com Erin estava o conhecimento de que terminaria por traí-la.

A gerente estava nos esperando, uma mulher de meia-idade, com os dedos apoiados em sua barriga de grávida.

— Eu separei as fichas assim que você me ligou. — Ela nos levou a uma mesa ao lado do showroom, com os papéis já espalhados. Afundou em uma das cadeiras e acenou em nossa direção. — Verifiquei com os funcionários que trabalharam naquele dia. Para ser sincera, eu não estava muito otimista. Quer dizer, faz bastante tempo e nós atendemos muitas pessoas.

— Ninguém lembra dele? — perguntei.

Ela fez que não com a cabeça, com seu cabelo ruivo comprido.

— Não. Mas meus colegas lembram do dia. A noite estava péssima, e eles estavam planejando fechar mais cedo. Os dois funcionários daquele dia disseram que lembravam de precisar ficar abertos porque um cliente entrou, mas não souberam me dizer nada sobre ele.

Pensei em Holborn, nas testemunhas, todos vendo Erin, mas ninguém vendo o homem que caminhava alguns metros atrás dela.

— Não — disse. — Ele não é o tipo de pessoa em quem se presta atenção.

Ela folheou os papéis e nos mostrou um recibo.

— De acordo com os nossos registros, o sr. Wolf alugou um sedan quatro portas. E, também, duas cadeirinhas de criança.

— Quando o sr. Wolf devolveu o carro? — Gabriel perguntou, com a voz distante.

Ela meneou a cabeça.

— Conforme os meus registros, ele não devolveu aqui. Deixou em outra filial no dia seguinte.

— Onde?

— Aeroporto de Logan. Boston.

CAPÍTULO 22

Gabriel apoiou o telefone no queixo, observando-me enquanto caminhava pela sala da delegacia.

— A imigração não tem registros no aeroporto de qualquer viagem sob o nome de Wolf, Owens, Alvarez ou Canning. Sim — ele disse, dirigindo-se ao telefone —, olha, vou te mandar tudo o que tenho sobre esse cara. Pode me fazer um favor? Veja se consegue descobrir alguma coisa a respeito dele.

Parei e me virei para Gabriel.

— Peça que verifiquem os voos para Roma. Erin tinha vindo de lá antes de chegar a Londres.

Gabriel assentiu.

— Voos de Boston para Roma nessa data. Ele estaria viajando com duas crianças, um menino e uma menina, mas eram pequenos, então ele pode ter apresentado os dois como sendo de gêneros diferentes.

Meu telefone tocou, com o nome de Harry piscando na tela.

— Sargento — uma voz apressada, com o ruído baixo do trânsito ao fundo —, estamos a caminho do Hilton em Tribeca. Parece que nós conseguimos rastrear o carro alugado que foi usado no assassinato de Weland.

Segurei o braço de Gabriel.

— Precisamos ir. Eles acharam o carro. Harry — instruí —, nós estamos saindo daqui. Não o deixe fugir.

Deixamos a sala de Gabriel apressados, passando pelas pessoas no corredor.

— Esse sacana — murmurou ele — estava bem ali na esquina nesse tempo todo.

Saímos correndo pela porta, subindo a Beach Street.

Enquanto corríamos, aquele pensamento, o de que ele havia feito de novo, ficando bem ao meu lado, sem que eu fizesse a menor ideia disso. Ele estava me observando. Eu tinha certeza. Colocou-se a um quarteirão da delegacia em uma direção, a um quarteirão do meu hotel na outra. Esquivei-me de um homem idoso passeando com um pug. Isso deveria ter me assustado: o pensamento de sua proximidade deveria ter me deixado com calafrios. No entanto, no lugar dessa sensação havia outra coisa, quase uma emoção. Aquilo era um jogo do qual eu estava participando, embora tivesse começado como o jogo dele e, talvez com alguns pequenos ajustes, pudesse se tornar meu.

Em seguida, senti um cheiro tão familiar que, a princípio, havia imaginado ser de fumaça, depois um som que se seguiu, de um caminhão de bombeiros, cujo barulho da sirene nos alcançou, fazendo uma curva fechada à esquerda na esquina da Avenue of the Americas.

— Você só pode estar de brincadeira comigo — murmurei.

Viramos a esquina a tempo de ver o caminhão diminuir a velocidade próximo ao Hilton, abrindo caminho para uma ruazinha logo depois dele. Seguiu pela rua lateral, um beco sem saída de garagens e saídas de emergência, uma nuvem de fumaça que vinha logo adiante.

Em seguida, uma figura que reconheci: Harry passando a mão no cabelo.

— Que droga está acontecendo? — gritei.

— Um incêndio em uma das garagens. — Ele me encarou, o rosto pálido. — Alguém colocou um monte de coisas em chamas num caixote de metal. Assim como em Vauxhall.

Fiquei olhando o bombeiro desenrolar a mangueira e, depois, olhei de volta para Harry.

— Você pegou a chave do quarto dele?

Rudy dobrou a esquina, segurando um cartão-chave.

— Entendi.

— Vamos — disse Gabriel.

Subimos as escadas de trás de dois em dois, em silêncio, exceto pelo som de nossos passos correndo. Cada um de nós pensando a mesma coisa, que já tínhamos visto isso antes, repetidamente — o fogo —, aquele homem escorregando pelos nossos dedos. Gabriel abriu a porta para o corredor do quarto andar, arma na mão.

— Vocês dois fiquem para trás — ele murmurou para Harry e para mim, acenando para Rudy.

Nós nos movemos com cuidado, passando por uma porta, duas, parando do lado de fora do quarto 432. Observei Rudy deslizar o cartão-chave na abertura, a luz mudando de vermelho para verde, e, depois, empurrar a maçaneta para baixo, abrindo a porta, Gabriel entrando e apontando a arma para o quarto mal iluminado. Ele se moveu de um lado para o outro, verificando o banheiro, o guarda-roupa, a cama. Só que eu já sabia o que ele ia encontrar.

Chegamos tarde demais.

O cheiro de alvejante que fazia a garganta arranhar.

A cama não estava apenas vazia, mas também sem nada, já que os lençóis tinham sido arrancados.

— A faxineira já passou por aqui? — perguntei a Harry.

Ele fez que não com a cabeça.

— Wolf não fez check-out. — Ele olhou em volta. — Ele deve ter feito isto aqui. — Harry me encarou novamente. — Acho que já era, sargento.

Passei minha mão boa no cabelo e senti um grito crescer dentro de mim. Senti Gabriel se aproximar.

— Nós vamos pegá-lo, Alice. Não importa para onde ele vá, nem qual será o próximo personagem que ele vai incorporar. Vamos encontrá-lo.

Ele tinha ido embora? Tinha acabado? Será que ele desapareceria neste mundo tão grande, outra pessoa completamente diferente?

— Precisamos da perícia aqui. — Minha voz parecia vir de muito longe. — Vou falar com a equipe de bombeiros.

Tive a sensação de estarem olhando para mim quando saí do quarto.

O cheiro de fumaça pairava pesado no ar, ressaltado pelos exaustores. Trabalhei do meu jeito perto do caminhão dos bombeiros, apresentando-me a um deles. Ele deu de ombros em relação à minha pergunta, o olhar fixo na minha cicatriz, antes de se afastar abruptamente.

— Parece que usaram um monte de papel para iniciar o incêndio. Havia algum tecido junto, parecia roupa de cama.

Fogo, para limpar tudo.

Assenti, afastando-me do cheiro de cinza, da sensação de queda, os dedos agarrando-se ao último apoio para as mãos, procurando, falhando.

Você já é outra pessoa?

Voltei em direção ao barulho do trânsito, uma certeza horrível me tomando. Que estávamos no meio de uma ilusão — o grande desaparecimento. Que Erin havia feito o que eu não tinha: ela havia encontrado Mackenzie e Levi. Se eu falhasse novamente, ali, agora, eles desapareceriam outra vez.

Dobrei a esquina, e um porteiro entediado estava observando com desdém os carros da polícia estacionados. Mostrei meu distintivo para ele, esperando que não reconhecesse a futilidade disso.

— Estamos procurando um cara.

— Arram. Estou vendo...

— Ele teria vindo dos fundos do prédio.

— Lá onde pegou fogo?

— Isso, onde pegou fogo — confirmei.

— Como ele é? — perguntou o porteiro.

Eu ri. Tinha sido uma semana muito longa.

— Não tenho ideia.

O homem franziu a testa, olhando-me de cima a baixo rapidamente, um passo sutil para trás, só para o caso de a maluca perder completamente o controle.

Meneei a cabeça, esfregando a testa.

— Uns quarenta anos. Provavelmente cerca de um metro e oitenta.

O porteiro me olhou e depois se voltou ao redemoinho do trânsito.

— Um cara entrou num táxi. Talvez uma hora atrás. Mala de viagem. Boné de beisebol. Ele é o seu cara?

Senti a raiva aumentar.

— Para que lado ele foi?

O porteiro deu de ombros.

— Não vi. Mas era o táxi do Frank. O cara faz corridas neste ponto.

— Sabe como eu posso falar com esse Frank?

— A recepcionista deve ter o número dele. — Ele apontou para a mesa depois da porta.

Entrei no lugar, uma emoção de alguma coisa, talvez esperança? Expliquei para a recepcionista, uma mulher magra e de aparência pálida, esperando enquanto ela terminava de digitar, as unhas batendo na mesa, estudando todos no meu caminho. Ele havia me ensinado bem, não é mesmo? Que ele podia ser qualquer um, estar em qualquer lugar.

A recepcionista pegou o telefone da mesa e discou um número. Eu me virei, metade de frente para ela, metade de frente para o saguão com seus inúmeros desconhecidos. Talvez você não tenha ido embora? Você está aqui?

— Ei, Frank, é a Ellie do Hilton. Oi. Sim, estou com a polícia aqui. Eles estão procurando informações sobre aquele passageiro que você acabou de buscar daqui. — Ela ouviu com atenção. — Espere aí, Frank. — Ela se debruçou sobre a mesa. — Ele disse que o deixou em Newark. No aeroporto.

Lembro-me do movimento dos lábios dela, da cor cereja do batom que usava, e da maneira como formavam as palavras. Frank disse que está voltando. Ele está a uns dez minutos daqui. Em seguida, as portas do elevador se abriram, e Gabriel caminhou em minha direção com passos largos, e tive a sensação de que o chão estava se mexendo sob meus pés.

— Conseguiu alguma coisa? — ele murmurou baixinho.

— Ele está em Newark — falei em voz baixa. — Está fugindo.

E o rosto de Gabriel ficou sério, uma voz dura ao telefone, cada centímetro do capitão da polícia surgindo.

— Ele pode estar viajando sob qualquer um dos seguintes pseudônimos: Ed Canning, Jackson Wolf, Jacob Owens. Ou, possivelmente, Eduardo Alvarez. Estou mandando uma foto dele, mas, por favor, saibam que provavelmente ele está viajando disfarçado. — Uma pausa, que imagino ter sido uma risada descrente. — Sim, sim, eu sei. — Um olhar para mim, quase implorando. — Para onde ele está indo, Alice?

Pensei em tudo o que sabia sobre Wolf, em tudo o que tinha ouvido e entendido sobre ele. E pensei no que ele havia dito, que estava disposto a matar para defender o que mais importava para ele. Ele poderia ter deixado os filhos, naquela manhã, quando se aventurou em uma fuga na neve. Quão mais fácil teria sido a vida para ele se simplesmente tivesse desaparecido, deixando-os para trás aos cuidados da mãe? Será que ela teria procurado por ele se não tivesse dado aquele passo longe demais? — Ele vai voltar para Londres — afirmei, resolvida na minha própria certeza. — Ele vai buscar os filhos. Eles precisam procurar por voos para a Inglaterra. Londres, Birmingham, Manchester. Ele poderia até mesmo voar para Paris e atravessar pelo Eurostar. Já fez isso antes.

Observei enquanto Gabriel transmitia as informações, os sons estranhamente distantes.

— Com licença? Detetive Parr? Frank já voltou. — A jovem apontou para as portas da frente. — Ele acabou de estacionar.

Toquei a mão de Gabriel, gesticulando para o táxi amarelo, e disparei pelo saguão, com aquele sentimento me seguindo, de que podia ser aquele homem ou aquele homem ou aquele, que o fogo tinha falhado, que, quando o fogo falhava, o lobo matava. Andei entre as várias pessoas que se aglomeravam, esperando por uma dor aguda nas costelas, pelo estalo oco de um tiro.

Mesmo assim, onde deveria ter havido morte não havia nada, só as pessoas me observando, imaginando o motivo de eu estar olhando para elas daquela maneira.

Mergulhei na rua novamente, uma brisa da avenida passando por mim. O táxi parou, o motor ainda ligado, e eu me inclinei para a janela do passageiro aberta.

— Você é o Frank?

O homem me analisou e depois deu um rápido aceno:

— Sim, sou o Frank. Vocês são os policiais?

Assenti.

— Onde você o deixou?

— No terminal B — disse ele. — O terminal internacional — acrescentou, de forma útil.

Levantei-me e olhei para trás, pela porta de onde Gabe me observava, o telefone ainda pressionado em sua orelha.

— Gabe — gritei —, ele está no terminal B.

Gabriel não reagiu por um momento, tentando sincronizar o movimento dos meus lábios com o barulho do trânsito, além do vento forte. Então, ele assentiu e voltou sua atenção para o telefone.

Inclinei-me de volta para o taxista.

— Por favor, você pode descrevê-lo para mim?

O homem fez uma careta.

— Posso fazer melhor do que isso. — Ele se inclinou, abrindo a porta do lado do passageiro e fazendo um gesto para que eu entrasse.

Hesitei, pensando no homem de cabelo branco que me levantou no hotel, que ficou ao meu lado quando apaguei o fogo, aquela sensação de que Wolf poderia ser qualquer um, em qualquer lugar. Mas Frank já tinha bem os seus setenta anos, uma feição carregada pelos anos. Ainda que ele fosse bom, não podia ser tão bom assim.

Entrei pelo banco do passageiro.

Frank apontou para a câmera instalada no topo do para-brisa.

— Isto aqui é Nova York — ele rosnou. — Você precisa se cuidar.

Foi aí que percebi que havia duas, e não apenas uma. Uma câmera virada para fora e a outra para dentro, capturando a extensão do banco de trás. Senti meu batimento cardíaco aumentar enquanto Frank manejava a tela com os dedos desajeitados.

— Ah... que coisa idiota... sabe, eu odeio tecnologia. Droga. Vai ferrar o mundo qualquer dia desses. Aqui está. — Ele inclinou a tela na minha direção.

Mostrava um homem, com o braço esticado sobre o centro de descanso, seu rosto de perfil enquanto observava a cidade passar rapidamente. Ele era esguio, com o cabelo escuro e curto.

Ele era Jacob Owens, apenas despojado, sem aquele peso e a grande papada, a massa de cabelo penteada para trás.

Fora ele o homem que me levantara do chão, com seu cabelo branco rebelde e seu rosto assustado.

O homem em uma rua em Holborn, correndo em direção ao seu alvo, o casaco esticado pelo enchimento, uma peruca loira esvoaçante.

Ele era outra pessoa.

Porque, enquanto eu olhava para a imagem, percebi que conhecia esse lobo.

Minha respiração ficou presa na garganta enquanto sentia a grama úmida debaixo dos joelhos, o cheiro de sangue no ar, rico em ferro. Erin Owens com a garganta aberta, quase como se estivesse tentando afastar as mãos do paramédico. Pensei nas palavras dele — "segure as mãos dela para mim" —, na atadura que ela havia de alguma forma enfiado na manga, como se tivesse acreditado que, mais cedo ou mais tarde, eu iria descobrir, que eu entenderia.

E olhei para a imagem do mesmo paramédico sentado calmamente no banco de trás de um táxi em Nova York.

— Christian. Filho da puta.

Terceira Parte

CAPÍTULO 1

Olhando para trás agora, parece que a vida havia se dividido ali, bem naquele momento, as horas e os dias seguintes acelerando, desacelerando, o tempo escorregando descompassado, de modo que, no final, tinha perdido a forma anterior. Tudo o que me restara eram picos, momentos que se destacaram, incorporando-se à minha memória. Um voo difícil, uma turbulência em algum lugar no meio do Atlântico que fizera o avião tremer bastante, a mulher idosa no assento do outro lado do corredor rezando um Pai-Nosso baixinho. O rosto verde de Harry, que se agarrava firmemente aos apoios de braço como, se daquela maneira, pudesse controlar o avião. O cheiro da colônia de Gabriel, seu rosto impassível, como se nem tivesse notado as vibrações.

Londres, espalhada embaixo de nós como uma grande manta cinzenta civilizatória, e meu desejo era de saltar do avião, lá para baixo, entre os oito milhões de pessoas, minha fúria e meu horror pelo Wolf, Christian, Jacob. Aquela sensação na boca do estômago de que estava terrivelmente atrasada.

Poppy nos esperava na chegada, com o rosto sério. Já estivemos na casa de Christian. Foram embora.

Já haviam se passado 36 horas. Uma sensação de incredulidade pairava no departamento de Investigação Criminal em Holborn. Que isso deveria acontecer, que tinha que ser assim. Parecia que Noah havia encolhido durante aqueles dias, as olheiras pronunciadas, os movimentos cansados. Olhei para Gabriel, que nos observava, meu olhar atraindo o dele, um sorriso rápido.

— O que nós sabemos?

— Nós sabemos — disse Poppy, com o rosto sombrio — que ele está casado. E você conhece a esposa dele.

O tempo parou novamente, aquela sensação que costumamos ter um pouco antes de uma queda.

— Quem?

— Aquela repórter do *The Times*. Naomi Flood.

Eu deveria ter feito uma expressão de surpresa. Mas, em vez disso, senti um tipo de cansaço em relação ao mundo.

— Falei com os colegas dela no jornal — disse Poppy. — Com cuidado, obviamente, mas fiz algumas perguntas sutis a respeito. Eles se casaram em setembro do ano passado. Aparentemente, foi um romance turbulento. Eles se conheceram cinco meses antes disso, em um incêndio, o que achei profundamente romântico. Ele tinha dois filhos pequenos de outro casamento. Contou a Noemi que a mãe deles tinha morrido no parto do mais novo.

Pensei em Mackenzie e em Levi, no santuário que a mãe havia feito para eles, e senti algo desabrochar no peito, o fato de que, apesar de todas as probabilidades, eles haviam sobrevivido, que seu pai, qualquer que fosse a escuridão de seu coração, os amava o suficiente para protegê-los, para mantê-los com ele.

Mas Naomi... Ele já tinha matado duas mulheres que conhecíamos. Será que ela estava prestes a ser a terceira?

— Ele sabe que estamos nós estamos na cola dele — eu disse baixinho. — Sabe que há um risco muito real de nós conhecermos a sua identidade atual. E Naomi é uma mina de ouro de informações, especialmente se ela descobriu que as coisas não vão muito bem por aqui.

Poppy suspirou.

— Se você não quer que a sua parceira fique cavando por aí, seria melhor não se casar com uma repórter, né?

— Por outro lado — repliquei —, se você estiver procurando uma pessoa que possa te dar informações sobre outros, digamos, sobre detetives, daí pode ser uma boa.

Gabriel olhava para o chão, cruzando os dedos e pressionando os polegares, a mão ficando branca com a pressão.

— Se esse cara achar que ela sabe de alguma coisa que possa atingi-lo, vai matar a esposa.

O inspetor ficava andando para a frente e para trás, rangendo o piso de linóleo com suas pisadas.

— Eles não estão em casa aqui em Londres. O carro está lá, então não podemos usar o Serviço de Localização de Veículos. As crianças não foram para a creche, nem Naomi ou Christian... Wolf... seja lá qual for o nome dele... foram trabalhar. — Ele olhou para mim, os olhos opacos. — Odeio dizer isso: mas pode ser tarde demais.

Olhei para um mapa de Londres pregado na parede, os locais de interesse do caso de Erin Owens marcados em vermelho. Parque Brunswick Square Gardens. Foi lá que tudo começou. Pensei nele, em Christian, em Wolf, em seus movimentos frenéticos, as mãos trabalhando para salvar aquela vida. É impressionante o efeito que um uniforme exerce sobre as nossas percepções. Porque isso distorce a lente, só um pouco, e você vê uma coisa diferente, as mãos dele se movendo para fazer o atendimento, havia algo que ela estava escondendo, algo que ele tinha deixado para trás?

Foi no meio do Atlântico, no momento em que um som ecoou, o aviso do cinto de segurança finalmente se apagando, que as peças se encaixaram. O fato de que em nenhuma das imagens das câmeras de segurança que tinha visto eu havia enxergado Christian chegar ao local. Se, como ele tinha me dito, estivesse bem ali na esquina, daria para vê-lo correndo para a cena, assim como eu correra. Encostei a cabeça no assento e olhei pela janela para as nuvens que formavam a figura de um cobertor, imaginando o parque.

Ele a seguira, pegando-a na estação King's Cross, talvez sabendo para onde ela iria, mas ainda não tendo descoberto onde estava hospedada. Ele a havia esfaqueado, cortado sua garganta. Depois, Edwina Clarke e seu cachorro Billy. Então, ele correu, com a mochila pesada nas costas. Só que ele nunca havia saído do parque. Aquele pedaço de chão em que havíamos encontrado o sangue, a pegada. Ele ficou parado ali, escondido pelas árvores e... o quê? Tirou seu uniforme de paramédico de dentro da mochila? Não. Não apenas o uniforme. Ele tinha um kit na mochila, ou assim eu presumia. Mas não tinha acontecido assim, certo? Ele havia vestido seu uniforme de paramédico para cobrir a roupa ensanguentada do corte na garganta, tinha puxado um par de luvas, para disfarçar o fato de que suas mãos já estavam encharcadas de vermelho. E a mochila? Deve ter ido parar dentro da bolsa, com o envelope de provas que Erin havia coletado. Porque, quando olhamos para alguém, vemos o que esperamos ver. Eu tinha visto um uniforme. O que significa que eu achava que sabia o que sua mochila continha.

Eu estava errada.

— E o envelope? — perguntei. — A coleta de provas de Erin.

— Sinalizei para as equipes de busca — respondeu o inspetor —, mas nenhum sinal até agora. Se for o que você acha que é, ele deve querer mantê-lo por perto.

Eu tinha visto o sol dançar entre as nuvens. Ele teria chegado correndo até o corpo caído de Erin Owens, um paramédico determinado a salvar sua vida. Senti um aperto no estômago pensando naquele momento, nela olhando para cima e, por um segundo, vendo o que eu tinha visto. Aquele uniforme vindo, pensando que a ajuda estava próxima. E então ele se aproximando e a compreensão dela de que aquilo não era a ajuda, mas sim o último prego em seu caixão. E lutando contra ele. E então chega uma mulher, uma policial, e ela começa a ajudar. Ela simplesmente segura suas mãos e as aperta e agora, de repente, a luta está perdida.

Olhei para o céu azul sem limites e chorei, lágrimas silenciosas. Tinha ajudado a conseguir o que ele queria.

A mãe de Naomi Flood era minha cartada final. Foi uma ligação desesperada, pois o sol tinha começado a afundar abaixo do horizonte, minha voz rouca de exaustão, o conhecimento já assentado de que, fosse qual fosse o jogo que estávamos jogando, eu tinha perdido. Mas todos nós voltamos para nossas mães, mais cedo ou mais tarde. Ela atendeu o telefone com um alegre "Olá", um forte sotaque galês, que soou positivamente feliz por estar falando comigo, uma detetive de Londres, bem, isso não é adorável? Menti para ela, aquela mulher ingênua da costa galesa. Disse que estava trabalhando com Naomi em uma história, que precisava falar com ela, que ela havia me dado o número de sua mãe para alguma emergência, porque "você sempre sabe onde encontrá-la". Você podia escutar isso nela, a maneira como essas palavras estufaram seu peito, trazendo-a para o centro do importante trabalho de sua filha.

— Bem, você sabe, ela me ligou hoje de manhã. Eles estão no Peak District.

Aquilo tinha acalmado meu sangue, aquelas palavras, a menção aos montes que eu subia, os campos verdes em que passei a juventude. Pensei no que Gabriel havia dito. É você. Ele está fascinado por você. E, assim, ele fugiu de Londres direto para os braços da minha casa. Não pode ser coincidência.

— Ah, que bela surpresa foi para ela. Chris chegou do trabalho e disse: "faça as malas, amor, vamos levar as crianças para um chalé e ficar por lá um tempo, só nós quatro." Ele é um garoto tão atencioso. Você o conhece?

— Sim — disse baixinho —, eu o conheço. Você sabe exatamente onde?

— Ah, sinto muito, querida, não sei. E lá não tem sinal, claro. Você sabe como é quando se está no meio do mato. Quando me ligar de novo, eu peço para ela retornar, certo?

Era o movimento das peças de xadrez. Você pega minha torre, eu tomo seu bispo. Eu sentia a pele escorregadia, aquele sentimento me tomando, trabalhando em cada parte da minha vida, para que, no final dela, nada mais restasse a não ser o próprio lobo.

Levantei-me, a cadeira rangendo forte contra o chão.

— Estou indo para o Peak District.

A sala havia se acalmado, com todos me olhando como se eu tivesse perdido a cabeça. Talvez tivesse mesmo. Era difícil dizer mais alguma coisa.

Mas é inútil, disse Poppy. Você não sabe onde eles estão, completou Noah. Não tenho que ir, né? Perguntou Harry.

Então Gabriel se levantou, casual e tranquilo.

— Vamos lá.

Peguei as chaves do carro.

— Eles estão em um chalé em Peak District. Preciso de um endereço. Façam tudo que puderem. Desmontem os computadores deles, os registros telefônicos, qualquer coisa que puderem encontrar, mas me consigam um endereço.

Eu deveria estar cansada, deveria ter sido tomada pelo efeito do jet lag. Mas o aumento da adrenalina manteve meus olhos abertos, levando-me para fora de Londres, passando por Northampton, Bletchley, Rugby.

— Pode dormir se quiser — ofereci a Gabriel. — Eu te acordo quando estivermos perto.

Ele deu de ombros e sorriu.

— Estou bem. Vou te fazer companhia.

Não me lembro de ter falado alguma coisa, embora pareça agora que devemos ter feito isso, já que a viagem teria se estendido infinitamente no horizonte se não tivéssemos trocado uma única palavra. Ou talvez não tenhamos trocado. Em nossa semana juntos, parecia que tínhamos desenvolvido uma proximidade tamanha que os silêncios não eram mais constrangedores, e sim calçados como um velho par de chinelos.

Eu disse a mim mesma que aquele era um policiamento responsável. Que eu precisava estar lá, para pegá-lo, para impedir que escorregasse pelos dedos de outra força policial, alguém que não entendesse as complexidades de Wolf, que possivelmente não compreenderia exatamente do que ele era capaz. Era isso? Talvez. Talvez o crédito me fosse permitido. Mas eu receava também que houvesse outra coisa, certa inevitabilidade. Que ele tinha me puxado para esse jogo e que, querendo ou não, estava presa a ele. Amarrada.

A ligação chegou quando passávamos por Matlock.

— Al? Eu os encontrei. — A voz de Poppy chegou como em um alto-falante, soando como a corda de um piano esticada. — Naomi colocou um código postal no seu navegador via satélite. É uma propriedade alugada nos arredores de Bakewell. Noah está na polícia de Derbyshire. Ele vai chamar uma equipe para encontrar vocês lá.

Apertei ainda mais o volante.

— Diga para eles esperarem. Nós estamos a quinze minutos de lá. Vamos montar um ponto de encontro no estacionamento do Morrisons em Bakewell. Só carros sem identificação.

Olhei para Gabriel e vi sua mão vagando inconsciente até o quadril, procurando uma arma que não estava lá, e senti meu pé pressionar ainda mais forte o acelerador, o velocímetro subindo.

Chegamos ao supermercado momentos antes da equipe de Derbyshire, dois detetives; um homem alto e esguio, uma mulher cuja cabeça mal chegava ao meu ombro. Olhei para os dois.

— Nós precisamos de mais dois carros. — Mostrei meu celular a eles, onde estava o mapa. — O acesso à propriedade é por uma estrada secundária. Temos que ter uma unidade em cada extremidade, para o caso de ele passar por nós.

A mulher me encarou, parecendo muito indignada.

— Ele não vai passar por nós — disse ela, com o tipo de confiança que poderia ter tido alguma vez. Antes de conhecer Wolf.

— Acho que é melhor ter cautela — falou Gabriel, sua voz calma os atraindo para mais perto dele. — Ele já escorregou dos dedos da polícia em mais de uma ocasião.

A mulher o encarou por um momento, trocou um olhar com o parceiro e deu de ombros.

— Tudo bem — disse ela.

— Avise a eles que, depois que nós entrarmos, ninguém mais entra, ninguém sai. Não importa o que aconteça. Eles não devem presumir que sabem como ele é.

Saímos do estacionamento, virando rapidamente pelas estradas rurais arborizadas.

— Sabe — murmurou Gabriel —, eu realmente gostaria de ter minha arma comigo agora.

Diminuí a velocidade, virando à esquerda com cuidado, o caminho estreito o suficiente para que os galhos rangessem nas janelas fechadas.

— Sabe, eu realmente gostaria que você estivesse com a sua arma.

Mergulhamos colina abaixo e distinguimos as luzes de um chalé no crepúsculo, vendo o formato de um celeiro atrás dele.

— Ali está — disse Gabriel, apontando para um quadrado escuro, uma casa de pedra que parecia escorregar para o fundo, quase invisível na luz fraca.

Meneei a cabeça, a adrenalina fazendo meus dedos ficarem gelados.

— Você está vendo algum carro?

Gabriel se endireitou no assento, olhando para o vale.

— Não consigo ver nada.

Diminuí a velocidade, os faróis em nossa direção, os policiais de Derbyshire reduzindo a marcha para nos permitir entrar primeiro no pátio. Estacionei, o segundo carro parando no portão para que ninguém pudesse fechar a saída para a estrada.

— Vamos lá — murmurou Gabriel.

Lá fora, no vento frio e cortante, ainda era inverno ali, surgiu apenas um pensamento distante. Um vento nebuloso varreu o campo, encharcando meu rosto, e puxei meu bastão, deixando-o em riste. Pude sentir a presença de Gabriel enquanto ele deslizava para dar um passo ao meu lado, os punhos cerrando e abrindo. Corremos para a pequena cabana. Não havia luzes acesas dentro da casa, nenhuma sugestão de vida lá dentro. Gesticulei para a dupla de Derbyshire, chamando-os em nossa direção, com uma mão na maçaneta da porta, uma torção, e ela cedeu sob meus dedos, a porta de madeira balançando aberta para uma entrada escura. Entrei, permitindo que Gabriel e os outros detetives passassem por mim, checando o banheiro e o quarto. Gabriel balançou a cabeça, gesticulando para a porta à minha esquerda.

Eu a abri facilmente.

Atrás dela, o retângulo de uma sala, alguns sofás amontoados em torno de um fogão a lenha, restos de cinza ainda pairando no ar, uma cozinha nos fundos. Espreitei pela escuridão, meus olhos se ajustando lentamente, formando feições onde só havia sombra. Gabriel tocou meu cotovelo, apontando para uma escada estreita feita de ripas.

Uma sensação se instalou no meu estômago — a de um movimento feito tarde demais —, e pisei com cuidado no assoalho de madeira, mantendo o peso perto da parede, e me movi cautelosamente em direção ao topo, o caminho bloqueado por uma porta de madeira. Hesitei e olhei para trás, para Gabriel e seu rosto tenso.

Confesso que só pensava nas crianças, nos filhos que Erin havia deixado para trás. Senti um medo pelo pensamento de que correr com crianças era muito mais difícil do que correr sem elas. E que certamente, para um homem como Wolf, a certa altura, todas as conexões se tornam separáveis.

Segurei a maçaneta, respirei fundo e empurrei a porta para um quarto escuro.

Foram necessários alguns minutos para as coisas clarearem, para que as formas emergissem da escuridão.

Um guarda-roupa ali.

Uma mesa lá.

Uma cama.

Sobre a cama, uma forma.

Minha respiração ficou presa na garganta, e eu abri meu caminho para dentro do quarto, o chão rangendo e gemendo com meu peso. Com uma lanterna, Gabriel iluminava a massa coberta pelo lençol. Eu a alcancei, parte de mim sem desejar, com medo do que veria. Peguei as bordas do lençol, levantando-o cuidadosamente.

Não reconheci Naomi. Não no começo. Seu cabelo puxado para trás em um coque, o rosto pálido. E todo o fôlego me escapou, os pensamentos me bombardeando, de que tínhamos chegado tarde demais, que eu entregara meu movimento, uma vez o jogo já havia sido ganho.

Então alguma coisa... uma mudança no ar, um movimento pequeno, quase imperceptível.

— Ela está viva — Gabriel respirou, com a voz aliviada.

Deixei cair meu bastão no chão, alcançando os ombros de Naomi Flood, virando-a para mim, seu corpo mole, pesado, mas que estava respirando.

— Precisamos de uma ambulância! — gritei com uma voz ensurdecedora no quarto escuro. — Ela foi drogada. Naomi. Naomi? — Estava sacudindo ela? Gosto de pensar que não, mas a verdade é que isso parecia quase inevitável. — Onde ele está, Naomi? Onde está Christian? — Senti minha voz se despedaçar. — Onde estão as crianças?

EPÍLOGO

SETE MESES DEPOIS

Alice Parr estava na janela, olhando para a brancura sem fim das colinas. A neve havia parado agora, um breve intervalo, o céu ainda pesado com nuvens, o ar pesado pela inevitabilidade do que estava por vir. Uma fogueira crepitava, e Alice pensou em uma época em que aquilo significava algo diferente para ela, em que o sussurro da chama estava presente em cada pesadelo, o som ameaçando desintegrar tudo o que ela já havia sido.

— Puta merda, está frio — murmurou Gabriel.

Alice desviou o olhar da neve e sorriu.

— Bem-vindo a Wisconsin.

Sua garganta ficou áspera, cansada de falar tanto, sua mente ainda mais cansada. Mas então, pensou Alice, era importante que a garota conhecesse sua história. Que ela entendesse exatamente o que ia enfrentar.

O apito de uma chaleira, um barulho e o borbulhar de água em uma panela. Alice se virou para olhar a jovem na cozinha além deles. Ela era mais nova do que parecia, com cachos escuros que esvoaçavam e olhos azuis brilhantes. Alice observava enquanto ela arrumava biscoitos em um prato, dispondo-os cuidadosamente um círculo com seus dedos longos.

Alice pensou em Wolf e se perguntou se ele tinha alguma ideia de onde ela estava agora.

Rosa Fisher ergueu a bandeja nos braços estreitos e a carregou cuidadosamente para a sala de estar, contornando o pastor alemão que estava deitado junto à porta, o nariz enterrado nas patas, os olhos fixos nos visitantes.

— Desculpe — disse ela. — Sou péssima com chá. — Ela acenou em direção aos sofás. Por favor — disse ela —, sentem-se.

Alice afundou em um canto e pensou em Naomi. Ela não a via fazia algum tempo. Quanto tempo se passou? Seis meses agora? Talvez um pouco mais. E depois Naomi passou a ser um pálido reflexo da mulher que já havia sido.

Como pude ter caído nessa? Como pude me enganar tanto?

Não me confortava muito saber que ela não era a primeira e dificilmente seria a última. Alice observou Rosa enquanto colocava cuidadosamente a bandeja sobre a mesa de centro de carvalho, e se perguntou se Naomi a reconheceria se estivesse aqui agora. Ela veria as linhas do seu nariz, a profundidade dos seus olhos e se sentiria atraída para o passado?

E Alice pensou naquele quarto no chalé em Derbyshire, em Naomi emergindo da superfície do sono, lentamente no início e depois com urgência, como uma nadadora cujo oxigênio havia acabado. A compreensão de tudo a atravessando como uma onda, tudo o que havia perdido e tudo o que nunca existira. Naomi havia olhado para Alice, com os olhos bem abertos, tão parecidos com os de Erin que Alice pensou que seu coração iria se partir. Nunca mais vou ver as crianças de novo, né? E, então, ela chorou, as lágrimas vindas de seu âmago.

Ela contara sua história em meio às lágrimas, as palavras ficando mais densas pelo peso do que sabia agora. Que ela nunca suspeitara de nada. Pensei que ele me amasse. Que seus filhos houvessem se tornado também dela. Pelo menos até o momento em que foram embora. E ela falou sobre o estopim, o dia em que tudo tinha mudado. De um parque no norte de Londres e uma brisa forte, e uma mulher com um casaco marrom-escuro, com óculos de aros grossos, seu cabelo afro amarrados em um coque, vendo seus filhos brincarem com uma expressão no rosto que Naomi não foi capaz de identificar. Ela não conseguia se lembrar de como a conversa havia começado, só lembrava que tinha começado, e que a mulher havia se esforçado para manter o olhar na própria Naomi e longe das crianças, que gritavam e se batiam.

Uma van vendia sorvetes por ali. A mulher tinha rido e dissera que era sempre melhor tomar sorvete no frio, e se ela poderia, por favor, comprar um para as crianças. Só que Alfie, ou Levi, como se chamava antes, era intolerante à lactose, então ela lhe entregara um pirulito, com toda a seriedade de quem colocava uma coroa sobre a cabeça de um rei. Molly aceitara seu copo de sorvete com sua colher de plástico rosa, e ficara observando a mulher, sua testa de quatro anos de idade franzida como se estivesse tentando se lembrar de algo que havia acontecido muito tempo antes. Mas ela tinha quatro anos, e sorvete era, afinal, sorvete, e logo começara a tomá-lo, esquecendo-se do que a preocupava tanto.

E, quando terminaram, a mulher recolhera o copo e a colher, dizendo que os levaria para casa para reciclar porque, afinal de contas, deveríamos preservar o planeta para os nossos filhos. E ela tinha olhado para Molly e Alfie com uma intensidade que havia despertado algo primitivo em Naomi, finalmente deixando-a inquieta.

E parecia que seria apenas isso. Eles voltaram para casa e continuado suas vidas como uma família comum de quatro pessoas, e o incidente no parque parecia que permaneceria bloqueado no tempo, um evento discreto que não acompanharia os momentos que se seguiriam.

Então, Naomi contara ao marido.

Ela havia dito aquilo dando risada, brincando com o fato de as crianças terem desfrutado de um vale-refeição grátis, mas o riso se interrompeu quando ela viu o rosto dele, o rito de terror que ia e voltava. Claro que ela questionara — ela era uma repórter, afinal, treinada para questionar —, mas Chris a tinha dispensado. Ele estava cansado. Tinha sido um dia longo.

Será que ela notara a mudança que se seguira? Talvez, tinha dito. Mas apenas um leve distanciamento do marido, um leve ar de preocupação. "Como poderia imaginar o que ele estava realmente fazendo?", ela se questionara.

Como poderia ter começado a suspeitar?

Alice observou Rosa enquanto erguia o bule redondo, apontando um jato de líquido escuro para uma fina xícara de porcelana.

— Vai ficar tudo bem, você sabe — disse Alice, suavemente. — Nós vamos fazer o possível para ajudar você.

Rosa assentiu devagar, sem olhar para ela, mantendo o olhar na xícara, no fluxo de chá dentro dela.

— Estou feliz que vocês estejam aqui. Pensei... Achei que estivesse ficando louca. Mas agora, com vocês aqui...

— Nós vamos encontrá-lo — disse Alice, suavemente.

Levaram algumas horas, depois de entrarem na propriedade e de encontrarem Naomi Flood, drogada e inconsciente, para traçar a rota de Wolf e seus filhos. O carro alugado tinha sido encontrado pelo Serviço de Localização de Veículos, em direção ao norte. Mais dezesseis horas antes de ser finalmente localizado, em uma rua residencial em Newcastle. E, naquele ponto, a trilha de Wolf já havia esfriado. Ele poderia ter pegado um voo ou uma balsa. Ou poderia ter ficado escondido em algum bairro desconhecido daquela cidade. Porém, Alice acreditava que ele tinha saído do país, mantendo seu padrão de comportamento.

E então ele desaparecera como o fantasma que Alice havia tanto tempo suspeitava que fosse. Melhor então era deixar o caso esfriar. Para se afastar, voltar à vida que, de repente, parecia plena de possibilidades.

Mas parecia que, mesmo para Wolf, aquele jogo não poderia ser abandonado com facilidade. Afinal, no banco de trás do carro encontrado, cuidadosamente posicionado entre as duas cadeirinhas das crianças, havia um envelope, grande e marrom, que continha a história da perseguição de Erin. As páginas da carta de reclamação de Adrienne Lee, remendada com fita adesiva, a ficha do paciente e o aviso de cobrança de Frederick Lee, e de muitos outros, além da identificação em nome de Ed Canning.

E, rabiscado com um marcador grosso, um recado:

Nos vemos em breve, Alice.

Parecia que, apesar de tudo, Wolf ainda não tinha terminado seu assunto com ela. E, ainda assim, tudo isso não teria significado nada para Alice se não fosse por uma coisa. Das informações contidas no envelope, nenhuma se referia ao nome de Jackson Wolf. Erin havia guardado aquele tesouro apenas para Alice, um segredo entre as duas.

Ele não sabe que nós sabemos, Alice dissera.

Então, Alice não podia desistir. Apesar de todas as evidências contrárias, parecia que aquilo estava além de sua capacidade pessoal. Gabriel meneara a cabeça quando ela disse isso. Talvez seja por isso que Wolf está tão fascinado por você. Porque você é a única pessoa que pode detê-lo.

E Alice havia pensado em Naomi, em seu rosto manchado de lágrimas, seus olhos procurando os dela, como se ali pudesse encontrar respostas. Você sabe que ele estava me perguntando sobre você? Naomi tinha dito. Ele ficou fascinado com sua história, o incêndio e tudo mais. Ele até me fez desenterrar aquele artigo que eu escrevi a seu respeito. Disse que nunca tinha visto nada parecido antes. Ela balançara a cabeça, derramando grandes lágrimas em seu colo. Sinto muito, Alice. Se eu soubesse...

Alice inclinou-se para a frente na cadeira, com o olhar fixo em Rosa. A jovem olhou para cima, assustada com o súbito escrutínio, brincando com a ponta da malha de seu suéter.

— Rosa — disse Alice —, preciso te perguntar: o que você espera conseguir com isso?

Rosa respirou fundo, as mãos entrelaçadas em um silêncio consciente.

— Eu quero... Quero saber o que aconteceu comigo. Preciso entender, não sei, porque tudo mudou, acho. Como nós passamos do que nós éramos para... isto. — Ela pegou um pedaço de jornal, com as bordas enrugadas pelo tempo, embora as cores permanecessem originais. Vermelho e laranja, um antigo celeiro, agora um inferno.

A manchete acima: "Família encontrada morta no incêndio de um celeiro."

Ela alisou as pontas do papel.

— Eu quero saber por quê. E acho que, apesar de tudo, só quero encontrá-lo. Ed Canning. Jacob Owens. Jackson Wolf. Quem quer que seja. Quero encontrar o meu irmão.

AGRADECIMENTOS

É um grande privilégio escrever um livro. Mas talvez o maior privilégio seja este momento, quando tenho a oportunidade de agradecer a todas aquelas pessoas que possibilitaram que eu exercesse este ofício incrível. *Na mente do assassino* é minha primeira experiência com uma trilogia, e me aventurar nisso tem sido um passeio emocionante em território desconhecido, a imersão na alegria ilimitada de contar uma história em uma tela tão ampla.

Em primeiro lugar, quero agradecer à minha maravilhosa agente, Camilla Wray, a quem dedico este livro. Um agente é uma espécie de líder de torcida e alguém disposto a nos defender, mas fico extremamente grata em poder dizer que Camilla também é minha amiga. Nos momentos de maior dúvida, é a voz dela que ouço dizer não apenas que posso, mas também que devo. Para a indomável Sheila David, minha representante de mídia e uma das pessoas mais incríveis que conheço. Juntas, vocês duas fazem do meu trabalho uma alegria absoluta. E a toda a equipe da excepcional Agência Literária Darley Anderson. Obrigada pelo muito que vocês fazem por nós.

À minha editora, Fran Pathak, que sempre me incentivou, mesmo nas horas em que eu estava lutando para me controlar! Obrigada por me apoiar, por me fazer sentir parte de um time, por fazer do meu livro o melhor possível. Realmente eu não teria conseguido sem você.

Para a maravilhosa equipe da Orion. Conhecer vocês foi como passar a fazer parte de uma família. Apaixonados, criativos e perspicazes — vocês são incríveis!

Para os meus amigos escritores — teoricamente, este deveria ser um trabalho solitário, mas estou cercada por uma comunidade solidária, amorosa e, muitas vezes, maluca de colegas. Obrigada por estarem ao meu lado quando preciso de vocês, por me fazerem rir, por me embriagarem e por serem tão fabulosos. E aos meus outros amigos, aqueles cujos mundos não giram em torno das páginas de um livro, agradeço por todas as vezes que me resgataram de dentro da minha própria cabeça.

À minha querida família em ambos os lados do Atlântico, muito obrigada pelo apoio constante.

Aos meus lindos meninos, Daniel e Joseph. Prometo que um dia vou escrever aquele livro infantil para vocês.

E, finalmente, a Matthew, meu marido, primeiro leitor e minha pessoa favorita no mundo. Seu apoio inabalável é o que torna esta minha vida possível. Obrigada por ser meu porto seguro.